form
# Alas de Ángel

## DAPHNE ARS

Título original: ANGEL'S WINGS ~ ALAS DE ÁNGEL.

COLECCIÓN
LITTLE THINGS

Fotografía: Ververidis Vasilis / Shutterstock.com ©
Diseño y maquetación: © Daphne Ars

Esta historia es pura ficción. Sus personajes no existen y las situaciones
vividas son producto de la imaginación.
Cualquier parecido con la realidad es coincidencia.

Las marcas, letras y nombres pertenecen a sus respectivos dueños, mencionados sin ánimo de infringir ningún derecho sobre la propiedad en ellos.

© Todos los derechos reservados.

Queda rigurosamente prohibida, sin la autorización escrita y legal de los titulares del "Copyright", bajo las sanciones establecidas en las leyes, la reproducción parcial o total de esta obra por cualquier medio o procedimiento, incluidos la reprografía y el tratamiento informático, así como la distribución de ejemplares mediante alquiler o préstamo públicos.

ISBN-13: 978-1518691621
ISBN-10: 1518691625
1ª Edición, 05 de noviembre 2015.

"A moment, a love, a dream, a laugh, a kiss,
a cry, our rights, our wrongs...
A moment (...)"

"Un momento, un amor, un sueño, un beso,
un llanto, nuestros aciertos, nuestros errores…
Un momento (…)"

*The Temper Trap - Sweet Disposition*

*To you, guys,
from the bottom of the stairs
to the top of the world.
'till the end.*


*A* ustedes,
*desde el fondo de las escaleras
a la cima del mundo.
Hasta el final.*

# Agradecimientos

"El agradecimiento es la memoria del corazón"
*Lao Tse*

No estaría donde estoy y no sería quien soy sin el apoyo incondicional de mi familia, de sangre y de elección. Para ustedes: Todo el amor.

A "La Triada" de esta ocasión: Mónica Flores, María Auxiliadora Soto y Fernanda Díaz. Gracias. Un placer y un verdadero privilegio haber contado con su opinión.

A Barb Capisce, por escuchar mis notas de voz de más de siete minutos, contándole, llena de emoción, lo que mis personajes me susurraron al oído y por animarme a publicar *esta* historia en particular. Además de encontrar lo que faltaba…

A Soly Contreras, por *fangirlear* conmigo cuando más lo necesito, porque "GORDAS SIEMPRE"

A Carla Molteni, una vez más: GRACIAS. Pero la palabra se queda corta siempre.

A mis lectores, con quienes comparto todo lo que ronda en mi cabeza a través de páginas y páginas que no cuentan una si no muchas historias.

A la sagrada trinidad: *Google, Wikipedia* y *Google Map*, aunque amo UK y el fútbol, es realmente poco lo que sé, técnicamente hablando, sobre esto, pero con estas tres herramientas cuanto menos, cometí menos errores de los que esperaba. ¿Qué sería de mí sin ustedes?

*To my Jill for being so sweet and nice with a random person on tumblr's hell, and for be proud of me when I told her that* Angel's wings *would be a book. All the love, my BTF!*

Quiero hacer un agradecimiento especial y tan absurdo que da risa: Un día de febrero de 2015, más que estar, me sentía sola, no quiero sonar dramática pero estaba perdiendo la fe en muchas cosas, incluso en mí misma, y venía acumulando esa sensación por más tiempo del políticamente correcto. Entonces, por simple curiosidad, encontré a un pequeño grupo de personas *únicas* que habían hecho un camino excepcional en los pasados cinco años, y en un par de semanas, seguí su travesía desde el fondo de las escaleras hacia la cima del mundo. Llenaron mis días de sonrisas cuando las creí perdidas, llenaron mis noches de música cuando el silencio me abrumaba. *Hasta el final.*

Agradecimiento especial y absurdo número dos: Sólo cuando el barco tiene su brújula se puede llegar a casa. Me enamoré del amor de otras dos personas, soy parte de ese más de un millón y medio de corazones que laten por dos, y aún no puedo creer que la historia de amor *más grande* de todos los tiempos, no haya podido ser contada, *aún*. Sé que esta novela no representa ni remotamente la realidad, pero tenía que hacerlo, porque en todos los universos, ustedes dos siempre se van a encontrar, y siempre se van a amar... *It is what it is.*

Al que sea quien lanzó las alas en Johannesburg... Vale, esos fueron tres agradecimientos especiales y absurdos.

Adicionalmente, me encantaría agradecer la genialidad tras las letras de: *Happily, They don't know about us, Irresistible, Strong* y *Something Great* de One Direction y como bono, la pluma de Harry Styles tras *A Little bit of your heart*, que formaron parte fundamental de la historia de Lucas y Henry.

Finalmente: a *ti*, como es usual, pero esta vez, no sé por qué. *Does it ever drive you crazy just how fast the night changes?*

# Playlist

*La música empieza donde se acaba el lenguaje.*
E.T.A. Hoffmann

*Poison* – Alice Cooper
*Uncover* – Zara Larsson
*A little bit of your heart* – Ariana Grande
*Friends* – Ed Sheeran
*Always in my heart* – Tia Lynn
*Hero* – Mariah Carey
*Don't let me go* – Sam McCarthy ft Harry Styles
*Something great* – One Direction

# Capítulo 1

*We can both remove the masks
and admit we regret it from the start*

> *Ambos podemos quitarnos las máscaras
> y admitir que nos arrepentimos desde el comienzo*

La casa de Lucas Hamilton era una exageración en cuanto a tamaño, fácilmente podría albergar a cinco familias de al menos cuatro miembros cada una, pero cuando se tenía tanto dinero normalmente se compraban cosas estúpidas como una casa que ocupaba una manzana completa en la exclusiva zona de Aldery Edge.

Con un movimiento flojo Lucas dejó las llaves sobre la repisa de mármol negro que estaba al lado de la puerta, se descolgó el bolso *Adidas* verde del hombro y lo lanzó en el piso antes de llegar al *living* se quitó la chaqueta de la misma marca y color y la dejó tirada sobre el sofá de cuero negro que había sido elegido por una diseñadora de la que no recordaba el nombre pero con la cual tuvo que acostarse porque era importante que los tabloides supieran que Lucas Hamilton se tiraba a toda mujer que se acercara a él al menos a una cuadra de distancia. La pobre Elena tenía los cuernos más enormes de la historia del *socialité*, pero a ella le importaba una mierda, a fin de cuentas estaba saliendo con Lucas "piernas y billetera de oro" Hamilton y la verdad, Lucas estaba consciente de que él también tenía tremendos cuernos sobre su cabeza. Nada que su agente, Peter Jenkins, no pudiera hacer desaparecer de los medios de comunicación. Ese era su trabajo. Lucas le pagaba para eso.

Arrastrando los pies, caminó, lo que le pareció, dos millas, para llegar a la cocina, tomó una cerveza tan pronto como revisaba sus provisiones alimentarias. No tenía puta idea de qué era lo que tenía en cada bandeja de plástico, su cocinera, Gerllet, era rusa y prácticamente se hablaban a través de señas, pero la mujer cocinaba delicioso y hacía que la dieta de Lucas fuese mucho mejor que la de sus compañeros de equipo, así que él la había elegido a ella sobre Franco, un chef reconocido en toda Europa, que por supuesto lo había hecho mierda en la prensa tras rechazarlo. Bien, ahora Franco estaba arruinado porque si había algo que tenía Lucas era una especialidad innata en arruinar carreras. No entendía como lo lograba, pero era arriesgado meterse con Hamilton, el número 28 del *Manchester United*.

Guiado por el instinto, Lucas eligió algo que parecía pollo a la plancha con una salsa grumosa. Mientras veía dar vueltas a la bandeja dentro del microondas buscó su móvil en el bolsillo del pantalón. Su nuevo teléfono no le gustaba, pero claro, había firmado con la empresa que los hacía y como imagen del nuevo modelo debía tener uno, ¿cierto? Marcó el patrón de seguridad y vio titilar la casilla de mensajes de texto y el ícono que indicaba que tenía un par de llamadas perdidas. Los ignoró y fue al *twitter*, con un usuario que se había creado desde que la gente de *MegaStars*, su agencia de publicidad, se había apoderado de la cuenta personal que tenía en esta red. A la fecha @Lucas_Hamilton tenía…

—¡Mierda, diecinueve millones! —Se sorprendió al ver el número de seguidores. Recordaba cuando la había creado, hacía menos de cinco años cuando entró a jugar en el equipo local de *Doncaster* y se había emocionado tanto al tener 1000 seguidores y de pronto, todo pasó tan rápido que no sabía realmente lo que ocurría a su alrededor. Había firmado con el *Manchester United* y ¡bam! Su vida había cambiado. Pasó de vivir con su madre y hermanas en una casita de tres habitaciones a poder comprar la casa más cara que pudo encontrar y con más habitaciones de las que podía contar en Alderley Edge. Se había comprado al menos ocho autos en el último par de años y había comprado al equipo local de Doncaster sólo porque podía y porque cuanto menos, tener a los *Doncaster Rovers FC* era un recordatorio de donde venía.

De pronto el móvil comenzó a vibrar en sus manos y quiso lanzarlo por el lavaplatos en cuanto vio que lo llamaba Peter.

—¿Qué? —Contestó sin intentar disimular su fastidio.
—*Hey, Luke* —Saludó Peter y Lucas quiso ahorcarlo a través del teléfono, odiaba que lo llamara Luke, y no por el sobrenombre en sí, sino porque así lo llamaban sus amigos íntimos, y Peter Jenkins era cualquier cosa menos su amigo—. *Excelente juego el de esta noche. 2 de 3, ¿eh?*

Lucas resopló, sí, había hecho 2 de los 3 goles del *Manchester*.

—¿Quieres algo? —Preguntó directamente mientras sacaba la bandeja de comida del microondas.
—*Bien, Luke, la verdad es que sí. Fue un excelente resultado para el Man U[1] y la gente no deja de hablar de tus dos goles. Lo que es genial. Pero estaríamos más contentos si tuviésemos un poco más de prensa "social"* —No, no quería hacer prensa "social" se dijo Lucas a sí mismo dejándose caer en una de las sillas de la mesa de comedor de la cocina—. *Tenemos una reservación para el Thai. Elena ama ese lugar, así que...*
—¿A qué hora? —Preguntó.
—*A las dos.*
—¿Ella va al próximo juego?
—*Sí* —Respondió Peter—. *Hoy han habido algunos comentarios porque ella no ha estado en los últimos cinco juegos. Y como el próximo juego es este fin de semana, sería bueno tenerla cerca.*
—Estuvimos juntos todo el fin de semana pasado, no es como si llevásemos dos meses sin vernos.
—*Ya sabes cómo es esto, Luke.*
—No me llames Luke —Soltó Lucas molesto. Odiaba la prensa "social" porque eso era salir con Elena y tener a cuatro idiotas con cámaras de largo alcance tras ellos todo el tiempo—. No quiero hacer sociales esta semana, Peter. Tengo que entrenar y…

---

[1] *Man U: Abrev. Manchester United*

—*Sabes que la prensa social no es una opción, Lucas.*
—Jódete, Peter.
—*Mientras hagas la puta prensa social, puedes mandarme todas las veces que quieras a la mierda.*

Lucas cortó la llamada y apagó el móvil. Sólo en gesto de rebelión silenciosa porque Peter no tenía ningún problema en llegarse hasta allí y sacar el culo de Lucas a la calle para ir a hacer cosas románticas con Elena. El mayor problema con ella era que "casualmente" había terminado siendo la hija única de uno de los socios mayoritarios de patrocinador: *Adidas*. Y dejar ese contrato era como tirar su carrera al basurero. Así que lo que Lucas podía hacer era comportarse como una pequeña mierda con Elena de manera que fuera ella la que cortara la relación romántica-laboral, o lo que fuera su relación, ya que no podían ni tomarse de las manos propiamente, y salvar su pellejo futbolístico.

La comida le supo a nada, pero sabía que se debía únicamente a que su humor se había ido a ese lado oscuro en el que quería ir a patear culos por la calle a todo el que respirara porque, maldita sea, su vida era una mierda.

Y cuando Lucas sentía que su vida era una mierda sólo había algo que lo hacía olvidar eso: Él tenía un bar tan grande y bien surtido que no tenía nada que envidiarle al pub más magno de la zona. Sus ojos se pasearon por las estanterías llenas de licores exquisitos y se detuvieron en el coñac. Tomó una botella y buscó una copa para esta bebida. Si algo había aprendido desde que había entrado en una vida llena de excesivos lujos era como se manejaba el alcohol, en que vasos debía servirlos, a que temperatura debía conservar las botellas y cuantos grados de alcohol tenía cada licor. Había olvidado, deliberadamente, aprender cuanto podía tolerar de cada bebida. *Salud por eso.*

El líquido ambarino en la copa lo sedujo como Salomé a Herodes, sólo que la seducción no tenía el propósito de la cabeza de un tercero sino de la propia. Se llevó la copa a los labios y el trago le abrasó la garganta y calentó sus entrañas, haciendo que su cuerpo se sintiera a la altura del infierno.

Más tarde, cuando no quedaban más que dos dedos de coñac, Lucas prescindió de la copa y tomó directamente de la botella, la dejó rodar vacía en la barra de su bar y corrió hasta al sofá donde había dejado la chaqueta con anterioridad.

Su casa y la soledad de la misma, de pronto lo hicieron sentir asfixiado y sólo necesitaba salir.

Huir. Correr... Volar... Saltar.

# Capítulo 2

*I don't know how else to sum it up
'cause words aren't good enough*

*No sé de qué otra manera resumirlo,
porque las palabras no son suficientemente buenas*

Henry nunca había estado en ese punto que muchos llamaban el borde, y no era feliz estando allí ahora, nunca había sentido curiosidad por ese lugar de todos modos. Pero cuando la orden era dada no había ninguna manera de cambiar el destino. Iba a extrañar a los niños, tanto que de sólo pensarlo sentía que se rompía por dentro. No iba a llorar, por todas las nubes del cielo que no iba a llorar.

—Henry, ¿estás listo? —Respuesta correcta: No. Respuesta adecuada:
—Por supuesto —Dijo. Abigail le sonrió compasivamente.
—Sé que es duro, pero esta alma está en serio peligro. Estamos muy cerca de perderla.
—¿Quién es?
—Es un hombre muy dolido, afectado por el estilo de vida que le tocó vivir. Hacer lo que lo hace feliz lo tiene entre la espada y la pared. Está sufriendo…
—Suena mal.
—Bastante mal —Coincidió Abigail, y Henry de pronto sintió que debía preguntar todo lo que pudiera porque no tenía idea de lo que estaba pasando.
—¿Cómo se supone que voy a ayudarlo?
—Eso es lo que tienes que averiguar, Henry. Sabes que si todo fuese tan fácil como chascar los dedos, habría mucha más esperanza para la humanidad.
—Pero, ¿por qué yo? Yo simplemente soy… —Un ángel joven, no tenía la sabiduría suficiente…
—Tú eres especial, Henry. Yo sé que puedes hacerlo.
—No tengo idea…

—Lo averiguarás, ¿está bien?
—¿Vas a ayudarme? —Preguntó.
—Hasta donde tenga posibilidad, Henry. Pero no voy a mentirte, no creo que sirva de mucho lo que pueda hacer desde aquí.
—Tengo miedo —Dijo en un susurró apenas audible.

Abigail le sonrió.

—Sé que vas a lograrlo.
—¿Y si no?
—Vuelves. Lo sabes.
—Pero, Abi, sería terrible volver sin lograrlo. No sé si podría existir con el peso de un alma sobre mí.
—Lo vas a lograr, Henry. Yo confío en ti, y tú tienes que empezar a confiar en ti también. Y cuando lo logres, te esperaremos con los brazos abiertos.

Henry no dijo más, una imagen se apoderó de su mente: unos ojos, azules como el cielo, realmente eran azules como el cielo.

El vacío que sintió en el estómago lo hizo cerrar sus propios ojos pero la imagen no abandonó su mente. Él estaba cayendo. Estaba yendo directo a la Tierra. No tenía alas para volar y cuando su presencia llegara a tierra iba a ser muy, muy humano. ¿Cómo se suponía que iba a encontrar a su persona?

—*Su nombre es Lucas* —La voz de Abigail fue un susurro lejano…

Sus pies descalzos pisaron una superficie mojada y dura, no podía ver nada y sólo percibía la lluvia sobre su piel. Repentinamente pasaron muchas cosas a la vez: Dos grandes luces amarillas dieron de lleno frente a él tan repentinamente que podía jurar que había aparecido de la nada. Un sonido chirriante lo hizo estremecer y por último, sólo por instinto se cubrió con los brazos como si aún tuviese alas, pero igualmente recibió el golpe, tan fuerte que simplemente cayó hacia atrás. Su vista se nubló en cuanto su cabeza golpeó la superficie y el dolor en su espalda lo hizo morderse los labios para no gritar.

—¡Santa mierda, ¿de dónde saliste?! —Una voz llegó a Henry de manera lejana, ahora estaba totalmente tumbado en la superficie, la lluvia caía sobre él y sentía que no podía respirar ni abrir los ojos. Unas manos lo zarandearon de pronto—. ¡Hey, amigo, di algo! —La voz la oyó más cercana, pero aún así distorsionada. Arriba ellos no conocían el dolor físico—. ¿Cómo te llamas... de dónde saliste? —Atontado por el dolor Henry balbuceó—. ¿Qué dices... cuál es tu nom... de dónde....

—Har... Henry... —Logró murmurar.

—Bien, Henry voy a llamar a una... Puedo encontrar a un doctor, ¿sí? —Henry escuchó un chapoteo en el agua como si el humano se estuviese alejando y las palabras se desvanecían de vez en cuando—. ¡Danny, te necesito en mi casa urgente!... No, como ahora... ¡Ahora!... Estoy allá como en diez minutos... ¡Bien, sí estoy un poco jodidamente borracho!... ¡Lo sé!... Mierda, ayúdame, por favor... Gracias —Henry se trató de poner al costado, la cabeza le daba vueltas y presentía que si se acostaba de lado podría irse el dolor que sentía en la parte de atrás de su cabeza—. ¿Puedes oírme? —El humano había vuelto a su lado—. ¿Puedes escucharme?

—Sí... —Dijo haciendo un esfuerzo hercúleo.

—Voy a llevarte con un doctor, ¿de acuerdo? —Henry se encogió un poco porque una punzada de dolor lo atravesó—. Vas a estar bien. Vamos, tenemos que entrar al auto —Las manos del humano lo sostuvieron por debajo de sus axilas, tratando de pararlo del piso, Henry intentó ayudar impulsando a sus pies, afincó la mano derecha para darse más impulso y abrió los ojos.

—Lucas...—Susurró cuando reconoció los ojos de su humano—. Eres tú —Lucas pareció desconcertado, pero dijo:

—Hola —Henry sintió otro golpe pero no había una fuente física que lo propiciara, una de las manos de Lucas le apartó el cabello del rostro—. ¿Estás bien?

—Sí —Respondió sin poder quitar la mirada del rostro de Lucas que al oír su respuesta sonrió...

Henry sólo pudo pensar en una cosa: *Lucas era hermoso.*

# Capítulo 3

"—Where do you wanna sit?"
"—Next to you"

"—¿Dónde te quieres sentar?"
"—A tu lado"

Lucas estaba lo suficientemente borracho como para terminar en prisión por haber arrollado a un hombre salido de la nada en mitad de la M60 a las dos de la madrugada, por eso, que ahora el individuo estuviese en el puesto trasero de su *Lexus* era el menor de sus problemas. Cuando había hablado con Danny le había explicado a medias lo que había pasado y al notarlo borracho había querido lanzar uno de sus sermones. Danny era el médico de la familia y el único que lo trataba a él personalmente. Lo más inteligente que podía hacer era haber llamado a una ambulancia, pero no quería ni imaginarse las consecuencias de que Lucas Hamilton atropellara a un hombre mientras se encontraba en un estado de ebriedad imposible. ¡Maldito coñac! Maldita estúpida decisión de huir de su casa en mitad de la madrugada con un amago de tormenta cayendo sobre Reino Unido.

Un quejido de dolor lo llamó a Tierra de nuevo.

—Ya casi llegamos —Dijo—. Vas a estar bien, Henry —Susurró tratando de darse más apoyo a él mismo que al chico en el asiento trasero.

Cuando aparcó el *Lexus* no le sorprendió que Danny llegara por un costado, abrió la puerta trasera y miró al hombre tendido en el asiento.

—Debimos llevarlo al hospital, Lucas.
—Danny, estoy borracho.

—Y eso no es nuevo —Exclamó su amigo examinando con ojo clínico a Henry.
—Mira, yo creo que está bien. No soy un experto, pero no ha perdido el conocimiento. No parece estar sangrando...
—Estás borracho, no ves una mierda —Lo interrumpió Danny.
—... Y sólo se está tocando ese horrible golpe en su cabeza —Finalizó como si su amigo no hubiese intervenido.
—¿Y dígame, doctor Hamilton, palpó al paciente en busca de fracturas, ya le hizo un TAC o se aseguró que no haya hemorragia interna?

Lucas se apoyó en el auto que estaba en el puesto lateral y se pasó las manos por el cabello.

—¿Qué sugieres?
—Tengo un amigo que tiene una clínica cerca de aquí. A pocos minutos en auto. Seremos discretos. Sé que cuenta con el equipo necesario para asegurarnos que tu amigo esté bien.
—¡Mierda! Vamos —Aceptó Lucas y fue hasta la puerta del conductor.
—¿Estás loco, Lucas? —Soltó Danny apartándolo de la puerta—. ¿Cómo vas a manejar así de borracho?
—¡Vine conduciendo hasta aquí! —Exclamó.
—Vete atrás y asegúrate de que él esté bien. Yo conduzco.

No tenía energía para discutir con Danny y estaba seguro que el doctor tenía toda la razón, así que Lucas entró en el auto, levantó con el mayor cuidado posible la cabeza de Henry y la dejó reposar en su regazo. El chico no estaba inconsciente pero tenía los ojos cerrados y el antebrazo lo dejaba descansar sobre la frente.

—¿Cómo te sientes, Henry? —Preguntó en tono bajo mientras Danny arrancaba el auto.
—Un poco mareado.
—Ya vamos a llegar a la clínica y estarás bien.

*Alas de Ángel*

—Gracias —Dijo Henry y sonrió un poco. Lucas apenas podía enfocar a medias.
—Gracias por no morir. No sé si podría vivir con el peso de una vida sobre mí.

La voz de Danny al teléfono rompió el silencio. Alertó de la emergencia y pidió ser recibido por la entrada privada de la clínica. En pocos minutos llegaron y Lucas fue sacado del auto y apartado del acceso por el personal de la clínica. Vio como subían a Henry a una camilla y lo metían al lugar a toda prisa.

—Lucas necesitamos que nos proporciones algunos datos sobre el chico —Apuntó Danny.
—No sé nada sobre él —Murmuró—. Quiero decir, no le pides una carta de presentación a alguien antes de atropellarlo, ¿no?
—Vamos —Danny le puso la mano en el hombro y lo hizo entrar a la clínica. Lucas se sintió aliviado de ver que estaba casi vacía—. Espérame aquí.
—¿No puedo entrar con él? —Preguntó.
—Después que lo chequeemos. No te muevas de aquí —Le pidió Danny y entró por unas puertas abatibles verdes, sobre ellas Lucas leyó EMERGENCIAS y sintió que el estómago caía a sus pies.

Dios, si tan sólo pudiera retroceder el tiempo, no habría salido de su casa después de tomarse una botella de coñac… bien, había que replantear eso, en primer lugar no habría tenido que tomar la maldita botella de coñac. Tendría que haber cenado y luego a la cama, pero claro, eso habría implicado que hiciera las cosas bien y ese no era el tipo de cosas que hacía con regularidad.

—Disculpe, señor —Lucas miró a la mujer que se acercó a él. Llevaba un uniforme azul y una carpeta en sus manos—. ¿Cómo se llama el paciente?
—Henry —Respondió. La mujer anotó y lo miró expectante—. ¿Necesita el apellido?
—Sí.

—Oh Dios... —Hizo memoria, la verdad a duras penas había entendido el nombre, el apellido sonaba a algo como ha... ha...—. Henry *Haz*... ¡Hart!—Forzó a su memoria—. Henry Hart, creo.
—¿No tiene ninguna identificación?
—No.
—¿Sabe qué edad tiene?
—Mire yo no tengo idea...
—Está bien, sólo tenía que asegurarme —Dijo la mujer y Lucas la vio garabatear un 19-23.
—¿Puedo verlo?
—No creo que por el momento pueda entrar. Tal vez a primera hora —La mujer se dio media vuelta y entró a Emergencia.

Lucas se concentró en el reloj digital que estaba sobre la recepción, vio pasar minuto a minuto al menos dos horas hasta que Danny salió.

—¿Está bien? ¿Por qué tardaste tanto? ¿Cómo está Henry?
—Está bien. Lo chequeamos de pies a cabeza. Tiene un golpe fuerte en la parte de atrás de la cabeza, pero nada por lo que preocuparse. Le hicimos el TAC[2] y todo está en orden. Tiene, eso sí, unas heridas en la espalda, me imagino que se las hizo al impactar contra el asfalto, pero son superficiales. Ahora está sedado porque tuvimos que raspar un poco la piel para limpiar, pero en líneas generales, Lucas, tu famoso trasero está a salvo —Él se dejó caer en la silla de nuevo—. Espero que esto sea suficiente para que lo tomes como un llamado de atención — Lucas no levantó la mirada del piso—. Lucas, pudiste haberlo matado. La verdad creo que el hecho de que ese hombre esté vivo es un milagro porque si lo impactaste de frente y no quiero imaginar a qué velocidad ibas, era para que hubiese quedado muerto en el acto.

---

[2] *TAC: Tomografía axial computarizada*

Las palabras le taladraron el cerebro y le helaron la sangre.

—Creo que lo mejor que puedes hacer ahora es llamar un taxi e ir a tu casa, ducharte, dormir y pasar la resaca. Yo te mantendré al tanto de la evolución de Henry.
—¿Estás loco? ¿Cómo voy a dejarlo aquí tirado? No voy a moverme de este maldito lugar hasta que ese tipo salga de aquí por su propio pie listo para las malditas olimpiadas.
—No vas a hacer algo útil quedándote aquí.
—Tampoco en mi casa —Soltó.
—Pero, Lucas...
—Oblígame a irme, Danny —Lo retó—. No voy a mover un pie de aquí, así que no insistas.
—Como quieras —Soltó Danny con gesto impaciente—. Pero llama a alguien para que te traiga ropa, no puedes estar apestando a alcohol aquí en la clínica y no jodas al personal porque si recibo una queja sobre ti te voy a hacer llegar a tu casa de una patada en el culo. ¿Entendido?
—Alto y claro.
—Habitación 1618, piso 1.

Lucas subió las escaleras y encontró la habitación en tres segundos. Con todo el cuidado del mundo abrió la puerta y maldijo que las luces estuviesen apagadas porque no conocía la distribución y era muy posible que tropezara con algo y despertara a todos los pacientes de la maldita clínica. Tanteó en la pared y encontró una puerta. La del baño, con toda seguridad, encendió la luz y pudo ver la habitación en penumbras. La cama alta estaba pegada a la pared de la derecha, al lado de la cama estaba un sofá lo suficientemente cómodo para la persona que se quedara con el paciente. Lucas recorrió la habitación y se fijó en el closet pequeño de la esquina. Dentro había una especie de cotillón clínico, el cual ignoró. En una mesita había una jarra de agua y un par de vasos vacíos. Se giró y miró el pequeño televisor que estaba en una base aérea.

La habitación se había acabado. No es que esperara demasiado de una habitación de clínica, pero hubiese deseado tener algo más que observar antes de tener que mirar a Henry. Respiró profundo y se giró de nuevo hacia la cama. Henry estaba boca abajo. No tenía nada conectado a él. Ni siquiera suero y eso hizo sentir a Lucas mínimamente mejor, de alguna forma Henry tenía que estar bastante bien si no tenía que estar hidratado por suero. Lucas llegó hasta la cama y con cuidado retiró las sábanas que lo cubrían. Tenía tres grandes gasas cubriéndole las heridas. Devolvió las sábanas a su lugar y se fue hasta el otro lado para llegar al sofá.

*¡Qué día de mierda!* —Dijo para sí mismo mientras bostezaba.

—Lucas, ¿eres tú? —Oyó la voz de Henry ronca y pastosa.
—Sí —Respondió—. ¿Necesitas algo? —Dijo yendo al lado de la cama tan rápido que se mareó.
—¿Dónde estás?
—A tu lado.

# Capítulo 4

*I know we only met
but let's pretend it's love*

*Sé que acabamos de conocernos,
pero vamos a pretender que es amor*

Los suaves golpes en la puerta lo ayudaron a despertar, Henry abrió los ojos y le tomó un tiempo acostumbrarse a la luz que se filtraba por la ventana del lugar, pero lo que realmente lo despertó fue la voz que llegaba desde la esquina más alejada de la habitación.

—Lamento llamarte tan temprano, JP, pero necesito un favor enorme —Lucas debía estar hablando con alguien—. Adelante —Dijo al percatarse de que tocaban de nuevo—. ¿Puedes hablar con Greg y pedirle que te de acceso a mi casa? Necesito alguna ropa… Estoy en la clínica que queda a dos cuadras, ¿sabes cuál es?... No, yo estoy bien… Te cuento después. Gracias.

Cuando Lucas guardó el aparato en su bolsillo, se giró hacia Henry.

—Hola, ¿Cómo te sientes? —Preguntó y por tercera vez sonó la puerta, así que fue a abrirla. Cuando regresó una enfermera venía con él.
—¿Cómo se siente, señor Hart? —Henry frunció el ceño ¿Señor Hart? Él era Henry, sólo Henry—. ¿Siente dolor?
—Estoy bien —Contestó y trató de volverse sobre la espalda.
—No, no, no —Lo detuvo la enfermera—. No puede acostarse de espaldas. Vamos a sentarlo —Dijo y con una mirada a Lucas ambos lo ayudaron a sentarse—. Señor Hart no puede acostarse sobre la espalda mientras esté consciente, ¿de acuerdo? —Él asintió—. Bien, ahora debe comer —La mujer arrastró una mesita hasta él y destapó la bandeja de comida—. En un rato vendré a cambiar los apósitos —Dicho esto se retiró.

Henry jugó un rato con la servilleta y no alzó la mirada. En realidad no se sentía listo para ver a Lucas directamente. Cuando lo había visto la noche anterior no había esperado nunca una reacción como esa. No es que supiera mucho de reacciones humanas pero lo que fuera que había pasado al ver a Lucas no parecía normal.

—Oye, hombre, lamento lo que ocurrió —Dijo Lucas de pronto. Henry apenas le dio una mirada de costado.
—Está bien.
—No. Por supuesto que no está bien. Para nada. Pero no te preocupes voy a correr con todos los gastos y no tienes que preocuparte por nada, lo que vayas a necesitar corre por mi cuenta.
—Gracias.
—¿No tienes hambre? —Preguntó Lucas viendo que Henry no comía nada.
—No mucha.
—De todas formas deberías comer.
—¿Y tú? Podemos compartir —Dijo viendo que el sándwich que tenía estaba picado a la mitad.
—Para ser honesto, no estoy pensando en comida ahora. Me siento terrible, me duele la cabeza, quiero vomitar... Lo siento, no quiero asquearte mientras comes.
—No te preocupes. Como te dije no tengo mucha hambre, pero si te sientes muy mal, deberías ver a algún médico, ¿no?
—Lo que necesito realmente es una ducha fría. Espero que JP llegue pronto, en lo que me bañe seguro se me pasa todo. Ni siquiera puedo ver bien —Comentó y volvió al sofá. Henry lanzó una rápida mirada para advertir como Lucas ponía el antebrazo sobre sus ojos y lanzaba un suspiro—. Estoy jodidamente cansado.
—Deberías ir a tu casa a descansar —Sugirió Henry.
—Ni lo sueñes. No es negociable. No pienso moverme de aquí hasta que estés listo para regresar a tu vida.

Henry frunció el ceño, bien, eso podía representar un problema. No tenía idea de cómo podía sobrevivir en la Tierra, iba a necesitar dinero y un empleo y un lugar donde vivir. En serio ¿quién había sido el de la idea de enviarlo a él a la Tierra?

—Para ser honesto, no entiendo todavía cómo es que estabas en mitad de la autopista a las dos de la mañana.

*Bien, a esa hora decidieron hacerme caer del cielo* —Pensó Henry y no podía decir eso.

—¿No eres un psicópata asesino, verdad? —Preguntó Lucas con un amago de sonrisa—. Bien, está claro que no me lo dirías si lo fueras, ¿no?
—Probablemente no, pero no te preocupes, no lo soy. Lo prometo.
—Bueno, no tengo muchas alternativas, así que voy a creerte —Explicó—. No vayas a pensar que lo hago porque tengo remordimiento de conciencia por haberte atropellado anoche. No lo pienses ni por un segundo.

Henry soltó una risa baja.

—Bien, no lo pensaré.
—No tenías zapatos, Henry —Esta vez la voz de Lucas sonó seria—. Estabas en mitad de la madrugada en la autopista, salido de la nada. No tienes identificación alguna y no quiero sonar como si estuviera cagado de miedo, pero lo estoy.
—Yo...

La puerta volvió a sonar y Henry soltó un suspiro de alivio. Lucas se puso de pie y abrió, cuando regresó dos hombres más lo acompañaban. El primero era de cabello y ojos oscuros. El otro era delgado y muy blanco, rubio como el sol. Ambos eran un poco más altos que Lucas.

—Hey, Nate, no te esperaba —Saludó Lucas tomando un bolso que le entregaba el primero.
—Me encontré con JP en la panadería, así que quise acompañarlo.
—Genial.
—Así que... —Comenzó a decir el primero.
—Oh, claro —Dijo Lucas colgándose el bolso al hombro—. Él es Henry Hart —Lo presentó, Henry se preguntó de dónde había sacado ese apellido para él. Arriba no los tenían—. Henry, ellos son James Primme y Nate Wallace, compañeros del Manchester.
—Y amigos de este bastardo por razones que desconocemos —Saludó el que se llamaba James extendiendo la mano para saludarlo, Henry aceptó y sonrió—. Mucho gusto.
—Igualmente —Dijo Henry.

Nate, que llevaba una bolsa muy grande la dejó sobre la mesita del agua y sacó unos sándwiches. Le dio una a James y tomó otro para él, mientras el primero tomaba un envase de jugo.

—Luke, compramos diez de estos, si te bañas rápido puede ser que te deje alguno, pero no prometo nada.

Lucas se dirigió al baño.

—No me dará ni pizca de remordimiento romperte un brazo, Nate, así que más vale que dejes mi comida intacta —Advirtió y entró al baño.

Nate rió tan alto que Henry se sobresaltó.

—Lo siento. Lo siento —Se disculpó y sus mejillas se tornaron color carmesí.
—Nos van a correr de la clínica por escandalosos, Nate —Comentó James sentándose en el sofá—. Así que Henry, ¿Cómo te sientes?
—Bien —Dijo probando finalmente su propia comida, para ocuparse en algo.

—Estoy seguro que Lucas está súper apenado, pero si de algo te sirve, de ahora en adelante tendrás a Lucas Hamilton en tu radar, va a estar atento a ti hasta el final de tus días.
—Sí —Afirmó Lucas—. Luke va a estar molestándote por siempre. ¿Recuerdas a ese chico al que le explotó el balón de fútbol con su auto? —James asintió mientras mordía un trozo de sándwich y se ahogaba un poco por la risa—. Cada tanto recibe un balón profesional, y en diciembre le envió ese *Brazuca*[3], ¿recuerdas?
—Así que prepárate porque no sabemos cómo Lu va a tratar de compensarte.
—Tal vez le compre una casa —Bromeó Nate.
—Tal vez lo haga vivir en su casa —Comentó James y ambos rieron, sin embargo Henry no lo hizo. ¿Vivir con Lucas? Bien, eso sería una ventaja para el trabajo que tenía que hacer sin duda, lo extraño era que de pronto esa idea se le antojaba deliciosamente tentadora.

---

[3] *Brazuca: El Adidas Brazuca fue el balón oficial para la Copa Mundial de la FIFA Brasil 2014.*

# Capítulo 5

*I said,* "Can I take you home with me?"

*Le dije*: "¿Puedo llevarte a casa conmigo?"

Lucas dejó que el agua fría cayera sobre él de forma continua, por suerte James había entendido el mensaje y había traído shampoo, acondicionador y su jabón de uso personal, así como su máquina de afeitar. Bendito fuera JP, pensó mientras hacía espuma en su cabello.

Diablos, si pudiera ahogarse en esa ducha lo haría, sólo pensar en lo que pasaría cuando supieran lo del accidente en *MegaStars* le hacía doler la cabeza más duramente, sin contar lo que podían hacer en la liga, él había estado tomado —lo cual en principio, estaba prohibido dentro de la temporada—, la suspensión era su castigo más leve. Se aclaró el cabello y untó acondicionador, al menos el agua fría le había devuelto la lucidez y había arrasado con la resaca, el dolor de cabeza parecía querer quedarse, pero no podía tener todo en la vida, ¿cierto?

Y hablando de no poder tener todo, cuando salió de la ducha y se puso una muda de pantalón deportivo y franela gris de manga larga buscó dentro del bolso un peine.

—Oh, JP, casi lo lograste —Dijo por lo bajo cuando se dio por vencido y se desenredó el cabello con los dedos, lo bueno es que James le había traído su liga negra favorita. Después de afeitarse y cepillarse los dientes, decidió que era hora de salir—. Hey, chicos...
—Salieron, James quería fumar —Contestó Henry y Lucas finalmente pudo verlo con claridad, porque la noche anterior estaba borracho y sólo veía una mancha enorme delante de él, en la mañana sus ojos no habían servido para una mierda, pero ahora, todo estaba bastante nítido. Henry era... ¿Qué era Henry? ¿Cómo una persona podía tener una piel tan cremosa... tan

bonita? Y el cabello, unos rizos castaños que le llegaban a los hombros. No, pero lo peor… o lo mejor de aquel individuo eran sus ojos: Dos esmeraldas puestas en las cuencas, qué grandes y hermosos eran los ojos de Henry—. ¿Qué? —Preguntó, seguramente porque se sintió incómodo con la perpetua observación de Lucas, y él tomó nota de la voz de Henry, baja pero no grave, una mezcla entre rasposa y una caricia—. ¿Qué? —Repitió Henry, y el bastardo sonrió.

Lucas trastabilló un paso, ¿Qué diablos estaba pasando? ¿Qué diablos era Henry? Es decir, el tipo tenía que ser modelo, estaba seguro que Henry era un modelo.

—Lucas ¿estás bien? —Insistió Henry y los hoyuelos en sus mejillas desaparecieron junto a la sonrisa, y, por un momento, eso parecía ser una catástrofe a los ojos de Lucas.
—Sí —Respondió. La voz le salió ronca y se aclaró la garganta—. Sí. Estoy bien —Dijo dejando el bolso en una esquina sólo para poder apartar la mirada de Henry—. Así que, ¿James fue a fumar?
—Sí, eso dijo —Contestó Henry.

Pasaron un par de minutos en un silencio demasiado incómodo. Henry miraba por la ventana, aunque no tenía una vista agradable. Vamos, era sólo la pared del edificio contiguo. Lucas hizo su mayor esfuerzo para no mirarlo, pero era tan difícil, él no parecía real. Era casi… etéreo. Y tan… mierda, esa palabra no sonaba varonil en su cabeza, pero Lucas encontraba a Henry *sublime*. Sus dedos picaban por tocar el cabello del otro hombre.

Los golpes en la puerta lo sobresaltaron, y en breve la enfermera estaba dentro de la habitación, llevaba una pequeña bandeja con gasas esterilizadas en bolsas selladas, dos frascos y una cosa que parecía pomada.

—¿Está listo para la limpieza, Señor Hart?

*Alas de Ángel*

—Henry. Por favor, dígame Henry —Pidió el muchacho—. Y sí, estoy listo.

La enfermera se acercó a la cama y dejó la bandeja sobre la mesa de luz.

—Voy a salir un momento —Dijo Lucas, porque le parecía que no era adecuado quedarse.
—¿Y cómo va a aprender a hacerle la cura en casa? —Preguntó la enfermera. Ambos, Lucas y Henry se miraron por una fracción de segundo con la misma expresión de sorpresa.
—¿Cómo dice? —Pidió Lucas que repitiera.
—Es probable que Henry se vaya hoy a casa, pero debe hacerse la limpieza dos veces al día, al menos por una semana. Luego vendrá y veremos cómo evolucionan las heridas, y se decidirá si es necesario que se hagan más curas. Pero mientras tanto alguien debe hacérselas en casa —La enfermera parecía no percibir la incomodidad entre ambos, así que prosiguió mientras se ponía los guantes desechables—. Primero debe utilizar un adhesivo hipoalergénico —Lucas buscó su teléfono para anotar lo que decía la enfermera porque de inmediato nombró algunas medicinas que él básicamente desconocía—. No se preocupe, vamos a darle las instrucciones por escrito, esta vez sólo observe. Henry, por favor, recuéstate sobre el estómago —Henry lo hizo, los músculos de su espalda se contrajeron mientras se ponía cómodo. Cuando se quedó tranquilo, la enfermera procedió a despegar el adhesivo que salió con facilidad y cuando levantó las gasas Lucas cerró los ojos, la piel estaba en carne viva, sí, seguro era superficial pero debía doler como el infierno—. Están muy bien, Henry —Apuntó la enfermera y Lucas volvió a mirar, ella retiró los otros dos apósitos y cuando los echó a la papelera tomó uno de los frascos que había llevado, era una sustancia que parecía agua, pero de alguna forma un poco más espesa. Dejó caer un chorro del líquido sobre la herida, Henry apenas se movió, pero Lucas lo escuchó tomar una bocanada de aire entre dientes—. ¿Duele?

—No, es sólo que está fría —Comentó Henry hundiendo la cara en las almohadas. Por instinto Lucas quiso darle algún tipo de apoyo, pero no podía darle unas palmadas en la espalda, ¿cierto? Así que sus pies lo llevaron al otro extremo de la cama, del lado opuesto al que estaba la enfermera para no estorbarle y sin pensarlo dio un par de palmadas en el brazo y luego su mano decidió plantarse en la muñeca de Henry, desde la cama él abrió los ojos y ambos sonrieron con timidez. La enfermera limpió las heridas con gasas dando toquecitos y cuando terminó roció otra sustancia sobre ellas, cuando finalizó procedió a tapar de nuevo y cinco minutos después había recogido todo y los había vuelto a dejar solos.

Lucas se percató que aún tenía la muñeca de Henry aferrada en su mano y no encontró ninguna razón para soltarlo. ¿Qué era eso? ¿Qué estaba pasando? Vamos, *sólo* tenía que despegar sus dedos y soltar al pobre tipo, pero su piel era cálida y suave bajo la palma y en la punta de los dedos percibía el pulso de Henry con nitidez.

—Exacto, hay que tener guantes... —Lucas soltó a Henry como si hubiese recibido una descarga eléctrica de un millón de voltios en cuanto escuchó la voz de James cuando entró a la habitación con Nate sin tocar la puerta, ambos amigos se quedaron a unos pies de la cama, evidentemente, Lucas no había sido tan rápido.
—Entonces, ¿Vas al entrenamiento esta tarde? —Preguntó el irlandés, intentado un tono casual.
—No lo creo —Respondió caminando hacia el bolso y llevándolo hasta el closet—. En un rato voy a llamar a Peter y luego a Van y que el infierno se desate, ¿no?

James y Nate rieron.

—Eres el consentido —Comentó el último—. Capaz suspenden el entrenamiento. Imagínate, entrenar sin Luke —Se burló.
—Tal vez pueda salir con Soph esta tarde entonces —Apuntó James haciendo un bailecito de triunfo.

—Cállense —Dijo Lucas.
—Vimos a la enfermera salir, ¿qué tal está? —Preguntó Nate.
—Probablemente lo den de alta esta tarde.
—Eso suena genial —Soltó James.
—Y él irá conmigo a casa, ¿no? —Las palabras salieron de la boca de Lucas sin pasar por ningún filtro. Miró a Henry que le devolvía otra mirada sorprendida. Se acercó a la cama y se agachó para quedar a la altura de la cabecera—. *Ven conmigo* —Le susurró al chico.

Después de lo que pareció una vida para Lucas, Henry asintió.

# Capítulo 6

*Someone's calling my name*
*It sounds like you*

*Alguien me está llamando*
*Suena como tú*

A media tarde Henry fue dado de alta. Le dieron una especie de zapatos de uniforme médico, porque los de Lucas eran muy pequeños para él. Antes de dejar la clínica fueron a la farmacia y Lucas quiso comprar el doble de todo lo que le habían pedido, pero después de la insistencia de Henry y el farmaceuta, él se conformó con la cantidad indicada en la receta. Se despidieron del personal y antes de darse cuenta ya estaban en el auto.

Lucas dejó su bolso en el asiento trasero y dio a Henry la bolsa con las medicinas para que las llevara con él. Cuando Lucas finalmente estuvo en el asiento del conductor encendió el motor y de inmediato fue por el reproductor.

—¿Te gusta el R&B[4]? —Preguntó apretando botones, la música comenzó a sonar.
—No le he prestado atención, para ser honesto —Dijo, porque no es que supiera mucho sobre géneros musicales.
—Este va a gustarte, porque es muy bueno —Comentó cuando la voz del cantante comenzó—. Es un amigo —Henry asintió y le pareció que la voz era muy bonita, melodiosa y suave, una caricia al oído— Escucha eso, escucha eso —Indicó Lucas cuando arrancó el auto y entonces el cantante soltó una nota altísima que erizó los vellos del cuerpo de Henry.
—*Wow*.
—Te dije. Ishmael es el mejor —Lucas comenzó a tararear y mover la cabeza al ritmo de la música. Henry tenía como dos

---
[4] R&B: Rhythm and blues

millones de preguntas que hacerle, pero Lucas se veía relajado mientras conducía y no quería importunarlo

Casi de inmediato entraron a una zona residencial y Lucas manejó a través de casas elegantes, finalmente se detuvo frente a un portón de madera enorme y accionó el mecanismo de apertura desde un aparato que estaba sostenido del parasol del asiento del conductor. Cuando las puertas se abrieron lo primero que vio Henry fue un camino empinado, Lucas condujo aproximadamente un minuto y medio hasta que finalmente Henry pudo ver la casa de tres pisos y tan ancha que casi no le alcanzó su visión periférica.

—Linda casita —Apuntó Henry sin sonreír.
—Gracias. No encontré una más grande —Dijo Lucas estacionando en el lado lateral derecho donde habían al menos ocho autos más.
—¿Cuántas personas viven aquí? —Preguntó Henry bajándose del auto.
—Yo solo —Lucas sacó el bolso del asiento trasero y se lo encasquetó en el hombro, cerró la puerta y accionó la alarma.
—¿Vives solo en esta casa, Lucas? —El otro chico asintió—. Suena… —Henry buscó una palabra adecuada para describir lo que pensaba—. Triste.
—Velo de esta forma, si algún día decido que es una buena idea casarme y tener hijos la casa se convertiría en algo muy útil, ¿no crees?
—Seguro.
—Vamos.
—¿Todos estos autos son tuyos? —No pudo evitar preguntar. Lucas asintió—. ¿Y cómo los manejas? Quiero decir conduces una cuadra, estacionas uno, vuelves por otro y conduces otra cuadra o… —La risa de Lucas rebotó en el aire.
—Me gustan los autos.
—Es obvio —Completó.

Lucas negó con la cabeza y siguió sonriendo todo el camino hasta las escaleras principales de unos cinco escalones, buscó las llaves pero antes de que la hiciera entrar en la cerradura, la puerta fue abierta. Un hombre con traje estaba parado tan recto que parecía antinatural.

—Bienvenido, señor Hamilton —Dijo con formalidad.
—Hola, Greg —Saludó Lucas entrando a la casa—. Pasa, Henry —Dijo. Greg miró a Henry de la cabeza a los pies y no disimuló en absoluto su curiosidad al ver los "zapatos"— hey, Greg, Henry va a quedarse en casa unos días, así que necesitamos una habitación para él.
—El cuarto de huéspedes de la planta baja está siempre listo.
—No. Arriba —Expresó Lucas caminando hacia el living, dejó el bolso sobre el sofá.
—Me encargaré de inmediato de acondicionar alguna de las habitaciones de arriba.
—Y dile a Gerllet que necesitamos algo de comida.
—Entendido.

Henry no se sintió cómodo con aquel listado de instrucciones. Se quedó un poco rezagado, pero observó que Lucas le decía algo a Greg al oído antes de volverse hacia él.

—Ven, voy a enseñarte la casa —Dijo Lucas y Henry notó que básicamente él no preguntaba, daba órdenes, en un tono educado pero órdenes al fin—. ¿Henry? —Insistió. Él sonrió, dejó la bolsa sobre una mesa ratona y siguió a Lucas.

La casa era realmente enorme, les llevó casi una hora recorrer sólo la planta baja, y Henry estuvo genuinamente convencido de que Lucas se había perdido a mitad del recorrido. Cuando se dispusieron a subir las escaleras hacia la segunda planta, Greg venía bajándolas.

—Señor Hamilton, la habitación está lista —Anunció.
—Gracias, Greg. Avísame cuando esté lista la cena.

—Como usted diga.
—Vamos, Henry —La orden de nuevo. Henry volvió a reír—. ¿Qué?
—Me preguntaba qué pasaría si yo simplemente no voy.

La expresión de Lucas fue de desconcierto.

—¿Qué quieres decir?
—Tú no preguntas muy a menudo. Sólo… ordenas.

Lucas se detuvo a mitad de las escaleras y lo miró alzando la vista, pues Henry era un poco más alto que él.

—¿Ordeno?
—Sí. No es una sugerencia. Lo haces sonar como una, pero en el fondo es una orden.
—No sabía que se percibía así.
—Bien, ahora lo sabes —Dijo Henry.
—No sé como sentirme respecto a esto —Señaló Lucas y continúo subiendo—. ¿Vienes? —Preguntó.
—Sí, ¿por qué no? —Henry lo alcanzó y siguieron subiendo.
—Eso no sonó como una orden.
—Porque no quisiste que sonara como una —Lucas rió un poco.
—Tal vez —Llegaron al rellano y Henry no pudo contar la cantidad de puertas que había a ambos lados. Lucas tomó hacia la izquierda y él lo siguió. Caminaron unos cuantos metros y llegaron a una puerta—. Esta es tu habitación, Henry.

Henry se preguntó por qué se sorprendió al ver que la habitación tenía una pequeña sala antes de encontrar las puertas deslizantes que daban a donde estaba la cama.

—Este es el vestidor —Indicó Lucas señalando la puerta derecha a la cama—. Y este el baño —Señaló la puerta izquierda—. Y ambos están conectados por un balcón.
—Siento que voy a perderme —Susurró Henry.
—¿Por qué?

—Toda en esta casa es demasiado grande. Se siente sola.

Lucas bajó la mirada.

—Es bastante grande, lo sé, pero el tamaño no tiene nada que ver con la soledad. Ya sabes, puedes estar en un cuarto de dos metros por dos metros lleno de gente y aún así sentirte solo.
—¿Tú te sientes solo, Lucas? —Preguntó acercándose un poco. Lucas lo miró y negó con la cabeza, pero no era un "no" a su pregunta, parecía, por el contrario, algo como "es obvio"
—Debería dejarte solo para que descanses o algo. Arriba está el gimnasio y la sala de juegos, hay una especie de sala para ver películas y puedes…
—Lucas, estoy bien. Y no tienes que contestar si no quieres.
—No es eso.
—Es exactamente eso, pero está bien.

Henry caminó hasta la puerta del vestidor y miró un poco, aunque sólo intentaba hacer algo.

—Mi habitación queda justo al lado, si necesitas algo…
—Gracias, Lucas —Dijo. Lucas fue hasta la puerta y Henry habló por impulso—. Lucas…
—¿Sí? —Preguntó deteniéndose.
—Gracias — Repitió.
—¿Por qué?
—Por cuidar de mí.

Lucas le dio una media sonrisa y salió de la habitación. Cuando Henry se quedó sólo, se sentó en la cama y tocándose el pecho se preguntó si alguna vez su corazón volvería a latir con regularidad cuando Lucas estuviese cerca de él.

# Capítulo 7

*Wasn't prepared for when I met you*
*When ivy green saw a sea of blue*

*No estaba preparado cuando te conocí*
*Cuando la hiedra verde vio al mar azul*

Cuando los golpes sonaron en la puerta Lucas se paró tan rápido de la cama que se sintió mareado, pero como siempre, se impuso al malestar y fue hasta la puerta. Greg estaba de pie y tan firme como siempre. Desde el principio a Lucas le había desagradado la idea de tener un mayordomo, pero a la larga resultó ser un empleado eficiente y un peso menos en su espalda, todo su personal de servicio estaba a cargo de Greg y Lucas sólo debía chascar los dedos y lo que quería se cumplía. *Oh*, tal vez a eso se refería Henry cuando hablaba de las órdenes. Nunca se había puesto a pensar en eso.

—Señor, la cena está lista.
—Genial, Greg. Gracias.
—¿Le aviso a su invitado o...
—Yo lo haré. Gracias —Greg se retiró y Lucas no salió de su habitación, pues desde que se había quedado solo, se preguntó, por qué rayos había llevado a Henry allí. Era obvio que el chico no tenía nada. No había llamado a nadie para que lo fuese a buscar a la clínica. No tenía documentos. Podía ser un psicópata asesino en realidad y él sólo...—. Sólo lo invitaste a vivir contigo —Se mofó de sí mismo. No tenía idea de qué le pasaba con este chico, pero el solo pensamiento de dejarlo a la deriva lo hacía sentir enfermo—. Maldita sea, necesito terapia —Susurró, se restregó la cara y salió para buscar a Henry. Dio un par de golpes a la puerta y esta se abrió a los pocos segundos.
—Hola —Saludó Henry con una sonrisa y Lucas se tuvo que apoyar en el marco de la puerta para no perder el equilibrio. ¿Qué le estaba pasando? —. ¿Pasa algo? —Preguntó el chico.
—Eh... Cena. La cena está lista —Indicó—. ¿Vamos?

—Seguro.

Ambos fueron hasta las escaleras y Lucas fue muy consciente del cuerpo de Henry a su lado. Era más alto que él, casi una cabeza de ventaja, era delgado y tenía un andar elegantemente desgarbado. Sus piernas eran largas y delgadas y...

—¡Tus zapatos! —Exclamó al ver que todavía llevaba los que le habían dado en la clínica—. No te preocupes por eso. Mañana lo resolvemos.
—Estoy bien.
—No puedes ir por la vida con eso como zapatos. Al menos dime cómo los perdiste —Insistió.

Henry se sonrojó y eso hizo que Lucas se detuviera en seco. ¡Qué criatura tan adorable! Parecía un niño inocente. Dios, Lucas se tuvo que patear mentalmente para retomar el paso hacia el comedor.

La mesa estaba servida y ambos tomaron asiento. Lucas estaba listo para empezar a comer cuando Greg llegó hasta él con el teléfono de la casa en la mano.

—Tiene una llamada del Señor Jenkins.
—No quiero tomarla ahora —Expresó sin siquiera pensarlo, lo menos que necesitaba era a Peter fastidiándolo todo.

Greg asintió y salió del comedor. Lucas escuchó el intento de rechazo.

—Pero Señor Jenkins... Señor Jenkins... Por favor, escúcheme... Señor Jenkins

Lucas se puso de pie y salió del comedor, arrebató el teléfono de las manos de Greg y habló.

—¿No me puedes dejar cenar malditamente en paz, Peter? —Profirió.
—*Ah, cenar. ¡Qué idea tan adorable, Lucas! ¿Sabes que más es adorable? ¡Almorzar!* —Exclamó la última palabra—. *¡Almorzar con tu jodida novia!*

*Mierda*. Lucas despachó a Greg con la mano y buscó donde sentarse. Había olvidado por completo el almuerzo con Elena.

—*Están en todos los putos titulares, Lucas. Elena estuvo dos horas en el maldito restaurant, trató de no ser vista pero había un grupo de* paps *independientes y la capturaron. Ella trató de arreglarlo llamando a una amiga para que comiera con ella, pero su amiga no pudo llegar por un atasco en la vía. Ahora* #LukePlantoAElena *es tendencia en* twitter. *¡Bravo!*
—Mierda —Soltó entre dientes—. No fue a propósito, Peter —Dijo—. Anoche ocurrió algo y…
—*¡Excusas, Lucas! Todo el tiempo es una maldita excusa y yo tengo que pasar el día arreglando lo que jodes.*
—Bueno, te recuerdo que es tu maldito trabajo, ¿no?
—*Esta mierda es un trabajo en equipo. Una mano lava la otra y francamente me estoy cansado de tu mierda.*
—Escucha —Dijo tratando de arreglar las cosas. Peter era una mierda de persona pero un maldito brillante agente. No quería perderlo de momento—. Anoche tuve un accidente.
—*¿Sí?* —Preguntó Peter con escepticismo—. *¿Tropezaste con tu enorme ego y caíste por las escaleras?* —Lucas tomó una inhalación antes de decir algo irreversiblemente inapropiado—. *¿Entonces, qué dices que pasó?*
—Atropellé a alguien.
—*¿¡Qué mierda estás diciendo!?*

Lucas tuvo que apartar el teléfono de su oído.

—Lo que escuchaste —Dijo unos segundos después.
—*¿Atropellaste a alguien?*
—Sí.

—*Maldita sea, me van a despedir. No voy a poder controlar dos escándalos a la vez.*
—¿Sabes que es lo gracioso? —Preguntó él con ironía—. Han pasado 24 horas de eso y nadie se ha enterado, así que en lo que a mí concierne tienes sólo un escándalo en tu bandeja de asuntos por resolver —El silencio de Peter demostraba que estaba de acuerdo con él—. Mira, me encargué de todo, pero no voy a hacer ninguna maldita prensa "social" hasta que esté seguro que el chico está bien.
—*¿Un chico? ¿Cuántos años tiene, Lucas? Necesito los detalles.*
—No los necesitas. Si algo llega a filtrarse te diré todo, pero de momento prefiero mantenerlo en mi plato.
—*Tarde o temprano va a saberse.*
—Te apuesto a que no.
—*Necesitamos que seas visto con Elena.*

Lucas soltó un suspiro.

—Realmente no quiero…
—*Dejemos algo claro, esta clase prensa no es algo que esté en tu poder. La haces y punto* —Lucas no dijo nada, odiaba la trampa en la que había caído. Porque su relación con Elena era eso: una trampa. Peter había sugerido que conociera a esta chica, una *socialité* abriéndose caminos. En el primer momento a Lucas no le pareció algo descabellado, así que aceptó conocerla. Elena fue adorable, simpática, graciosa y súper comprensiva con el estilo de vida que él tenía que llevar. Una salida llevó a la otra y él quiso intentar llevar las cosas a un nivel más serio. Primer error de una serie de errores—. *Mañana te verás con ella, en cuanto resuelva con los* paps *y el lugar te quiero allí, ¿está claro?*
—Como el agua —Respondió con fastidio.
—*Lucas, eres un maldito grano en el culo* —Soltó Peter.
—Y te pago para que me soportes —Dijo y cortó la llamada, tiró el teléfono al otro extremo del sofá y dejó caer la cabeza entre sus manos.

—¿Estás bien? —Henry estaba parado en la entrada de la sala, sus grandes ojos verdes lo miraban con genuina preocupación y Lucas sintió que le faltaba el aire.
—Sí... —Susurró.
—Sonaba como si estuvieras molesto por algo.
—Tal vez.
—¿Siempre eres tan críptico?
—¿Qué quieres decir?
—Que te he hecho un montón de preguntas y básicamente has contestado una o dos, por lo demás, tienes una capacidad increíble para cambiar el tema.
—Podría decir lo mismo.

Ambos se miraron unos segundos.

—El asunto es que si yo contestara a todas tus preguntas, probablemente no creerías ninguna de mis respuestas —Dijo Henry y apartó la mirada, se recostó en el marco de la entrada y la visión era gloriosa.
—Tal vez si hiciéramos preguntas simples obtendríamos algunas respuestas. ¿No crees?
—Suena justo —Henry sonrió—. ¿Te parece si volvemos al comedor y…
—Sí. Estoy muerto de hambre, para ser honesto —Comentó y se puso de pie.

Volvieron a la mesa. Comenzaron a comer en silencio, probablemente debido al hambre. Todo estaba delicioso.

—Es muy bueno —Dijo Henry de pronto con una expresión de satisfacción en el rostro. Lucas sonrió.
—Gerllet es la mejor. La mejor del mundo.
—Nunca había probado algo así.
—Si quieres más…
—No así estoy bien. Gracias —Henry dejó los cubiertos sobre el plato. Dios, tenía unos dedos estilizados y largos, uñas limpias que llegaban justo a la punta de los dedos. Momento, qué diablos

pasaba, no es que Lucas fuese hacerle la manicura, ¿no? Necesitaba dormir, definitivamente necesitaba dormir en su propia cama y despejarse. Desde el maldito accidente estaba teniendo los pensamientos más raros del mundo y eso debía parar.

Greg volvió en ese momento.

—¿Se les ofrece algo más?
—¿Algo, Henry? —Preguntó.
—No. Gracias.
—Bien, entonces vamos para que puedan limpiar esto.

Henry lo miró con una sonrisa.

—Me gustaría ayudar a recoger esto. No es demasiado.
—Pero… —Comenzó a decir. Sin embargo, Henry ya había apilado los platos y los cubiertos—. Greg puedes… ir por ahí y hacer algo —La expresión en la cara del mayordomo era para tomar una fotografía: una mezcla entre la sorpresa y una aneurisma, pero obedeció y salió del comedor—. Sabes que les pago a estas personas por hacer esto, ¿no?
—Sí, pero no vas a morir por recoger la mesa una vez en la vida, ¿no?

Lucas tomó los vasos y sonrió.

—Supongo que no.
—Así que… ¿Dónde queda la cocina? Porque no quiero mentirte diciendo que recuerdo donde quedan las cosas aquí.

La sonrisa de idiota hizo que Lucas quisiera golpear su enorme cabeza contra las paredes, sin embargo sólo siguió caminando hacia la cocina. Henry fue directamente al lavaplatos.

—Vamos, déjalos ahí. Mañana alguien va a lavarlos.

—Olvídalo, me gusta hacer cosas domesticas —Dijo lavando el primer plato. Lucas dejó los vasos también.
—¿Así que eres del tipo doméstico?
—Bastante, sí.
—Bien —Lucas pensó que era buen momento para hacer preguntas simples—. ¿Cuál es tu color favorito?

Henry sonrió y se sonrojó un poco. No levantó la mirada de los platos.

—¿Qué? —Dijo intentando matar una sonrisa, pero ese gesto acentuaba más los hoyuelos en sus mejillas.
—¿Cuál es tu color favorito? —Insistió Lucas—. Es una pregunta simple, sé que puedes responder eso —Entonces Henry lo miró y contestó.
—Azul. Definitivamente azul —Lucas sonrió porque ese también era su color favorito, toda su vida—. ¿Y el tuyo? —Preguntó Henry y sus ojos se abrieron expectantes.
—Verde.

*Santa Madre Dios*, se dijo Lucas, él no estaba coqueteando con Henry, ¿no?

—Definitivamente verde —Aseguró.

Sagrada mierda. Él lo estaba haciendo.

# Capítulo 8

*And the dangerous tricks
people play on the eyes of the innocent*

*Y los trucos
peligrosos que
la gente juega en los ojos de los inocentes*

Henry terminó de lavar los platos de la cena sin volver a mirar a Lucas por un millón de razones, la más importante: Lucas lo intimidaba de una forma arrolladora. Su voz era suave y a la vez algo ronca, era difícil describirla para definirla propiamente, pero la sensación al oírla era... era simplemente perfecta, no había otra palabra para ello. Henry se pasó los dedos por el cabello y se preguntó por qué todo en Lucas tenía un efecto positivo en él. Era difícil creer que Lucas necesitara ayuda precisamente, parecía una persona... normal, con los problemas cotidianos de cualquier humano. Bueno, sí había algo más allá de los problemas normales, Lucas se sentía solo, no tenía que confirmárselo.

—Entonces... —No se le ocurrió decir nada más.
—Entonces —Dijo Lucas sonriéndole. Sus ojos azules brillaron como luceros en la noche oscura y Henry tuvo que sostenerse de la superficie de mármol de la isla principal de la cocina porque sus piernas flaquearon.
—¿Cuál fue el problema con la persona con la que hablaste hace un rato? —Se aventuró a preguntar. No podía desviar el objetivo de su misión en la Tierra simplemente porque Lucas causaba estragos en él con sólo respirar.
—Es complicado —Respondió, y Henry soltó una sonrisa.
—Tú eres complicado.

Lucas lo miró y rió tapándose la boca con el puño. Un gesto que a Henry le pareció fuera de lugar, Lucas no parecía ser una persona tímida, así que el gesto no parecía muy propio de él.

—No creo que sea una pregunta fácil de todos modos —Señaló tras unos segundos.
—Yo creo que lo es —Insistió.
—Tal vez no hemos llegado a ese nivel de conversación o de confianza, ya sabes. Nos conocimos hace veinticuatro horas.
—Y aún así me pediste que me viniera a tu casa.
—Sí. Lo hice —Aceptó y parecía que él tampoco podía creerlo.
—¿Crees que puedas decírmelo en algún otro momento? No ahora, pero tal vez en otro momento… —Lucas asintió—. Bien.
—Tal vez deberíamos ir a dormir. Es tarde.

Subieron en silencio, pero de alguna forma no era incómodo. Henry entró a la habitación y Lucas siguió hacia la puerta de la suya.

De haber sido por él habría estado sin camisa todo el tiempo, esta le molestaba en las heridas, así que era maravilloso poder quitársela. La puerta sonó y de inmediato se abrió. Henry volteó hacia allí para encontrar a Lucas.

—Hola —Dijo con la camisa enrollada a la altura de su pecho.
—Hola. Disculpa que te moleste pero… —Lucas se señaló la espalda—. Hay que cambiarte los apósitos —Henry asintió y se terminó de quitar la camisa. Ambos miraron la bolsa de las medicinas que estaba sobre la mesa de noche, probablemente llevada allí por Greg.

Lucas caminó hacia allí y sacó todo, poniéndolo meticulosamente sobre la superficie. Henry se quedó de pie contemplándolo, porque se sentía bien, es más, no se dio cuenta de que estaba sonriendo hasta que comenzaron a dolerle las mejillas, entonces intentó dejar de sonreír pero de alguna manera era imposible.

—Entonces… —Dijo Lucas volviéndose hacia él, y cuando se miraron le sonrió también—. ¿Podrías venir? porque es más difícil si te quedas allí parado…

—Seguro —Henry caminó hasta la cama, de ninguna manera iba a acostarse, se sentó dándole la espalda a Lucas que estaba sentado en la cabecera del lado izquierdo. Cuando las yemas de los dedos de Lucas tocaron el borde del adhesivo Henry se tensó.
—¿Qué?
—Es sólo que tus dedos están fríos, lo siento.
—No, yo lo siento —Expresó Lucas y apartó los dedos, Henry lo escuchó soplar y volteó a mirarlo. Lucas estaba soplando la punta de sus dedos para que no estuvieran tan fríos.
—Está bien —Dijo y se volteó de nuevo. Entonces Lucas quitó los tres apósitos sin casi tocarlo.
—Se ven mucho mejor —Comentó por lo bajo—. Realmente lamento esto.
—Escucha, ya pasó. Y para ser honesto, te has portado de forma definitivamente comprometida. Sé que lo lamentas realmente, así que no te disculpes más.
—Eres un tipo muy extraño, Henry Hart —Dijo Lucas y aunque Henry no lo podía ver sabía que estaba sonriendo mientras le hablaba—. Otro en tu lugar estaría demandándome por mucho dinero, y ganaría, eso seguro.
—¿Tiendes a pensar lo peor de todo el mundo? —Preguntó de pronto, porque eso parecía.
—No fue siempre así —Contestó Lucas, cuando dejó caer unas gotas de lo que usaban para limpiarle las heridas. Henry sintió dolor, pero apretó los dientes y evitó moverse sólo porque Lucas parecía no darse cuenta de que estaban hablando de cosas realmente serias—. Pero cuando entras en este mundo, las cosas cambian. Tú cambias. Las personas a tu alrededor también cambian y terminas desconfiando de todo el mundo.
—¿Todos cambian?
—Eventualmente.
—¿Tus amigos?
—Algunos.
—Entonces no eran tus amigos.
—Exacto.
—¿Y tu familia?

—Son unos héroes —Respondió con una nota de orgullo en la voz—. Ellos han sido acosados tantas veces que... Sabes, yo sólo quería jugar fútbol, no quería toda esta atención —Confesó—. Pero todo tiene un precio y debes pagarlo porque no hay muchas opciones sobre la mesa.
—Lamento que no hayas tenido opciones.

Lucas siguió limpiando las heridas y no hablaron por un rato, cuando Lucas comenzó a tapar la primera herida dijo en tono divertido.

—No todo es malo, ¿sabes?
—¿No?
—No. Tengo un montón de cosas gratis —Ambos rieron tan alto que les provocó más risas y les costó mucho parar—. Está hecho —Dijo Lucas cuando terminó con el último apósito y entonces Henry sintió como sus dedos recorrieron un tramo de piel desnuda y el escalofrío que lo recorrió casi lo hizo gritar. Cuando se giró para ver a Lucas este se puso de pie rápidamente—. Buenas noches —Fue hacia la puerta y salió sin decir nada más.
—Buenas noches... —Dijo Henry a la nada.

Se recostó en la cama sobre su estómago y apagó la luz de la mesa de noche, pero, evidentemente no podía dormir.

# Capítulo 9

*And your actions speak louder than words*

*Y tus dicen más que tus palabras*

Lucas entró a su habitación dando tumbos y cerró la puerta con seguro. Sus manos temblaban y no quería ver lo que estaba pasando por debajo de su cintura. Con temor, bajó la mirada y bufó al confirmar sus sospechas, tenía una tienda de campaña en sus pantalones. Diablos, había pasado sus dedos por la piel sana de Henry como si se le fuera la vida en ello. Era tan suave y se sentía tan bien bajo sus dedos, había sido una caricia inconsciente, eso seguro, pero de inmediato su cuerpo recibió una descarga y de pronto estaba excitado como el demonio.

—¿Qué mierda es esto? —Se preguntó volviendo a ver su parte delantera. ¡Él tenía una dura y dolorosa erección por un hombre! Habían pasado años ¡AÑOS! desde la última vez que había pasado, pero esa vez él era un adolescente y por cualquier cosa se ponía duro—. ¡No soy gay! —Murmuró para sí ese mantra que se repitió durante meses—. No puedo serlo —Pero la palpitación en su entrepierna le estaba gritando lo contrario, era como si su sexo supiera exactamente lo que quería, y eso era el hombre que estaba al lado de su habitación—, esto simplemente no está pasando —Se trató de convencer, pero, Dios, había sentido chispas en las yemas de sus dedos al tocarlo y cuando estaba limpiando las heridas había deseado inclinarse y hundir su nariz en la línea de la columna de Henry para saber a qué olía—. ¿Qué está pasándome? —Susurró dejándose caer de espalda sobre su cama.

Tal vez estaba en una especie de *shock* post accidente. Todo había sido bastante traumático y él sólo quería compensar a Henry por tomarse todo el asunto con tanta calma. Sí, era eso, una especie de post traumatismo. No era que Lucas iba a pasar de nuevo por esto. No otra vez. Trató de hacer llegar el mensaje a todo su cuerpo, especialmente a esa parte que ahora latía en protesta, como si estuviese en total desacuerdo con eso.

Decir que había dormido un par de horas sonaba bastante exagerado para él. Cuando decidió que ya estaba aburrido de seguir en la cama intentado reconciliar el sueño, todavía estaba oscuro. Se metió a bañar y cuando salió tomó su teléfono. No le sorprendió que Peter no contestara, tal vez estaba durmiendo aún pero le dejó un mensaje de voz y decidió asegurarse enviándole uno de texto.

Revisó en su vestidor y fue a la sección en la que estaba la ropa que no utilizaba porque no le quedaba, normalmente eran grandes para él. Se armó con un montón bastante surtido y salió hacia la habitación de Henry.

—Pase —Dijo la voz amortiguada desde dentro. Lucas se movió con dificultad para abrir la puerta y cuando entró Henry seguía en la cama, sentado y con las sábanas enrolladas entre las piernas desnudas.
—Hey —Saludó—. ¿Te desperté?
—No —Contestó Henry frotándose los ojos, su voz sonó rasposa y lenta. Deliciosamente lenta—. Tenía un rato despierto, sólo no me podía levantar de la cama —Confesó sonriendo.

Lucas dio un paso dentro de la habitación y dejó las ropas sobre un sofá individual, dejando salir el aire, necesitaba calmarse.

—Te traje —Tuvo que aclararse la garganta, pues las palabras parecieron arrastrarse en su garganta seca—. Te traje algunas ropas que podrían quedarte, al menos hasta que quieras ir y comprarte algunas cosas a tu gusto.
—No tengo dinero, como puedes adivinar.
—Lo sé. Pero no debes preocuparte por eso.
—¿Qué quieres decir?
—Que no te preocupes por eso —Repitió.

Henry frunció el ceño.

—Necesito un trabajo.
—Sí, pero no ahora. Espera a estar recuperado del todo y luego vemos que puedes hacer, ¿te parece? Es un buen trato.
—No sé.
—Por favor.
—Pero no se siente bien…

Lucas lo entendía, pero él tenía solidez económica como para atender a Henry.

—Sé mi amigo.
—¿Qué?
—Necesito un amigo. Uno real. Podrías ser algo como…. Mi consejero.

Henry soltó una risa tan graciosa que Lucas se contagió.

—Esa figura no existe desde hace siglos.
—Pero creo fervientemente que necesito uno.
—Lucas, no quiero que me pagues por ser tu amigo —Dijo Henry adoptando una expresión seria.
—Pero no sé qué decirte para que te quedes entonces —Porque él *necesitaba* que Henry se quedara.
—De alguna manera no quiero irme.

Lucas alzó la mirada y se encontró con la de Henry.

—¿Te vas a quedar?
—Tanto como tú quieras que me quede —Esa respuesta causó una sonrisa instantánea en Lucas.
—Tomaré tu palabra.

Tras unos segundos en silencio Henry lo miró y sonrió.

—¿Sabes que quiero con mucha ansiedad? —Preguntó y Lucas negó, sin poder conectar una idea coherente de que podía querer—. Una ducha —Lucas soltó una risa tonta.
—Ahí tienes un baño.
—Sí, pero ¿recuerdas que la enfermera dijo que no podía mojarme las heridas? —Lucas asintió.
—Mierda. Joder. Cierto. Lo lamento, olvidé eso por completo —Dijo y fue hasta la mesa de noche donde había dejado los apósitos, buscó el adhesivo impermeable. Henry se giró un poco para darle la espalda y cubrió las tres gasas con el adhesivo para que no se mojaran las heridas. Cuando terminó, Henry se puso de pie y Lucas desvió la mirada porque el tipo iba en bóxers solamente.
—Gracias.
—No hay problema. Voy a esperar a que salgas para limpiarte de nuevo, ¿vale? —Henry asintió y entró al cuarto de baño.

Lucas caminó por la habitación y decidió que lo más inteligente que podía hacer era poner distancia. Así que tomó la ropa del sofá y la trasladó a la cama, luego cerró las puertas deslizantes para darle privacidad a Henry *¿o para poner un obstáculo sólido entre tú y Henry?* Escuchó su propia voz en la cabeza.

—Tal vez un poco de ambas razones —Murmuró apoyando los brazos en sus muslos y apretando las manos en un puño. No entendía la necesidad de tener a Henry a su alrededor. Era como si de pronto una mano invisible hubiese apretado algún botón dentro de él. Estaba muy asustado. Su móvil sonó.

—Hey, JP —Saludó.
—*Hola, ¿cómo estás?* —Preguntó su amigo al otro lado de la línea.
—Bien.
—*¿Y Henry?*
—Mejor.
—*¿Vas a entrenar hoy?*
—Sí. Lo necesito.

—*Bien. Van ayer estaba muy deprimido y de vez en cuando lloriqueaba un poco, preguntando por su bebé.*
—No seas idiota —Soltó Lucas sonriendo.
—*Lu, ¿Qué estás haciendo?*
—¿Sobre qué?
—*Sobre Henry.*
—¿Qué quieres decir?
—*¿Él está en tu casa ahora?*
—Sí.
—*Exacto.*
—James, habla claro.
—*Escucha, es… simplemente es extraño, ¿sabes? Entiendo que quieras ayudarlo, pero ¿llevarlo a tu casa? No lo sé… ¿Acaso lo conoces?* —Lucas no supo qué decir—. *Mira, no estoy tratando de fastidiarte o algo, es sólo que…*
—Nos vemos en el entrenamiento, James. Ahora tengo cosas que hacer.
—*No te molestes, Lu… No es mi intención.*
—No estoy molesto. Pero estoy ocupado.
—*Lo siento. Nos vemos en el campo.*
—Adiós —Colgó.

Lucas miró el móvil como si el pobre aparato tuviese la culpa de todas sus desgracias y todo el desastre en el que estaba envuelto. Las puertas corredizas se abrieron y Henry estaba allí de pie, había optado por usar un pantalón deportivo negro con líneas laterales blancas, estaba sin camisa porque había que cambiarle los apósitos. O… porque quería causarle un ataque al corazón a Lucas.

—¿Qué tal la ducha? —Preguntó.
—Excelente —Contestó Henry sonriendo.
—Me alegro. Sólo tienes que decirme cuando necesites ayudas, ¿sabes? —Expresó Lucas cruzando de nuevo las puertas deslizantes. Henry no contestó, Lucas apreció como sus mejillas se colorearon y luego se sentó en la cama—. Hablo, en serio,

Henry —Completó—. Estoy aquí para ayudarte, así que no temas pedirme ayuda. En cualquier momento.
—Gracias, Lucas —Dijo Henry, y él empezó a hacer la limpieza de las heridas. Nunca antes se había encargado de otra persona de esa manera. Bien, eso no era del todo cierto, hacía mucho, cuando él todavía vivía en la casa familiar, cuidaba de sus hermanas pequeñas, ahora no, por supuesto.

Sus manos trabajaron rápida y efectivamente, y eso que cada vez que sus dedos hacían contacto con la piel de Henry recibía pequeños pero contundentes impulsos eléctricos, de hecho, tenía los vellos erizados.

—Terminamos —Señaló dejando los apósitos descartados en una esquina de la mesa de noche. Henry se giró un poco y sus miradas se cruzaron.

—Sé que te lo he dicho demasiadas veces —Comenzó a decir y sonrió—, pero, gracias, Lucas —Henry estaba casi del todo frente a frente con él y Lucas por primera vez en su vida experimentó la magnetización en carne propia, su cuerpo se fue inclinando involuntariamente hacia adelante, acercándose peligrosamente a Henry, tanto que percibió el calor de su cuerpo, su cabeza se inclinó un poco hacia la derecha y sus labios se entreabrieron anticipándose a lo prohibido... Lucas tenía que probar esos labios rosados, rellenos y tan deseables que...

—¿Señor Hamilton se encuentra allí? —La voz de Greg llegó junto con los golpes en la puerta, y explotó una burbuja que en principio nunca debía haberse creado.

# Capítulo 10

*I think I love you but I make no sound*

*Creo que te amo pero no hago ningún ruido*

Henry dejó caer la cabeza entre sus manos en cuanto Lucas salió disparado como una flecha hacia la puerta principal de la habitación. No estaba muy seguro de lo que acababa de pasar pero todo su cuerpo era una masa inestable que estaba a punto de colapsar.

—Dime, Greg —La voz de Lucas devolvió a Henry a la realidad.
—Señor, un representante de *Adidas* dejó unos paquetes para usted, dijo que los había solicitado con urgencia y me pareció importante avisarle.
—Gracias —Dijo Lucas. Cuando Greg se marchó, él se volvió—. Te espero abajo —Antes de darle tiempo de nada se fue y dejó la puerta cerrada.

Henry soltó todo el aire que tenía y se restregó la cara. No podía pensar, su cabeza estaba hecha papilla y todo por tener a Lucas tan cerca. Si tan sólo Greg no hubiese interrumpido a lo mejor ellos hubiesen… Ni siquiera podía ponerlo en palabras, todo se trataba expresamente de emociones y sensaciones, de allí que su pecho casi doliera por la rapidez en la que latía su corazón.

Lucas era como el sol, el centro del Universo, la razón por la que había que despertar y vivir. Henry se puso una camisa blanca, sin ningún detalle y buscó sus zapatos de clínica, cuando iba a colocárselo este simplemente se rompió.

Salió de la habitación descalzo y bajó rápidamente por las escaleras, encontró a Lucas en la sala principal frente a unas 30 cajas de distintos colores.

—Espero que te queden —Dijo Lucas volviéndose y entregándole una caja—. Pedí tallas del diez al doce —Henry tomó la caja y se calzó los zapatos, le quedaron bien—. Tal vez debas ponerte calcetines —Sugirió Lucas.
—Son muchos zapatos.
—Escoge los que te gustan y en la tarde se llevan el resto de regreso —Henry abrió la boca para darle las gracias—. No lo hagas.
—¿Qué?
—Darme las gracias —Henry le sonrió.
—Está bien —Dijo y Lucas sonrió de vuelta—, pero gracias.
—Tan cerca —Bromeó. Henry revisó un par de zapatos—. Escucha, debo salir ahora, pero Gerllet está haciendo el desayuno, después puedes hacer lo que quieras.
—¿A qué hora regresas? —Henry preguntó sin ninguna doble intención, sólo quería saber cuándo estaría Lucas de regreso.
—Tal vez al medio día, tengo práctica y no puedo faltar de nuevo —Henry asintió—. Mira, voy a pedirle a Greg que busque mi antiguo móvil y te lo entregue, si necesitas algo, lo que sea, sólo llámame, ¿está bien?
—Sí.

Lucas recogió las llaves de la repisa negra que estaba junto a la puerta y su chaqueta la llevaba al hombro.

—Ten un... día agradable —Murmuró Henry casi con la esperanza de que Lucas no lo escuchara, pero él giró su cabeza y le sonrió.
—Tú también —Dijo y salió de la casa.

Henry se quedó de pie oyendo como Lucas encendía uno de los autos y este se alejaba de la casa. Cuando ya no escuchó nada eligió tres pares de zapatos al azar y dejó las cajas apiladas en una esquina de la sala.

Caminó tratando de encontrar a la primera oportunidad la cocina, pero no lo logró sino hasta el tercer intento. Cuando abrió la puerta encontró a una mujer alta y muy delgada frente a la cocina preparando salchichas y Greg estaba tomando un té el cual dejó de inmediato en la mesa, como si estuviese haciendo algo incorrecto.

—Por favor, termina tu té, Greg.
—Pero, señor, ¿desea algo?
—No. Sólo… quería saber cómo va todo —Dijo encogiéndose de hombros, aunque realmente no quería estar solo en esos momentos porque tenía demasiadas cosas en la cabeza, todas sobre Lucas, por supuesto—. ¿Podemos compartir el té? —Preguntó señalando la jarra con la infusión. Greg se precipitó sobre ello para servirle la bebida, pero Henry lo detuvo—. No te preocupes, yo puedo hacerlo —Apuntó, tomando una taza de la despensa más cercana—. Por favor, siéntate y termina tu té —Greg no parecía muy cómodo, pero obedeció y tomó el té—. Tómate tu tiempo, ¿está bien? Sin presión —Apuntó, se sirvió la infusión y se sentó frente a Greg. El silencio cayó sobre la cocina y Henry sintió que se ahogaba—. Entonces, ¿desde hace cuánto trabajas aquí, Greg?
—Estudié en *Butler-Valet School*[5], señor. Me recibí con honores y he trabajado para varias familia importantes en Londres, hace poco fui invitado a una charla académica en *Butler-Valet*, para hablar de mi experiencia…

Henry sonrió y tuvo que detener a Greg.

—Escucha, disculpa que te interrumpa, es muy emocionante lo que dices, pero hice una simple pregunta, no quiero que te sientas amenazado, de ninguna manera —Aclaró pues el tono de Greg parecía defensivo—. No me siento muy cómodo con tantas formalidades, así que estoy tratando de romper el hielo, solamente.
—Tres años, señor.

---

[5] http://www.butler-valetschool.co.uk

—Henry —Aclaró—. Por favor, dime Henry —Esto representó una sorpresa para Greg, que luego de unos segundos asintió—. ¿Cómo llegaste aquí?
—El Señor Hamilton necesitaba a alguien para que se encargara del hogar y las responsabilidades que esto acarrea, así que su agente, el Señor Jenkins contactó a la agencia para la cual trabajo y obtuve el puesto.
—Genial —Dijo Henry sonriendo—. ¿Y cuánto tiempo tienes tú aquí, Gerllet? —La mujer dio un respingo al escuchar su nombre. Miró a Greg con ojos cargados de sorpresa.
—Ella no habla muy bien inglés, señor —Acotó Greg en tono bajo—. Gerllet, el señor Hart —Dijo Greg señalándolo y hablando lentamente—. Quiere saber ¿Cuánto tiempo tienes trabajando con el señor Hamilton?
—Cuatro años —Contestó con un acento fuerte y rudo.
—¿Cómo…—Comenzó Henry y miró a Greg.
—¿Cómo llegaste a trabajar con él?

Gerllet bajó la llama de una hornilla y se volvió hacia ellos.

—Yo trabajo de cocinera en restaurant —Dijo y Henry prestó toda su atención. Él bien podía pedirle que hablara en su idioma natal e iba a entenderlo, pero le pareció grosero con Greg dejarlo fuera de la conversación—. Señor Hamilton come en restaurant cada noche. Pero Señor Hamilton está muy delgado. Señor Hamilton quiere comida mejor —Continuó—. Señor Hamilton habla conmigo fuera del restaurant. Señor Hamilton ofrece cosas buenas para trabajar en casa. Dejo trabajo en restaurant. Cocino para el señor Hamilton.
—Interesante —Expresó Henry. Greg asintió. Entonces Gerllet sirvió un plato y Greg lo puso en una bandeja.
—Si es tan amable, señor Henry —Henry rió, pues Greg había encontrado la forma de seguir llamándolo "señor"—, llevaré su desayuno al comedor.
—De ninguna manera —Señaló Henry—. Comeré aquí —Dijo—. ¿Ustedes ya desayunaron? —Greg y Gerllet se miraron—. Vamos a comer aquí entonces, no quiero comer solo.

Un poco aprehensivos ambos se unieron al desayuno, no hablaron en absoluto, pero al menos Henry no estaba en un comedor ridículamente grande desayunando solo.

—Esto está increíble, Gerllet —Dijo saboreando los restos del desayuno inglés en su boca—. Excelente.
—Gracias —Dijo claramente y vio un sonrojo en sus mejillas. Henry sospechó que no recibía cumplidos muy a menudo.
—Apuesto a que Lucas sabe lo muy afortunado que es de tenerte. De tenerlos a los dos —Se puso de pie y trató de recoger los platos.
—Señor, no puedo permitir que esto ocurra.
—Quiero lavar los platos, eso es todo.
—Señor…
—Apuesto a que hay muchas cosas que hacer. Puedes ir y yo hago esto rápido.
—Si el señor Hamilton…
—Yo me encargaré del Señor Hamilton, Greg —Henry recogió los platos y comenzó a lavarlos, sentía la mirada de Greg en su espalda pero lo ignoró por completo. Gerllet también parecía querer detenerlo, pero decidió ir y recoger los restos de comida.
—Si desea algo, sólo avíseme —Dijo Greg y salió de la cocina. Henry sonrió.

Henry pasó el resto de la mañana tratando de recorrer lugares estratégicos de la casa y volver a la sala o las escaleras, se perdió un par de veces pero ya tenía casi toda la planta baja lista. Casi a medio día estaba de pie frente a uno de los ventanales admirando el jardín, era una extensión de verde adornada por estatuas de estilo grecorromano.

—Señor Henry —Greg estaba tras él—. El señor Hamilton me pidió que le entregara esto —Greg estiró la mano—. El número del Señor Hamilton está en su lista de contactos rápidos.

—Genial —Dijo Henry y miró la cosa como si fuese lo más raro que había visto en su vida. Él no había tocado un móvil, como si lo necesitara arriba. De pronto el aparato comenzó a sonar con la canción que Lucas había estado oyendo en el auto cuando volvían del hospital.
—Es el Señor Hamilton —Indicó Greg. Henry volvió a mirar el aparato. Greg deslizó el dedo de izquierda a derecha sobre la parte frontal y volvió a ofrecerle el móvil.
—Gracias —Dijo y se llevó el aparato al oído—. ¿Lucas? —Preguntó con cautela.
—*Veo que todavía funciona* —La voz de Lucas llegó del otro lado y Henry le dio la espalda a Greg para poder ocultar la sonrisa instantánea que se formó en su rostro—. *¿Cómo ha ido el día?*
—Muy bien —Contestó—. ¿Y el tuyo? —Lucas hizo un sonido como de frustración.
—*No tan mal* —Pero sonaba como una mentira—. *Escucha, estaba pensando que si estás aburrido, a lo mejor quieres salir un rato. Tengo entrenamiento a las dos y me preguntaba si tal vez... Ya sabes, quieras ir un rato.*
—Eso suena genial —Respondió de inmediato y escuchó la risa baja de Lucas, lo que le causó un escalofrío tan potente que por un segundo todo su cuerpo se tensó.
—*Entonces, es una...* —Lucas se interrumpió—. *Estaré en casa en unos 15 minutos. Por favor, dile a Greg que te entregue mi bolso para prácticas y que agregue hidratación para ti... Y unos zapatos para el campo.*
—Está bien.
—*Nos vemos.*
—Nos vemos —Tras unos segundos en los que ninguno dijo nada. Lucas volvió a reír.
—*Voy a colgar. Estaré allí pronto. Adiós* —Henry quitó el aparato de su oreja y se preguntó qué tan tortuosa sería la espera de esos 15 minutos.

# Capítulo 11

*And I remember you laughing*
*So let's just laugh again*

*Y te recuerdo riendo*
*Así que vamos a reír de nuevo*

Lucas estacionó el auto frente a la puerta de su casa. Antes de tomar una decisión de cómo avisarle a Henry que ya estaba allí. La puerta principal se abrió y Henry salió con el bolso sobre el hombro, llevaba ahora la chaqueta que complementaba el pantalón deportivo negro de rayas blancas, pero su cabello… Dios, él sólo se había arreglado el cabello en un moño. ¿Cómo podía ser eso… sexy? Lucas resopló de nuevo. Primero había estado llamando como un obsesionado toda la mañana a su número antiguo para ver si ya Henry tenía activo el móvil, luego lo había invitado a su entrenamiento y estuvo a punto de soltar la palabra "cita", dio gracias a Dios por detenerse justo a tiempo y ahora ¿esto? Oh, no, iba por algo más. Se bajó del auto y corrió hasta la puerta del copiloto para abrirla.

—Hola —Saludó Henry sonriéndole.
—Hola —Respondió y fue a la puerta trasera para dejar el bolso que le quitó a Henry en el asiento de atrás. Henry entró al auto y Lucas volvió a su asiento—. ¿Cómo estuvo la mañana en casa? —Preguntó mientras cruzaban el portón.
—Bastante bien —Contestó Henry—. Supe que te robaste a Gerllet de un restaurant —Comentó Henry.
—¿Hablaste con ella?
—Sí. Me contó cómo llegó a trabajar contigo.
—¿Pudiste entenderla? Su inglés es bastante bueno, pero es difícil. La mayoría de las veces no entiendo la mitad de lo que dice, parecemos mimos cuando intentamos hablar.
—Es difícil, pero hay que intentarlo. Además las personas deben hablar, Lucas, no hacer mímicas.
—Es difícil —Se defendió.
—¿Sabes que sería agradable?

—¿Qué?
—Darle cumplidos de vez en cuando. Ya sabes, es bueno que las personas sepan que están haciendo bien su trabajo.
—¿Me estás diciendo que soy un mal jefe? —Preguntó sonriendo.
—No exactamente, pero podrías estar un poco más relacionado con tu personal. Hoy fui a la cocina y Greg casi se muere de un infarto —Henry rió—. Fue un poco divertido.
—Presiento que pondrás mi vida de cabeza —Soltó sin pensarlo.
—Suena bien para mí —Henry sonrió. Y sí, el cerebro de Lucas quedó en blanco.

Llegaron al stadium casi dos horas antes, por lo que no le sorprendió encontrar los vestuarios vacíos. Le dio a Henry un pequeño recorrido por las instalaciones y unos quince minutos después Lucas volvió a pisar el campo y como siempre, algo dentro de él se despertó: La emoción por el fútbol, lo único que lo mantenía a salvo en medio de tantas cosas pasando alrededor de él.

—Ven —Indicó y empezó a caminar alrededor del campo con Henry al lado. Pronto se encontraron trotando y cuando dieron la quinta vuelta se detuvieron a hacer el calentamiento respectivo—. Entonces, necesito un portero.
—¿Cómo para parar las pelotas? —Preguntó Henry escéptico.
—Sí —Dijo riendo.
—Está bien —Henry fue hacia la portería, cuando se colocó en medio, Lucas pateó la pelota y Henry hizo una pirueta extraña intentado detenerla, pero falló y cayó al piso dentro del arco. Lucas fue corriendo y riendo hasta él.
—¿Estás bien? —Henry estaba riendo como loco. Se sostenía el estómago y Lucas encontró aquello tan inocente y adorable que ni siquiera intentó disimularlo.
—Yo sólo…. Yo…—Henry se ahogaba de risa—. Ni siquiera vi hacia donde iba… la pelota… Yo sólo me lancé a un lado.
—Al menos lo intentaste —Dijo Lucas ofreciendo su mano para que Henry se pusiera de pie. Al momento en que hicieron

contacto toda la risa desapareció. Cómo, en nombre del cielo, era posible que ese toque te dejara paralizado de pies a cabeza, pero paralizado en serio, su mirada no se podía apartar del agarre, sus manos estaban atadas como dos barcos, Lucas sintió la mirada de Henry sobre él y sintió temor de devolver el gesto. Sintió temor de perderse en esos ojos grandes y verdes como el pasto.

En definitiva, sintió temor de perderse en Henry.

—¡Luke! —La voz de Nate llegó desde la salida de los vestidores. Lucas ayudó a Henry a ponerse de pie y soltó su mano. Fue tan difícil como tratar de despegar dos imanes. El irlandés venía corriendo con el uniforme de práctica ya puesto y un balón en la mano. Tras él, James le dio un beso a Sophia antes de entrar al campo para unirse—. Hey, Henry, ¿cómo estás? —Preguntó Nate saludándolo con un apretón de manos.
—Muy bien, ¿y tú?
—Bien. ¿Por qué no avisaste que venías más temprano, Lu? —James había llegado hasta ellos y preguntó esto a Lucas mientras saludaba a Henry de la misma forma que Nate lo había hecho antes. A Lucas no le gustó. No le gustó en absoluto que ninguno tocara la mano de Henry después que él lo había hecho, era como si borraran su huella. Su marca—. ¿Luke?
—No fue algo planeado —Mintió apartando la mirada del apretón de manos en cuanto este acabó—. Me desocupé temprano.
—Mmm, por el tono, hablamos de sociales, ¿no? —Nate y James sabían lo mucho que él odiaba esa clase de mierda, al igual que sabían que su relación con Elena se había tornado en gajes del oficio. Negocios. Sociedad con fines de lucro. Una mierda. Pero una relación al fin y al cabo.
—Deberíamos salir del entrenamiento e ir a comer por ahí —Propuso James—. Ya saben, divertirnos un rato y todo eso.
—Suena bien —Coincidió Nate.

Lucas miró a Henry antes de contestar, este asintió con una sonrisa de lo más bonita. *Mierda.*

—Seguro —Dijo encogiéndose de hombros y notó claramente la expresión de sorpresa de sus amigos. Él nunca preguntaba, se dio cuenta en ese momento porque Nate y James trataron de disimular su reacción, pero era obvio que habían notado que él pidió el consentimiento de Henry.

Tras unos segundos en silencio Nate rompió la tensión.

—Vamos a jugar. Yo evidentemente porteo y tú —Señaló a James—, intentarás hacer un gol.
—Yo no hago goles —Reclamó James—. Yo soy el maestro en robar balones y hacer los pases para que la estrella haga los goles —Indicó señalándolo.
—Recuérdenme algo —Dijo Lucas tomando el balón con las manos—. ¿Por qué soy amigo de ustedes?
—*Uuuh* —Se burlaron ambos.
—Luke no quiere ser nuestro amigo, James. ¿Qué piensas?
—Creo que él no podría vivir sin nosotros —Agregó James quitándole el balón de las manos y lanzándolo a la portería, el balón pegó del poste y en la trayectoria de regreso Nate dio brinco mientras se acercaba a su posición y atrapó el balón contra su pecho—. Gracias a Dios que sé robar un puto balón —Murmuró James.
—Vamos, JP. Mueve el culo y pretendamos que estamos practicando algo —Animó Lucas. James recibió el balón por parte de Nate y empezó a jugar con él para demostrar su dominio.

Lucas lo observó por un rato y luego sintió la presencia de Henry a su lado.

—Es bueno —Dijo.
—Sí. Tiene ciertos problemas con su puntería y el arco. No sé por qué, tiene potencia y fuerza en las piernas para hacer tiros tremendos, pero cuando está cerca de la portería, no lo sé… Lo pierde —James lanzó el balón hacia Lucas que lo detuvo, se alejó un par de metros y se lo lanzó a Henry, que lo recibió en la

espinilla, pero se repuso rápido y pateó el balón de vuelta a Lucas, que lo pasó a James para acercarse al área de tiro, cuando James le hizo el pase, Lucas golpeó el balón que pasó limpiamente por la esquina derecha del arco mientras Nate caía al piso sin poder detener el tiro.
—¡Ese pase estuvo hermoso, James! —Gritó Sophia desde las gradas. James le lanzó un beso y Nate y él tenían que burlarse de eso, pero a James no le importaba la sonrisa de idiota que se formaba en su cara cuando estaba con Sophia, o cuando hablaba de ella o cuando pensaba en ella, era tan genuina que daba envidia. Al menos a él le daba envidia. Nunca llegó a ocurrirle eso con Elena o con nadie para ser exacto.

Nate devolvió el balón, James lo retuvo con el hombro y lo hizo bajar al suelo, Lucas se preparó para recibirlo de vuelta pero el tiro iba dirigido a Henry quien logró recibirlo y ¡Anotó contra Nate! James corrió hacia Henry para felicitarlo sacudiéndolo un poco y entonces Lucas se replanteó su pensamiento anterior: Nunca llegó a ocurrirle eso con Elena o con nadie. *Hasta ahora.*

# Capítulo 12

*I know they'll be coming to find me soon*

*Sé que ellos van a encontrarme pronto*

Henry disfrutó del entrenamiento incluso cuando se fue a las gradas junto a Sophia, porque el resto del equipo comenzó a llegar. La práctica duró horas, pero él y Sophia se llevaron muy bien. Sophia lo puso al tanto de cómo funcionaban las cosas en las prácticas.

—¿Sabes algo? —Le comentó ella después de que la práctica terminara, cuando los chicos venían de vuelta de los vestuarios—. Sería divertido que vinieras al próximo partido —Henry no supo qué responder, porque en realidad no sabía si Lucas quería que él fuera al próximo partido. Sophia le dio un abrazo de despedida antes de ver a James salir. Ellos se fueron hacia el auto. Nate salió un par de minutos después haciendo señas, las que Henry entendió como "Lucas ya sale"

Definitivamente el resto del equipo ya se había ido. Estaba empezando a oscurecer cuando Lucas salió con el entrenador. Van adoraba a Lucas, era como si Lucas fuese el sol. Henry sonrió porque, bueno, Lucas podría serlo. Con su hermosa cara, enmarcada en esos desordenados cabellos cuyos mechones más largos llegaban a la altura perfecta para resaltar sus ya perfectos pómulos, un conjunto suficientemente hermoso por sí solo, añadido al cuerpo de atleta compacto y curvilíneo. Era definitivamente el sol. La luna. El cielo. Las Estrellas… Lucas lo era todo.

—Hey —Lucas llegó hasta él después de despedirse de Van—. Lamento el retraso, pero como falté ayer, Van me estaba poniendo al día.
—Está bien —Dijo.

—Vamos a un restaurant cerca. No sé si te gusta la comida italiana —Henry supuso que podía gustarle—. Pero si no te gusta puedo avisar a los chicos y… —Lucas sacó su teléfono.
—No —Dijo deteniéndolo—. La comida italiana está bien para mí —Lucas asintió. Nuevamente se hizo el silencio entre ellos y Henry se preguntaba por qué a veces resultaba difícil hablar y otras veces sólo discurría con naturalidad—. Eres un excelente jugador de fútbol —Se le ocurrió decir.
—Gracias —Lucas se sonrojó. Ambos emprendieron camino al auto.
—¿Desde cuándo juegas? —Preguntó en cuanto Lucas encendió el auto.
—¿Profesionalmente? Hace cinco años, me firmaron en mi equipo local: *Doncaster*. Y al año siguiente me firmó el *Man U*.
—¿Y eso no es usual? —Preguntó, porque el tono de Lucas le indicó que no lo era.
—No. Normalmente te haces un nombre primero. Cuando firmé con los *Donnies*[6] entré como reserva. Empecé a jugar casi a final de temporada, pero en uno de los partidos estaba un cazador de talentos del *Man U* y ¡*Puff*!
—¿Puff? —Repitió con gracia.
—Sí —Dijo Lucas—. No era algo normal. El *Manchester* no firma con un Don nadie, pero ellos lo hicieron conmigo y al no ser algo usual atrajo mucho más la atención, para ser honesto.
—¿En mala manera?
—Un poco. Quiero decir, yo era nuevo, y ellos me pagaron mucho en realidad. Entonces era como… ya sabes… si todos estuviesen esperando que fallara —Henry miró a Lucas y todo ese brillo que había visto de pronto ya no estaba. Había desaparecido del todo, incluso el ceño se le frunció casi automáticamente. Los nudillos se le tornaron blancos de lo fuerte que apretaba el volante.
—Eso no está bien.

---

[6] *Donnies: Ref. a Doncaster Rovers FC.*

—Hay muchas cosas que no están bien en este ambiente —Soltó sin mirarlo—. Cuando entras en el ojo público, todo cambia o lo cambian —Se quedó callado y lo único que se oía era en volumen bajo la voz de Ishmael en el reproductor—. Te cambian —Dijo de pronto.

Henry sintió que sus vellos se erizaron. No sólo por lo que dijo Lucas sino la forma en que lo dijo. Había dolor en sus palabras, en su tono y en su expresión.

—¿Cuánto te cambiaron ellos, Lucas?
—¿Qué? —Preguntó y su expresión se tornó casi fiera.
—Acabas de decir que ellos te cambiaron, ¿cuánto? ¿En qué forma?
—No sé de qué hablas. Tal vez entendiste mal.
—No —Negó Henry—. Tú dijiste "Te cambian" refiriéndote a ti mismo. Entendí perfectamente.
—Quise decir otra cosa. No eso.
—Lucas, por favor.
—Escucha, no quiero hablar de esto. Es una tontería. Además, ya llegamos —Dijo manejando a la derecha entrando en un estacionamiento enorme.

No dijeron nada en ningún momento, ni al bajar del auto, ni al entrar al restaurant, ni cuando los guiaron hasta la mesa donde estaban James, Sophia y Nate, este último estaba riendo con ganas y Sophia trataba de no reírse pero falló en el intento.

—Finalmente —Soltó James aparentando estar molesto—. Gracias a Dios llegó Luke, así no se van a seguir burlando de mí. Oh, espera… —Se autocorrigió. Lucas se sentó a su lado y Henry al otro extremo con Nate.
—¿Ya ordenaron? —Preguntó Lucas.
—Sí. Porque somos así de maleducados —Comentó James mirando a Lucas con expresión de exasperación. Lucas agarró el menú y se refugió en él, sólo se le veía la parte alta de la frente que estaba cubierta por el cabello "peinado" hacia adelante.

—Es mi culpa. Lo hice molestar de camino a acá —Gesticuló casi sin emitir sonido.
—Eres nuevo. No te preocupes —Señaló James en tono bajo.
—El hecho de que tenga un menú en frente no implica que haya construido un cuarto mágico indemne al sonido —Soltó Lucas tras el menú.

Henry, James, Nate y Sophia se vieron y los cuatro soltaron carcajadas. Lucas salió tras el menú y tenía un amago de sonrisa.

—Ya sé que quiero ordenar. ¿Y tú, Henry?
—Lo mismo que vayas a ordenar tú, no he comido mucho italiano —Porque arriba no lo necesitaban, pero su cuerpo ahora tenía necesidades humanas.
—Amarás la lasaña de este lugar. Es la mejor —Henry sintió el silencio entre los demás—. Quiero un trago —Completó—. ¿Se apuntan?
—Es martes —Apuntó Nate.
—Y mañana es miércoles, *Nathaniel*—Expuso Lucas sonriendo con una expresión de burla en su hermoso y perfecto rostro.
—Voy a pasar hoy —Dijo Nate.
—Y yo —Apuntó James.
—Yo también —Señaló Sophia.
—Huele a aburrimiento —Expresó Lucas mirando el menú más pequeño de las bebidas—. Henry, ¿qué vas a tomar? —Él realmente no estaba interesado en tomar, sabía sobre el alcohol y lo fea que se ponían las cosas si se abusaba de él. No creía que ese fuera el momento para beber.
—Voy a pasar también —Lucas lo miró alzando una ceja. Llamó al mesonero y le pidió un trago.

Sophia se disculpó para ir al baño y James y Nate veían a Lucas alternativamente y luego se veían entre ellos. El mesonero volvió con el trago de Lucas.

*Alas de Angel*

—Escucha —Le dijo haciéndolo acercarse un poco con un gesto de los dedos. Sacó su billetera y extrajo unos cinco billetes—. El doble de esto si me mantienes hidratado, ¿entiendes?
—Entendido, Señor —Dijo el mesero sonriendo satisfecho.
—Alguien va a ser conductor designado esta noche —Murmuró James.
—Y alguien va a irse con un golpe en la cara si no se calla —Soltó Lucas lo suficientemente alto para que James lo escuchara también.

Cuando Sophia volvió ya habían ordenado pero no habían hablado en absoluto. La velada de la cena en realidad fue pésima y Henry estaba tan preocupado por Lucas que no pudo terminar su comida. No pudo llevar la cuenta de cuantos tragos le había servido el mesonero, pero a mitad de comida ya había pasado la media docena.

Los primeros en irse fueron James y Sophia.

—¿Te puedes hacer cargo de Luke? —Le preguntó Nate.
—Sí. Creo que sí —Dijo Henry mirando a Lucas que estaba ya con la mirada perdida, un tanto echado en el asiento más que sentado y en ese momento se ponía el vaso vacío en el ojo, como si fuese un catalejo, y buscaba a alguien.
—¡Tú! —Gritó al mesonero de los tragos que estaba a un par de mesas—. ¡Estoy seco como un cactus! —Volvió a gritar y las personas alrededor lo vieron con miradas desaprobatorias—. ¡Seco como un cactus! —Repitió.
—Escucha —Le dijo Nate—. Creo que lo mejor es que vayan a la barra, así no tiene que estar gritando para que le den tragos —Nate negó con la cabeza con expresión de preocupación—. Gracias a Dios no hay *paps* aquí, si lo capturan Peter va a colgarlo de los tobillos y lo hará hacer más sociales.
—¿Qué quieres decir con que lo capturen? —Preguntó.
—Los paparazzis. Ya sabes, esos hombrecitos gordos y peludos que van por ahí con cámaras para joderle la vida a la gente —Soltó Nate—. No dejes que se desmaye, ¿está bien? Si puedes

hacer que pare de beber cuando comience a hablarte entre gritos y crea que no está gritando, sería ideal, porque después viene la parte en la que se pone violento y quiere romper cosas como vasos, mesas, brazos o piernas y se puede poner feo.
—Sólo hasta los gritos.
—Exacto —Cuando el mesero llegó Nate le entregó una tarjeta al hombre que dejó otro trago frente a Lucas—. Con calma ahí, amigo —Le dijo Nate al ver que Lucas iba a tomarse todo de un solo sorbo, cuando prestó atención a la advertencia de Nate tomó tragos breves pero continuos—. Está en la fase payaso, esa pasa pronto —Apuntó—. Vamos a la barra, Luke. Tragos a la orden de una mirada.
—¡Me encanta eso! —Gritó tratando de ponerse de pie. Henry corrió hasta situarse a su lado y pasó su brazo por la cintura de Lucas, mientras se ponía el de él sobre los hombros, Nate hizo lo mismo del otro lado y ambos fueron a la barra. Lucas a duras penas se logró sentar en la banqueta, pero logró algo de equilibrio al apoyarse en la barra.
—Gracias, Nate —Agradeció Henry.
—Estará hecho mierda para el entrenamiento mañana —Comentó.
—¿Hace esto a menudo?
—Bastante.
—¿Por qué? —Preguntó. Nate sonrió y le pareció que lo hacía de forma compasiva.
—Con Luke nunca se sabe. Es tan cerrado como un baúl con siete llaves. Pero, para ser honestos, muchas cosas en su vida son una mierda. ¿Sabes desde hace cuánto no ve a su familia? Su cumpleaños veintiuno. Fue la última vez que fue a Doncaster. Ha jugado en tres partidos de caridad y es tan simple como que hace acto de presencia y vuelve a trabajar.

Henry miró a Lucas que estaba inclinando el vaso sobre su boca para obtener la última gota de la bebida.

—¡Tú! —Le dijo al que servía los tragos—. ¿Ves a aquel tipo de allá? —Lucas señaló al mesero—. Hizo un gran trabajo sobre mi

hidratación. Ahora, estoy seguro que tú puedes hacerlo mejor. ¡Pon algo de licor en este maldito vaso! —Exigió haciendo chocar el vaso vacío con la madera de la barra.
—¿Sabes qué es lo peor? —Preguntó Nate—. No poder ayudarlo. Espero verte mañana —Dijo de pronto y se fue. Lucas ya estaba acabando el trago.
—Tal vez quieras ir más lento —Sugirió Henry sentándose al lado de Lucas.
—Tal vez tú quieras cambiar de idea y acompañarme y no dejarme como un idiota delante de mis amigos —Soltó en una especie de gruñido.
—No soy un bebedor.
—Tal vez no tienes edad. ¿Cuántos años tienes, Henry? —Preguntó—. ¿Dieciséis? Luces más como de diecinueve, pero quien sabe. Tal vez eres un niño perdido…
—Tengo veintiuno —Era prácticamente un niño, y aún así lo habían enviado a la Tierra a una misión de alto calibre, no tenía idea de por qué o tal vez…
—¿Y no tomas? Eres raro —Dijo Lucas interrumpiendo su tren de pensamientos y se tomó el resto del trago. Alzó el vaso y el hombre que atendía la barra lo volvió a llenar—. Eres tan extraño, Henry Hart, no sólo porque no bebes, todo en ti es extraño —Lucas hablaba pero no lo veía, de hecho ahora estaba concentrado en el trago que tenía entre sus manos—. Eres tan extraño que me haces sentir extraño, ¿puedes creerlo? ¿Cómo es que llegas a la vida de alguien y lo haces dudar sobre todo en sólo… cuarenta y ocho horas?

Henry no supo qué contestar. No tenía muy claro qué intentaba decirle Lucas, porque, claro, Lucas Hamilton era un baúl con siete llaves.

—No puedes, Lucas. Y eso tampoco puedes hacerlo. Ni se te ocurra hacer esto otro —Lucas pareció irse de la conversación y empezó a hablar con una voz fingida—. ¿Sabes qué? Lo mejor es que *no* seas tú mismo —Terminó—. Y lo logré. Tengo un nombre respetable, Henry. Lo logré. Hice lo que ellos querían —

Lucas frunció el ceño—. Tal vez... ¿Ellos te enviaron, verdad? —Dijo como si hubiese resuelto un enigma—. Claro, tú tienes todo lo que... ¿Ellos te enviaron? —Gritó.
—Baja la voz, Lucas —Pidió Henry—. ¿Quiénes son ellos?
—Los que quieren destruirme. ¡Ellos te enviaron para destruirme! —Dijo negando con la cabeza—. ¿Vas a destruirme, Henry? —Le preguntó Lucas finalmente mirándolo y sus ojos, azules como el cielo en noche de tormenta eran tan tristes que sintió que su pecho se trancaba por el dolor.
—Nunca —Dijo—. Nunca haría algo para destruirte. Nunca te lastimaría, Lucas.

Lucas lo miró unos segundos y luego una sonrisa se formó en su rostro

—¡Oh, Henry! —Soltó en un grito atrapando sus mejillas e inclinándose hasta él. Henry no pudo disfrutar del tono tan bonito que usó Lucas para llamarlo de esa forma, porque sintió una luz blanca rebotar contra el vidrio de la vitrina tras la barra, siguió la dirección y en una de las mesas de afuera vio a un hombre, todo vestido de negro con un móvil en la mano.
—Lucas, alguien está afuera —Dijo por lo bajo. Lucas dejó caer las manos de inmediato y se giró—. Creo que deberíamos irnos —Sugirió Henry, Lucas caminó tambaleándose hasta donde estaba el anfitrión del restaurant y en breves minutos el personal de seguridad hizo marchar al tipo.

Ambos salieron del restaurant y Lucas entregó su ticket al *valet parking*, que fue a buscar el auto. Henry llevaba a Lucas apoyado en su brazo. No tenía idea de cómo volverían a casa. Él no sabía manejar.

—Señor, Henry, no lo vi salir del local —Greg estaba de pie frente a él.
—¿Qué haces aquí? —Preguntó entre sorprendido y totalmente feliz de verlo.

—El Señor Primme llamó a casa para avisarme que requerían mis servicios —Henry se fijó que Greg no iba con su uniforme, sino con un jean holgado y una camisa blanca.
—¿Estabas durmiendo, verdad?
—Eso no importa —Contestó Greg. El auto llegó y abrió la puerta trasera para que Lucas entrara. Pero este se negó.
—¿Por qué se supone que no puedo manejar hasta la... hasta la casa? —Preguntó Lucas resistiéndose a entrar al auto aferrando sus manos a los bordes de la puerta.
—Porque ni siquiera puedes mantenerte de pie por ti mismo —Indicó Henry—. Por favor, Greg entra al auto, yo haré que Lucas entre también.
—¿Tú y cuántos más? —Lo retó Lucas.
—Vamos. No te comportes como un idiota.
—¡Oblígame a entrar!
—Lucas, por favor —Pidió.
—¿¡Cómo haces eso!? —Exclamó Lucas bajando los brazos.
—¿Cómo hago qué?
—Controlarme —Respondió en tono derrotado—. Es como si dijeras: salta, y yo voy como un idiota y pregunto ¿qué tan alto? —Henry no lo pensó cuando su mano acarició la mejilla de Lucas. Él cerró los ojos como si disfrutara el toque—. ¿Vas a estar a mi lado, Henry? ¿Vas a estar a mi lado de camino a casa? —Preguntó agarrándolo de la muñeca, no para apartar su mano de la mejilla, sino para que sus dedos acariciaran sutilmente ese lugar.
—Sí, Lucas. Voy a estar a tu lado. En *todos* los caminos que decidas andar.

Lucas alzó la mirada y le sonrió, sus ojos brillaron como dos luceros en el cielo oscuro.

—¿Por qué siento esto? —Preguntó Lucas casi sin pestañear. Se enderezó un poco y Henry se inclinó hacia él, pero repentinamente Lucas lo apartó y corrió hacia los rosales que rodeaban el restaurant para vomitar.

# Capítulo 13

*Would you wanna stay if I were to say*
*Your last first kiss*

*Te querrías quedar si te lo digo*
*Tu último primer beso*

Lucas sentía que iba a morir, vomitó en los rosales del restaurant unas cuatro veces. *Adiós, lasaña*. No supo cómo se sostuvo hasta que sintió las manos de Henry alrededor de su cintura mientras lo volvía a ayudar a estar en vertical.

—Vamos —Dijo en tono calmado guiándolo hacia el auto.

Adentro Lucas cayó como un trapo sobre el asiento. Henry lo jaló hacia él.

—Creo que debes recostarte —Sugirió y lo hizo apoyar la cabeza en su regazo. Lucas no encontró una maldita razón para negarse así que se recostó sobre las piernas de Henry. Todo daba vueltas y estaba confundido sobre la razón. Tal vez porque estaba borracho hasta el culo o por los dedos de Henry apartándole el cabello de la cara. Tal vez era un poco de todo.
—El auto va muy rápido —Dijo.
—Aún no arrancamos, Lucas —Le avisó Henry y en su voz se notó que encontraba aquello gracioso.
—Mierda.
—Respira profundo. Y dime si necesitas que paremos, ¿sí? —Lucas asintió y trató de respirar como le indicó Henry.

El viaje fue un infierno, sentía que mientras avanzaba sus órganos vitales iban cayendo en la vía. Fue un viaje eterno de veinte infernales minutos y se sintió terrible porque si estuviese sobrio, estar en la posición que estaba no se habría parecido nada al infierno.

No supo cómo logró salir del auto, pero cuando estuvo dentro de la casa, estuvo seguro como la mierda que iba a dormir en el sofá. Las escaleras se movían ante sus ojos y eran miles.

—Gracias por ir a buscarnos, Greg, pero, por favor, ve a la cama y no te preocupes. Yo me encargo —Escuchó que decía Henry. Lo oía lejos aunque sabía que estaba a su lado porque era la única maldita forma de que pudiera estar subiendo esos perversos escalones ¡Eran *miles*!

Cuando finalmente estuvo en su habitación quiso lanzarse en la cama y yacer ahí hasta dentro de dos meses cuando se le pasara la resaca, pero su boca sabía a vomito de tal manera que lo hacía tener más ganas de vomitar otra vez.

—Necesito ir al baño —Señaló tratando de separarse de Henry, pero cuando se soltó de él se fue hacia un lado.
—Cuidado —Henry lo volvió a sostener de la cintura, pero esta vez desde atrás. Toda su piel se puso de gallina porque al irse cayendo Henry fue tan rápido hasta él que sus manos entraron bajo la camisa. Así que las manos del chico estaban directamente sobre su piel desnuda—. Vamos. Ya casi estás en el baño —La voz de Henry se oyó estrangulada y eso hizo que a la piel de gallina se le agregara un escalofrío que le atravesó la columna vertebral.
—Puedo hacer esto solo —Se dijo más a sí mismo que a Henry.
—¿Estás seguro? —Él asintió—. No cierres con seguro, por favor. Por si necesitas ayuda.

Lucas entró al baño y tuvo una disyuntiva: ¿usar el retrete o cepillarse los dientes?

El llamado de la naturaleza gritó.

Estuvo por el baño dando tumbos y se sintió tentado a dejarse caer bajo la ducha y hacer correr el agua fría para sacarse la borrachera, pero probablemente se ahogaría y tenía que jugar en unos días, así que ahogarse sonaba como una mala idea para el equipo. Sin embargo no dudó en poner la cabeza bajo el chorro de agua del lavabo después de haberse cepillado los dientes.

Tal vez pasó una hora o un día, él no tenía idea, hasta que se sintió seguro para poder caminar hacia su cama y dormir por meses... Dios, le gustaría tanto dormir por meses, tal vez años... Estaba cansado.

Cuando abrió la puerta y salió del baño sus pies se enredaron y pudo verse tendido en el suelo perdiendo todos su dientes, pero, Henry volvió a capturarlo.

—Te tengo.
—Soy patético, ¿verdad? —No era exactamente una pregunta.
—No digas eso. Vamos, te voy a ayudar a llegar a la cama.

Cuando su trasero aterrizó en el colchón Lucas se tapó los ojos con el brazo, sintió a Henry quitarle los zapatos y subirle los pies a la cama.

—Voy a dejar esto aquí por si necesitas vomitar de nuevo —Explicó y Lucas supuso que se trataba de una papelera o algún recipiente.
—Gracias, pero no tengo nada en mi estómago ahora mismo.
—¿Necesitas algo más? —Preguntó. Lucas se quitó el brazo de los ojos y se sentó por pura fuerza de voluntad.
—Ven aquí, Henry —Indicó palmeando la orilla de la cama. Henry se sentó de inmediato, Lucas estiró el brazo y lo dejó caer suavemente entre la curva del cuello y la nuca del chico—. ¿Por qué eres tan... adorable? —Soltó. Si no estuviese tan concentrado en mantenerse despierto habría reído por la expresión de sorpresa de Henry—. Estás haciendo de mí un desastre.
—¿Qué? —Preguntó el muchacho de rizos en tono bajo y su voz sonó ronca, lo que provocó en Lucas un deseo casi desenfrenado de tumbarlo en la cama y...

—No pongas esa cara —Le pidió interrumpiendo sus propias reflexiones—. Eres definitivamente adorable.
—Estoy confundido ahora mismo.
—¿Tú estás confundido? —Tampoco era una pregunta en realidad—. Déjame decirte algo... —Lucas se inclinó y Henry se acercó como si fuese a susurrarle algo al oído. Entonces el alcohol, la cercanía y la necesidad actuaron por él. En un momento estaba por susurrarle algo a Henry y al segundo siguiente tenía ese jodido y perfecto rostro entre sus manos y su boca se comió la de Henry. Con agresividad y salvajismo, se comió esos labios que supieron a sol y lluvia, a frío y calor, a cielo e infierno...

No se detuvo. Sus manos se aferraron a Henry y lo saborearon, sólo labios, su corazón bombeó sangre a su cuerpo a una velocidad vertiginosa.

Y entonces, una bruma se instaló en su cerebro y lo desconectó.

# Capítulo 14

*How to fix up a heart that I let down*

*Cómo arreglar un corazón al que decepcioné*

Los labios de Henry parecían latir aún en la mañana. No había dormido nada la noche anterior, pero ¿cómo? Es decir ¿la noche pasada en realidad había sucedido o él lo había imaginado todo? No, lo segundo estaba descartado, aún sentía los labios de Lucas sobre los suyos, la sensación de estarse quemando por dentro y estaba seguro que había dejado de respirar en algún momento y su corazón se había detenido.

Toda la noche estuvo pensando en las razones de que Lucas lo besara. ¡Un primer beso épico! Había sido eso. Él estaba completamente enloquecido por Lucas y sólo había estado con él por un par de días ¿No se suponía que llevaba más tiempo sentir esas cosas? Él había escuchado a otros hablar sobre el tema, y todos coincidían en que había que conocerse y dejar pasar el tiempo, pero con Lucas… Él sabía, *genuinamente* él *sabía* que nunca nadie lo haría sentir lo que Lucas, y ni siquiera estaba seguro de qué estaba sintiendo.

¿Cómo es que algo podía sentirse tan bien y a la vez ser casi aterrador? Él tenía miedo de la intensidad de sus, de momento, desconocidos sentimientos hacia Lucas, pero a la vez él amaba el sentimiento, porque era único.

Su móvil comenzó a sonar y lo buscó entre la ropa que se había quitado, leyó en la pantalla *JP* y recordó como Greg había hecho funcionar al aparato.

—¿James?
—*Hola, Henry. Disculpa que te moleste tan temprano, pero he estado preocupado por Lucas toda la noche.*

—Oh. No te preocupes, él está bien. Quiero decir, te agradezco que hayas enviado a Greg al restaurant anoche, no habría podido traerlo a casa sin él.
—*Puedo imaginarlo.*
—Gracias.
—*No es nada* —Soltó James—. *¿Él está bien?*
—Creo que sí. Anoche estuvo bastante enfermo después del restaurant pero luego estuvo mejor.
—*Por favor, si es la una de la tarde y él no ha despertado aún ¿podrías llamarlo? Él no puede faltar al entrenamiento hoy.*
—Sí. No te preocupes por eso.

James se quedó en silencio, pero parecía que quería decir algo.

—¿Qué ocurre, James?
—*Es sólo extraño. Ayer en el entrenamiento estaba... feliz. Hacía mucho tiempo que no lo veía así y luego... Sólo tenía esperanza de que tal vez él estuviese dando un paso adelante, pero no. No con lo que pasó anoche.*
—Te importa mucho, ¿verdad? —James soltó una risa triste al otro lado.
—*Es uno de mis mejores amigos y una de las mejores personas que conozco. Estoy orgulloso de contarme entre sus amigos.*
—Estoy seguro que él se siente igual.
—*Gracias. Escucha, ya debo irme, pero si necesitas algo, llámame, ¿sí?*
—Sí, gracias.
—*Nos vemos* —James terminó la llamada y Henry dejó el teléfono sobre su mesa de noche.

Unos golpes suaves sonaron en la puerta. Henry se puso de pie y fue corriendo hacia allá.

—Buenos días —Dijo Greg.
—Hola, Greg. Buenos días.
—Espero no haberlo despertado.
—Para nada.

—Verá, me pareció prudente traerle esto —Henry finalmente observó la bandeja que Greg llevaba en sus manos, tenía un vaso con agua y un par de pastillas en un plato—. El Señor Hamilton apreciará tener esto cerca.
—Muchas gracias —Aceptó la bandeja, pero Greg no se fue—. ¿Necesitas algo más?
—Me preguntaba qué desea para desayunar, señor —Henry se sorprendió porque él no tenía ningún tipo de autoridad, él era un invitado.
—Cualquier cosa que Gerllet quiera preparar —Terminó diciendo.
—¿Y desea comer en el comedor, en la cocina o prefiere que subamos el desayuno?
—Em… Bien, dado el estado de Lucas, creo que lo mejor es comer aquí arriba.
—Traeré el desayuno en media hora aproximadamente.

Greg abandonó el pasillo y se fue por las escaleras, Henry miró la bandeja en sus manos, negó con la cabeza y fue a la habitación de Lucas. No llamó a la puerta, pero entró sin hacer ruido, Lucas estaba tendido en la cama, con el brazo sobre los ojos.

—¿Eres tú, Greg? —Preguntó con la voz pastosa.
—Em… No. Es Henry —Indicó entrando a la habitación.
—Hey —Saludó Lucas sin quitarse el brazo de los ojos.
—¿Cómo te sientes? —Preguntó dejando la bandeja sobre la mesa de noche y revisando la papelera que había dejado al lado de la cama. Estaba vacía, por lo tanto Lucas no había vomitado más.
—¿Sabes cuándo te pasan dos trenes por encima?
—No —Contestó tratando de contener la risa.
—Peor que eso —Dijo Lucas descubriendo los ojos, trató de enfocar y le llevó un tiempo.
—Tal vez quieras tomar esto —Sugirió agarrando el plato con el par de pastillas. Lucas se sentó y agarró el vaso.
—Gracias —Tragó las pastillas y se bebió todo el agua—. La cabeza me está matando.

Henry lo observó, estaba pálido, tenía ojeras y los ojos inyectados en sangre, pero incluso así, lo encontró hermoso.

—James llamó.

Lucas bajó la mirada.

—Me comporté como una mierda con él, ¿verdad?
—Un poco.
—Joder. Ni siquiera recuerdo mucho de anoche. Pero siempre fastidio las cosas con James.

Henry sintió que lo golpeaban en el estómago.

—¿No recuerdas mucho de anoche?
—No, para ser honesto. Recuerdo haber tomado bastante. James y Sophia se fueron primero y luego estábamos en la barra… Lo último que recuerdo es haber vomitado en los rosales.
—¿Nada más?
—No realmente. ¿Tendría que recordar algo?
—No realmente —Comentó tras unos segundos.

La puerta sonó y Henry supuso que era Greg con el desayuno, se puso de pie sin decir nada, pero mientras caminaba hacia la puerta sintió claramente a su pobre corazón roto.

# Capítulo 15

*If this room was burning*
*I wouldn't even notice*
*'Cause you've been taking up my mind*
*with your, little white lies, little white lies*

*Si está habitación se estuviese incendiando*
*Yo ni siquiera lo notaría*
*porque has estado apoderándote de mi mente*
*con tus, mentiritas blancas*

Lucas soltó el aire por lo bajo cuando Henry fue a abrir la puerta. ¿No recordar lo que había pasado anoche? ¡Una mierda! Lo recordaba todo. Absolutamente *todo*. O simplemente lo más importante: El beso, él sabía que Henry se refería a eso, pero él no estaba preparado para afrontar la situación. Él ni siquiera sabía por qué lo había hecho. No. Tal vez sí lo sabía, pero no quería darse por enterado. Quería ignorarlo tanto como quería repetirlo. Pero no podía. *No-podía*.

Henry volvió con una bandeja de comida, bueno, no era realmente comida. Era fruta. Montones de frutas troceadas. Sí, era lo que necesitaba para recuperar algo de estómago. Tomó un tenedor y comenzó a comer. Henry no lo hizo.

—¿Ya comiste? —Preguntó.
—No tengo hambre —Mierda. La voz de Henry sonó tan triste que a Lucas le costó tragar por el dolor que sintió golpear en su pecho. ¿Era por lo que había dicho? ¿Henry estaba triste porque él "no recordaba" lo que había pasado anoche? Bien, ahora no eran dos trenes los que le habían pasado por encima ¡Eran cinco! Se sintió una cucaracha—. Voy a dar una vuelta… Necesito…
—Por favor, quédate conmigo —Dijo sin pensarlo y su mano se aferró a la muñeca de Henry para retenerlo.
—Creo… No siento que sea una buena compañía ahora, Lucas.
—Por favor… —Pidió.

—*¿Dónde está ese hijo de puta?*

Tanto Lucas como Henry se quedaron paralizados al escuchar la voz proveniente de abajo.

—¿Quién es ese? —Preguntó Henry.
—Voy a patearle el culo —Exclamó Lucas dejando la bandeja de lado y poniéndose de pie. Salió de la habitación como un rayo. Olvidando casi por completo la resaca, se precipitó por las escaleras y allí estaba Peter, gritándole a Greg como un histérico—. ¿Qué carajos te pasa? —Soltó.
—¡Tú, pedazo de mierda! —Peter llegó hasta él—. ¿¡Qué mierda pasa contigo!?
—Deja de gritar —Soltó entre dientes. Peter abrió la boca para decir algo pero sus ojos se dispararon hacia las escaleras—. Oh, por Dios, si aquí está el bastardo —Expresó poniéndose las manos en la cabeza. Lucas volteó hacia donde Peter había estado viendo. Henry estaba parado al pie de las escaleras mirando la escena con el ceño fruncido—. ¿¡De verdad, Lucas!? —Gritó Peter.
—¿De qué mierda estás hablando? Y cuida tu sucia boca para referirte a Henry —Advirtió apuntando a Peter con el dedo.
—Bien, aparentemente tú y tu amigo Henry decidieron divertirse anoche, ¿no?
—Joder, Peter. Habla de una maldita vez porque no entiendo una mierda.

Peter sacó su móvil, manoteó la pantalla y se lo extendió a Lucas. Estaba en *YouTube* y el título rezaba: "Lucas Hamilton besando a otro hombre"

—¿Qué? —Dijo y dio a reproducir el video. La calidad era una mierda, pero reconoció el restaurant y se vio a él de espaldas. Henry lo acompañaba en la barra. Su *yo* en el vídeo agarró las mejillas de Henry y se inclinó hacia él, Lucas estaba consciente de que no se habían besado en ese momento, pero por el ángulo del video lo parecía, luego Henry miraba hacia la dirección de donde los grababan y cuando él se volteaba se acababa el *clip*. Ya tenía unas quinientas mil visualizaciones y había sido colgado sólo cuarenta y cinco minutos antes.

Peter empezó a caminar de un lado a otro, gritando y haciendo gestos exagerados.

—¡Me pasé las últimas veinticuatro horas promocionándote por el desayuno de ayer y tú… —Se interrumpió gruñendo—. ¡Lo arruinaste! ¡Como siempre!
—¡Nosotros *no* nos besamos, yo sólo me acerqué a decirle algo a Henry y en ese vídeo parece otra cosa! —Se defendió.
—¿Y tú crees que esa mierda le importa a alguien, Lucas? ¡Todos van a *querer creer* que estaban besándose y nadie va a cambiar eso!
—Esto es ridículo.
—¿Sí? Dile eso a los ejecutivos, cuando yo tenga que ir a defender tu culo en *MegaStars* en una hora.
—¡La calidad del vídeo es una mierda! Si te calmas un momento, tal vez, puedas pensar en un jodido anuncio oficial negando que lo que pasó en ese vídeo fue un beso.
—¿En serio? Y diría algo como esto: Aunque parece que Lucas Hamilton está metiendo su lengua en la boca de otro hombre. No es eso lo que pasó. El hombre en cuestión se estaba ahogando y Hamilton sólo estaba dándole respiración boca a boca.
—Ahora simplemente estás siendo un imbécil.
—¿Yo soy el imbécil? Joder, Lucas, llevamos casi 5 años dándote una imagen y un nombre y en un puto minuto lo jodes todo. Replantéate quien es el verdadero imbécil.

Lucas se cruzó de brazos.

—Te pago para que resuelvas esta clase de mierda. Yo te di la versión real de los hechos. Has tu trabajo y convence al puto mundo que no hubo ningún maldito beso.

Peter apretó los puños y miró a Lucas intensamente, él le mantuvo la mirada.

—¿Quién es él? —Preguntó señalando a Henry.
—Un amigo —Respondió Lucas.
—¿Un amigo que salió de dónde, Lucas?
—Él es el chico al que atropellé.
—Mierda —Susurró Peter—. Estamos embarrados de mierda hasta la nariz, ¿lo sabes?
—Estoy empezando a creer que tiendes a exagerar todo, Peter.
—¿Cómo... —Peter soltó un suspiro exasperado—. Lucas, tú eres un jugador de fútbol, el más importante jugador de fútbol en estos momentos, eres la estrella de la Liga de fútbol de Reino Unido y tú crees que estar preocupados por este vídeo es exagerar, ¿en serio?
—No estoy diciendo que no hay que preocuparse, sólo que si te calmas a lo mejor piensas con claridad las cosas y encuentras que solucionar esto es fácil. Lograste que ese vídeo con Ishmael, se tornara en algo positivo, así que vuelve a hacer tu magia.
—No puedo arreglar esto con un "ellos son jóvenes normales, que experimentan cosas normales" Un escándalo con drogas suaves no es lo mismo que un escándalo sexual.

Lucas rodó los ojos.

—Entonces invéntate una frase genial para esto y ya —Peter negó con la cabeza—. Ahora vete. Y la próxima vez que llegues a *mi* casa gritando como un histérico voy a patearte el culo de aquí hasta las oficinas de *MegaStars*, y cuando lleguemos, te despido.

Peter salió de la casa dando zancadas. Greg cerró la puerta y todos permanecieron allí hasta que oyeron el auto salir de la propiedad.

Lucas miró a Henry unos segundos y soltó una risita despectiva, porque frente a Peter actuó casi indignado por el vídeo y la idea de que él pudiera estar besándose con un hombre, mientras simplemente se daba cuenta de que si Henry no hubiese visto que los estaban filmando, eso era exactamente lo que hubiese hecho. Lo habría besado. Entonces, eso lo convertía oficialmente en un muy buen mentiroso.

# Capítulo 16

*And now I'm one step closer
to being two steps far from you*

*Y ahora estoy un paso más cerca
de estar dos pasos lejos de ti*

Henry se dejó caer en las escaleras y frotó su rostro, no tenía idea de qué estaba pasando en realidad, ¿por qué ese tipo estaba tan molesto? Y ¿por qué Lucas se veía tan ofendido con la idea de besarlo? No parecía para nada incómodo la noche anterior, aunque lo hubiese olvidado. *Ouch*, su corazón volvió a doler. ¿Por qué le dolía tanto que Lucas no recordara ese beso? ¿Por qué Lucas lo había besado en primer lugar? ¿Por qué se sentía tan mal?

Cuando dejó de cuestionarse se dio cuenta de que de alguna parte provenían sonidos de golpes ahogados por las paredes, como si alguien intentara tirar la casa abajo.

—¿Qué es eso? —Preguntó a Greg que seguía de pie.
—No debe preocuparse, ocurre esporádicamente —Respondió.
—Pero ¿qué es?
—El Señor Hamilton —Greg esquivó su mirada, como si intentara no demostrar nada más. Henry trató de entender, pero no pudo, así que siguió presionando.
—¿Qué está haciendo Lucas, Greg? ¡Dime!
—No puedo, señor Henry —Dijo—. Es un asunto personal del Señor Hamilton.
—¿Qué estás diciendo? Vamos, Greg, esto suena bastante mal para mí —Los golpes sonaban más frecuentemente.

Greg respiró profundo y negó con la cabeza antes de volver a su posición de rectitud y formalidad.

—Como dije, es un asunto personal del Señor Hamilton, no puedo decirle más al respecto.
—Pero, Greg...
—Señor Henry... Entiendo que esté preocupado, pero no creo que yo sea la persona indicada para hablar de este tema —Dos golpes consecutivos resonaron—. Le puedo sugerir que deje la planta baja de la casa, arriba no se escuchan estos ruidos —Ambos intercambiaron una mirada—. Le aseguro que en unos minutos el Señor Hamilton estará disponible y mucho más calmado.

Henry sintió un nudo en el pecho, no tenía idea de por qué Lucas estaba causando esos ruidos, pero lo estaban matando. Acechándolo. Sin pensarlo, subió las escaleras y se encerró en su habitación, se tiró en la cama y echó una almohada sobre su cabeza. Ciertamente los golpes no se escuchaban allí arriba pero en su mente resonaban intensamente.

El dolor se extendió por horas, consumiendo algo en Henry qué no sabía qué era, él estaba sangrando por Lucas, por su dolor. Era algo trascendental, porque eso sólo le demostraba que en un par de días Lucas se había convertido en lo que más le importaba a él.

La felicidad de Lucas era el objetivo de su existencia.


Henry vio la hora en su móvil y casi se cae de la cama al salir de ella para vestirse, porque eran las dos y cinco minutos de la tarde. Iban a llegar tarde al entrenamiento de Lucas. Estuvo vestido en dos minutos y salió de la habitación para tocar a la puerta de Lucas, pero nadie contestó. Así que Henry salió corriendo a buscar a Greg, porque estaba seguro que el mayordomo conocía el paradero de su jefe.

Encontró a Greg en la cocina tomando té nuevamente.

—No te molestes —Dijo cuando vio que Greg iba a volver a su formalidad—. Yo sólo quiero saber dónde está Lucas.
—El Señor Hamilton tiene entrenamiento esta tarde.
—Lo sé, es por eso... —Henry se detuvo—. ¿Dónde está Lucas?

Greg no lo miró cuando le dio respuesta.

—Él se fue hace media hora al stadium.

Henry sintió que el aire no entraba bien en sus pulmones. ¿Lucas se había ido sin decirle? Él pensaba que iban a ir juntos al entrenamiento. ¿Por qué ni siquiera le había dicho...

—El Señor Hamilton suele querer estar solo después de situaciones como la de esta mañana —La voz de Greg sonó baja, como si en realidad no quisiera decir lo que estaba diciendo.
—Entiendo —Dijo, pero en realidad no lo hacía. ¿Acaso él era el único que sentía que no podía estar lejos de Lucas? Es decir, parecía que Lucas se sentía igual, pero irse así, sin despedirse, era extraño y... doloroso, para ser honesto—. Voy a... —Señaló la puerta de la cocina y salió de allí.

El silencio de la casa lo abrumó por un momento. Las grandes paredes, los ventanales de techo a piso, las estrambóticas escaleras principales. ¿Cómo un espacio tan abierto te hacía sentir tan atrapado? ¿Era así como se sentía Lucas todo el tiempo? En ese momento Henry se sintió tan frustrado que quería gritarle a alguien. En vez de eso, pidió a Greg un cuaderno y un par de lapiceros... Necesitaba desahogarse.

Los jardines le dieron la bienvenida cuando salió de la casa y se fue a la parte trasera, al menos afuera el aire lo hizo sentir un poco mejor, pero aún así, no se sentía bien. Para nada.

La tarde se convirtió en noche y su mano se deslizó por las hojas del cuaderno a una velocidad asombrosa, cuando Henry no soportó más el frío volvió a la casa, seguía callada, enorme y vacía, pero cuando estaba a punto de subir las escaleras escuchó un auto entrar a la propiedad. Tenía que ser Lucas. Así que se quedó allí para esperarlo.

La puerta se abrió, pero Lucas no entró solo. Una mujer iba con él, llevaba un bolso pequeño en las manos. Cuando los recién llegados se dieron cuenta de su presencia intercambiaron miradas.

—Caroline, él es Henry Hart —Dijo Lucas apartando la mirada de Henry—. Henry ella es Caroline —La chica se acercó y ofreció su mano, Henry la estrechó pero su atención radicaba en Lucas—. Ella va a hacerse cargo de ti, hasta que estés bien.
—¿Hasta… ¿Qué? Yo estoy bien.
—Es sobre tu espalda —Apuntó Lucas—. Ella va a encargase de hacerte las limpiezas y cuidar de ti —Terminó y se mordió el labio. Greg llegó a la sala—. Te iba a buscar —Señaló—. Necesitamos una habitación para Caroline. Ella es la enfermera de Henry.

Greg pareció descolocado por un momento, pero se recuperó de inmediato.

—¿Desea que prepare la habitación que queda al lado de la del Señor Hart?
—No —Lucas contestó con voz firme—. Prepara una de las de abajo.
—La de huéspedes ya está lista. Si está de acuerdo, la señorita podrá instalarse allí ahora mismo—Lucas asintió—. Sígame, por favor —Indicó Greg y Caroline lo siguió, pero antes de perderse por el pasillo hacia las habitaciones de esa planta le sonrió a Henry, él no le devolvió el gesto. No podía.
—¿Qué es todo esto? —Preguntó.
—Creo que es importante que tengas a alguien competente para cuidarte.
—Sólo necesito un cambio de apósitos, Lucas —Refutó.
—Y Caroline es capaz de hacerlo.

Henry no apartó la mirada de Lucas, pero él no hacía lo mismo. Parecía que encontraba cada línea del suelo de cerámica sumamente interesante.

—¿Por qué? —Preguntó.
—Ella está capacitada para hacerlo —Henry se cruzó de brazos—. Mira, yo no tengo tiempo para estar pendiente de ti todo el día, ella va a estar disponible a todas horas, así no tienes que depender de mí para el cambio o para darte una ducha.
—Si represento una molestia para ti, sólo dilo.
—No estoy diciendo eso...
—Estás diciendo exactamente eso, Lucas.

Lucas negó con la cabeza.

—Mira, voy a estar muy ocupado a partir de ahora. Peter habló con la gente de *MegaStars* y... Ella va a hacerlo bien —De alguna forma Henry sentía que Lucas había construido un muro invisible entre ellos, era como si todo lo que decía lo hubiese estudiado antes y eso se sintió horrible—. Además —Añadió en un tono casi inaudible—, debes admitir que las cosas entre nosotros son... son extrañas.
—¿Extrañas? —Contra preguntó—. No tengo idea...
—Claro que sabes de lo que estoy hablando —Le interrumpió Lucas y Henry vio el ceño fruncido.
—¿Ni siquiera puedes mirarme? —Soltó molesto—. Es decir, no se va a acabar el mundo si me miras —Pero Lucas parecía pensar lo contrario porque no lo miró—. Bien —Dijo después de unos segundos esperando que Lucas posara sus ojos azules en él—. Bien —Soltó dándose la vuelta, subió un par de escalones y la mano de Lucas se posó en su brazo deteniéndolo. Su piel ardió, pero no tuvo tiempo de disfrutar la sensación.
—Tal vez necesitamos dar un paso un atrás.

Henry miró la mano de Lucas alrededor de su brazo y este lo soltó de inmediato.

—Ya lo hiciste por los dos, y cerraste la puerta justo en mi cara.

# Capítulo 17

*In* his *arms I get weak*

*En sus brazos me debilito*

Lucas miró a Henry desaparecer por las escaleras y su corazón se oprimió tanto que tuvo que sostenerse con las manos el pecho. Había recibido una llamada de Peter en medio de su "terapia" y tuvo que salir sin avisar hasta las oficinas de *MegaStars*, donde todo el equipo de PR lo esperaba como si estuviesen listos para ejecutarlo. Incluso Elena estaba allí, como un pez en el agua, valía acotar, mientras él se estaba ahogando. Entonces, soltaron un discurso sobre los medios y la percepción del público cuando los escándalos golpeaban a la puerta, lo difícil que era controlarlos y lo fácil que una carrera se podía arruinar, pero su equipo iba a superar el reciente episodio y la única forma era que Lucas tuviese a Elena a su lado, ella se aseguraría de que él se portara "bien". Por eso, Henry no podía ir a los entrenamientos, en su lugar iría Elena. A todos y cada uno de ellos. Lucas se reprimió a sí mismo de sacar esa cuenta, el resultado podría ser fatal. Y la guinda del pastel había sido Caroline.

Peter había dejado caer la bomba de que Lucas estaba "asilando" al chico que había atropellado, con lo cual eran dos bombas. Y Abbis, la cabeza de MS[7] terminó por "sugerir" que Henry necesitaba cuidados profesionales. Cuando Lucas salió del entrenamiento Peter le dejó a Caroline como si fuese un paquete. Y lo único que le preocupó a Lucas fue saber que Caroline era una mujer hermosa, no del tipo sexy, sino del tipo de "todos pueden verlo". Era rubia, con piel de alabastro y ojos azules, grandes, casi como los de Henry. Una tentación para cualquier hombre. Simples matemáticas. Peter buscó a una mujer capaz de atraer la atención de cualquier hombre, pero en este caso, el objetivo era uno: Henry Hart.

---

[7] *MS: Abrev. MegaStars*

Lucas empezó a tener problemas para respirar y subió a su habitación sin mirar siquiera a la puerta de la de su invitado principal, porque quería entrar allí y decirle por qué ahora él no le haría la cura a sus heridas. Si por él fuera estaría al lado de Henry todo el día, asegurándose de que se encontrara bien. De que nada le faltara. Se dejó caer en la cama y sus ojos ardieron repentinamente porque la rabia que sentía quería hacer erupción de alguna manera. Pero no iba a llorar. Él había vendido su alma al diablo, por decirlo de alguna manera, tenía un contrato por diez años con MS, de los cuales ya habían pasado la mitad, sólo faltaba una vida para llegar a la otra orilla.

Él tenía que volver a levantar las paredes a su alrededor, las que había construido con años de esfuerzo y una total dedicación, esas que Henry había penetrado tan fácilmente en un segundo, como si no existieran.

El tiempo pasó, y los golpes en la puerta contigua lo hicieron ponerse de pie de un salto. Corrió hacia su propia puerta y abrió con cuidado sólo para poder escuchar lo que estaba pasando.

—Hola, Caroline —Dijo Henry con su voz profunda y rasposa. Sus vellos se erizaron.
—Me parece que es hora de cambiarte los apósitos —Lucas adivinó que Caroline le estaba sonriendo a Henry—. Así que, ¿Puedo pasar?
—Seguro.

La puerta se cerró y Lucas tuvo que buscar el sofá casi a ciegas porque un montón de imágenes se filtraron en su cabeza desestabilizándolo. Henry quitándose la camisa, las manos de Caroline sobre la espalda desnuda de Henry. Henry sonriendo porque el toque suave de las manos de Caroline le causaría cosquillas, entonces Henry se mostraría todo adorable, como solía ser siempre y... Entre ellos no había nada que los hiciera detenerse. No había contratos. No había una imagen que mantener. No había una mentira escondida en lo más profundo del ser de alguno de ellos. No era complicado...

Lucas salió de su habitación y se detuvo en la puerta cerrada de la de Henry, su puño se alzó, pero en el segundo previo a que golpeara la madera lo bajó derrotado. Lo que pasara tras esas puertas no era su problema, además de eso se trataba ¿no? Él no era idiota, habían enviado a Caroline para alejar a Henry de él, la chica no había sido elegida al azar, había sido elegida para un propósito.

Tiempo para ir a hidratarse, pensó, y fue hacia su lugar preferido de la casa: el bar.

No es que se le hubiese olvidado que la última vez que había tomado coñac se había emborrachado y había atropellado a Henry, o que en el restaurant la noche anterior había estado sobre Henry como si quisiera comérselo para la cena y que de hecho, lo había besado estando casi tan borracho como antes. Pero no encontraba algo mejor que hacer que "ahogar las penas en el alcohol" Como un barco naufragando en lo más profundo del mar.

Lucas jugó con el patrón de seguridad de su móvil y entró a *Google* buscando las últimas noticias de él: Bingo. Él y Elena encabezaban los titulares, más de cincuenta artículos recientes. Leyó, a duras penas debido al alcohol en su sistema, un par de artículos, en ninguno mencionaban el incidente de la noche anterior. MG había borrado la noticia de los tabloides. No quedaban ni huellas. Cuando entró a *twitter*, en su cuenta oficial vio un montón de menciones que lo vinculaban a la cuenta del tipo que había grabado el vídeo. La había cerrado. Otra carrera arruinada. Lucas volvió a su perfil y le llamó la atención el último *tweet*. Como la mayoría de ellos no lo había escrito él, pero ese tenía más de quinientos mil RT, era dirigido al tipo del vídeo, lo llamaba "Jodido perdedor" y terminaba con un completamente innecesario: "Yo soy heterosexual"

Hizo rodar el aparato por la barra y cuando estaba listo para que cayera:

—¿Qué haces despierto a esta hora? —Preguntó Henry sosteniendo el teléfono antes de que tocara el piso. Iba con pantalones grises y una camisa blanca, eran pequeñas para él. Tendría que dejarle algo de dinero al día siguiente para que se comprara cosas a su gusto y de su talla.
—Necesitas nueva ropa —Dijo y desvió la mirada hacia lo que estaba tomando, que en realidad no recordaba que era... ¿vodka? Tal vez era ginebra...
—Lucas, ¿por qué estás tomando de nuevo?
—Porque... Porque me hace bien —Lo cual era mentira porque cuando tenía resaca los entrenamientos eran un infierno.
—Vas a volver a enfermarte.
—¿Y vas a sostenerme? ¿Vas a ayudarme a ir a mi cama y asegurarte de que esté bien?

Henry no habló por unos momentos, pero cuando lo hizo, su voz sonó firme.

—No —Lucas alzó la cabeza y lo miró—. Me pusiste un paso atrás, ¿lo recuerdas?
—*Sip* —Contestó—. Lo recuerdo. Y es bueno que lo recuerdes también.
—En estos momentos no me agradas, en absoluto, Lucas
—Henry... —Soltó—. Mira, tenemos... Ellos dicen... Ellos tienen razón.
—¿Quiénes son ellos?
—Imagina que hay unas paredes alrededor de mí. Las personas no pueden traspasar las paredes, ¿verdad? Así que hagamos esto —Estiró su brazo para poner distancia—. Vamos, ayúdame —Instó para que Henry hiciera lo mismo, pero no levantó el brazo, así que Lucas se bajó de la silla alta de la barra y fue hasta él—.

Debemos mantener distancia —Se situó a espaldas de Henry y le levantó el brazo—. Espacio, ¿ves? Espacio entre nosotros —Le dijo, pero su cuerpo estaba casi pegado a la espalda de Henry—. Esas son mis paredes, y tú no puedes traspasarlas —Giró un poco el rostro y hundió la nariz entre los omóplatos de Henry, emborrachándose aún más con su olor a limpio, se alzó en puntas de pie y le susurró al oído: —. Pero Dios sabe cuán frágiles son esas paredes cuando tú estás cerca.

# Capítulo 18

*Everything that you've ever dreamed of
disappearing when you wake up*

*Todo lo que has soñado
Desaparece cuando despiertas*

Incluso cuando emocionalmente se sentía impedido para moverse, Henry tomó un par de inhalaciones y cuando escuchó la primera maldición de Lucas, corrió hacia las escaleras para ayudarlo a subir.

—¡Eres mi héroe, Henry! —Dijo sonriendo tontamente mientras se apoyaba del pasamano de las escaleras para seguir subiendo.

Cuando llegaron a la puerta de la habitación de Lucas, Henry decidió que ese era su límite.

—Buenas noches, Lucas —Dijo y se libró del brazo de Lucas.
—¿Vas a dejarme aquí? —Preguntó Lucas con una sonrisa triste—. Lo entiendo. Te espera algo divertido en tu cuarto, ¿cierto?
—Lucas, por favor entra y metete a la cama —Indicó sin entender de qué hablaba el otro hombre.
—Sí, estás apurado —Lucas lo miró y abrió la puerta—. Diviértete, Henry Hart.

La puerta se cerró en su cara. Henry quería entrar y pelear con Lucas. Gritarle hasta que actuara de manera clara, pero no funcionaba así.

Cuando estuvo en su habitación, al menos estuvo seguro de algo: Iba a dormir toda la noche. Estaba cansado no sólo física sino emocionalmente.

—Pase —Dijo a la mañana siguiente, llevaba más de una hora despierto, había dormido y se sentía un poco mejor. Las puertas correderas se abrieron y no se sorprendió cuando no era Lucas quien estaba allí, sino Caroline. La noche anterior cuando le había cambiado los apósitos le comentó que estaría temprano para el cambio matutino, pero había olvidado mencionar que llevaría el desayuno.
—Buenos días, Henry —Saludó Caroline sonriéndole.
—Buenos días, Caroline —Ella dejó la bandeja sobre la mesa de noche y Henry se sentó listo para el cambio—. ¿Qué tal tu primera noche?
—Excelente —Respondió ordenando las cosas para empezar a cambiarlo—. Esa cama es... ¡divina! —Exclamó—. Aunque es muy grande para una sola persona —Concluyó y soltó una risa.

Las manos de Caroline empezaron a trabajar en su espalda, y como la noche anterior, Henry notó tres grandes diferencias: primero usaba guantes y la sensación era desagradable. Segundo la forma en que frotaba las medicinas sobre su piel era ruda. Y tercera, y más importante, aunque no fuese ruda y no usara guantes, no era Lucas, y su cuerpo estaba como muerto mientras ella trabajaba sobre su piel, pero cuando Lucas cambiaba sus apósitos, incluso cuando no lo estaba tocando, su piel estaba vibrando ansiando el contacto. Clamando por él. Suplicando por un poco más.

—¿No crees que estás camas son muy grandes para una sola persona? —Preguntó ella cuando ponía los nuevos apósitos.
—No. Si estás realmente cansado puedes sólo tirarte aquí y dormir por días —Respondió. Caroline sonrió con gracia.
—Sí, tal vez tengas razón —Dijo terminando con el cambio—. Listo. Ahora podemos comer —Henry miró la bandeja, tenía dos platos, así que Caroline se iba a quedar al desayuno. Ella se colocó frente a él y colocaron la bandeja en el centro de la cama. Tostadas y huevos revueltos con tocino—. Así que, dime, ¿Cómo conociste a Lucas?

*Alas de Ángel*

A Henry le sorprendió que no lo llamara Señor Hamilton como hacían Greg y Gerllet.

—Casualidad, supongo... —Respondió. No estaba seguro de si podía o no decir lo ocurrido.
—¿Y por qué vives con él aquí?
—Es temporal —Esta vez bajó la mirada y hundió los dientes en la tostada, sintiendo una desazón. Sí, todo eso era temporal, podía sentirlo en el fondo de su corazón, después de lo que le había dicho Lucas, estaba más cerca de irse que de cualquier otra cosa—. ¿Y tú cómo terminaste aquí? —No se le ocurrió preguntar más nada.
—Estaba haciendo mis pasantías de enfermería en una clínica y de pronto, me llamaron a la oficina y un tal Peter Jenkins estaba buscando una enfermera privada, y aquí estoy —Así que el tal Peter estaba tras la llegada de Caroline. Era bueno saberlo. En ese momento Caroline acercó la mano al jugo de naranja y Henry se movió haciendo que la bandeja se inclinara y todo el líquido cayó en sus pantalones—. Oh, Dios, lo siento —Exclamó ella tomando las servilletas de la bandeja y poniéndolas en su regazo. El frío traspasó la tela causándole a Henry un escalofrío y entonces...
—Buenos días —Caroline se quedó con una servilleta en la mano a escaza distancia de la entrepierna de Henry, él levantó la mirada y se quedó paralizado, no había visto esa mirada en Lucas: Era un glaciar, fría hasta el punto de congelar.
—Señor Hamilton, buenos días —Logró decir Caroline poniéndose de pie, pero Lucas no le quitó la mirada de encima a él, lo que hizo sentir de alguna forma injustificada, muy avergonzado, como si hubiese estado haciendo algo malo.
—Por favor, déjanos solos —Ordenó Lucas, Caroline salió de la habitación casi corriendo y Henry trató de hacer algo con el desastre—. Así que...

Henry se puso de pie e intentó entrar al baño, pero Lucas dio un par de zancadas y se interpuso en su camino.

—¿No estás hablándome?

El tono de Lucas molestó a Henry, porque sonaba como si él estuviese haciendo algo malo y no era así, además estaba teniendo una sensación extraña, como si algo gélido se deslizara en su interior, por la médula, por los huesos, los nervios y su piel.

—Henry, estoy jodidamente hablando contigo —Henry miró a Lucas y el gélido salió de su cuerpo a través de su boca.
—¿Sabes que es lo que pasa? —Preguntó sin esperar realmente que Lucas respondiera—. Que desconozco qué es lo que quieres, así que, prefiero que me dejes por escrito las cosas que puedo hacer y las cosas que no puedo hacer.
—No soy tu dueño.
—Bueno, actúas como si lo fueras —Soltó. Lucas lo miró sin pestañear y apretando los labios, la línea de su mandíbula se acentuó y Henry se detestó por encontrarlo aún más atractivo.
—¿Qué estaba haciendo ella aquí? —Lucas alzó una ceja y Henry se sintió, por primera vez en su vida: furioso y con ganas de hacer daño.
—Se estaba encargando de mí —Respondió—. Le pagas por eso, ¿no?

Lucas dio un paso atrás, como si él lo hubiese golpeado, tardó un minuto, quizá dos en recuperar su postura, sacó su cartera y le dejó una tarjeta negra sobre la cama.

—Ve a comparte alguna ropa que te guste. Vine para decirte eso. Caroline debería ir contigo —Lucas se dio media vuelta.
—Lucas —Llamó Henry, Lucas no se volteó hacia él, pero se detuvo—. ¿Por qué estás haciendo esto? —Preguntó refiriéndose a todo, a la distancia, a las paredes, a Caroline, a todo, porque todo estaba mal.

# Capítulo 19

*Counted all my mistakes and there's only one*
*Standing up on a list of the things I've done*
*All the rest of my crimes don't come close*
*to the look on your face when I let you go*

*Conté todo mis errores y sólo hay uno*
*que destaca en la lista de las cosas que he hecho*
*Todos mis crímenes no se acercan*
*a la mirada en tu rostro, cuando te dejé ir*

Cuando Lucas salió de la habitación casi se llevó por delante a Caroline que estaba esperando.

—Señor Hamilton, yo quería decirle que lo que vio fue totalmente algo inocente, no es como si...
—No te estoy pidiendo ninguna explicación —Dijo, pero él la quería, necesitaba saber qué había pasado con todos los detalles para estar malditamente seguro que no estaba pasando nada con ella y Henry. De sólo imaginarse que ella lo tocaba ahora para cambiarles los apósitos se le revolvía el estómago—. Tal vez él necesite ayuda ahora, así que, puedes entrar.

Lucas no esperó a ver si ella entraba a la habitación de nuevo o no, bajó las escaleras casi corriendo y salió de la casa, porque él tenía "una agenda", así que condujo hasta *Starbucks*, donde ya se encontraba Elena, ella estaba con Katie, su agente en MS, cuando lo vieron llegar Katie se puso de pie y se fue a unas cuantas mesas lejos de ellos. Lucas respiró profundo y se dirigió hacia Elena.

—Los *paps* llegaron hace quince minutos, así que bésame y siéntate —Le susurró Elena cuando él llegó a su lado. A través de los lentes oscuros pudo mirar hacia afuera de la tienda, donde en efecto, ya estaban unos seis *paps* en la acera de enfrente, apuntando con sus cámaras hacia donde estaban ellos. Él tuvo

que sonreír, se inclinó hacia Elena y dejó un beso rápido en los labios, ella estaba utilizado un *gloss* muy pegajoso y sintió sus propios labios llenos del gel. Él se sentó en la silla de enfrente, Elena estiró la mano sobre la mesa y él tuvo que entrelazar sus dedos a los de ella—. Llegaste jodidamente tarde, Lucas.
—Tuve algunas dificultades en casa, El —Le dijo. Elena soltó una risa cantarina como si se estuviese divirtiendo mucho. Los flashes rebotaron brutalmente contra el vidrio—. Esto es malditamente ridículo —Soltó y sonrió. Ellos debían parecer una pareja muy feliz.
—Sólo puedo imaginármelas —Comentó ella sorbiendo su café.
—¿Cuánto tiempo tenemos que estar aquí?
—Al menos una hora, y luego vamos de *shopping* —Respondió—. Vamos a almorzar juntos y luego nos vamos a tu "divertidísimo" entrenamiento.
—Adoro tener una novia que me apoye tanto, El —Acotó con sarcasmo, cuando él tenía que ir a los desfiles de moda y a los eventos sociales con ella, hacía su mayor esfuerzo por aparentar que al menos los disfrutaba, pero Elena nunca dejaba de demostrar cuanto detestaba el fútbol.
—Yo también te amo, bebé —Dijo ella con una sonrisa falsa y siguió bebiendo café.
—Gracias a Dios… —Soltó por lo bajo. Elena y él rieron genuinamente. Ellos odiaban lo que hacían, eso seguro, pero ambos se necesitaban y permanecían en la cima de la montaña. Ellos eran la pareja del millón de dólares, o libras esterlinas como era el caso.

Los *paps* los siguieron todo el día, y se le unieron más en el centro comercial, pero cuando fue la hora de llegar al stadium todo era un pandemónium. Lucas estacionó el auto en su lugar habitual y de inmediato fue escoltado por al menos 4 agentes de seguridad que hicieron una muralla entre él, Elena y la multitud de paparazzis que estaban tras un acordonado improvisado.

Apenas se acercaron a las puertas de entrada estallaron a preguntas a los gritos:

*Alas de Angel*

—¿¡Cómo te preparas para el próximo juego, Lucas!?
—¿¡Qué puedes decir sobre el vídeo de la otra noche... —De inmediato Lucas vio como uno de los guardias se iba sobre la persona que había hecho la pregunta
—¿¡Es cierto que están comprometidos!? —Bien, esa pregunta le erizó los vellos de la nuca. Lucas sintió la mano de Elena entre la suya y ambos entraron finalmente al stadium.
—¡Es una práctica cerrada! —Escuchó Lucas que gritaban los guardias afuera tratando de detener a los paparazzis, de pronto las puertas fueron cerradas y se apostaron allí como si estuviesen custodiando al mismísimo Primer Ministro.

Peter estaba dentro junto a Katie.

—¿Qué es toda esta mierda? —Preguntó soltando la mano de Elena. Peter lo miró y le sonrió.
—Necesitamos que la prensa se enfoque más en tus juegos que en tu vida personal, así que...
—¿Me estás jodiendo? —Soltó molesto—. ¡Tengo años diciéndote esa mierda! Mi carrera y mi vida personal deben ser cosas separadas.
—Lucas, eso no va a pasar, no en estos días, necesitas la prensa social para que a los medios no deportivos les interese tu carrera profesional. Estamos haciendo esto ahora por el escándalo del maldito vídeo, pero cuando esto se aplaque volveremos a la carga con ustedes.
—¿No te parecen suficiente 6 horas en un solo día?
—No vamos a volver con eso, Lucas. Es mejor si vas a cambiarte y a entrenar. Y para que estés prevenido, tenemos a alguien del *Daily Mail* para hacer unas fotos del entrenamiento.

Lucas le dio una mirada asesina a Peter y entró a los vestidores, adentro estaba ya todo el resto del equipo. La atmosfera era tensa porque en realidad era molesto tener esa cantidad de atención en los entrenamientos, Lucas no era el único jugador célebre para el

*Manchester*, pero sin duda era el más publicitado y el que acababa de joder un entrenamiento.

—En diez minutos los quiero en el campo —Dijo Van, que sí, siempre estaba del lado de él, pero tampoco le gustaba que sus otros jugadores estuviesen molestos. La práctica iba a ser una mierda de eso estaba seguro.
—Hey —Saludó Lucas a Nate que se estaba poniendo los guantes.
—Luke —Respondió dándole una sonrisa amigable y comprensiva—. ¿Cómo estás?
—Bien —Contestó empezando a cambiarse. Miró a su alrededor y encontró a James en una esquina alejada, ya estaba listo, pero no parecía estar realmente allí. Así que Lucas se acercó cuando se terminó de cambiar.
—Hey, JP.
—Lu —Saludó.
—¿Qué pasa? —Preguntó directamente, pues James no tenía esa expresión tan seria con frecuencia.
—Nada.
—¿Qué pasa? —Repitió.
—Soph no va a venir a los entrenamientos —Murmuró.
—¿Por qué?
—Ya sabes, no le gusta mucho esto de los *paps* todo el tiempo afuera y... —James bajó la mirada y murmuró cosas inentendibles, pero Lucas sólo podía pensar que ella estaba estudiando diseño de modas, y el mundo de la moda era básicamente la cuna de los paparazis, así que algo no estaba bien.
—¿Es Elena, cierto? —Preguntó.
—No, es sólo...
—James —Dijo pidiéndole con su tono la verdad.
—No la soporta, Luke. Lo siento, hemos hablado y ella lo intenta, pero créeme, no la soporta. Ella hace lo mejor que puede, pero...
—Está bien, James —Dijo—. Lo siento, sé que Sophia está en sus vacaciones. Lamento toda está mierda —Dijo sintiéndose terrible porque Sophia y James se adoraban y era difícil para ellos

planificar sus calendarios y ahora por toda la mierda de MS y la publicidad les estaba arruinando un tiempo importante a ellos, que de hecho, sí disfrutaban de la compañía del otro y Sophia adoraba ir a los entrenamientos de James.
—No te preocupes —James le puso una mano en el hombro.
—Por supuesto que me preocupo, James. Cuando ella vuelva a la Universidad no se van a ver con frecuencia hasta el verano y es mi culpa porque…
—Hey, no. Detente ahí, Luke. Todo está bien, no te culpes.
—Pero tú sabes que sí es mi culpa.
—¿Por qué? MS es quien está haciendo esto. No es tu culpa.

En ese momento Nate se unió a ellos.

—Chicos, ya todos salieron —En efecto sólo estaban ellos tres, así que salieron a toda prisa de los vestuarios.

Lucas sólo quería terminar el entrenamiento, no porque no quisiera jugar, no, pero toda la carga que estaba llevando en sus hombros era demasiado pesada y sentía que de un momento a otro sus piernas no iban a soportar el peso. Y caería.

Cuando llegó a su casa, él sólo quería… sentirse un poco mejor, dejar de pensar en tantas cosas molestas y tener un momento de paz. Y, para el registro, él sabía que sólo había una persona dentro de esa casa que podía proporcionársela. No sabía tras qué excusarse para pasar tiempo con Henry, pero él lo necesitaba, hablar cinco minutos por lo menos, Lucas sabía que si podía estar cerca de Henry un breve momento se sentiría mejor.

Lucas subió corriendo a la habitación de Henry, tocó la puerta y esperó, pero nadie abrió. Tal vez ya estaba dormido, era tarde porque él había salido del entrenamiento y tuvo que llevar a Elena a su casa, estar ahí dos horas sin siquiera despegar los labios y luego pudo irse, así que eran cerca de las diez de la noche, por lo que él simplemente giró la perilla y entró a la habitación, para encontrarla vacía, de hecho, la cama de Henry todavía estaba hecha, por lo que él no había ido a su habitación a dormir. ¿Dónde estaba? Y lo más importante ¿Con quién estaba?

La casa de por sí era enorme, pero cuando estaba tan desesperado por encontrar un lugar parecía que se expandía el triple. Lucas llegó a la puerta de la habitación de huéspedes que le había asignado a Caroline, él ni siquiera tuvo que tocar la puerta. Estaba abierta.

—Buenas noches, señor Hamilton —Lucas se giró y miró a Greg.
—¿Dónde está ella? —Preguntó, pues la habitación de Caroline también estaba vacía.
—Ella y el señor Hart, me pidieron que llevara la cena a la sala de entretenimiento, eso fue aproximadamente hace dos horas, así que me imagino…

Lucas dejó a Greg allí parado y corrió escalera arriba como corría en la cancha, con todas sus fuerzas, sus piernas protestaron cuando llegó al tercer piso, se sostuvo un segundo de las paredes mientras tomaba un poco de aire y luego corrió hasta la puerta de la sala de entretenimiento, sus manos temblaron en el pomo cuando lo giró, no fue sutil ni discreto, abrió la puerta con fuerza, pero él recibió el golpe, fue como si su alma cayera a sus pies como el agua que sale de un florero roto, regándolo todo e indiscutiblemente imposible de volver a ser lo mismo. Insalvable.

Henry estaba dormido con las piernas estiradas sobre el sofá cama, su cabeza caía hacia atrás, en el respaldo del sofá, sus labios estaban entre abiertos y su respiración era acompasada. Lucas habría amado esa imagen de no ser porque Caroline estaba acostada a su lado, con las piernas recogidas contra su pecho y su cabeza reposando en el regazo de Henry. Era una imagen devastadora en cualquier aspecto, ellos se veían muy bien juntos. Como se tenían que ver las personas. Ellos encajaban.

Caroline y Henry, simplemente encajaban, porque era normal.

Cuando se llevó una de las manos al pecho, sólo podía pensar que cuando una flecha te atravesaba lo difícil era realmente sacarla, porque ella se traía todo de vuelta. En ese momento él podía sentirlo, y una vez herido ¿A dónde iban los corazones roto

# Capítulo 20

*And yeah I've let you use me from the day that we first met
But I'm not done yet, I'm falling for you…*

*Y sí, he dejado que me uses desde el día en que nos conocimos
Pero no he terminado todavía, me estoy enamorando de ti…*

Henry se frotó los ojos antes de abrirlos y cuando lo hizo el dolor de espalda lo tomó desprevenido, miró alrededor y se encontró en la sala de entretenimientos. Claro, había pasado toda la tarde viendo películas junto a Caroline porque si duraba un minuto solo se iba a volver loco —*Gracias, Lucas* —pensó para sí mismo. Trató de estirar las piernas, pero no pudo, bajó la mirada para encontrar la rubia cabellera de Caroline esparcida en su regazo, la chica estaba profundamente dormida y él no recordaba haberse ofrecido para servirle de almohada. Lo último que recordaba es que estaba viendo una película muy aburrida, sobre una chica tonta que se enamoraba de un tipo multimillonario, la soportó por quince minutos antes de desconectarse, y ahora Caroline estaba durmiendo sobre su regazo. No sonaba bien para él. Se quitó la almohada de la espalda y la colocó bajo la cabeza de Caroline mientras liberaba sus piernas.

Cuando estuvo en su habitación no supo qué hacer, porque aún tenía que esperar a Caroline para que cubriera las gasas y poder obtener una ducha propiamente. Empezaba a estar cansado de depender de otra persona para hacer algo tan básico como bañarse. Por supuesto que eso no le molestaba dos días atrás cuando era Lucas quien se encargaba de eso. Henry caminó de un lado a otro, estaba acumulando muchas cosas dentro de él, muchas emociones nuevas y necesitaba sacarlas de alguna forma.

Necesitaba hablar con Lucas y tendría que ser pronto o explotaría.

Durante tres días Henry buscó el momento para hablar con Lucas, pero nunca llegó porque Lucas llegaba a altísimas horas de lo noche y salía muy temprano. Habían pasado setenta y dos horas infernales, y la noche previa al domingo no parecía mejorar. Ya estaba listo para dormir, eran las once de la noche y algo le decía que Lucas no iba a llegar hasta mucho más tarde.

Sobre su cama estaba el móvil, lo tenía allí porque había empezado a escribirse con Nate, James y Sophia, todos parecían querer saber cómo se encontraba y sutilmente siempre preguntaban su ubicación, tal vez esperaban que de un momento a otro él desapareciera, porque Lucas y él... ¿Lucas y él qué? Habían pasado tres días completos en los que no se habían cruzado en la casa. Si Henry sabía que Lucas dormía allí era porque Greg siempre le dejaba saber que "El señor Hamilton" se había ido muy temprano en la mañana.

Esto no estaba funcionando y Henry comenzaba a entender que era en parte culpa de él, porque cuando sus sentimientos se involucraban era bastante difícil ver a "la misión" objetivamente. Él nunca tuvo oportunidad, si era honesto, porque cuando vio a Lucas, desde el primer momento, algo cambió dentro de él. Ocurrió algo trascendental. Encontró algo que sólo había soñado desear. Encontró algo que en realidad no estaba buscando.

Tal vez era hora de pedir una dispensa arriba y abandonar la tarea. No podía hacerlo. No tenía la fuerza ni la fortaleza de llevar a Lucas hasta sus límites y descubrir que estaba fallando en su vida. Henry no era el ángel adecuado para salvar a Lucas.

Henry se quitó las medias, la camisa y el pantalón, se arrodilló en el suelo, al lado de la cama, unió sus manos en señal de oración y empezó a concentrarse para comunicarse con su guía: Abigail, para solicitar una audiencia extraordinaria. Le costaba mucho vaciar su mente y concentrarse en el llamado, minutos... tal vez horas, la nebulosa empezó a aparecer ante sus ojos cerrados, el sonido exterior se iba haciendo más lejano y era sobrepasado por el latido de su propio corazón... Estaba muy cerca.

Entonces, la voz de Ishmael lo desconectó por completo de la concentración. Henry dejó caer su cabeza sobre la cama y estiró el brazo para tomar su teléfono. ¿El suspiro que soltó fue de alivio? Sí, definitivamente.

*Sophia Llamando.*

—*Hola, Henry. ¿Cómo estás?* —Preguntó Sophia al otro lado.
—Bien, gracias, ¿y tú?
—*Bien* —Ambos se quedaron en silencio unos segundos, entonces ella tomó un respiro profundo y habló: —. *Así que, ¿qué pasó? Supe que no has ido más a los entrenamientos, y me parece que te gusta mucho el fútbol...*
—Oh, bien... —¿Qué podía decir? "Lucas no me quiere ahí o en ningún lado cerca de él..."—. Creo que a Lucas le va mejor sin mí... Quiero decir, no quiero que esté preocupado, ya sabes, si la práctica se extiende y crea que debe irse o algo... —*Bien hecho, Henry. Suenas muy creíble*, se dijo a sí mismo con sarcasmo.

Ella volvió a quedarse en silencio unos segundos.

—*Henry, ¿estás seguro de que estás bien?*
—Sí.
—*¿Has hablado con Lucas últimamente?* —Le preguntó.
—Sí —Mintió, y estuvo seguro que ella no le creyó porque de alguna manera el "sí" había sonado a pregunta.
—*Mmm... raro* —Dijo—. *Pero aún vas a venir al partido de mañana, ¿verdad?*
—Yo... Bien, yo no... No. No lo creo.
—*Pero, Henry...*
—Es mejor así.
—*¿Por qué? En el partido Lucas no se va a preocupar porque el juego se extienda y deba irse o algo* —Sophia prácticamente lo

estaba citando. Y en otras circunstancias eso le habría parecido gracioso, pero no ahora.
—Sophia...
—*¿Él no quiere que vayas?*
—Yo... Yo creo... No, yo creo que no.
—*Lucas a veces puede ser un idiota* —Murmuró ella y resopló—. *Ven conmigo. Ya sabes, no me gusta estar sola.*
—Yo estoy de acuerdo con Lucas. Tal vez... Es mejor si no voy —Dijo él. Sophia suspiró.
—*Como quieras. Ten una buena noche, Henry. Y escríbeme cuando quieras.*
—Gracias.
—*Adiós* —Ella cortó la llamada y Henry se acostó en la cama olvidándose por completo de que unos minutos antes estaba a punto de pedir una audiencia para abandonar su misión.

Nuevamente la voz de Ishmael sonó, pero con otra melodía, una más rápida y pegajosa. Henry abrió el mensaje.

> JP:
> Mañana te va a ir a buscar Nathan, mi chofer, a la 1 pm. Te envío un pase VIP para el juego. Nos vemos!

Leyó el mensaje dos veces y luego contestó:

> Lo siento, James. Muchas gracias, pero, no puedo ir...

Casi de inmediato llegó su respuesta.

> JP:
> Henry, no era una invitación con opción al sí o no. Te veo mañana. Duerme bien ;)

Tuvo que sonreír, tal vez a los jugadores del *Manchester* los entrenaban para dar órdenes a diestro y siniestro. Dejó el móvil sobre la mesa de noche y una sonrisa culpable apareció en su rostro.

Se moría por ver jugar a Lucas.

Henry llegó a las gradas VIP y divisó a Sophia, ella estaba de brazos y piernas cruzadas, llevaba lentes oscuros, pero él pudo notar que fruncía el ceño. Caminó hasta la fila y pidió permiso hasta llegar al puesto vacío que estaba a la derecha de la chica.

—Hola —Saludó.
—¡Henry! —Dijo poniéndose de pie mientras lo abrazaba—. Creí que no ibas a venir.
—James no me invitó precisamente. Creo que esto es un amago de secuestro o algo —Sophia sonrió orgullosa de su novio.
—No seas tonto. Tenías que venir. Gracias a Dios aceptaste —Le susurró cuando se sentaron. Henry notó que Sophia miró a su izquierda como si algo le molestara, pero en ese lado sólo había otra chica. Tal vez él estaba equivocado.

Las gradas generales se empezaron a llenar y el bullicio se intensificó tanto que era difícil hablar sin gritar para hacerse entender. Sophia y él trataban de no hacerlo y terminaban entendiendo cosas sin sentido, por lo que reían como tontos.

—Te perdiste el calentamiento, pero ya va a comenzar —Sophia dio un par de palmadas emocionadas. En ese momento una voz resonó en todo el stadium y la multitud enloqueció estalló en gritos—. ¡Ya vienen! ¡Ya vienen! —Exclamó poniéndose de pie como el resto de las personas de las gradas. Henry también lo hizo.

El comentarista presentó a los árbitros, luego al equipo contrario y Henry sintió que el corazón se iba a salir de su pecho cuando llegó el momento del *Manchester*. Sophia le agarró la muñeca y la apretó, su sonrisa fue radiante cuando James entró al campo.

Ella gritó y lo vitoreó como cualquiera de los espectadores de las gradas generales—. ¡Vamos, James! —Gritó.

Ambos vitorearon a Nate que saludó a la multitud con una sonrisa amplia.

—¡Y el capitán del *Manchester United*: Lucas Hamilton!

Henry se quedó paralizado. Había visto a Lucas quizá cientos de veces hasta ese momento, pero justo cuando salió al campo fue como verlo bajo otra luz, una aún más poderosa. Lucas Hamilton era el dueño del campo. Y la audiencia realmente enloqueció hasta el punto en que parecía que podían echar el stadium abajo. En las pantallas grandes apareció el rostro de Lucas. Hermoso, perfecto... Esculpido por las mismas manos de Dios. El llevaba una cinta negra para el cabello y en ese momento decidió arreglársela. De no haber sido porque Sophia aún lo sostenía de la muñeca Henry estaba seguro que habría... Explotado o habría salido volando como globo.

En el campo, los jugadores se saludaron e intercambiaron banderas de equipo. La pelota estuvo en posesión del *Manchester* desde el principio y entonces Henry tuvo que poner toda su atención en la pelota para seguir las incidencias del juego, pero era una tarea casi imposible, porque Lucas estaba siempre cerca del balón y eso lo hacía perder toda la capacidad de concentrarse en algo.

—¡Vamos, James! —Gritó Sophia de nuevo cuando James se apoderó del balón. Henry vio a Lucas correr a toda velocidad hacia la arquería contraria, Primme casi perdió la pelota, pero en una finta espectacular la recuperó y la golpeó directamente hacia Lucas que dio un salto y...

—¡GOOOOOOOOOOOOOOOOL! —El stadium se vino abajo, pero Henry estaba igual de enloquecido que la multitud, Sophia y él daban saltos y lanzaban puños al aire.

—¡Es hermoso verlos jugar juntos! —Exclamó Sophia abanicándose cuando volvieron a sentarse—. Podrías mostrar algo de emoción, ¿no? —Henry pensó que se refería a él pero no, era con la chica a su lado.

—No tengo que comportarme como una idiota porque hicieron un gol —Soltó y sacó su móvil. Henry la miró con detalle. Ella era una chica muy bonita, con cabello castaño y largo, realmente bonita, pero la expresión en su rostro la hacía desagradable.

—Ni siquiera sé por qué vino —Susurró Sophia y volvió su atención al juego.

—¿Algo va mal? —Preguntó, pero Sophia negó con la cabeza—. ¡Mira, van hacia Nate! —Apuntó. El equipo contrario tenía el balón y el jugador con el número 9 iba hacia la portería de Nate con mucha rapidez. James estaba muy lejos de él. El 9 esquivó a un jugador y pateó el balón con fuerzas. Nate salió corriendo hacia adelante dio un salto tremendo y abrazó la pelota contra su pecho cayendo al campo de nuevo. La barra del *Manchester* empezó a corear:

—¡Wallace, Wallace! —Sophia y él se unieron. Y sonó exactamente igual a la película *Corazón Valiente*[8].

Dos minutos después un jugador del otro equipo cayó al terreno después de una colisión terrible. El juego se detuvo y en ese momento James y Lucas estaban hablando a unos metros del incidente, entonces James señaló hacia las gradas VIP, donde estaban ellos, probablemente señalaba a Sophia, pero Lucas alzó la mirada y Henry supo que lo veía a él y Lucas le sonrió. Sophia levantó la mano para saludarlos y ambos jugadores devolvieron el saludo.

---

[8] *Corazón Valiente: Braveheart es una película estadounidense histórica-dramática de 1995 dirigida, producida y protagonizada por Mel Gibson. La cinta épica, basada en la vida de William Wallace.*

—Di hola —Le dijo ella codeándolo, pero en ese momento se reanudó el partido y Lucas y James volvieron a correr por el campo.

No sabía si estaba un poco persuadido por la reciente sonrisa de Lucas, pero cuando lo vio por el campo de juego se veía más glorioso, el rey del campo, sus piernas y sus brazos se movían con tal precisión en total contraste con su cabello que tras la cinta parecía espigas de trigo azotadas por el viento. Y por el amor de Dios, Lucas sabía cómo llevar puestos unos shorts.

Uno de los otros jugadores anotó un gol, sólo por suerte, porque los dedos de Nate rozaron el balón pero este igual entró al arco. Después de eso Nate se volvió más agresivo y fue como una muralla.

Habían pasado casi 40 minutos y seguían empatados. Entonces el número 5 del otro equipo tenía la pelota e iba corriendo hacia la arquería de Nate, era como si ningún jugador del *Manchester* pudiera detenerlo. Henry vio a Lucas en mitad de la cancha, no parecía interesado en ir a recuperar el balón, entonces, casi salido de la nada James bordeó el campo por el costado izquierdo esquivó a tres jugadores del equipo contrario se barrió en el terreno y el balón desapareció de los pies del 5, pero eso no fue todo, con una velocidad impresionante se puso de pie y se adueñó del balón haciéndolo rodar por el costado derecho. Lucas corrió de espaldas hacia la cancha contraria y James golpeó el balón en su dirección. Perfección. Lucas la recibió y corrió rápidamente hacia el arco. Un tiro certero, la pelota quedó atrapada en la red sin rastro de duda. Todo el stadium coreó: GOOOOOOOOOOOOOOL

Henry finalmente perdió la compostura, gritó y aplaudió como loco. Abajo los jugadores corrieron en dirección a Lucas que a su vez corría a su encuentro con James quien estaba corriendo en dirección a las gradas VIP donde estaban los reporteros. Lucas se montó a espaldas de James con un puño en alto en clara celebración y James dio saltos para llegar frente a las gradas. Entonces Lucas se llevó los dedos índice y medio a los labios para luego alzar la mano con el símbolo de la paz y guiñar un ojo.

—Oh, por Dios, oh, por Dios —Oyó murmurar a Sophia. Henry se había quedado paralizado. El gesto había ido en su dirección. Podía jurarlo. Lucas acababa de… Las luces de las cámaras de los reporteros se dirigieron a su dirección, al lado de Sophia la chica se había puesto de pie y Henry observó como repetía el gesto de Lucas en dirección al campo.

Así que… *¿Qué?*

# Capítulo 21

*I can't be no superman,
But for you I'll be super human*

*No puedo ser Superman
Pero por ti seré un Súper Humano.*

Tras entrar a los vestuarios Lucas estaba simplemente en medio de una subida de adrenalina. Todo el equipo estaba emocionado, pues habían detenido cualquier tipo de avance del otro equipo para anotar después del primer gol. Nate parecía un león cuidando su presa en la portería y James había hecho un pase perfecto para ese último gol. Pero eso no era lo que había alterado todo el sistema de Lucas, no, era el comentario "casual" de James "Mira, Soph trajo a un amigo" y ¡bam! Henry estaba ahí. Fue una locura y dio gracias a Dios que el juego se reanudó de inmediato y pudo correr y liberar adrenalina, él sólo se sintió feliz de verlo allí.

Los últimos días habían sido infernales, tanto en el campo como fuera. Estar con Elena todos los días lo estaba consumiendo, ella le absorbía la energía. En el campo no le había ido mucho mejor, Van llegó a molestarse con él por primera vez en toda su trayectoria dentro del *Man U*, pero lo realmente malo ocurría cuando llegaba a casa. Tenía que obligarse a ir a su habitación y encerrarse allí hasta que el sol empezaba a aparecer para luego salir, porque era "más fácil" si Henry no estaba cerca. Lo más lógico era pedirle que se fuera, pero la sola idea era… Mierda, ¡una locura! Ya no podía imaginar la casa sin la presencia de Henry.

La voz de Van llamando al equipo para que se hidrataran mientras daba las instrucciones para el segundo tiempo, fue lo que sacó a Lucas de sus cavilaciones, pero antes de poder unirse al círculo Peter apareció y lo llevó unos metros apartado del resto del equipo.

—¿Qué mierda hace él aquí? —Preguntó con los dientes apretados.
—No lo invité yo.
—Él tiene un pase VIP. No juegues conmigo ahora.
—Yo *no* lo invité. Henry también es amigo de James y Nate. No puedo encerrarlo en mi casa y tenerlo como un prisionero.
—Lucas, alguien puede reconocerlo.
—¿Tú viste el maldito vídeo, Peter? —Preguntó de forma retórica—. A duras penas se me puede reconocer a mí, ¿crees que alguien pueda identificar a Henry?
—Incluso así, él no debería estar aquí.
—No seas paranoico. Él puede hacer lo que quiera.

Peter lo miró desafiante y Lucas casi pudo ver cómo estaban trabajando los engranajes de su cerebro.

—Él está mejor fuera de la pintura, Lucas —Peter habló en tono sereno pero cargado de amenaza. Suficiente para que se encendieran las alarmas dentro de él. Lucas agarró a Peter del hombro y lo empujó un paso hacia uno de los casilleros.
—Deja a Henry fuera de esto, Peter —Le dijo apuntándolo con el dedo índice—. Puedes joderme la puta vida a mí, pero a Henry no lo tocas. Tú y yo tenemos un trato, pero puedo mandar todo a la mierda si te equivocas. No-lo-toques —Repitió y no esperó una respuesta por parte de Peter, lo soltó y volvió con el equipo.

Lucas podía haber vendido su alma al diablo, pero haría todo lo posible por mantener intacta la de Henry. Lo protegería de todo y de todos, incluso de él mismo, aunque se le fuera la vida en ello.

Cuando pisó el campo para el segundo tiempo su mirada se fue de inmediato a las tribunas VIP. Henry estaba de pie junto a Sophia, pero no estaba entusiasmado como en el tiempo anterior.

—Vamos, Luke —Le dijo James dándole una palmada en el hombro pues había sonado el silbato.

Lucas recorrió la cancha en los primeros minutos y se dio cuenta que el equipo contrario había llegado con una técnica más agresiva, en los siguientes 10 minutos dos de sus compañeros habían sido brutalmente embestidos ocasionando 2 tarjetas amarillas para el otro equipo. James corrió hasta el número 17 de los contrarios y lo interceptó por el costado derecho y el balón fue directo hacia él. Lucas dio un salto por la trayectoria que traía la pelota, la golpeó con la cabeza hacia James nuevamente, mientras corría hacia la arquería, James le devolvió el balón, esta vez directamente a sus pies, él impulsó la pierna y dio el tiro directo a la red. Había anotado. Todo el equipo iba hacia él para celebrarlo, pero Lucas corrió hacia las gradas VIP, todos estaban de pie celebrando. Y esta vez Henry estaba de pie, aplaudiendo y con una sonrisa totalmente hermosa. ¡Qué diablos, con una sonrisa así Henry podía iluminar al mundo entero! Lucas le sonrió ampliamente y le guiñó un ojo, en ese momento llegaron los demás compañeros del equipo y se le fueron encima derribándolo.

Cuando se reanudó el juego Lucas sólo podía imaginar cuan perfecto sería que de ahora en adelante cada vez que él tuviese un partido y anotara un gol pudiera ir a la barra VIP y tener a Henry allí, celebrando sus victorias y alentándolo mientras estaba en el campo. Ver esa sonrisa y los hoyuelos en sus mejillas cuando él girara la vista hacia las gradas, como en ese momento, cuando Lucas se permitió un segundo mirar a las gradas, porque la pelota estaba en tiempo muerto, y vio a Henry allí sentado mordiendo el nudillo de su dedo índice, fue un segundo en que sus miradas azul y verde se cruzaron y fue como si una cuerda invisible estuviese entre ellos, a pesar del muro que él mismo había levantado, esa cuerda los mantendría unidos de una forma inexplicable.

—¿Qué es tan interesante en las gradas, Luke? —Lucas giró su cabeza y vio a James a dos pasos de distancia. El árbitro estaba sancionando al número 23 del otro equipo—. Ya veo —Soltó

James mirando en esa dirección, saludó a Sophia que le sonrió desde las gradas, justo al lado de Henry.
—Yo no estaba viendo a nadi...
—Elena —Murmuró James—. Estabas mirando a Elena, me imagino.

Lucas volvió la mirada hacia las gradas, sus ojos detectaron a Henry, Sophia y... ¡Mierda! Elena estaba justo al lado de Sophia. Él sabía que ella había ido al partido pero no tenía ni la más puta idea de dónde se había sentado, estaba a un asiento separada de Henry y Lucas quiso correr hacia allí y llevar a Henry a otro lugar, alejado de ella. No quería a Henry cerca de Elena, era como si... como si ella pudiese contaminarlo con toda la situación tan turbia que los rodeaba a él y a Elena, y eso no debía tocar nunca a Henry. Nunca.

—Sí. La estaba viendo a ella —Susurró a James.
—Vamos —Dijo este cuando se reanudó el juego.

El resto del segundo tiempo fue agresivo, Lucas y James habían recibido más patadas que cualquier otro jugador, porque ellos eran el arma más poderosa del *Manchester*, era casi imposible que cuando James le hiciera un pase Lucas no hicieran un gol, así que el otro equipo se fue contra ellos.

Faltaban dos minutos para que se acabaran los cuarenta y cinco minutos reglamentarios del segundo tiempo, cuando el número 4 del otro equipo tenía la pelota e iba en dirección a Nate. James lo interceptó limpiamente y le quitó el balón de forma tan simple que era ridículo, Lucas corrió de espaldas hacia la portería contraria para esperar la recepción del balón, pero no llegó, él vio como el número 17 corrió hacia James y clavó uno de sus pies en la pantorrilla de su amigo.

—¡Hijo de puta! —Gritó Lucas corriendo hacia James cuando cayó al piso y se agarró la pierna gritando de dolor. Genuino dolor. Ellos habían acordado nunca caer en esa estupidez de hacer una actuación exagerada cuando eran interceptados por los contrincantes. Si había una colisión la disfrutaban, por eso el que James estuviese en el piso ocultando su rostro en el césped y agarrándose la pierna con tanta fuerza era una señal alarmante. Lucas llegó hasta su amigo, se agachó y lo chequeó. James estaba sufriendo y escupiendo todas las malas palabras que sabía. Miró alrededor, el resto de los jugadores se había acercado para mirar lo que pasaba. Nate se abrió camino y se agachó juntos a ellos.

—JP, ya vienen a revisarte, voltéate. —Nate ayudó a James a acostarse sobre su espalda, Nate y él se apartaron cuando llegó el equipo médico para chequearlo, entonces Lucas miró al número 17 que estaba de pie y parecía orgulloso de lo que había hecho.
—Te parece muy gracioso, ¿no es así? —Le escupió Lucas mientras se acercaba—. Como no sabes jugar una mierda…
—Luke… —Oyó que Nate le decía en advertencia, pero ignoró al irlandés.
—Entonces tienes que joder al que sí sabe, ¿no? ¡Porque ese tu trabajo. Ese es tu jodido trabajo, jodido perdedor! —Cuando Lucas iba a írsele encima Nate lo agarró por la espalda y lo arrastró lejos del hijo de puta número 17—. ¡Jodido perdedor! —Le gritó de nuevo.
—Relájate hombre. Mira, James se está poniendo de pie —En efecto Primme estaba parándose, en ese momento el árbitro fue hacia el 17 y sacó la tarjeta roja y Lucas se fijó que estaban en el área de penalti. James tenía que cobrarlo.

Lucas no quería mirar, si en las prácticas le era difícil hacer un gol, y Nate era súper condescendiente con James, no quería imaginarse cómo se sentiría en estos momentos. James tomó el balón entre sus manos, lo colocó en el piso y lo miró como si ni siquiera supiera cual era su funcionamiento. Él y Nate se unieron a la línea del equipo que estaba tras James. Lucas respiró profundo como si él mismo fuese a cobrar el penalti. El árbitro hizo sonar el silbato. James tomó impulso, pateó y… La pelota pasó cerca de dos metros sobre la arquería.

Desde las gradas se escucharon abucheos, todo el equipo fue a saludar a James, cuando Lucas le estrechó la mano supo que su amigo iba a volverse loco sobre eso que acababa de pasar. El número 17 estaba en la banca del equipo contrario y se reía como loco. Maldito perdedor.

El árbitro dio tres minutos adicionales, iban ganando tres goles a uno, pero él necesitaba una venganza y borrar la sonrisa de la maldita cara del 17. Corrió hacia James.

—Roba la jodida pelota, ahora —Le ordenó y corrió hacia la cancha. James corrió tras el número 6 y tardó más de lo normal en quitarle el balón, sin embargo logró hacerlo en una finta limpia y pateó el balón hacia Lucas que se lo devolvió, jugaron con el balón en zigzag hasta que Lucas llegó al área de anotación, recibió el balón y ¡Bam! Quemó la arquería, el tiro fue limpio, el stadium se vino abajo y él corrió hacia James y lo levantó del suelo. El resto del equipo se unió a la celebración y el silbato de finalización rezumbó sobre la algarabía que creció en ese momento—. ¡Excelente trabajo, JP! —Le felicitó cuando lo dejó en el suelo.
—Eso es una mentira, Lucas —Le dijo por lo bajo mientras se volvía hacia las tribunas y las homenajeaba aplaudiéndoles en gratitud por los ánimos.

Lucas se desembarazó del abrazo grupal y fue a las barras VIP de nuevo. Henry no estaba en su asiento, la mayoría estaba buscando la salida, encontró a su objetivo siendo casi arrastrado por Sophia escalera abajo para llegar a la valla que los separaba del campo. Iban hacia el campo para encontrarse con ellos. Lucas aceleró el paso para ir a su encuentro, los periodistas saltaron al campo también, Henry estaba a cinco o seis escalones de llegar, Lucas sonrió.

—¡Har... —Henry y Sophia fueron detenidos por un cordón de seguridad humano, varios de los agentes del stadium hicieron una cadena, entonces Lucas vio a Elena bajar los escalones, fue ayudada a saltar la valla, llegó hasta él, se le colgó al cuello y le plantó un beso.

¿Y Henry estaba mirando todo eso, cierto? ¡Mierda!

# Capítulo 22

*It just won't feel right
because I can love you more than this*

*Y simplemente no se siente bien
Porque yo puedo amarte más que eso*

Él sabía que todo el stadium estaba gritando de algarabía, pero para él todo había desaparecido, el sonido, los colores, la gente. Sólo había devastación. Henry no podía creer que las manos de Lucas estuviesen alrededor de la cintura de la chica que estaba al lado de Sophia y que justo ahora ellos se estuviesen besando en el campo. Sophia lo tenía sostenido de la muñeca para guiarlo, pero sus pies no pudieron seguir andando. La imagen que tenía ante él lo estaba matando, como un puñal atravesando su corazón.

—Vamos, Henry —Oyó que Sophia le decía, ya los guardias no le impedían el paso, así que poniendo toda su concentración ordenó a sus pies que siguieran a Sophia. Saltaron la valla y cuando sus pies pisaron el campo Henry recordó la primera vez que Lucas lo había llevado a un stadium y habían pasado un rato a solas riendo porque él no sabía nada de fútbol. ¿Cuánto había pasado de eso? ¿Una semana? ¿Por qué sentía que había sido más tiempo?
—Hey, qué bueno que están aquí —Nate los había alcanzado y los saludó con su típica sonrisa, en esos momentos iba hacia las bancas del *Man U* donde estaba James, porque le estaban revisando el golpe recibido hacía unos minutos, cuando se había producido la colisión, Sophia había ahogado un grito y bajó la mirada mientras respiraba profundo, intentado calmarse a sí misma, le había dicho a él que lo peor de los partidos era eso, cuando lastimaban a los jugadores, ella quería gritar y correr al campo para estar junto a James, pero no podía, entonces había tenido que aprender a controlar su angustia y esperar al final del partido, ella corrió hasta llegar al lado de James, quien la recibió con un beso.

—Jugaron muy bien —Le dijo a Nate—. Fue emocionante.
—Gracias —Contestó, pero no sonrió y miró a James—. Pero supongo que alguien no va a pensar lo mismo —Le susurró.
—Él hizo un trabajo increíble —Apuntó Henry.
—Pero sólo va a hablar del penalti que falló —Nate se concentró en lo que estaban haciendo a James.

Henry se dio la vuelta y miró hacia atrás donde estaban hacía unos segundos. Lucas y la chica ya no se besaban, pero él la tenía tomada de la cintura aún y hablaban con los periodistas. Qué horrible sensación. Qué horrible dolor estaba sintiendo en su pecho. En ese momento, Lucas y la chica intercambiaron una mirada y se rieron. Henry la observó y trató de ver lo mismo que veía entre Sophia y James, el lazo de amor que los unía, pero no lo encontró entre Lucas y la otra chica. A ella no le brillaban los ojos y aunque sonreía, no le parecía una felicidad auténtica, y sabía que si él estuviese en el puesto de ella, habría sido imposible que no se notara la devoción con la que podía mirar a Lucas.

Henry podía amarlo más que eso.


Horas más tarde, Henry estaba en su habitación, hacía un par que Caroline se había ido después de cambiarle los apósitos. La buena noticia era que según su percepción a la mañana siguiente cuando los quitara ya no tendría que usarlos más. Podría usar una pomada un par de días después de eso, pero las gasas y las curas no iban a ser necesarias. Pero nada de eso importaba cuando él sólo tenía en su cabeza a Lucas y a la chica, besándose. Sintió arder sus ojos y cuando hundió la cara entre sus manos, la puerta de la habitación se abrió.

Lucas estaba de pie, aún tenía el bolso colgando del hombro, respiraba con dificultad como si hubiese corrido hasta llegar allí. Se miraron unos segundos, y entonces la pregunta salió disparada de su boca como veneno.

—¿Quién es ella? —Lucas cerró los ojos, dejó el bolso en el suelo y puso las manos en sus caderas.

—Mira, Henry... No quiero...

—¡No! —Le interrumpió—. Vas a hablar de ella así no quieras —Henry abandonó la cama y le importó muy poco que sólo estuviese en sus bóxers negros—. Basta de jugar conmigo, Lucas —Dijo.

—Yo no estoy ju...

—Claro que lo haces —Soltó antes de que Lucas pudiera negarlo—. Tus acciones demuestran algo y luego lo destruyes con tus palabras. Necesito una explicación y... —¿Y qué? Tendría que irse, no iba a poder seguir allí si esa chica era parte de la vida de Lucas...—. ¿Quién es?

—Es mi novia —Respondió en tono bajo. Henry sintió que el puñal se hundió más profundo y giró dentro de su corazón—. No. Es más como... una amiga.

—Los amigos no se besan así —Soltó.

—Es complicado.

—Seguro —Ironizó. Henry miró alrededor, y buscó sus pantalones, o los de Lucas como era el caso, se los empezó a poner.

—¿Qué estás haciendo?

—Me voy —Dijo, subió el pantalón por sus piernas y los ajustó.

—¿A dónde? ¿Por qué? —Lucas se acercó a él y le impidió que tomara la camisa.

—No lo sé. Pero lejos de aquí, eso seguro.

—No —Expresó Lucas—. No. Tú no puedes irte.

—Por supuesto que puedo —Trató de agarrar la camisa otra vez.

—Henry, no. No puedes dejarme... No puedes. No —La voz de Lucas se alteró—. No puedes irte —Soltó—. No voy a permitirlo —Se dirigió a las puertas deslizantes y trabó el seguro.

—Lucas puedo irme y lo haré. Te vas a apartar y vas a dejar que me vaya.

—¡No! —Exclamó y se pegó a la puerta con la cerradura en su espalda—. Tendrás que quitarme de aquí y voy a oponer resistencia. Vas a tener que golpearme y no voy a dudar en responder los golpes si insistes en salir de aquí.

—Ahora estás actuando como un demente.

—¡No puedes irte, Henry! —Soltó gritando, su expresión destruyó a Henry, Lucas parecía a punto de colapsar—. ¡No puedo dejarte!

—¿Por qué? —Soltó Henry—. ¿Por qué no puedes dejarme ir? ¡No soy nada en tu vida, Lucas! ¡Me has apartado de ti desde hace días! ¡Tú pusiste una muralla entre nosotros! ¿Recuerdas? Entonces, déjame ir y acabemos con esto de una vez.

—¡No! ¡No puedes! ¡No voy a permitírtelo!

—¿¡Por qué mierda no vas a dejarme ir!? —Gritó él por primera vez enojado.

—¡Porque creo que estoy jodidamente enamorado de ti y es la peor cosa que pudo haberme pasado!

Henry dio dos pasos atrás, por el impacto de esas palabras pero tuvo que preguntarse cómo era posible que una persona te diera la vida y a la vez te matara con una misma oración.

Su trasero aterrizó en la cama y no se percató que Lucas había destrabado el cerrojo y se había ido. ¿Había oído mal o realmente Lucas había dicho que estaba enamorado de él? ¿Cómo es que... Se puso de pie y salió de la habitación, no encontró a Lucas en su cuarto y rezó porque no hubiese decidido irse de la casa.

Cuando Henry llegó a las escaleras se paralizó. Otra vez oyó los golpes provenientes de ninguna parte. Quiso gritar. ¿Dónde estaba Lucas?

Corrió en busca de Greg y no le importaba que tuviese que sacarlo de la cama para que le dijera dónde estaba Lucas, llegó a la cocina y encontró no solo a Greg, también estaba Gerllet, ambos tomaban el té y cada vez que sonaba un golpe la mujer cerraba los ojos y se estremecía.

—¿Dónde está?

—Sígame, por favor —Dijo Greg y lo guió hasta unas puertas blancas—. Al final de las escaleras.

# Capítulo 23

*There's a moment when you finally realize
there's no way you can change the rolling tide*

*Hay un momento en el que finalmente te das cuenta
no hay manera de que puedas cambiar la fuerza marea*

Lucas había salido de los vestuarios después de haberse duchado, todos sus compañeros de equipo se habían ido, era su tercer juego con el Manchester, y todavía estaba asustado. En el primer juego había anotado un gol casi por pura suerte. Hoy habían sido dos goles y tardó casi media hora en poder entrar a los vestuarios porque los periodistas no pararon de entrevistarlo hasta que Peter, su agente publicitario, logró "rescatarlo" de la vorágine salvaje.

Peter era, según el CEO de MegaStar, el agente estrella, por el que todos sus clientes morían por tener, pero que sólo unos cuantos privilegiados podían darse el lujo de poseer. Lucas había sido uno de los elegidos. Peter no pasaba los 30 años, pero se movía como veterano en el mundo de la publicidad, de allí que él no dudó ni un momento en aceptarlo como su agente. Y fue cuando tuvo que entregarle todo de su vida.

Pasaron casi dos semanas viéndose por más de 10 horas al día. Peter había hecho miles de preguntas sobre su vida, su pasado, su presente e incluso sus pensamientos para el futuro. Lo más extraño para Lucas fue darle el acceso irrestricto a sus redes sociales y a su correo personal, según Peter, él no iba a poder manejar sus cuentas personalmente el 100% del tiempo, y era muy posible dado que antes de empezar la temporada había alcanzado los 2.5 millones de seguidores en twitter, que era la red que más utilizaba. En todo caso, había algo que Lucas no sabía si debía o no sacar a luz, porque él no estaba seguro sobre eso, pero tal vez podría ayudar si Peter supiera sobre eso... Como para que estuviese al tanto...

*Lucas se secó casi a cámara lenta y se tomó su tiempo para vestirse, cuando terminó tomó su bolso, sabía que Peter estaba en las banquetas del vestuario, esperando por él.*

—Peter, necesito decirte algo —Dijo, *su voz sonó rasposa porque tenía la garganta seca.*
—Lo que quieras, Lucas.
—Creo que necesitas saber, como mi agente, algo importante sobre mí —Peter *se puso de pie y lo miró directo a los ojos. Lucas se sintió examinado en lo más profundo de su ser*—. No sé si es relevante, pero, supongo... Yo soy g...
—¡No! —Lo interrumpió Peter con brusquedad—. No digas eso, Lucas. Lo que quieras menos eso.
—Pero...
—Ni siquiera lo pienses. Si dices eso arruinarás tu carrera. El final.
—Pero, Peter...
—Escúchame, Lucas. Tú eres el futbolista más importante de Manchester United *en estos momentos.* Ya no eres el jugador "extravagante" de los Donnies. *Estamos hablando de uno de los equipos más famosos del mundo entero, Lucas. Tú los representas, y créeme, ningún equipo de fútbol quiere ser representado por alguien... diferente de lo que se espera, ¿lo entiendes?*

*Diferente. La palabra rebotó en su cabeza haciéndola doler de pronto. Lucas asintió.*

—Me alegro.

*Ese fue el momento en el que vendió su alma y quien era.*

# Capítulo 24

*Shake off the weight of the world from your shoulders*

*Sacude el peso del mundo de tus hombros*

Las escaleras eran oscuras y estrechas, allí los golpes sonaban con mucha más fuerza y hacían que las paredes retumbaran. Cuando llegó al final se encontró con una habitación enorme. Las paredes estaban llenas de dibujos y mensajes, todo el suelo estaba lleno de pelotas de fútbol. En el centro de aquella inmensidad Henry vio a Lucas, sin camisa, pateando las pelotas contra las paredes con agresividad, en lo que golpeaba una iba a la otra sin esperar que la primera regresara del todo.

Henry decidió quedarse en las escaleras y cada vez que Lucas pateaba una pelota era como si él recibiera el impacto. ¿Cuánta rabia había dentro de él? ¿Cuán frustrado debía estar para tener la necesidad de golpear las pelotas de esa forma? Lucas siguió y siguió. Henry no podía creer que aún no lo notara, pero supuso que Lucas estaba atrapado en sus propios pensamientos.

Los golpes no disminuyeron su intensidad, pero tras lo que pareció una eternidad, finalmente cesaron, entonces Lucas se dejó caer en el piso sobre sus rodillas y se llevó las manos al rostro. Antes de saber lo qué hacía, Henry ya iba camino hacia Lucas y sus brazos lo atraparon porque notó sollozos y todos sus instintos clamaron para protegerlo. Él apartó las manos del rostro y miró los ojos de Lucas llenos de lágrimas y tristeza.

—¿Qué está pasando?
—Yo sólo…—Aclaró su garganta, pero su voz salió quebrada—. Odio todo esto.
—¿Qué odias, Lucas?
—Todo. Mi carrera… Las cosas que he tenido que hacer para mantenerla…
—¿Por qué no lo dejas?

—El fútbol es mi vida. Pero tengo que pagar un precio. Y me está matando.
—Debe haber alguna forma...
—No. No la hay. No de la forma en la que soy. No puedo ser yo mismo si quiero seguir...
—No hay nada incorrecto con quien eres...
—No lo entiendes.
—Entonces, explícamelo.
—No quiero hablar de esto.
—Nunca quieres hablar de nada, Lucas —Le dijo molesto, pero aún así controló su tono de voz—. ¿Cómo puede alguien ayudarte si no dices lo que sientes realmente?
—Yo no necesito ayuda —Dijo y se apartó de Henry, limpiándose del rostro el sudor y las lágrimas.
—Sí, Lucas, que te hayas encerrado aquí a patear esas pelotas por casi dos horas demuestra claramente que no necesitas ayuda.
—Tal vez eso me ayude.
—Las pelotas no hablan, las pelotas no comprenden lo que te está pasando. Necesitas de las personas.

Lucas lo miró y su expresión se contrajo.

—¿Cómo es que crees que me conoces? ¿Cómo es que crees que sabes que es lo que necesito?
—No necesitas ser un genio para verlo.
—Eres arrogante.

Henry abrió la boca por la sorpresa.

—¿Yo? ¿En serio? ¿Quién es el que cree que no necesita ayuda? ¿Quién es el que cree que venir a patear pelotas es una buena terapia para sacar las cosas que lo están ahogando? No soy *yo* el arrogante, te lo aseguro —Se puso de pie. Estaba tan molesto con Lucas y su verdadera arrogancia. Era ridículo que cuando finalmente algo salía de él entonces huía de ello.

Llegó hasta las escaleras y una mano lo retuvo por el brazo.

—Lo siento —El tono de voz de Lucas, en apacible arrepentimiento le derritió el corazón—. No debí hablarte así —Añadió. Henry cerró los ojos y soltó un suspiro mientras se volvía hacia Lucas.
—Tienes que aceptar que hay personas que se preocupan por ti, y que quieren que estés bien.
—¿Tú te preocupas por mí? ¿Quieres que esté bien? —Henry asintió.
—No puedes imaginarte cuanto, Lucas. No puedes imaginarte cuán importante es para mí que tú estés bien.

Los ojos de Lucas brillaron en ese cuarto poco iluminado.

—¿Por qué? —Preguntó. Henry supo que su sonrisa era triste—. ¿Por qué, Henry? ¿Por qué soy tan importante para ti? ¿Por qué me tratas como si fuese lo más importante que tienes?
—Tú eres lo *único* que tengo —Admitió devolviéndole la mirada.

Lucas sonrió, aún cuando parecía incrédulo a sus palabras.

—No me conoces.
—Te conozco lo suficiente.
—Soy un desastre ahora mismo —Confesó Lucas y le sonrió en forma de disculpa. La mano que aún lo sostenía del brazo se deslizó hacia arriba, recorrió su hombro y rozó su cuello, se instaló en su mejilla—. ¿Por qué eres tan… perfecto? —Le susurró—. ¿Por qué me haces sentir como si te hubiese esperado toda mi vida? ¿Por qué me haces dudar de mi mismo, de lo que me he convertido?
—¿Qué estás tratando de decirme, Lucas? —Preguntó. Lucas movió el pulgar arriba y abajo en su mejilla.
—Yo… creo que lo que… no sé qué es lo que trato de decirte.
—Inténtalo.

De pronto los ojos de Lucas apuntaron a su boca, Henry se saboreó inconscientemente y Lucas se inclinó hacia él, se alzó en puntillas para llegar a la altura de sus labios, pero Henry retrocedió.

—No me beses si no vas a recordarlo mañana —Le advirtió.
Lucas se alejó un poco.
—¿Por qué dices eso?
—Porque ya rompiste mi corazón una vez. Me besaste la otra noche y me dijiste que no recordabas nada, pero no es verdad, ¿no? Lo recuerdas y me dijiste que no lo hacías. Yo *sé* que lo recuerdas.
—Henry, yo... —Comenzó a decir Lucas, pero Henry no iba a permitirle salirse con la suya esta vez, se acercó tanto que sus narices casi se tocaban.
—Así que si estás pensando en besarme, hazlo, pero acepta las consecuencias de ello.

Dos segundos después Henry estaba pegado a la pared con las manos de Lucas apretando su rostro y los labios unidos a los suyos. Le mordió el labio inferior y un gemido salió de su garganta, sus piernas estaban haciendo un esfuerzo sobrenatural por mantenerlo en pie. La boca de Lucas lo estaba casi atacando, como si quisiera devorarla toda de golpe.

—Abre la boca para mí —Le susurró Lucas en un gemido ansioso. Henry separó sus labios y la lengua de Lucas entró en su boca como un huracán. Arrasando con todo a su paso: su cordura, su aire, sus sentidos y su corazón.

De repente, las manos de Lucas se enredaron en los cabellos de Henry, atrapó mechones en sus puños y jaló un poco.

—Me encanta tu sabor —Confesó Lucas respirando con dificultad—. Pruébame.
—¿Cómo? —Preguntó él apenas consciente de su existencia.
Lucas se separó un poco más y lo miró extrañado.
—¿Cómo que... cómo?
—¿Cómo quieres que te pruebe?

Los ojos de Lucas se agrandaron y una sonrisa de satisfacción apareció en su rostro.

—¿Este es tu primer beso?
—No. Mi primer beso fue hace unas noches atrás.
—Oh, Dios, Henry. ¿Por qué no me lo dijiste? Te estaba besando como una bestia —Dijo y sonrió apenado.
—Me gusta —Confesó y juntó sus labios con Lucas de nuevo. Él le correspondió pero luego se separó de nuevo.
—Pero tu primer beso debe ser distinto, debe ser suave... romántico. No como te besé. No, espera —Expresó y negó—. No puedo creer que nadie te haya besado antes. Quiero decir, tus labios gritan todo el tiempo "bésame"

Henry sonrió.

—¿En serio?
—Créeme. Desde el primer segundo que te vi es como si me llamaran, como un hechizo...
—Gracias —Expresó sonrojándose.
—Pero ¿Por qué, Henry? Quiero decir...
—Sólo esperaba a la persona indicada para mi primer beso.

Lucas pareció derretirse, sonrió y hundió el rostro en el hombro de Henry, fue su turno para enterrar los dedos es los cabellos desordenados de Lucas, quien se estremeció al instante, luego, lentamente fue dejando besos por la piel del cuello, subió por la línea de la mandíbula y recorrió de largo hasta el otro lado. Él estaba jugando, pero honestamente Henry no quería eso justo ahora, así que tomó la cara de Lucas entre sus manos y lo miró directo a los ojos.

—Bésame como debe ser el primer beso —Exigió y Lucas le sonrió de vuelta, y con eso él iluminó el espacio entre esas cuatro paredes.

# Capítulo 25

*Kiss him again, just to prove to me that you can*

*Bésalo otra vez, sólo para probarme que puedes*

Lucas estaba seguro que cualquier vestigio de cordura que quedara en él lo había perdido del todo entre esas cuatro paredes. No le importaba nada más que tener a Henry entre sus brazos.

—Me disculpo por besarte tan agresivamente antes. Y voy a asegurarme de hacerlo bien ahora —Estaba tan cerca de Henry que podía verse reflejado en sus ojos verdes y su ego hizo un pequeño baile de victoria al notar las pupilas dilatadas. Sonrió—. Cierra los ojos, Henry —Le dijo y Henry lo hizo, viéndose tan deseable y vulnerable que tuvo que recordarse que tenía que besarlo despacio. Se inclinó hacia él y rozó sus labios casi imperceptiblemente. Humedeció los suyos y volvió, jugó con el labio inferior primero, saboreándolo y sintiéndolo.

Los labios de Henry parecían motas de algodón y llamas de fuego al mismo tiempo. Se enfocó en el labio superior y mordisqueó un poquito sintiendo el estremecimiento de Henry bajo sus manos.

Jugó con los labios, mordisqueando, rozando... Y entonces, Henry soltó un suspiro sutil. Indicio inequívoco de que era tiempo para el siguiente nivel. Lucas llamó a calma a su propio cuerpo porque de sólo pensar en avanzar un poco había sentido lava en las venas y toda esa erupción iba a una sola dirección por debajo de su cintura.

Aseguró una mano en la nuca de Henry para guiarlo.

—Déjame entrar —Murmuró contra los labios de Henry y de inmediato dio toquecitos leves con su lengua—. *Déjame entrar* —Repitió, y Henry separó sus labios. Lucas fue rápido, como dardos acertando en el centro de la diana. Su lengua se disparó hacia el interior de la boca de Henry y tuvo que apoyar una de sus manos en la pared para mantenerse firme porque esa boca sabía a gloria. El roce despertó los corpúsculos de su lengua haciendo que todos los vellos de su cuerpo se erizaran.

Entonces, empezó una clase de juego peligroso, entrando y saliendo con su lengua, creando una imagen mucho más íntima en su cabeza que casi lo hizo explotar en ese momento, y cuando Lucas gimió se invirtieron los papeles. Henry lo hizo girar y era él quien estaba contra la pared ahora con la lengua del otro hombre penetrándolo vorazmente. Reaccionó rápidamente, y empezó una verdadera guerra. Sus lenguas se involucraron en una lucha de control y poder. *¡Henry aprendía rápido!*, pensó mientras daba una estocada brutal con la lengua.

Pasó la vida, pasó el mundo... pasó la muerte. Pasó que Lucas fue el ejecutar de su propia perdición cuando bajó las manos por el cuerpo de Henry y cuando llegó a su cintura lo empujó contra él. ¡Dios! Fue golpeado por el bulto duro y caliente que había bajo los pantalones de Henry, un bulto muy similar al suyo.

—*Dios* —Henry se separó de su boca y alzó el rostro separando los labios en busca de aire.
—¿Estás bien? —Lucas rió, su voz sonó tan torturada como la de Henry.
—Tengo demasiadas sensaciones juntas —Confesó y lo miró, sus ojos verdes brillaban y la mirada era una hermosa confesión de plena disposición.
—¿Cuáles, Henry? Dime, ¿qué sientes? —Le preguntó mientras subió una de sus manos para acariciar con el pulgar la mejilla de Henry, ambas mejillas estaban coloreadas de rojo intenso.
—No lo sé —Respondió, su voz era un susurro—. Es como si quisiera llorar y reír al mismo tiempo, como si quisiera correr y quedarme estático... Es como...— Se detuvo.
—¿Cómo? —Insistió.

—Como... Es como si quisiera tenerte sobre todo mi cuerpo... o en mi cuerpo. No sé qué es lo que siento. No es algo que haya sentido antes...

Lucas escuchó la confesión como si fuese música, pero al mismo tiempo fue algo temible, porque se dio cuenta que si ese había sido el primer beso de Henry, entonces él nunca había estado con nadie más.

—Henry... —Murmuró y depositó un beso tan suave como el aleteo de las mariposas en esos labios rojos e hinchados por la actividad reciente.
—¿Está bien eso, Lucas?
—¿Qué cosa?
—¿Está bien que sienta eso? O ¿Es algo malo?
—Es perfecto, porque... Yo me siento de esa manera respecto a ti —Henry sonrió y Lucas volvió a besarlo—. Creo que acabo de caer en una nueva adicción —Susurró Lucas.
—¿Una nueva? —Preguntó Henry confundido.
—Tus labios —Lucas le mordió el labio inferior de nuevo. Dios, besarlo se sentía tan real, tan... correcto.
—Necesito respirar —Soltó Henry de pronto separándose de él—. Lo siento, en realidad estoy disfrutando esto, pero necesitaba respirar —Lucas sonrió satisfecho.
—Está bien.

Ambos se quedaron mirando, mientras sus respiraciones eran lo único que se escuchaba, Lucas enterró los dedos más profundamente en los rizos de Henry, apreciando la textura, él chico le sonrió.

—Lucas, ¿puedo tocar tu cuerpo? —Le preguntó en tono bajo. Consciente o no, él asintió. Henry se acercó, puso esas hermosas manos sobre sus hombros, pero se inclinó hasta su oído—. ¿Con mis labios? —Volvió a asentir.

Los labios de Henry bajaron por su oreja y empezaron el recorrido en la línea de su cuello, Lucas se estremeció al punto de tener que sostenerse de Henry para no caerse, el otro chico recorrió toda la línea del cuello hasta el hombro y luego bajó hasta los pectorales y se fue al otro lado, Lucas se dio cuenta que Henry no estaba usando sus manos, entonces él las buscó con desesperación y las guió hasta su cintura.

Los labios de Henry se quedaron un rato en su clavícula y de pronto él sintió la lengua de Henry lamer un trozo de su piel, sus caderas dieron un tirón y otra vez él tomó el mando, empujó a Henry hacia la pared de nuevo y le alzó la cara para besarlo, breve pero contundentemente, de la forma en que quedas desubicado cuando te separas. Así quedó Henry y Lucas sonrió plenamente orgulloso. Pero ese no era el final, dejó caer su cabeza dentro del hueco del cuello de Henry, dio un par de besos suaves y oyó reír al otro chico; bien, abrió la boca y lamió un poco, la risa de Henry se tornó en un gemido que creció en cuanto él empezó a chupar la piel e hizo presión con sus dientes.

—Lucas —Gimió Henry—. ¿Qué estás haciendo? —Lucas no se molestó en responder, más tarde Henry se daría cuenta de lo que estaba pasando, pero en su mente se escuchó a sí mismo respondiendo "Te estoy marcando. Eres mío", dio un tirón más fuerte para asegurarse que la marca quedara por varios días—. Lucas… —Henry soltó el último gemido antes que él lo dejara, la piel estaba roja y se pondría más oscura.
—Prométeme que no dejarás que nadie más te toque, Henry —Pidió sin dejar de mirar la marca que había hecho—. Prométemelo.
—Lo prometo.
—¿Qué prometes?

Lucas miró a Henry que estaba recostado en la pared aún y su cabeza reposaba hacia atrás, tenía los ojos cerrados y la boca entre abierta para poder respirar.

—Yo prometo... —Comenzó a decir, pero se detuvo para respirar más—. Que no dejaré que nadie más me toque —Henry abrió los ojos y lo miró directamente, con el compromiso de esa promesa en ellos—. Nunca. Nadie más.

Así que Lucas lo besó de nuevo, sólo para probar que él podía.

# Capítulo 26

*Friends should sleep in other beds
and friends shouldn't kiss me like you do
and I know that there's a limit to everything
but my friends won't love me like you.
No, my friends won't love me like you
Oh, my friends will never love me like you*

*Los amigos deberían dormir en camas separadas
y los amigos no deberían besarme como lo haces tú
y yo sé que hay un límite para todo
pero mis amigos no me aman como tú
No, mis amigos no me aman como tú
Oh, mis amigos nunca me amarán como tú*

La promesa que acababa de hacer sería tan fácil de cumplir que le parecía innecesario que Lucas la hubiese exigido, él lo habría hecho incluso sin la promesa porque ¿cómo podía dejar que alguien más lo tocara cuando sólo Lucas podía hacerlo sentir así? Él lo sabía, era diferente para ellos, cuando encontraban a su alma gemela no había nadie más. Nunca. Y Lucas tenía que ser la suya, porque nada se había sentido tan correcto como cuando sus labios volvieron a encontrarse o cuando él lo tocaba.

—¿Tú puedes prometerme lo mismo, Lucas? —Preguntó él aún con los labios pegados a Lucas, pero entonces él se separó.
—¿Qué? —Contra preguntó y a Henry no le gustó el tono, es decir, esperaba una afirmación inmediata.
—Las cosas deben ser mutuas...
—Henry yo... —Lucas se separó un poco y soltó un suspiro—. Necesitamos discutir esto. Vamos arriba.

Lucas le tomó la mano y subieron hacia la cocina, estaba sola y varias luces estaban apagadas. Caminaron por los pasillos en silencio y a cada paso Henry se sentía peor, porque Lucas sólo tenía que decir "sí, lo prometo" nada más. Pero claro, era como si lo hubiese olvidado, Lucas tenía ¡una novia!

Quería vomitar, se le revolvió el estómago y sintió que se mareaba. Por supuesto que Lucas no podía prometerle nada. Incluso cuando había dicho que *creía* que estaba enamorado de él y ya tenía a alguien. Así que eso los convertía en... ¿amigos que se besaban? Los amigos no se besaban... Ni se trataban como ellos. ¿Por qué era todo tan confuso?

Cuando llegaron al segundo piso, Henry se detuvo en la puerta de su habitación, no se sentía capacitado para conversar en ese momento, sobre nada.

—Hey, ¿qué ocurre? —Preguntó Lucas con voz dulce cuando Henry se resistió a seguir caminando.
—Es mejor si hablamos mañana —Señaló soltándose de Lucas y cruzando los bazos.
—Henry, quiero hablar contigo ahora —No era una orden, era más una expresión anhelante.
—Tengo miedo de lo que vayas a decir —Confesó. Lucas se acercó y lo abrazó por la cintura, Henry trató de resistirse pero sabía que era tiempo perdido así que pasó los brazos por sobre los hombros de Lucas y se aferró a él con fuerzas. Todo su cuerpo se estremeció cuando los labios de Lucas rozaron su oreja.
—Duerme conmigo —Le susurró.
—Pero los amigos deben dormir en camas separadas —Murmuró con un nudo en la garganta. Los labios de Lucas bajaron por su cuello y lo hicieron ladear un poco la cabeza para darle más acceso. Lucas recorrió el camino a su boca con suavidad, haciéndolo temblar. Era algo grandioso. Rozaron sus labios y entonces susurró:
—Nosotros no somos amigos.

Y Lucas tenía razón, porque los amigos no te empujaban a sus camas y comenzaban a besarte sin decirte una palabra. Henry aferró los puños a las sábanas de la cama de Lucas cuando los besos de este bajaron por su abdomen.

—Lucas, espera —Logró murmurar, aunque su cerebro era una masa gelatinosa que se tambaleaba dentro de su cráneo—. Dijiste que teníamos que hablar...
—Cambié de idea. No quiero hablar —Expuso Lucas y mordió un área sensible cerca de sus costillas.
—Tú dijis... —Tragó con dificultad—. Dijiste que necesitábamos discutir esto —Henry enterró sus dedos en el cabello de Lucas y lo detuvo.
—No es el momento, Henry. No cuando te tengo así —Expresó Lucas mordiéndose el labio inferior.
—Entonces, me voy a mi cuarto —Soltó él y trató de ponerse de pie.
—Henry...
—Lucas. ¡Tienes novia! —Su voz salió casi como un grito desesperado.

Cuando Lucas se separó de él y se sentó Henry hizo lo mismo.

—¿La amas? —Preguntó sin atreverse a mirar a Lucas.
—No. No. No —Contestó este rápidamente.
—Entonces, ¿por qué estás con ella?
—¿Dormirás conmigo esta noche sin importar lo que te diga?
—Lucas...
—Sólo necesito saber que te quedarás conmigo —Henry alzó la mirada hasta alcanzar los ojos azules de Lucas y asintió—. Bien, porque seré breve y luego, no te irás.
—Siento que no es un trato justo.
—Escucha, debes saber que *no* la amo, nunca lo he hecho y, antes de que pienses erróneamente, ella tampoco me ama. Nunca hemos estado enamorados, si estamos juntos es porque a ambos no conviene.
—El amor no es...
—Pero no nos amamos, eso es lo que importa. Elena y yo no nos amamos, Henry. Nunca lo hemos hecho.

—¿Y por qué les conviene estar juntos entonces?

Lucas se dejó caer hacia atrás en la cama y estiró los brazos.

—Es complicado...
—¿Qué tanto?
—Bastante.

El silencio cayó pesado entre ellos, Henry miró a Lucas yaciendo en la cama y todo su cuerpo se estremeció. Lucas era hermoso, desde lo alto de la cabeza hasta la planta de sus pies. La mirada de Henry lo recorrió sin escrúpulos, aunque Lucas veía hacia el techo en ese momento, por lo que no se sintió avergonzado de aprovechar la ocasión, tenía hermosos pómulos y una nariz perfecta, Henry decidió no mirar los labios, era mucho con lo que lidiar, bajó por la mandíbula y lentamente recorrió el pecho, si sus manos sólo pudieran...

—¿Qué estás mirando, Henry? —Lucas estaba ahora apoyado sobre sus codos y lo veía directamente. Lo había atrapado.
—Yo sólo... —El azul de los ojos de Lucas brillando lo sedujo al instante—. Te estoy viendo —Contestó. Lucas sonrió.
—¿Y te gusta? —El tono de voz fue casi un gruñido. Asintió de inmediato. Lucas volvió a sonreír y lo jaló hacia abajo haciéndolo chocar contra él—. A mí también —Una de las manos de Lucas se enterró en su cabello y lo guió para que sus labios se encontraran, la lengua de Lucas entró en la boca de Henry al primer contacto, explorando y conquistando al mismo tiempo, sin preámbulos. A la manera de Lucas. Le tomó un poco acostumbrarse al ritmo agresivo de esos besos pero los correspondió, ¡amaba la boca de Lucas! Y estaba lejos de conocer sus verdaderas capacidades.

En el momento en que la otra mano de Lucas se abrió paso entre sus cuerpos y con la palma frotó la parte delantera de sus pantalones él perdió todo, incluso su capacidad de respirar.

—Parece que estás contento de verme —Lucas se humedeció los labios y cuando su lengua rosada se quedó un poco más de lo necesario sobre el labio inferior Henry sintió que le temblaron las piernas.

Lucas lo empujó sin contemplaciones hasta hacerlo caer de nuevo sobre el colchón, pasó una de las piernas sobre su cuerpo y quedó a horcajadas sobre sus muslos. Henry abrió la boca para poder respirar otra vez, pero entonces Lucas se inclinó hacia él y se fue hasta su oído: —. Quiero follarte, Henry. ¿Me dejarías? —Preguntó y lamió el lóbulo de su oreja—. ¿Me dejarías tomarte?
—¡Sí! —Exclamó en cuanto Lucas metió la mano entre su pantalón y lo tocó directamente—. ¡Sí, Lucas, hazlo! —Pidió porque era algo urgente y necesario que Lucas lo tomara—. ¡Dios, Lucas! —Bramó cuando este cerró el puño sobre su sexo y comenzó a moverlo de arriba hacia abajo. Henry no podía respirar, literalmente, el aire se había quedado en mitad de su pecho, y su cuerpo era una mezcla de huesos y piel caliente y sudorosa que comenzó a retorcerse al ritmo de los movimientos de la muñeca de Lucas.
—¡Córrete, Henry! Hazlo para mí —Le susurró Lucas al oído, pero Henry no lo entendía y estaba incapacitado de preguntar algo, él sólo estaba sintiendo… el estremecimiento permanente dentro de él, como si todo su interior se estuviese removiendo, una tormenta formándose entre sus huesos arrasando con todo a su paso. Sus caderas se alzaron del colchón.
—¡*Lucas, sostenme, por favor!* —Exclamó porque aunque estaba sobre la cama sentía que iba en caída libre hacia el vacío.
—Te tengo, bebé —La voz de Lucas le llegó lejana, y aún así causó la verdadera explosión. El éxtasis. La carrera tras las nubes.
—¡*Lucas!* —Gritó a todo pulmón. Cerró los ojos y todo se volvió azul, como los ojos de Lucas. Su cuerpo se estremeció de nuevo y sintió como aterrizaba en la Tierra. Su corazón estaba tan acelerado que dolía y cuando abrió los ojos el sol estaba frente a él aunque era más de media noche, la cara de Lucas iluminaba

todo, sus ojos brillando, su linda nariz y la más hermosas de las sonrisas.

—Hey —Saludó. Henry le sonrió y acarició una de sus mejillas—. ¿Cómo estás?

—...Maravillosamente. Perfectamente —Contestó con la voz entrecortada. Lucas se inclinó y lo besó de nuevo.

—Y es sólo el comienzo...

# Capítulo 27

*I know how it goes*
*I know how it goes for wrong and right*
*silence and sound*
Did they ever hold each other tight like us?
Did they ever fight like us?

*Sé cómo va*
*Sé cómo va desde lo equivocado a lo correcto*
*Silencio y sonido*
¿Alguna vez se sostuvieron apretados como nosotros?
¿Alguna vez pelearon como nosotros?

Lucas estaba haciendo un esfuerzo más allá de todo poder humano para contener su propio orgasmo, pues Henry acababa de darle una visión tan excitante que todos los fluidos de su cuerpo se asentaron en su entrepierna, de allí que comenzara a mecer sus caderas sobre los muslos de Henry y que quisiera arrancarle los pantalones y...

—Respira —Le dijo a Henry al verlo tener dificultades para llevar a la normalidad su respiración, finalmente Lucas apartó la mano y sonrió al ver el resultado del orgasmo de Henry en sus dedos—. Parece que tenemos que limpiar algo aquí —Comentó sonriéndole a Henry—. Sube las caderas —Indicó. Henry lo hizo y entonces él enganchó sus dedos en el elástico del bóxer y los pantalones y los bajó completamente, bajándose de él. ¡Qué vista tan gloriosa! Las largas piernas de Henry eran perfectas, apretadas y llevaban a la mejor vista panorámica que jamás hubiese existido. Un sexo enorme y largo que empezó a despertarse poco a poco cuando Lucas comenzó a acariciar los muslos, de abajo hacia arriba, y notó como la temperatura de la piel de Henry aumentaba cuanto más se acercaba al centro de su cuerpo.
—Lucas, siento que estoy volando —Susurró Henry arqueando un poco la espalda—. Y a la vez que estoy cayendo...

—Eso es grandioso —Lucas se inclinó y besó el cuello de Henry.
—¿Lucas? —Preguntó.
—¿Hmm?
—Eso no es todo, ¿verdad? Quiero decir, ¿Yo puedo hacer lo mismo que tú acabas de hacerme, no? —No esperaba esa pregunta.
—¿Qué tan inocente eres, Henry? —Preguntó con genuina curiosidad, porque la expresión de Henry era tan…pura…
—Bien, yo… Yo sólo quiero saber…
—Sí —Respondió—. Tú puedes hacerlo.
—¿Y me enseñarías? —Lucas asintió—. Me gustaría hacerlo.
—¿Ahora? —Esta vez asintió Henry. Lucas dejó un beso en la punta de la nariz del chico de rizos.
—¿No quieres?
—No es eso.
—¿Y qué es? —Henry preguntó frunciendo el ceño.
—No me gusta esa expresión en tu rostro —Dijo y trató de hacer desaparecer el ceño fruncido con la punta de sus dedos y dejando un beso entre las cejas.
—Lucas…
—Quiero hacer algo primero y después de eso tal vez tú quieras descansar. Y probablemente yo necesite algún tiempo para recuperarme también…
—¿Qué quieres hacer? —Preguntó Henry y Lucas sintió un poco de sangre fluir a sus mejillas.
—Déjame mostrarte —Se apartó de Henry y buscó una almohada—. Levanta tus caderas de nuevo, por favor —Cuando Henry lo hizo él colocó la almohada bajo su espalda—. Si algo no te gusta, vas a decírmelo ¿verdad? —Henry asintió. Lucas colocó las manos sobre las rodillas del chico y empujó hacia arriba, hasta que estuvieron flexionadas, luego las separó lentamente, teniendo una visión fantástica del lugar exacto al que quería entrar.

Era algo gracioso que siendo la primera vez que estaba así con un hombre, en vez de sentirse nervioso o desconcertado sólo estuviese ansioso, desesperado y jodidamente seguro de lo que debía hacer, como si su cuerpo ya hubiese hecho eso antes, recordó brevemente la primera vez que estuvo con una mujer, estaba tan nervioso que estuvo a punto de desmayarse, y ahora, con Henry, sólo... sólo se sentía bien.

Esos ojos verdes brillaron mientras lo miraban y Lucas le sonrió, acomodó su cuerpo entre las piernas de Henry, su mano derecha bajó por el muslo como si se tratara de una montaña rusa, pero una montaña rusa que iba lentamente, disfrutando el viaje, apreciando el panorama. Lucas estiró la mano izquierda hasta la gaveta de su mesa de noche, sacando un tira de envoltorios de aluminio y un tubo de plástico que usaba raras veces.

—Prométeme —Dijo con la voz ronca de ansiedad—. Prométeme que si algo te parece incorrecto o incómodo, vas a decírmelo.
—Está bien.
—No. Promételo.
—Te lo prometo —Asintió. Lucas le sonrió. Untó la punta de dos de sus dedos con el frío gel, el aire comprimido en el tubo hizo un sonido ridículo y ambos rieron aliviando así la casi imperceptible, pero definitivamente presente, tensión.

Lucas levantó la mirada para encontrarse con la de Henry, sus maravillosos ojos verdes estaban llenos de curiosa inocencia, brillaban en la oscuridad de la habitación, Henry se mordió el labio inferior y él tuvo que sonreír de nuevo. Quiso besarlo pero si iba por ahí iba a perder el control porque los labios de Henry eran potencialmente peligrosos para Lucas. Eran tan rosados, casi rojos, y contrastaban a la perfección con su piel blanca. Un arma letal. Así que sin querer desviarse de su principal necesidad en ese momento, llevó sus dedos hacia la entrada de Henry, primero el dedo índice, para familiarizarse con el terreno no explorado, un terreno caliente y apretado, hundió la punta del dedo y Henry alzó las caderas.

—Lucas, ¿qué estás...

—¿Te incomoda?

—No, es sólo que... No lo esperaba —Dijo Henry.

—Está bien, pero trata de relajarte, por favor —Indicó ya que el anillo de músculos estaban ahorcando la punta de su dedo. La presión disminuyó un poco y Lucas aprovechó para hundirse más. Henry se arqueó sobre la cama y gimió.

—Oh, Lucas... —Exclamó, pero él no le preguntó si estaba incómodo porque el gemido definitivamente no expresaba eso. Miró por un breve segundo su entrepierna y rió, su erección era tan intensa que la tela de su pantalón parecía a punto de romperse.

—Sólo un momento —Murmuró para él y dio gracias a que justo entonces había movido un poco el dedo haciendo que Henry gimiera de nuevo y no lo escuchara. Él sacó el dedo y Henry soltó un "Hey" reprimiéndolo—. Lo siento, bebé —Dijo riendo—, pero necesitamos un *segundo*... —Y esta vez no sólo introdujo el dedo índice sino también el dedo medio, Henry hundió los talones en la cama y se arqueó mientras exclamaba:

—*Santa Madre de...* —Se mordió el labio de nuevo. La sonrisa de Lucas no se borraba con nada, los dedos se hundieron hasta la segunda coyuntura y Henry ahogó un grito.

—¿Te lastimé? —Henry negó—, ¿pero te duele? —Preguntó haciendo retroceder sus dedos.

—¡No! —Dijo Henry estirando la mano como si quisiera detenerlo—. Por favor, *no pares* —Pidió y dejó caer la cabeza hacia atrás esparciendo los rizos en la almohada. Lucas hundió de nuevo los dedos y esta vez lo hizo del todo, hasta llegar a sus nudillos. Henry se meció un poco—. Lo siento, no sé porque estoy haciendo...

—Continúa —Pidió, y Henry lo hizo—. Sí, Henry... —Musitó. El calor de sus dedos se propagó por su mano y de allí al resto de su cuerpo, entonces comenzó a amagar con sacarlos pero los hundía de nuevo, reculaba y empujaba. Separó los dedos tratando de estirar a Henry al máximo, preparándolo para el siguiente nivel.

En medio de la desesperación por poseerlo propiamente, la espera por la rendición de Henry se le hizo eterna.

—¡Lucas, está pasando de nuevo! —Soltó Henry retorciéndose sobre el colchón.
—Dame un momento —Pidió Lucas cuando vio a Henry a punto de llegar a su segundo orgasmo. Era tiempo de unirse a la celebración, sin ningún tipo de ceremonia se quitó los pantalones deportivos y la ropa interior de un tirón, revolvió entre las sábanas para encontrar la tira de preservativos, rompió el sobre con los dientes mientras las manos temblaban de anticipación, le tomó quince segundos ajustárselo y lubricarlo con el gel. Volvió a apoyar las manos en las rodillas de Henry y se metió entre esas piernas perfectas. Su sexo rozó un breve segundo la entrada del muchacho y Lucas se paralizó, su corazón dio un vuelco y comenzó a latir excesivamente rápido, no por lo que estaba a punto de hacer, eso no tenía relevancia en ese momento, pero la persona con la que estaba, con la que iba a compartir algo tan íntimo, era lo importante. Henry había llegado a él y lo había sacado del closet de cristal en el que había estado los últimos años, en esa vitrina en la que su imagen lo era todo, sin importar que fuese mentira.

Este era él. Este era Lucas Hamilton. Un hombre que por primera vez estaba disfrutando de la intimidad del sexo, porque estaba con quien realmente quería estar.

Lucas sonrió a Henry que estaba aún aferrado a las sábanas, sin reponerse del todo del tratamiento que sus dedos le habían dado. Agarró su sexo en la base y lo guió directamente a la entrada de Henry, la punta roma hizo un contacto aún más sentido con la entrada oscura y los ojos de Henry se ampliaron en la penumbra.

—Va a doler un poco, pero te prometo que voy a ser cuidadoso.
—No me importa si duele, Lucas.

—No. Escucha, si te duele mucho debemos parar. Podemos intentarlo mil veces hasta que estés lo suficientemente cómodo, ¿sí?
—Sí —Aseguró Henry. Lucas asintió también y entonces empujó sus caderas. El anillo de músculos cedió, la punta de su sexo erecto se clavó en Henry y este gimió alzando las caderas, Lucas agarró las piernas de Henry y las llevó hasta su cintura, el chico enredó los tobillos en la parte baja de su espalda, Lucas aferró la cintura de Henry y dio una estocada hundiéndose más, pero no lo suficiente, su sexo tembló, y golpeó de nuevo, media pulgada más adentro—. ¡Sí! —Soltó Henry retorciéndose, su pecho se arqueó hacia arriba. Lucas empujó más y Henry soltó una bocanada de aire. Otra vez y otra más—. ¡Dios, Lucas!
—¿Duele? —Logró preguntar apenas con aliento, pues todo su cuerpo estaba siendo sometido a pequeños impulsos eléctricos que lo hacían vibrar.
—No importa —Eso era un "sí" pero también un "no pares", Lucas tomó impulso en sus caderas y se clavó en Henry de una estocada infalible—. ¡Oh, por Dios! —Gritó el chico, que se llevó las manos a su cabello estirándoselo desde la raíz. Los ojos de Lucas se nublaron porque al estar totalmente dentro de Henry perdió un poco de su conciencia, incluso físicamente se sintió débil, en cierto punto, como si parte de sus huesos se derritieran, pero no los de sus caderas que comenzaron a moverse como un pistón, a un ritmo constante, la fricción lo volvió loco, el túnel apretado alrededor de él era maravilloso y los gemidos de Henry lo hicieron temblar, de pronto una especie de tornado se fue formando en su bajo vientre y creció yendo hacia el peso gemelo de su sexo—. ¡Lucas! —Expresó Henry aferrando las manos a sus hombros, clavando las uñas en su piel, Lucas se estiró como un felino haciendo que los huesos de su columna se reacomodaran. Una de las manos de Henry abandonó su hombro y envolvieron la erección que el chico tenía, si no hubiese estado seguro que perdería por completo el equilibrio si soltaba las caderas de Henry él mismo se estaría encargando ahora de masturbarlo. Una gota brilló en la punta del sexo de Henry y la boca de Lucas se hizo agua. Se meció más rápido.

—¡Vamos, Henry! —Instó—. ¡Déjalo salir! —Exigió. Henry se retorció más sobre la cama y su expresión se transformó en una mezcla de dolor y placer—. ¡Abre los ojos y mírame! —Ordenó. Henry abrió los ojos y Lucas fue absorbido por una belleza irreal, la mano de Henry, que aún estaba en su hombro, se desplazó hasta su nuca y lo empujó hacia abajo, cuando sus labios chocaron en un beso salvaje ninguno cerró los ojos y cuando Henry metió la lengua en su boca, Lucas estalló en un orgasmo que lo dejó ciego en un mundo donde sólo existía el silencio y sonido.

# Capítulo 28

*That we should try to keep it simple*
*but love is never ever simple, no*

*Deberíamos tratar de mantenerlo simple*
*pero el amor nunca jamás es simple, no*

Henry se estiró hasta sentir que sus pantorrillas se acalambraban un poco, sonrió sin ningún motivo aparente aún relativamente inconsciente, se frotó los ojos y recogió las piernas haciendo que su trasero chocara con algo caliente. Henry abrió los ojos por completo y recordó, en una sucesión de imágenes rápidas, todo lo que había pasado anoche.

—*Oops* —Soltó cuando, "involuntariamente", se impulsó un poco más hacia atrás. Oyó una risa baja y giró el rostro.
—*Hola* —Dijo Lucas sonriéndole y pasando el brazo por su cintura—. ¿Tuviste una buena noche? —Preguntó y Henry notó la nota de orgullo en su voz.
—Una increíble —Contestó sin ocultar la sonrisa.
—Me gustan estos —Lucas tocó el hoyuelo derecho de su mejilla—. Más este si te soy honesto —Tocó el hoyuelo izquierdo que de alguna manera siempre era más pronunciado—. ¿Así que…
—Fue increíble, Lucas —Expresó él y se permitió acariciar la mejilla del hombre que lo tenía atrapado entre sus brazos—. Maravilloso —Lucas se sonrojó un poco y se inclinó para besar su frente.
—Gracias por anoche, fue increíble y maravilloso para mí también —Lucas hundió los dedos en los rizos de Henry—. Estos también me gustan. De hecho, creo que es prudente decir que me gusta *todo* de ti —Henry sonrió de nuevo—. ¿Está sonrojándose, Señor Hart? —Preguntó Lucas con una sonrisa.
—Dices cosas que hacen que me sonrojen.
—Gracias a Dios que no puedes leer mi mente, porque entonces estaríamos peor —Henry soltó una carcajada que nunca antes

había salido de él, una chillona, que a su vez hizo reír a Lucas, se tapó la boca con las manos.
—¿Qué fue eso?
—Nunca había hecho ese sonido antes —Respondió.
—Fue adorable —Y esta vez dejó un beso en la punta de su nariz—. Ven aquí —Dijo y lo arrimó más a su cuerpo—, quiero abrazarte un rato más antes de que tenga que pararme de la cama —Henry se acomodó, dejando que su cabeza reposara en el bíceps de Lucas y su mano en el pecho, los dedos de Lucas se entrelazaron con los suyos y se sintió como si sus manos hubiesen sido creadas para encajar juntas.

En el silencio que cayó entre ellos Henry sintió que algo se formaba, tal vez un lazo invisible que los unía, al menos por su parte era así.

—¿Sabes que hablas mientras duermes? —Preguntó Lucas de repente.
—¿Ah?
—Sí. Anoche lo hiciste un par de veces. Creo que hablaste en otro idioma porque no entendí nada.
—No sabía que hacía eso.
—Sólo espero que no camines dormido.
—Yo también.
—Pregúntame por qué.
—¿Por qué esperas que no camine dormido?
—Porque quiero tenerte abrazado toda la noche. Nunca alejado de mí.

Henry se quedó sin palabras, ¿Cómo es que Lucas había pasado de ser una persona reservada a esta? No se estaba quejando, pero el cambio era increíble. Maravilloso pero increíble.

—¿Tienes hambre?
—Un poco —Señaló.
—Bien, entonces mejor nos duchamos y luego bajamos a comer —Lucas sacó el brazo debajo de la cabeza de Henry y se puso de

pie, dándole una vista espectacular de su gloriosa desnudez, el chico sonrió e intentó sentarse, pero no pudo debido al dolor que se produjo en cuanto se apoyó en su propio trasero—. ¿Qué pasa? —Preguntó Lucas al oírlo quejarse. Henry se volvió a acostar.
—Es sólo...
—¿Tienes dolor? —Lucas volvió a la cama. Henry asintió—. Lo siento tanto, bebé —Dijo Lucas besándolo dulcemente.
—Es más una molestia. No lo esperaba.
—Yo sí. Lo siento —Se disculpó de nuevo—. Hagamos esto, voy a tomar una ducha y le pido a Greg que... No —Se interrumpió y negó con la cabeza—. Busco el desayuno. ¿Está bien? —Henry asintió y Lucas sonrió antes de besarlo de nuevo suavemente, pero Henry no pudo resistirse y puso sus manos en la nuca de Lucas para mantenerlo allí mientras él buscaba abrirse paso con su lengua en la boca del otro. Lucas respondió de la misma forma y al segundo siguiente estaba sobre él restregando su cuerpo desnudo sobre la sábana que aún cubría a Henry, el sexo duro y caliente de Lucas hizo fricción a través de la tela, Henry se retorció un poco y abrió las piernas de forma que Lucas entrara entre ellas y de alguna manera también podía retenerlo si cruzaba los tobillos. Se frotaron el uno contra el otro y Henry estaba maravillado con las sensaciones de su cuerpo. Era como volar sin alas...
—¿Lucas? —Preguntó separando sus labios a penas un centímetro. Lucas hizo un sonido gutural—. Quiero tocarte... —Confesó.
—Hazlo. Tócame —Lucas sonrió algo confundido. Henry le mantuvo la mirada mientras su mano se deslizó de la nuca de Lucas hacia el hombro, bajó por el brazo, rozó la muñeca y luego la metió entre sus cuerpos, jugó un segundo con los nudillos cerca del ombligo de Lucas y luego encontró su objetivo. Ese falo erguido que había estado dentro de él unas horas atrás y que lo había llevado a ver las estrellas. Ahora él quería eso mismo para Lucas, así que su mano atrapó el miembro y comenzó a subir y bajar por toda la extensión, Lucas gimió y salió de sus piernas para caer sobre la cama, Henry se apoyó en sus rodillas, sin soltar a Lucas—. Henry, hazlo más rápido —Pidió Lucas llevándose las

manos al cabello. Henry aceleró el ritmo—. ¡Dios, sí! —Más rápido. Lucas empezó a mover las caderas—. ¡Mierda! —Exclamó—. *¡Más rápido, Henry, más rápido!* —Clamó cerrando los ojos, enterró los talones en el colchón y se arqueó hacia arriba.
—¿Más rápido? —Preguntó moviendo su mano a máxima velocidad.
—¡SÍ! —Henry movió la mano tan rápido que le dolió el brazo, no iba a resistir mucho, pero entonces el estómago de Lucas se tensó y chorros calientes bañaron su puño. Cuando las descargas terminaron, Lucas quedó tendido sobre el colchón, se cubrió los ojos con el brazo y sólo se divisaba la punta de su nariz y la sonrisa de satisfacción en su rostro.
—¿Cómo lo hice? —Preguntó Henry mordiéndose el labio y limpiándose en la sábana.
—Lo hiciste perfecto —Respondió Lucas sentándose y agarrándolo de las mejillas para acercarlo y besarlo—. Jodidamente perfecto, Henry.

El teléfono de Lucas sonó y sin siquiera tocarlo negó.

—Odio tener que decir esto, pero tengo que salir.
—¿A dónde? —Preguntó sin pensarlo, pero tuvo la suficiente fuerza de voluntad para reservarse el "¿Con quién?"
—Negocios.
—¿Negocios? —Lucas asintió. Se puso de pie y entró al baño. Henry se recostó en la cama de nuevo y sintió una opresión en el pecho. La mentira flotaba en el aire, como si las puertas principales de acceso a Lucas se hubiesen cerrado de nuevo en su cara.

Escuchó el agua correr en el baño. Cerró los ojos y en su mente se formó la imagen del cuerpo desnudo de Lucas, perfecto en toda la extensión de la palabra. Cuán fácil sería vivir el resto de sus días disfrutando esa imagen, ese cuerpo, esa cara... esos ojos... Henry gimió. La noche anterior cuando Lucas lo estaba poseyendo, porque eso era lo que Lucas había hecho, sus ojos azules eran una muestra del mar embravecido, el mar en una noche de tormenta, incluso cuando él era el sol.

Haciendo caso omiso de la molestia que sentía, Henry se puso de pie, se enrolló una de las sábanas blancas en la cintura y se dirigió al baño, no tocó la puerta, giró la manija con cuidado y sonrió cuando vio a Lucas en la ducha.

El vapor del agua nublaba los vidrios de las puertas y dificultó la visión, sin embargo Henry pudo apreciar a Lucas de espaldas a él, viendo como el agua y la espuma del *shampoo* corrían por su cuerpo.

Lucas era perfecto.

En lo que le pareció un parpadeo, Lucas se giró y se quedó con el brazo estirado en dirección a la toalla. Negó con la cabeza y comenzó a secarse en cuanto salió de la ducha.

—Hola —Dijo envolviendo la toalla alrededor de su cintura.
—Hola.
—¿Necesitas algo? —Preguntó Lucas, que agarró otra toalla y se la estrujó en el cabello dejándolo hecho un hermoso desastre.
—De hecho sí —Contestó finalmente entrando del todo al baño y cerrando la puerta a su espalda—. Quiero ducharme pero necesito quitarme las gasas.
—¿Ya puedes dejar de usarlas? —Asintió—. Gracias a Dios —Soltó—. En lo que salga de aquí ella se irá. Te juro por Dios... —Soltó Lucas entre dientes yendo hasta él y quitándole los apósitos con cuidado. Henry supo que Lucas se refería a Caroline—. Sanaste muy bien, Henry.
—¿Sí?
—Sí —Dijo pasando los dedos por donde estaban las heridas, ahora cerradas—. ¿Sabes que lo siento, no? Todo lo del accidente. Te van a quedar marcas.

—No importa —Respondió él—. En todo caso, valió la pena —Expresó mientras Lucas tiraba los apósitos en la papelera. Henry se volvió para quedar frente a él.
—Pude haberte matado.
—Pero no lo hiciste, y si no hubiese pasado no estaríamos aquí y lo de anoche no habría pasado y eso sería terrible —Lucas sonrió.
—Es una extraña manera de verle el lado positivo a esta situación.
—Tú lo vales, Lucas. Tú lo vales todo —Confesó y Lucas lo tomó por sorpresa besándolo febrilmente. Cuando se separó soltó un suspiro y lo miró.
—Mira, paremos esto por un momento. Necesito rasurarme y arreglarme, ¿sí? Pero promete que estarás aquí en la noche. Esperándome.
—Tú sabes que lo haré —Lucas lo besó otra vez y se dirigió al lavamanos.

Henry caminó hasta quedar en el campo de visión de Lucas a través del espejo, cuando los ojos azules se enfocaron en su reflejo él dejó caer la sábana con sutileza y caminó hasta la ducha. A diferencia de Lucas no usó el agua caliente y se dejó empapar por el rocío de agua fría de una sola vez, eso sí, de frente a las puertas, mirando a Lucas que ahora tenía la cara embadurnada de espuma blanca. Henry usó el *shampoo* y luego se enjabonó el cuerpo, pero incluso cuando puso sumo cuidado en su aseo personal sus ojos no se apartaron de Lucas en casi ningún momento, de allí que de pronto se diera cuenta que tenía una erección enorme entre sus piernas. Se volvió de espaldas a la puerta. Le dolía la erección de tanto deseo. Y Lucas estaba por irse porque ya se había rasurado. Chequeó y miró a Lucas lavándose los restos de espuma, sí, él se iría. Entonces no habría ningún problema si él mismo se daba alivio, ¿verdad? Podía repetir lo que había hecho Lucas con él.

Envolvió su mano en su sexo y con algo de duda la desplazó desde la base hasta la punta como había hecho Lucas, y como posteriormente él lo había hecho. Repitió el recorrido y comenzó a sentir las placenteras contracciones que se originaban en lo bajo de su vientre. Se mordió el labio reprimiendo el gemido. Movió la mano un poco más rápido y tuvo que apoyarse con la otra en la pared. Cerró los ojos y lo primero que apareció fue la mirada de Lucas, salvaje y llena de deseo como la noche anterior. Un gemido se escapó de sus labios y tras este, otro y otro mientras el ritmo de su mano aumentó tanto que sintió que la fricción lo quemaba.

—Dios... —Soltó entre dientes para que Lucas no lo escuchara, pero repentinamente ¡*Bam!* Estaba pegado a las baldosas de la pared.
—¿Qué estás haciendo? —La voz de Lucas llegó a su oído, el cuerpo de él lo estaba presionando y Henry sintió la punta del sexo de Lucas en contra de uno de sus glúteos.
—Creí que estabas por irte.
—Lo estaba pero empezaste a hacer esto —Lucas acarició su antebrazo y rozó con la punta de los dedos el puño sobre su sexo.
—¿No puedo?
—No —Contestó Lucas y le mordió suavemente el hombro.
—¿Por qué? —Preguntó y retomó el ritmo perdido, la mano de Lucas agarró su muñeca y lo detuvo.
—Porque esto es mío, Henry Hart —Le gruñó al oído mordiéndole el lóbulo después de aquella declaración—. El placer de verte tener un orgasmo es sólo mío.
—Entonces hazlo, porque lo necesito —Gimió. La mano de Lucas lo envolvió y fue brutal y veloz.
—Cuando termines vas a gritar mi nombre —Ordenó y Henry asintió.

Entonces Henry fue sometido a una vorágine de placer, porque Lucas lo llevó al límite muy rápido, pero luego paró, el dolor en sus testículos era tremendamente placentero, la presión, la interrupción, los cambios en la fuerza con la que Lucas lo agarraba.

—Por favor, Lucas —Lloriqueó cuando lo llevó casi al borde otra vez.
—No me quites esto, Henry, porque eres la jodida perfección cuando tienes un puto orgasmo —Sentenció y Henry estalló.
—¡Lucas! —Gritó como se lo había pedido u ordenado, para el caso, Lucas lo hizo girar pegándolo a la pared.
—Tú eres mío.
—Lo soy —Respondió, aunque Lucas, en realidad, no lo hubiese preguntado.

# Capítulo 29

*It's in your lips
and in your kiss
It's in your touch
and your fingertips
And it's in all the things and other things
that make you who you are*

*Es en tus labios
y en tu beso
Es tu toque
y en las puntas de tus dedos
Y es en todas las cosas y otras cosas
que te hacen quien eres*

Lucas aparcó en *Starbucks* otra vez, se miró en el retrovisor y se preguntó si la sonrisa de idiota iba abandonar algún día su cara. Sacó su móvil y escribió.

> Cuántas horas han pasado???? Te extraño!!!

Se bajó del auto y recibió una alerta.

> Henry:
> También te extraño. Siento que ha pasado un siglo desde que te fuiste. X

Trató de responder pero el sonido de los disparos de unas cámaras lo sacaron de su burbuja. Lucas miró a los *paps* y los reconoció a todos. Del día anterior, del fin de semana anterior, del mes anterior… De los últimos cuatro o cinco años. Tal vez habían rotado a un par, pero casi todos llevaban años en lo mismo. Siguiéndolo a todas partes.

—¡Lucas, Elena lleva esperándote casi una hora! —Le dijo uno de ellos. Aceleró el paso hacia la tienda y entró amortiguando el

sonido de los flashes al cerrar la puerta. Elena estaba en una mesa alejada de la ventana lo que significaba que las fotos serían tomadas desde la puerta. Lucas se acercó a la mesa y se inclinó hacia Elena, pero como estaba de espaldas a los paparazis no tenía que besarla en los labios, así que dejó el beso en la mejilla.
—¿Una hora? —Preguntó ella sonriéndole, como era usual, pero el tono lo decía todo.
—Lo siento, se me presentó un asunto de suma importancia — Dijo tratando de no sonreír pero falló estrepitosamente. Henry en la ducha era sin duda un asunto de relevancia.
—¿Importancia, Lucas? —Elena respiró profundo—. Cada maldito artículo que salga sobre esta adorable cita va a tener la línea "Aunque Lucas llegó una hora tarde..." Estás arruinándolo todo.
—Debes calmarte... —Le dijo, miró su teléfono y sin pensarlo tecleó:

>Vas a estar vestido cuando llegue a casa???

—Quiero decir, no fue demasiado.
—Fue una hora.
—Ya lo dejaste claro.

>Henry:
>Creo que sí.

Lucas sonrió y respondió:

>No estoy de acuerdo con eso.

>Henry:
>Pero creo que es inapropiado que te espere de otra forma... Como... desnudo.

Dios, Lucas se puso duro de inmediato.

—¿Podrías dejar tu teléfono a un lado? —Elena estaba mirándolo sin sonreírle.
—Esto es importante. Dame un segundo.

> Espero que estés completamente desnudo y en mi cama cuando llegue!!!!

—Lucas, nos están tomando fotos en una cita romántica, por si se te olvida.

> Henry:
> Pero yo tengo una cama y... me gusta estar vestido.

Sus dedos iban tan rápido como podía.

> No. No te gusta. Y para ser honesto me da lo mismo que me esperes en mi cama o en la tuya, mientras me esperes!!!

El teléfono quedó como muerto. Henry lo estaba haciendo esperar.

—Lucas —Susurró Elena—. No me hagas llamar a Peter, porque lo haré.
—¿Me vas a acusar? —Preguntó con marcada ironía.

Elena se cruzó de brazos y su expresión se tornó seria. Ignorando a los paparazzis, esta Elena le agradaba porque mostraba su verdadera cara.

—Es como si olvidaras que los dos estamos hasta el cuello en esta mierda, Lucas —Sonrió genuinamente. Varios flashes se colaron por la puerta cuando entró un cliente—. Estoy haciendo mi mayor esfuerzo por parecer perdidamente enamorada de ti. Espero lo mismo de tu parte.
—No debo decir mentiras... —Varias personas voltearon a verlos cuando Elena soltó una carcajada.

—Pero, Lucas: *tú* eres una mentira. Ambos lo somos. Nosotros vivimos la mentira.
—Estoy cansado de esto.
—¿Y tú crees que yo no? Lucas, somos personas públicas, estamos en un ambiente sórdido donde debemos tener una imagen para hacernos un nombre. Es lo que ambos queríamos, ¿lo olvidaste? Estuvimos de acuerdo con esto porque queríamos los beneficios, pero para ello debemos hacer sacrificios…
—Estoy viendo a alguien, Elena —Soltó. El silencio cayó sobre ellos por al menos medio minuto.
—¿Qué dijiste?
—Me escuchaste.
—No. Tú no puedes estar "viendo" a alguien. No puedes.
—Lo estoy haciendo y…
—No, Lucas —Lo interrumpió la chica—. *No puedes*. No podemos. ¿Aventuras de una noche? Bien. ¿Ver a otras personas? No.

El teléfono de Lucas sonó de nuevo.

>Henry:
>No me gusta esperar.

Sonrió.

La mano de Elena apartó el teléfono y lo dejó sobre la mesa antes de que pudiera contestar.

—Detente —Ordenó—. No estoy jugando, Lucas —. Se inclinó sobre la mesa y lo besó, pero seriamente, abriendo la boca y moviendo la cabeza. Se separó y se puso de pie—. Ahora, vámonos, ya no quiero jugar a la pareja feliz.

Lucas siguió y Elena le devolvió el teléfono antes de salir de la tienda, no obstante él no contestó el mensaje. Abrió la puerta del copiloto como de costumbre y Elena entró allí. Cuando ocupó el asiento del conductor, varios flashes lo cegaron por un momento, pero tras un par de minutos volvió a la vía.

—¿A quién estás viendo? —Preguntó Elena.
—No se conocen —Contestó.
—No te estoy preguntando eso.
—Pero es lo que yo te estoy contestando.
—¿Hace cuánto?

Lucas soltó el aire algo exasperado. No quería relacionar a Henry y Elena para nada, ni siquiera por extrapolación.

—No sé cómo contestar eso...
—¿Me estás jodiendo? Dame un tiempo: seis meses, cuatro meses, tres semanas...

Bien. No iba a ir por "un día"

—Una semana —Contestó, lo que técnicamente era cierto porque desde que había conocido a Henry había sentido una irrevocable conexión.
—¿Y llamas a eso estar saliendo?
—*Créeme* —Acentuó la palabra—. Estamos saliendo.
—Es mejor que te cuides, Lucas. No quiero un escándalo por engaño. Tú y yo nos cuidamos las espaldas.
—Elena, ¿no estás cansada de esto?
—Estoy que vomito de lo cansada que estoy de esto, pero necesito hacerlo porque cuando saque *Klark's* al mercado necesitaré tener un nombre. Y tú te comprometiste a ayudarme con eso.
—Es todo sobre ti, ¿cierto?
—No, Lucas. Es sobre nosotros. Tú necesitas una novia para completar tu imagen de súper macho futbolista.
—Esto no tiene ningún sentido ahora.
—No, pero lo tuvo cuando firmaste con la compañía de mi papá, ¿verdad? Somos la pareja de oro, Lucas. Somos casi una marca. Las personas nos aman tanto como nos envidian. Somos la

representación de sus metas y por eso funcionamos juntos. Sin esto, tal vez ni tú ni yo tendríamos éxito.

Lucas negó. Era horrible pensar que Elena tenía razón, por separado ellos no tendrían el mismo éxito que juntos, él probablemente no habría firmado con *Adidas* y su nombre no habría sido sobre expuesto hasta convertirlo no sólo en un futbolista exitoso sino en una celebridad. Y Elena, bien, tenía como ochocientos contratos de publicidad para diferentes marcas, lo que le hacía ganar dinero a montones por hacer absolutamente nada.

Aparcó en la entrada de la casa de Elena y dio gracias de que no hubiera paparazzis a la vista, seguramente porque los planes no habían salido exactamente como se esperaban ese día.

Probablemente se saltó un par de normas de tráfico, pero cuando llegó a su casa no le importó. Greg no tuvo tiempo de abrirle la puerta, ni siquiera lo saludó propiamente, simplemente subió los escalones de dos en dos hasta llegar al segundo piso, corrió hasta la habitación de Henry y lo encontró sobre la cama con el teléfono en la mano.

—Lucas, ¿qué haces aquí? —Preguntó sorprendido, pero él no le contestó, dio un par de zancadas y llegó a la cama, sin darle tiempo a nada agarró el rostro de Henry y lo acercó para besarlo como si hubiesen pasado siglos desde la última vez que sus labios se habían encontrado. Lucas lo besó tan profundamente que parecía que más que dejar pasión en ese beso estaba dejando parte de su alma.

Su lengua fue amorosa y delicada, aunque quería devorarlo, las manos of Henry se metieron bajo su camisa y cuando los dedos hicieron contacto con la piel de su espalda se estremeció

—Hola —Saludó Henry con una sonrisa—. No te esperaba.

—Me libré temprano y tenía que verte.
—Te extrañé.
—Y yo a ti —Le dio un beso corto.
—¿Cómo estuvieron los negocios? —Preguntó el chico de rizos.
—No hagamos esto, Henry. Fue horrible y no quiero tratar esas cosas entre nosotros.
—Pero es bueno compartir, Lucas.
—Pero no esto. Esto es horrible —Henry se apartó un poco hacia el lado derecho de la cama y Lucas se acostó de inmediato en lado izquierdo.
—Lo bueno y lo malo deberíamos compartirlo por igual —Murmuró Henry recostándose en su pecho.
—No ahora.
—Está bien —Concordó el muchacho—, pero cuando quieras hablarlo voy a estar aquí. A tu lado. Todo el tiempo.

Lucas buscó la mano de Henry y entrelazó sus dedos con él.

—Es difícil hablar contigo —Henry alzó la cabeza y lo miró con el ceño fruncido.
—¿Por qué? —Lucas sonrió.
—Porque cuando estamos juntos sólo tengo una cosa en mente.
—¿Qué cosa?
—No *quieres* saberlo.
—Claro que quiero, por eso te lo estoy preguntando.

Sonriendo, Lucas se inclinó sobre Henry.

—Cuando estoy contigo sólo pienso en tener mis manos sobre ti —Sus manos se posaron en la cintura de Henry—, en besarte —Él lo hizo—. Y en otra cosa —Movió sus caderas frotándose contra el chico—. ¿Todavía tienes dolor? —Preguntó sonriéndole. Henry negó—. Genial.

Antes de que Lucas pudiera hacer algún tipo de "jugada" Henry estuvo a horcajadas sobre él.

—Estuve haciendo cierta investigación antes de que llegaras —Le dijo sonriendo y sonrojándose.
—¿En serio? —Preguntó.
—Sí —Respondió Henry y se meció sobre él, haciendo fricción con su sexo, de pronto las manos de Henry atraparon sus muñecas y la llevaron por sobre su cabeza, tomando el control, el chico de rizos se inclinó sobre él y atacó su boca de manera precisa. Lo invadió con la lengua y Lucas ahogó gemidos en su garganta—. ¿Podrías ayudarme si lo hago mal? —Preguntó Henry separándose de él, volviendo a estar a horcajadas y quitándose el cabello del rostro. Un gesto tan sexy que hizo que su sexo se estremeciera dolorosamente.
—¿Qué vas a hacer? —Henry se mordió el labio inferior y reculó por sobre sus piernas, luego con las rodillas las separó y se metió en el hueco entre sus muslos—. ¿Henry?
—Sólo déjame tratar, por favor —Lucas asintió y Henry se lamió los labios, sus caderas se alzaron como reacción. De nuevo el chico enterró los dedos en su largo y hermoso cabello lleno de rulos y lo apartó hacia un lado, enganchó la cinturilla del pantalón y los bóxers de Lucas y los bajó hasta sacarlos por los pies y con un movimiento elegante los dejó caer en alguna parte de la habitación. Los ojos de Henry se agrandaron en cuanto vio la entrepierna y Lucas sonrió orgulloso de la poderosa erección que mostraba en ese momento, sólo podía haberla causado el hombre que estaba ante él.
—Hazlo, Henry, por favor… —Pidió, pues en su cabeza ya estaba llenando la boca de Henry, esos labios rojos estaban hechos para trabajos orales, pensó. Las manos de Henry tocaron sus muslos y toda la piel se le erizó, las palmas se deslizaron hacia arriba y cuando llegaron a las coyunturas de sus muslos Lucas se retorció sobre el colchón.

Se llamó a calma porque Henry ni siquiera se había acercado…

—Mierda —Gimió cuando Henry se inclinó y separó los labios, una mano enorme cubrió la base de su sexo—. Mierda —Repitió y su voz salió estrangulada, un calor intenso se instaló en la punta, Lucas bajó la mirada y vio brillar una gota como un pestañeo y entonces Henry atrapó el sexo entre sus labios—. ¡Joder! —Exclamó en cuanto Henry dio la primera succión, sus talones se hundieron en el colchón con la segunda y en la tercera simplemente hundió sus manos en la mata de rizos de Henry, apretó dos puños de sedoso cabello y controló los movimientos de la cabeza de Henry.

Su sexo estaba siendo sometido a una deliciosa tortura, la boca de Henry ardía y abrasaba su erección, en la base, Henry comenzó a mover la mano un poco de arriba hacia abajo causando escalofríos en todo el cuerpo de Lucas. El *pop* que resonó en la habitación indicó que Henry se había detenido, lo que a Lucas le pareció una tragedia de proporciones épicas.

—¿Lo estoy haciendo bien? —Las pupilas de Henry estaban dilatadas y sus mejillas rojas como sangre. Él se veía adorable—. ¿Lucas? —Insistió.
—Sí... Perfecto —Henry sonrió—. ¿Dónde aprendiste a hacerlo? —Preguntó respirando con dificultad.
—Internet —Respondió Henry con su una sonrisa pícara y entonces inclinó de nuevo la cabeza, pero en vez de tomar de nuevo el falo en su boca. Lucas sintió como la lengua de Henry lo recorrió desde base hasta la punta por toda la cresta.
—Dios bendiga el maldito Internet —Gimió mientras se estremecía. Henry repitió la acción y cuando llegó arriba giró la lengua por sobre la punta y Lucas perdió el control, agarró de nuevo dos puños de cabello y empujó la cabeza de Henry hacia abajo—. ¡Tómala toda! —Exigió. La punta de su sexo tocó la garganta de Henry y si lo estaba ahogando el chico logró disimularlo o respirar de alguna otra forma porque succionó de nuevo—... Por Dios Santo —Lloriqueó soltando a Henry y pasándose las manos por la cara. Sentía que estaba a punto de morir de placer. El sudor estaba empapando su piel, temblaba por dentro, se estaba quemando...

Henry aumentó la velocidad de su recorrido hacia arriba y abajo. Lucas estaba perdiendo todo tren de pensamiento lógico. Nunca. Nunca se había sentido así, y estaba seguro que no se trataba de la técnica, porque él había disfrutado de bocas expertas, pero ahora, no era cualquier boca, era la de Henry.

Y todo en Henry era perfecto y él amaba eso.

# Capítulo 30

*Nobody sees, nobody knows*
*We are a secret, can't be exposed*
*That's how it is, that's how it goes*
*Far from the others, close to each other*
*That's when we uncover, cover, cover*

*Nadie lo ve, nadie lo sabe*
*Somos un secreto, que no se puede exponer*
*Así es como es, así es como va todo*
*Lejos de los demás*
*Tan cercanos uno del otro*
*Es cuando nos descubrimos, descubrimos, descubrimos*

Henry estaba absolutamente complacido cuando miró a Lucas sobre su cama, desmadejado y respirando con esfuerzo. Él había gritado su nombre tan alto que estaba seguro que se había escuchado en esa enrome casa, pero su expresión… Henry casi se la había perdido porque estaba absolutamente concentrado en lo que había aprendido recientemente, pero Lucas lo había apartado y pudo verlo. Era… La definición de lujuria. El pecado sobre sus sábanas.

Cuando había escrito las palabras en el buscador de su teléfono quería sorprender a Lucas. No esperaba que la oportunidad se diera tan pronto, pero lo había valido, porque la imagen de Lucas post orgasmo era maravillosa.

—Ven aquí, amor —Dijo Lucas con voz ronca palmeando el lado derecho de la cama. Henry gateó hasta allí mientras Lucas se limpiaba el vientre y los muslos. Cuando estuvo a su lado Lucas le acarició la mejilla y dejó un beso breve en sus labios—. ¿Por qué hiciste eso?
—¿No te gustó? —Preguntó preocupado.
—Me encantó —Replicó cerrando los ojos y mordiéndose los labios—. Es sólo que me da curiosidad.

—Bien, es que... tú me has... ya sabes, me has dado tanto... —Se sonrojó—. Quería retribuírtelo. Ya sabes, compartir es querer...

Lucas le sonrió.

—¿Tú me quieres? —Preguntó y sus ojos brillaron.
—Bastante, para ser honesto.
—¿En serio? —Henry asintió, en sus labios se ahogó la pregunta *¿Y tú me quieres?* Porque Lucas ya había contestado algo que él no quería escuchar antes, cuando quiso que le prometiera que no tocaría a nadie más, si preguntaba a Lucas si lo quería y él respondía que no ¿Qué iba a hacer? Su corazón no lo soportaría...—. ¿Henry?
—¿Qué? —Preguntó mirándolo.
—Yo también te quiero... Demasiado.
—¿Qué?
—¿Por qué la sorpresa? —Lucas sonrió y apartó el cabello de su rostro—. Es bastante obvio. Es decir... ¡Mírame! Estoy en tu cama, casi atropellé a un par de personas en la vía para llegar a tu lado...
—Lucas —Dijo sonriendo.
—Es verdad. Casi muero corriendo hacia ti.

Henry flotó nuevamente aunque estaba bien sujeto a Lucas.

—Dime que me quieres de nuevo.
—Te quiero.
—Yo también te quiero —Lucas se inclinó y le dio un beso en la frente—. Lo que me lleva a preguntar qué clase de relación tenemos... —Los golpes en la puerta contigua hicieron que ambos se quedaran en silencio.
—*¿Señor Hamilton?* —La voz de Greg se escuchó baja. Como si temiera despertar a Lucas en la habitación de al lado. Tocó nuevamente la puerta—. *Señor Hamilton, el señor Jenkins y la señorita Klark están aquí.*

*Alas de Angel*

Lucas se puso de pie de un salto haciendo que Henry se sobresaltara. Lucas se puso los pantalones nuevamente y caminó hacia la puerta.

—No te muevas de aquí —Indicó Lucas ajustándose la cinturilla y saliendo de la habitación. A Henry le tomó un par de minutos revelarse contra esa orden. Él no era un prisionero y Lucas no era su dueño. Bien, podría ser que... No. No. No. Una cosa era que él y Lucas compartieran... algo, y otra que eso le diera el derecho a Lucas de ordenarle qué hacer.

Cuando llegó a las escaleras se detuvo en seco, en el *living* estaban Peter, Lucas y la chica del partido: Elena.

—Tienes cara de recién follado, Lucas —Dijo ella con media sonrisa en el rostro mientras rodaba los ojos, negaba y se alejaba un paso para ir a la sala contigua.
—También es un gusto verte, El —La voz de Lucas sonó filosa—. ¿Qué están haciendo aquí?
—¿Podemos tomar asiento y hablar de... —Peter se detuvo y alzó la mirada cruzándose con la de Henry. Fue glaciar. Como hielo deslizándose en sus venas—. Sabía que tú ibas a ser un problema —Exclamó. Lucas y Elena miraron en su dirección.
—Oh, por Dios ¿No me digas... —Elena lo miró con incredulidad—. ¿En serio, Lucas? —Preguntó con ironía—. Esto es ridículo —Exclamó y siguió hacia la sala de estar principal.
—Henry... —Soltó Lucas por lo bajo.
—Él también debería unirse a esta adorable reunión —Soltó Peter con la voz llena de molestia.
—Él no va a ser incluido en esto —Lucas protestó con autoridad.
—Lucas, *él es esto*.
—No puede estar envuelto. No quiero que la prensa lo tenga como objetivo.

Peter soltó una risa irónica.

—*Seguro, Jan* —Miró a Henry—. Tú —Lo señaló—. Ven aquí.

—Hey. Trátalo con respeto —Exigió Lucas. Peter rodó los ojos. Él lo miró y asintió, así que Henry llegó hasta ellos—. Vamos —Indicó Lucas la dirección que momentos antes había tomado Elena, quien por cierto ya estaba sentada en uno de los sofás. Greg estaba en el bar guardando una botella, seguramente del licor que acababa de servirle a la chica.

—No lo guardes demasiado, Greg. Tres más, por favor —Dijo Peter sentándose al lado de Elena. Si a Lucas le molestó que Peter le diera órdenes a su personal, lo disimuló y tomó asiento en el sofá frente a ellos, miró a Henry, hizo un movimiento con la cabeza indicándole que se sentara a su lado—. Entonces, estás saliendo con alguien, Lucas.

—No seas idiota y vamos a lo que nos concierne.

—Nos concierne que estés saliendo con alguien, cuando el mundo entero cree que estás con Elena.

Lucas soltó un suspiro sonoro.

—No sé si lo sabes, pero un montón de personas, créeme, un montón de personas terminan cada día en el mundo, y ¿sabes qué es lo más impresionante? No hemos explotado por eso.

—¡Oh, el payaso está aquí! —Soltó Peter—. Ustedes son un producto, Lucas. Tú y Elena están representando las metas de una pareja ahora. ¿Qué es *Brangelina* cuando tenemos *Lukena*? Funcionan juntos. Son poderosos juntos.

—Somos dos simples mortales, Peter.

—No, Lucas. Ustedes son la cara del éxito. Tú eres un futbolista estrella, una marca en sí mismo, eres el futbolista con el contrato más jugoso de la historia. Y Elena, va a convertirse en la socia mayoritaria de *Adidas* en cuanto el señor Klark decida retirarse, y todo el mundo sabe que en cuanto se gradúe va a sacar su propia línea de ropa para el mercado femenino. ¿Cómo es que no ves lo que representan juntos? Tú tienes la gracia de fascinar a las personas, Lucas. Es un don. La gente cae rendida bajo tu encanto —Henry no se dio cuenta de que estaba asintiendo a esta última afirmación—. Y Elena tiene el poder. Une esas dos cosas y son indestructibles, ¿por qué no lo ves?

—Peter, ni siquiera nos caemos bien.
—Y eso es bastante estúpido dado que ustedes dos tienen muchas cosas en común. Yo hice mi trabajo, Lucas, no fue una decisión arbitraria presentarlos, vi el potencial en ustedes como pareja. Si realmente trataran tendrían una mejor relación. Pero no lo intentan y por eso no se dan la verdadera oportunidad de conocerse y caerse bien.
—No hables por mí —Intervino Elena, bebió un corto trago y prosiguió—. Yo creo que Lucas es un chico grandioso y muy divertido —Lucas parecía sorprendido por esas palabras—, cuando no es un dolor en el culo —Añadió—. Y eso significa que ha sido divertido como dos veces en tres años.
—Tú también eres bastante graciosa, El. Pero más dulce que graciosa —Lucas estaba siendo totalmente sarcástico.
—¿Ves? —Soltó Elena a Peter que sonrió y Lucas también. Henry no encontró nada divertido en el asunto.

Greg escogió ese momento para entregar los tragos. Henry aceptó el suyo por pura cortesía, lo dejó entre sus manos haciendo que el frío se filtrara a través del cristal hasta sus palmas.

—Entonces —Comenzó Peter—. Soy un tipo precavido y sabía que este día llegaría, tarde o temprano, incluso cuando recé porque no llegara, pero aquí estamos.
—Deja de ser idiota, Peter —Soltó Lucas después de beber casi la mitad de su trago.
—Está bien, está bien. Sólo estaba tratando de liberar la tensión, pero aparentemente ni siquiera un cuchillo puede cortarla —Los otros tres bebieron al unísono—. Tenemos que esconder a Henry.

Tanto Lucas como él miraron a Peter con confusión.

—¿Qué? —Preguntó su agente—. Tenías que verlo venir, Lucas. Él va a tener que mudarse, no puede ir a los partidos, no puede ser vinculado contigo, vamos a tener que hacer un horario…
—¡Espera, espera, espera! —Exclamó Lucas deteniéndolo con un gesto de las manos—. ¿Este es tu plan maestro para esto?

—Claro. Henry debe desaparecer de la fotografía.

Henry se sintió como un objeto defectuoso.

—¿Estás jodiendo? —Soltó Lucas—. ¡Estamos saliendo! Él es mi... —Lucas se interrumpió.
—¿Tú qué, Lucas? ¿Él es tu *qué*? —Instó Peter.
—Él es mi novio —Respondió de forma firme y Henry sintió que su mundo se tambaleaba entre la desesperación y la más profunda alegría.
—¿Así que crees que esto es serio?
—No lo creo —Respondió Lucas—. *Es* serio —Completó haciendo que los latidos del corazón de Henry se aceleraran.

El silencio cayó entre ellos de nuevo. Henry no se atrevió a mirar a nadie. El ambiente era hostil y él se sentía fatal. No quería ser una fuente de problemas para Lucas, se suponía que él estaba ahí para ayudarlo.

Sus manos se habían acoplado a la temperatura del vaso y la bebida, y los hielos en el líquido amarillento danzaban como un silencioso llamado a beberlo. Él se llevó el vaso a los labios.

—¿Te gusta el whiskey? —Le preguntó Lucas en tono bajo, suave... Totalmente diferente al que usaba con los demás.
—No lo sé... —Respondió. Lucas volvió su mirada hostil hacia Peter y Henry bebió.

Su garganta gritó abrasada por el ardor de la bebida y su estómago sufrió una sacudida.

—¿Qué quieres, Lucas? —Preguntó Peter inclinándose hacia adelante. Alzó el dedo pidiendo a Greg que llenara de nuevo su vaso.
—Quiero una ruptura con Elena —Henry tragó lo que quedaba en su vaso haciendo que sus ojos ardieran.

—Tú sabes que eso es imposible —Afirmó Peter. Henry estiró su vaso antes de que Greg volviese al bar para que lo llenara también—. Descártalo, Lucas.
—¿Y qué propones, Peter? No voy a esconder a Henry. No se va a ir de mi casa. Y si en algún punto te importa mi desempeño en la cancha tú vas a rogar porque él vaya a mis partidos.

Peter y Lucas intercambiaron miradas feroces hasta que Greg volvió con los vasos. Henry bebió del suyo de inmediato.

—¿De dónde saliste? —Tanto Peter como Lucas se quedaron en silencio. Henry alzó la mirada para encontrarse con la de Elena que era la que había hecho la pregunta.
—Elena... —Lucas habló con tono de advertencia, pero no era necesario, porque Elena parecía tener verdadera curiosidad.
—Yo...
—No tienes porque contestarle, Henry —Le dijo Lucas.
—Sólo hice una pregunta. No es como si estoy amenazando al pobre chico.
—Es con quien estoy saliendo y es todo lo que te interesa saber.
—Bueno, ya, basta ustedes dos —Soltó Peter—. Pero, Lucas, necesitamos saber de dónde salió.
—¿Por qué?
—¿Eres nuevo? —Preguntó Peter impaciente—. Si Henry es un *stripper* en un bar gay la prensa lo va a averiguar y van a sacar cuentas y...
—Yo no soy un *stripper* —Dijo Henry por lo bajo.
—Bien. ¿Alguna vez has estado preso? ¿Has estado en rehabilitación? ¿Eres un *escort*?
—¡No! —Exclamó.
—Detente, Peter —Lucas habló seriamente—. No me importa el pasado, me interesa más el futuro y cuando se puede acabar todo esto con Elena.
—Oh, Dios eres todo un galán. Me siento halagada.
—Tú también quieres terminar con esto.
—No al costo de perder estos años de sacrificios y trabajo, Lucas.
—¿Cuánto tiempo, Peter? —Insistió Lucas.

Henry sorbió un poco más de su trago mientras Peter parecía hacer cálculos mentales a la velocidad del rayo.

—*Al menos* dos años —Dijo enfatizando "al menos"
—¿2 años? —Exclamó Lucas. Henry acabó con lo que quedaba en su vaso y de ninguna parte salió Greg y lo retiró—. Es mucho tiempo.
—No puede ser antes, Lucas.
—¿Por qué?
—Porque su padre puede patearte el culo y sacarte de la nómina de *Adidas* y estamos jodidos. Ellos pagan el 80% de tus gastos. Tenemos contratos que cumplir.
—Esto es ridículo.
—Sí, pero es tu trabajo. Así que antes de seguir con esto, ¿estamos claros que al menos serán dos años?
—Sí —Respondió Lucas derrotado. El tercer vaso de whiskey llegó a manos de Greg y desapareció en su boca en un par de segundos, lo tomó tan rápido que se sintió mareado, pero no importaba.

Dos años sonaba a... mucho. Y él no sabía si tendrían ese tiempo.

—Bien. Mira, si todos trabajamos podemos hacer que funcione, ¿de acuerdo? —Lucas y Elena asintieron—. ¿Henry? —Preguntó Peter.
—Sí —No iba a lograr nada con un "no" como respuesta.
—Bien. Todos estamos de acuerdo y eso es lo más importante.

Peter comenzó a hablar y hablar y a seguir hablando, planes, todo eran planes. Pero Henry no escuchaba la mitad de lo que decía, las palabras llegaban a su cerebro desordenadas y como si fuesen dichas a millas de distancia. Greg llenó su vaso un par de veces más, o tal vez más que un par de veces. Y pasaron años en esa sala. O al menos eso le pareció a Henry.

—Dios, este chico está ido —Oyó de pronto. Peter y Elena estaban de pie frente a él y el primero tenía la mano extendida, con dificultad Henry logró estrechar la mano, más por instinto que por ganas de hacerlo, Peter no le gustaba, luego fue la mano de Elena y de pronto se encontró solo en la sala. Pero no por mucho.

Las manos de Lucas le levantaron el rostro hasta hacerlo encontrarse con la mirada azul que lo acompañaba día y noche.

—Estás borracho —Comentó Lucas quitando el vaso de su mano y dejándolo en algún sitio. Si sentir que de alguna forma él estaba allí pero no del todo era estar borracho, entonces sí, él lo estaba—. Vamos, te vas a acostar un rato y cuando estés mejor te debes dar una buena ducha. Voy a pedirle a Greg que te haga un café fuerte.
—No quiero… —Su lengua pesaba toneladas—... eso —Dijo.
—Amor, lo necesitas —Lucas lo ayudó aponerse de pie y él realmente se fue hacia un lado—. Te tengo —Lucas lo atrapó antes de que se cayera del todo—. Ayúdame, ¿sí?
—Dos años…—Dijo él—. Son como… sesenta años…
—Henry…
—Es muchísimo.
—Haces caras graciosas cuando estás borracho.
—¡Pero es muchísimo! —Repitió y Lucas rió.
—Vamos, aquí están las escaleras.

Fue un infierno, un verdadero infierno subir esas escaleras, Henry perdió el paso al menos tres veces y Lucas estuvo a su lado, sosteniéndolo y guiándolo, como una brújula a un barco.

Henry se dejó llevar hasta su habitación e incluso dejó que Lucas lo acostara en la cama.

—¿Estás bien? —Preguntó quitándole el cabello de la cara.
—Sí.

—Voy a pedirle a Greg que te prepare café y que esté pendiente de ti mientras estoy en el entrenamiento, ¿estás de acuerdo? —Henry asintió—. Voy por una ducha, y pasaré por aquí antes de irme —Lucas se inclinó y dejó un beso suave en sus labios.

Henry vio como Lucas salía de la habitación y a su vez como una parte de sí mismo parecía irse con él. Tanteó en su pantalón y miró el reloj, eran las 12:45. El stadium no estaba muy lejos de casa, así que con toda su fuerza de voluntad se puso de pie, incluso cuando el piso bajo sus pies pareció inestable.

No tocó la puerta, entró a la habitación de Lucas y fue directamente al baño, donde estaba su objetivo. Lucas estaba completamente desnudo listo para entrar a la ducha, que ya estaba abierta, su expresión era de sorpresa, pero se tornó en preocupación.

—¿Te sientes mal? —Preguntó.
—*Nop* —Contestó él contemplando esa imagen y enfatizando la *p* extra.

El cuerpo de Lucas era glorioso. Un hermoso espectáculo, esculpido por manos divinas. De eso él sabía mucho.

—¿Henry?

Él dio tres pasos largos y llegó a la ducha, empujó a Lucas contra las baldosas y lo besó con desesperación, porque de pronto las palabras "dos años" rebotaron dentro de su cabeza haciéndolo querer gritar y llorar. El tiempo no estaba a su favor, la sola idea de perder a Lucas lo hizo desear la muerte, y él sabía que la muerte no era fácil para un ángel.

Cuando liberó a Lucas, sólo para tomar aire, este estaba sorprendido nuevamente, pero sonrió.

—¿Qué pasa, amor? Mira tu ropa —Dijo señalando que toda su ropa ahora estaba mojada, pero eso no importaba en absoluto.
—Tómame antes de que me dejes —Soltó hundiendo el rostro en el cuello de Lucas, reteniendo las lágrimas que de pronto demandaban salir.
—Henry, no voy a dejarte.
—Pero te vas. Tómame, antes de que me dejes hoy.
—Te prometo que voy a llegar temprano.

No entendía por qué Lucas se estaba negando o no estaba entendiendo lo que quería decir, así que se tragó la vergüenza que le daba decir las palabras en voz alta:

—Te necesito.

En un segundo Henry estaba bajo el rocío de agua y al otro estaba afuera de la ducha con la camisa atascada en el cuello y Lucas tratando de romperla mientras lo besaba desesperadamente, diez segundos después sus pantalones estaban enrollados en sus tobillos, le tomó un poco más de lo normal poder sacar los pies y seguir caminando mientras Lucas lo empujaba de vuelta a la habitación.

Dio gracias cuando cayó en la cama porque de pie, las cosas parecían moverse.

Los labios de Lucas abandonaron su boca y recorrieron la línea de su mandíbula, cuando llegó a su oreja los dientes hicieron una maravillosa aparición, Lucas apretó su lóbulo y Henry gimió. No fue exactamente dolor lo que sintió, era más como una molestia placentera y quiso más, porque el dolor sólo podía equilibrarse con más dolor, sonaba absurdo, pero para él tenía sentido. Presionar hasta los límites…

En su corazón estaba bullendo la angustia, cercenando, haciéndolo padecer, sin Lucas él no sería nada.

—¿Amor? —Preguntó Lucas—. ¿Estás conmigo? —Henry asintió.
—Para siempre —Murmuró y Lucas le sonrió hasta el punto en que sus ojos brillaron. Se inclinó y lo besó suave, pero él no quería eso ahora.
—¿Lucas?
—¿Sí? —Preguntó pegado a sus labios.
—¿Podrías ser más... —Se aclaró la garganta— más rudo?

Lucas lo miró con curiosidad.

—¿Rudo? —Henry asintió— ¿Cuán rudo?
—No lo sé... Como...
—¿Como qué, Henry?
—Como si estuvieras desesperado, como yo...
—Estoy desesperado —Dijo y empujó las caderas, en su estómago Henry sintió la carne caliente y dura de Lucas empujar—. Estoy tratando de contenerme y no portarme como un salvaje.
—No me importaría —Se mordió el labio.
—Mierda —Exclamó Lucas y de pronto Henry estaba vuelto boca abajo. Lucas le alzó las caderas y Henry se apoyó en las rodillas y manos—. Sobre tus codos —Sugirió Lucas, y Henry lo hizo, quedando más inclinado hacia adelante y súbitamente las manos de Lucas separaron sus glúteos y una caricia caliente y húmeda lo hizo estremecer, la lengua de Lucas se abrió paso entre su piel.
—Dios —Exclamó temblando de placer, y luego Lucas pasó de nuevo la lengua, una y otra vez—. ¡Sí, Lucas! —Gimió. Entre sus piernas la erección dolía y sus testículos estaban por explotar. Ese era el dolor que quería, esa clase de dolor que se producía a través de negar el placer.
—Dime si duele —Oyó la voz de Lucas, oyó como se abría una gaveta justo antes de que dos dedos se introdujeran en él sin contemplaciones. Volvió a gemir y Lucas comenzó a mover sus dedos rápidamente de adentro hacia afuera, las caderas de Henry se movían a su propio ritmo. Lucas aumentó la velocidad...

—Quiero más... —Pidió. Y él lo obtuvo. Lucas sacó los dedos y de pronto la punta caliente y roma de su sexo empujó en la entrada.
—No voy a poder durar mucho.
—Está bien —Soltó entre gemidos—. ¡Dios, sí! —Gritó cuando de una sola estocada Lucas estuvo dentro de él. Eso era lo que quería. Los gemidos de Lucas fueron escandalosos y lo hicieron estremecer. Su placer era guiado por la voz de Lucas.

El sonido de la piel contra piel, ambos gimiendo como si no pudiesen respirar abrumaron a Henry hasta el punto de querer llorar.

—Necesito ver tu cara —Escuchó a Lucas, luego este lo agarró de la cintura y lo empujó hacia arriba, la cabeza de Henry quedó recostada sobre el hombro derecho de Lucas cuya mano izquierda atrapó su mejilla. Lo embistió más rápido y Henry cerró los ojos.
—¡Lucas... Lucas!
—No, *Henrique*. Quédate conmigo. Abre los ojos —Le pidió, sus manos se encontraron en el medio de su estómago, entrelazaron sus dedos—. Quédate conmigo —Repitió, y aunque usó una voz dulce, Lucas era un hermoso depredador con ojos agudos y hambrientos. Henry empujó más las caderas y Lucas se hundió más dentro de él, buscaron sus labios y sus lenguas se unieron al festín.

Lucas desenlazó sus manos y lo agarró por la cintura, Henry cayó hacia delante y se apoyó en las manos, alzó más las caderas y Lucas se hundió por completo en él. Poseyéndolo genuinamente.

# Capítulo 31

*Hey, angel: Do you know the reasons
why we look up to the sky?*

*Hey, ángel: ¿Tú sabes las razones
por las que miramos hacia el cielo?*

Dejar a Henry parecía la cosa más difícil que podía hacer Lucas, después de haber estado juntos, Henry quedó casi de inmediato fuera de combate. Había tomado ocho vasos de whisky y sí, estaba muy borracho, no lo suficiente como para ir y seducirlo en diez segundos, tal vez menos, aunque tampoco es que Henry había hecho la gran movida, no lo necesitaba, para él, Henry era la seducción personificada: sus ojos, su boca, sus manos, su cuerpo... él por completo lo seducía, incluso en la quietud, de allí a que ahora, cuando estaba listo para irse al entrenamiento, encontrara que Henry dormido en su cama era lo más sexy que podía existir jamás. Sus rizos caían sobre su apacible rostro, la boca estaba ligeramente abierta y su respiración era lenta y relajada. Lucas no era consciente de sus dedos recorriendo el brazo que estaba fuera de la sábana.

—¿De dónde saliste? —Murmuró con una sonrisa, era una locura, si alguien le hubiese dicho dos semanas atrás que hoy estaría así, con Henry, con un hombre, se habría reído en la cara de ese alguien, porque él había estado creando a un Lucas diferente en los últimos cuatro, casi cinco años, el Lucas que el mundo quería ver y del que tan orgulloso se sentía Peter de haber creado, porque sí, Peter le había dado los lineamientos de su nuevo "yo" y él los había seguido. Entonces, llegó este chico salido de la nada y había destruido todo a patadas y había hecho salir a relucir al verdadero Lucas, a ese que Peter había encerrado bajo llave. Ni siquiera le tomó tiempo, Henry llegó y Lucas... renació, como un ave fénix, de las cenizas. Todo tan rápido, se suponía que enamorarse llevaba tiempo...—. Espera, ¿qué? —Se dijo Lucas, ¿Él estaba enamorado de Henry? Era imposible, ni siquiera tenían un mes de conocerse. Tal vez estaba exagerando, iba a aceptar tener un enamoramiento con Henry. Eso era todo.

*Eso era todo.*

—Me estás haciendo molestar, Luke —Le dijo James cuando tuvieron su último descanso en el entrenamiento.
—¿Por qué?
—Porque tienes una sonrisa estúpida en tu estúpida cara, y no me has dicho nada que la justifique.
—Oh, JP —Dijo con su tono de suficiencia—. No lo entenderías.

Nate llegó en ese momento y se tiró en el piso.

—Sólo por caridad, Lucas. Una vez, sólo una vez, podrías dejarme pararte un gol —Expresó cubriéndose los ojos con la manos.
—¡No, Nate! —Exclamó James— Estamos hablando de mierda seria aquí.
—Oh, lo siento, JP. ¿Qué mierda seria?
—Lucas tiene un secreto y no me lo quiere decir.
—Y es por eso que se le llama secreto, James —Recalcó Lucas como si James fuese un niño.
—Te odio —Soltó su amigo—, vamos, Lu. Quieres decirnos, lo sabes.
—No tengo nada que decirles.
—¡Claro que tienes! —Nate se sentó y lo miró con una sonrisa divertida—. Es por la sonrisa estúpida, ¿cierto? —James asintió sonriendo al irlandés.
—¿Cuál sonrisa... Es decir, ¿ustedes van por ahí a chismear sobre mí o qué?
—¿Cómo decir esto sin ser rudo? —Dijo Primme aparentando pensar algo muy profundo—. Últimamente, como desde hace...
—Tres años —Completó Nate.
—Sí, algo así —Indicó James—. Has actuado como...
—Un pelotazo en las pelotas —Volvió a completar Nate.

—Sí, algo así... —Lucas miraba a uno y otro con seriedad—. Quiero decir, sí, un pelotazo en las pelotas está bien. Es sólo...
—Voy a ayudarte aquí, JP. Nosotros entramos aquí en la misma temporada, y tú eras como...
—Una bola de energía —Explicó James.
—Sí. Siempre estabas bromeando y eras tan ruidoso. Y de pronto, ya no lo eras. No estamos diciendo que seas aburrido ahora, pero es como que te apaciguaste de repente... Como si...
—Como si trataras de no ser tú mismo.
—¿Es esto una clase de terapia de grupo o... —Preguntó arqueando las cejas.
—Estamos hablando mierda seria —Apuntó Nate— Te queremos, Luke. Lo sabes, pero algunas veces eres difícil...
—¿Y por qué me lo estás diciendo ahora?
—Porque tenía tres años sin verte así.
—¿Así como?
—Como si fueras el sol —Soltó James, y Lucas tuvo que reír muy alto.
—¿El sol?
—Sí, todo brillante y cálido, y uno debe verte aunque quemes los ojos —Lucas volvió a reír
—¡Chicos, al campo! —Van los llamó otra vez, Lucas no esperó para ir a la cancha, pero escuchó claramente a Nate diciendo "¿Está enamorado, verdad?" y James contestó "Me temo que sí"

Lucas se perdió el resto de la conversación:

—¿Pero de quién? —Preguntó Nate—. No creo que de Elena.
—Por supuesto que no es de Elena —James estuvo de acuerdo.
—¿Entonces de quién?
—No lo sé.
—Tengo una sospecha —Acotó Nate casi susurrando.
—No lo digas en voz alta.
—Ok.

Van los llamó de nuevo y James y Nate se unieron al entrenamiento otra vez.

Como había prometido, Lucas llegó a casa antes de las siete, lo que significaba que cuando Van les dijo que podían irse él corrió como loco hasta las duchas, se bañó en tiempo récord y fue el primero en abandonar el stadium, mucho antes de que el último de los jugadores entrara a los vestuarios. ¿Quién dijo desesperado?

Encontró a Henry en su cama, y se aseguraría de que de ahora más siempre fuera así.

—Hola —Saludó dejando el bolso en el suelo y quitándose la chaqueta.
—Hola —La voz de Henry sonó un poco rasposa.
—¿Cómo te sientes? —Preguntó, llegó a la cama y besó esos labios hermosos que lamentablemente no estaban tan rojos como siempre. Henry lucía un poco pálido, aun así: imperturbablemente atractivo.
—No muy bien, me ha dolido mucho la cabeza y... he vomitado toda la tarde, por lo que sólo he estado tomando jugo —Señaló un vaso de lo que parecía jugo de manzana sobre la mesa de noche—. Estar borracho es... horrible.
—Estar borracho es genial, lo horrible es lo que viene después. La resaca. Henry y el sonrieron.
—Sí. Pero Greg se ha portado muy bien e incluso me enseñó que tienes un televisor aquí —Lucas miró en dirección al 4K que le habían obsequiado un mes antes de su lanzamiento oficial—. Y sospecho que también tengo uno en mi habitación.

Lucas rió, se quitó los zapatos y se acostó del lado izquierdo de la cama.

—Ven aquí —Dijo y Henry se abrazó a él—. Tú también tienes un televisor en tu habitación, pero si no lo sabías, ¿qué has hecho antes de dormir?
—Pensar en ti.

—Henry...
—Es verdad —Lucas levantó el rostro de Henry y volvió a besarlo—. Esta cosa es genial —Comentó señalando la televisión.
—¿Qué cosa?
—Ese programa, FRIENDS —Lucas soltó una carcajada.
—Bebé, eso es bastante viejo ahora, ¿dónde has estado metido que acabas de descubrir FRIENDS? —Henry se sonrojó.
—Bien, no soy de ver mucha televisión.
—Ya veo.

Ambos vieron el episodio de la serie. Henry realmente disfrutó las bromas y después de cinco minutos aún tenía una sonrisa en su rostro.

—¿Henry? —Preguntó Lucas de pronto.
—¿Sí?
—¿Cómo supiste que te gustaban... ya sabes...
—¿Qué cosa?
—Los hombres.
—Oh, no lo sabía —Respondió.
—¿Qué? ¿Cómo es posible eso?

—Bien... Yo nunca... nunca me sentí así por alguien. Quiero decir, nadie me había hecho sentir como tú lo haces.
—Henrique... —Henry lo miró con confusión.
—Me llamo Henry. No es la primera vez que me llamas Henrique.
—Lo sé, Henrique.
—¿Quién es Henrique?
—Tú eres Henrique —Dijo, porque Henrique sonaba divertido, Lucas rió porque esa era la clase de tonterías que él hacía antes, cuando era todavía un chico que siempre buscaba la manera de reír y hacer sentir bien a los demás.
—Soy Henry —Dijo riendo.
—¿Henrique?
—¿Qué? —Lucas rió abiertamente.

—¿Lo ves? Tú eres *mi* Henrique.
—Ok —Lucas hundió sus dedos en los rizos de Henry y este recostó la cabeza sobre su pecho.
—¿Henrique? —Repitió.
—¿Sí? —Tuvo que volver a sonreír—. ¿Qué estabas diciendo antes de que me pidieras que te llamara Henrique? —Henry alzó la mirada.
—Yo no te pedí...
—Oh, tú lo hiciste —Bromeó—. Gritabas internamente por eso.
—Creo que estás loco —Expresó Henry hundiendo el rostro en su pecho.
—De hecho, es tu culpa.
—¿En serio?
—Sí —Aceptó—. Tú llegaste y cambiaste mi mundo. Como un terremoto en mi cabeza, y ahora todo es un desastre. Y me encanta.
—Lucas...
—Estoy hablando en serio ahora, Henry —Le aclaró, Henry asintió—. Siento que puedo ser una mejor persona cuando estás cerca de mí —Henry sonrió de forma tan honesta que Lucas sintió un nudo en su garganta—. Así que, ¿nunca te sentiste como conmigo antes?
—No. Nunca.
—¿Cómo es eso?
—Pues, no es como que nunca consideré a otros atractivos, veo la belleza en los otros, pero nunca... —Henry bajó la mirada y amagó una sonrisa pronunciando uno solo de sus hoyuelos.
—¿Nunca qué?
—Nunca sentí esto...
—¿Qué es *esto*? —Henry se sonrojó.
—Cuando te veo, siento el aire menos denso en mis pulmones, incluso cuando es de noche, tú eres una luz en la oscuridad y, cuando me has hecho enojar, por más que lo intento, no te quiero menos.

Lucas se sintió abrumado, porque nadie antes le había dicho cosas que lo hicieran sentir tan especial, sí, él siempre recibía cumplidos por sus cualidades en la cancha, o por su apariencia, pero nadie le había dicho que era la luz en la oscuridad o que era capaz de disminuir la densidad del aire.

El silencio se apoderó de la habitación, sólo el sonido de la televisión era lo que se oía, pero para Lucas no con claridad.

—Henry...
—No tienes que decir nada, ni que sientes lo mismo o...
—No sé cómo expresar lo que tú me haces sentir. Es... abrumador.
—¿En serio? —Él asintió—. Abrumador me gusta.
—Y tú me gustas —De nuevo Henry se sonrojó.
—Eso está bien.
—Más que bien —Agregó y atrajo a Henry hacia él, haciendo que sus bocas se encontraran con desesperación, penetró la boca de Henry con total dominio, reclamando su propiedad, nadie, salvo él, exploraría ese espacio. Henry era de él. Henry le pertenecía.

*Lucas Hamilton y Elena Klark no tienen ningún problema con las muestras de afecto en público* —La voz de la comentarista del programa de espectáculos que había empezado después de FRIENDS explotó, no sólo la burbuja en la que ellos estaban, sino la habitación en sí, fue como si el techo y las paredes cayeran sobre Lucas. Henry se había separado abruptamente de sus labios y sus ojos verdes, hacía unos segundos, llenos de pasión y hambre, ahora estaban fijos en la pantalla.

—Henry... —Comenzó a decir pero el chico levantó la mano pidiéndole que hiciera silencio. Lucas no tuvo que mirar hacia la pantalla para saber que las fotos de esa mañana estaban siendo presentadas en HQ.

*La pareja parece estar más enamorada que nunca, pese a los rumores...* Henry se llevó una mano a la boca.

—Henry, por favor, apágalo —Pidió, pero él mismo buscó el control y apagó el maldito aparato. El chico se recostó en las almohadas y bajó la mirada—. Bebé, no es... —No iba a decir que no era lo que parecía porque era exactamente eso. Él y Elena besándose en *Starbucks*—. Henry, mírame, por favor —Y Lucas se arrepintió de inmediato de su pedido, porque cuando Henry lo miró sus ojos estaban llenos de lágrimas—. Henry, no llores...
—Es sólo... No puedo...—Henry no podía respirar—... No quiero hacerlo, estoy tratando de contenerlo, pero...
—Amor...
—Escuché todo lo que Peter dijo. Lo comprendo. Créeme, lo entiendo. Es tu carrera. Es importante para ti y...
—Nada es más importante para mí que tú —Dijo agarrando el rostro de Henry—. Sé que es una locura, que suena absurdo, pero es la verdad, Henry.
—Lucas...
—Lamento que hayas tenido que ver eso. Yo...
—Puedo hacerlo, Lucas —Dijo Henry—. Es sólo... no lo esperaba.
—Henry...
—Voy a ser fuerte. Te lo prometo. Puedo hacerlo.
—Lo siento tanto, amor. Tú no tienes que pasar por esto.
—Está bien. Quiero decir, no, no está bien, pero así son las cosas y podemos hacerlo —Lucas asintió. Henry le dio un beso en la mejilla y volvió acostarse, Lucas lo imitó y lo atrajo hacia sí, sus dedos se hundieron en los cabellos de Henry y los dedos de este jugaron con su pecho.

El silencio podía decir mucho.

—Un día vas a venir a mí y lo dirás todo, dirás que podemos estar juntos incluso... —Henry se interrumpió y soltó una sonrisa triste—. Un día yo voy a llegar a ti y voy a hacerlo bien… ¿Es mucho pedir?
—¿Es una canción? —preguntó.
—No.
—Suena como una.

—No lo es, pero es…
—Vamos a lograrlo, Henry. Te lo prometo —Lucas lo besó en lo alto en la cabeza, inhaló su olor y su cuerpo se relajó—. *Te lo prometo*.

Y cuando eso pasara él se encargaría de que a partir de ese momento sólo hubiesen lágrimas de felicidad en la vida de Henry.

Recompensaría cada lágrima con sonrisas, porque cuando tú amabas a alguien sólo querías que ese alguien fuera feliz. Así que, bien, no era un enamoramiento, de alguna extraña manera, de lo que sólo podía reconocer como *destino*, Lucas se había enamorado de Henry con todo su corazón y su alma.

# Capítulo 32

*So many words we're not saying*

*Tantas palabras que no estamos diciendo*

Las manos de Lucas estaban en lo bajo de su espalda mientras le rodeaba la cintura, Henry tenía sus propias manos en el cuello de Lucas y ambos reposaban su frente en la del otro.

—Amor, es probable que... Vamos a necesitar algunos papeles, ya sabes, hay juegos que quedan un poco lejos y... necesitamos pasaporte y... ya sabes —Henry asintió incluso cuando sintió que la sangre bajaba desde su cabeza a la punta de sus pies en un segundo—. Cualquier cosa que necesites, tienes dos de mis tarjetas de crédito, te dejé un par de cheques firmados, no importa *cuánto* necesites... Ten —Lucas sacó un fajo de billetes de su cartera y se los puso en la mano a Henry.
—Lucas no me siento cómodo...
—Henry —Lo interrumpió—. Voy a hacer todo lo esté a mi alcance para mantenerte a salvo. Tú necesitas ropa, necesitas tus papeles... tú necesitas... cosas.
—Sí, pero...
—No —Lo volvió a interrumpir—. Todo lo que tengo es tuyo. Si te hace sentir mejor, págamelo después, y no estoy diciendo que voy a aceptarlo, pero si te hace sentir mejor, hazlo. Pero ahora necesitas esto —Apretó su puño—. Henry, te quiero a mi lado cada día a cada momento. Y quiero que estés feliz y cómodo...
—Estoy bien así.
—Papeles —Insistió Lucas—. Ve a buscar tus papeles y cualquier cosa fuera de lugar la discutimos después, ¿está bien?
—Henry asintió—. Te voy a extrañar.
—Yo también —Dijo y recibió un beso en los labios.
—Espérame despierto, estaré aquí lo más temprano que pueda.

Henry se quedó bajo el umbral de la puerta hasta que el portón principal se cerró después que Lucas saliera de la casa en uno de sus autos. Con el dinero entre sus manos aterrizó en las escaleras, dejó los billetes a su lado y enterró los dedos en su cabello. ¿De dónde iba a sacar papeles? No se suponía que él iba a necesitar papeles. ¿En qué estaban pensando arriba cuando lo enviaron a esta misión? Henry tomó una respiración profunda, él no necesitaría papeles si no se hubiese involucrado en un nivel tan personal con Lucas. Fin del asunto. Era su culpa y no tenía idea de cómo resolver su situación.

—¿Señor Hart? —La voz de Greg lo sobresaltó incluso cuando fue suave.
—¿Ocurre algo? —Preguntó tratando de parecer calmado, pero su voz sonó más rasposa debido a la preocupación.
—Creo que debe ir a Londres...
—¿Para qué?
—Para ir a visitar a un amigo mío —Henry lo miró confundido—. Escuché que necesita algunos papeles... —Esta vez Henry tuvo que acercarse para oír a Greg que estaba murmurando.
—Pero yo...
—Tenga —Le extendió una tarjeta. Henry la tomó y leyó: "Albert Lynch" y una dirección que evidentemente desconocía—. Este amigo, puede ayudarlo. Si usted va a Londres, yo lo llamaré de inmediato y...
—...Voy a encontrar mis papeles? —Greg asintió—. Pero no tengo dine...
—Señor Hart, claro que tiene —Señaló el dinero en las escaleras—, pero no se preocupe, no va a necesitarlo. No le cobrará un centavo, sólo si es necesario, recuérdele que va de parte mía.
—¿Cómo puedo llegar?
—Le llamaré un taxi. Él lo llevará y lo traerá de vuelta a casa. Pero, probablemente usted quiera avisarle al señor Hamilton que puede llegar un poco tarde, son casi 3 horas de camino en auto hasta Londres —Henry asintió.
—¿Estás seguro que este tal Albert...
—Confíe en mí, Señor Hart —Él y Greg se miraron, no había nada que le dijera que el mayordomo estaba mintiendo.

—¿Tú sabes lo que so...
—No le estoy preguntando, Señor Hart —Le interrumpió. Henry asintió, recogió el dinero de las escaleras y subió un par de escalones—. Voy a llamar su taxi ahora mismo —Le avisó Greg.
—Gracias —Dijo.
—No es nada —Greg se dirigió hacia el pasillo que daba a la cocina y Henry subió a su habitación.

En su camino a Londres Henry se preguntó ¿Qué estaba haciendo? Es decir, él estaba allí para ayudar a Lucas, pero, dormir con él y tener una especie de relación con él no era exactamente lo que tenía en mente cuando le había sido asignada la misión. Ir a Londres a obtener unos papeles falsos para poder viajar con Lucas no era ni remotamente lo que tenía en mente cuando fue asignado a esa misión. Todo era confuso, y él realmente quería salvar a Lucas, pero ¿Cómo? ¿Su relación facilitaría las cosas o por el contrario las haría más difícil? No sabía mucho de Lucas todavía y no entendía cómo podía ayudarlo.

> Lucas:
> Vas a volver, ¿verdad? Es decir, esta noche.

Henry leyó el mensaje de Lucas en respuesta al de él, donde le explicaba que tendría que ir a Londres en busca de sus cosas.

> No lo sé —Respondió.

> Lucas:
> Pero tienes que volver. Amor, si tienes algún problema, sólo dilo y tomo un vuelo hasta Londres, puedo pedirle a Peter que te encuentre una habitación en algún hotel y nos vemos en la noche. No te quedes allá solo.

Henry sonrió.

Todo está bien. Si las cosas se complican te avisaré de inmediato. Lo prometo, Lu.

Lucas:
Ok, voy a relajarme. Pero ¿Me llamaste/escribiste Lu?

Sí. Eso creo.

Lucas:
Me gusta, pero me gustaría más escucharlo.

Ok. Pronto lo oirás =)

Lucas:
Te extraño.

Yo también. Con todo mi corazón.

Lucas:
Henry...

Lucas...

Lucas:
Somos idiotas.

Sí, lo somos.

Lucas:
Tengo que ir al campo ahora. Pero tendré mi móvil cerca.

¡Ten una buena práctica!

—Ya llegamos, Señor Hart —El conductor aparcó frente a un edificio antiguo—. Lo estaré esperando aquí.

—Gracias —Dijo y bajó del auto, su corazón latió fuerte cuando entró, miró en la tarjeta que le había dado Greg. Llegó al segundo piso y leyó el cartel que rezaba "Albert Lynch - Abogado" tocó la puerta y de inmediato una voz áspera le indicó que pasará.

Dentro el espacio era pequeño, lleno de papeles y estantes, sin embargo, la mesa donde estaba Albert estaba ordenada y tenía unos sobres de diferentes tamaños.

—Usted debe ser el Señor Hart.
—Henry —Corrigió dándole la mano a Albert.
—Toma asiento —Henry hizo lo propio—. ¿Cómo está Greg?
—Um... Él está bien, sí... Bien.
—Tengo años que no lo veo, por favor envíale mis saludos —Henry asintió—. Así que, necesitamos tomar algunas fotografías antes de tener todo. Hay algunos documentos que no la necesitan —Albert le extendió dos de los sobres—. Si te pones de pie... —Henry lo hizo y Albert le dio indicaciones, sacó una cámara y tras un par de minutos terminaron—. Ahora necesito que llenes estos datos —Henry aceptó la hoja, le pedían el nombre de sus padres y su fecha de nacimiento, nada más. Cuando la devolvió Albert hizo una revisión rápida—. ¿No tienes ningún problema con el apellido Hart?
—No —Contestó.
—Bien, Henry Hart, nacido el 1 de febrero de 1994 en Cheshire. Sólo tenía actas de nacimiento disponibles para allá —Añadió Albert—. Tú eres *tan* joven —Murmuró. Y algo en Henry le dijo que este hombre sabía más de lo que aparentaba.

Pasaron casi dos horas hasta que Henry pudo salir a almorzar; Henry volvió con Albert hasta que la noche cayó sobre Londres, esta vez salió con cuatro sobres apretados firmemente contra su pecho, donde estaba la nueva historia de su vida. Pasó el camino aprendiéndose el nombre de su escuela primaria y secundaria, el hospital en el que supuestamente había nacido en Cheshire, incluso pasó parte del tiempo averiguando en su teléfono sobre este lugar. Todo era extraño, todo era una mentira. Pero algunas veces, las mentiras eran necesarias.

La puerta principal se abrió y Henry casi rodó por las escaleras que acababa de subir debido a la fuerza con la que Lucas cayó en sus brazos, tuvo suficientes reflejos para agarrarlo por la cintura mientras enrollaba las piernas alrededor de él y hundía la cara en su cuello.

—Te extrañé —Escuchó la voz de Lucas ahogada por su piel. Lucas repartió besos por su cuello—. Te he extrañado todo el maldito día —Más besos—. No quiero que estés lejos de mí —Los besos fueron a línea de su mandíbula ahora—. Nunca, Henry Hart. Nunca —Los labios of Lucas se unieron a los suyos—. Por si no lo has notado, te extrañé.

Henry sonrió y Lucas desenredó las piernas de él y volvió al suelo, sin embargo se separó sólo unos pocos centímetros.

—Yo también te extrañé, Lu —Lucas sonrió radiante, creando unas hermosas líneas alrededor de sus ojos.
—¿Tienes hambre? —Preguntó, pero no le dio tiempo de responder, Lucas deslizó la punta de su dedo índice desde el cuello de Henry hasta la cinturilla de su pantalón deportivo—. Porque estoy hambriento —Dijo, y se mordió el labio inferior—. Pero no estoy hablando de comida, en absoluto...

Bien, Henry Edward Hart, nacido el 1 de febrero de 1994 en Cheshire, no iba a dejar que Lucas Hamilton muriera de hambre.

Nunca.

# Capítulo 33

*We can make it 'til the end*

*Podemos hacerlo hasta el final*

—Lu... Lu, amor, tu teléfono ha estado sonando por quince minutos —La voz de Henry y sus manos fueron lo que lo despertaron. Lucas tardó lo impensable para abrir los ojos, pero sonrió al ver el rostro de Henry frente a él—. Es Peter —Dijo entregándole el aparato. Lucas lo dejó a un lado.
—¡Qué palabras tan feas para escuchar al iniciar el día, Henrique! —Se quejó.
—Lo siento —Dijo Henry, se inclinó hasta él y lo besó—. Buenos días.
—Mucho mejor —Sonrió—. Buenos días, amor —Esta vez fue él quien lo besó—. ¿Qué tal estuvo tu noche? —Después de *todo* lo que habían hecho la noche anterior la pregunta era muy acertada.
—Perfecta —Respondió.
—¿Seguro? —Insistió, porque él había estado... insaciable, como si no tuviera nunca suficiente de Henry, y Henry no se negó en ningún momento, siempre estuvo dispuesto y se entregaba con todo...
—Sí —Lucas le sonrió, entonces, tomó su móvil y le escribió a Peter.

> No quiero hablar ahora. ¿Qué ocurre?

Como esperaba. Peter lo llamó de nuevo y él cortó la llamada de inmediato. Ahora se regían por sus reglas. El mensaje de texto entró medio minuto después.

> Peter:
> Eres un dolor en las pelotas, Lucas. Hoy tienes eventos todo el día. Henry NO puede venir aún.

Lucas lo recordó, tenían primero el evento de caridad, y luego la reunión exclusiva con los clubes de ligas menores de Manchester y después un jodido desfile con Elena. Probablemente él llegaría pasada la media noche y no imaginaba cuan aburrido podía estar Henry.

—¿Henrique? —Preguntó, pues Henry estaba reposando la cabeza en su brazo y su respiración era relajada—. ¿Estás dormido?
—No —Respondió Henry con la voz ronca.
—Tengo un día ocupado hoy —De inmediato sintió la tensión en el cuerpo de Henry—. Tengo algunos eventos y voy a llegar tarde esta noche, no sé si quieras hacer algo.
—Oh, bien... yo... yo no sé...
—Puedes ir a donde quieras. Sólo dile a Greg que te consiga un chofer y te llevarán a donde quieras —Henry asintió—. Voy por una ducha —Dejó un beso en los labios de Henry y se fue al baño.

La ducha fue rápida y los otros asuntos aún más, cuando salió, Henry estaba esperando en la puerta para entrar tras él, con una sonrisa le dio privacidad y cuando pasó al lado de la cama vio la pantalla del celular de Henry. ¿Era eso una foto de Elena?

—Mierda —La pantalla se bloqueó y no pudo asegurar lo que veía. No es que pensara que fuese algo "malo" pero él realmente quería mantener a Henry lejos de Elena, o para ser más exacto de toda la situación con ella—. ¿Henrique? —Preguntó a través de la puerta.
—Voy a desayunar abajo. ¿Te espero?
—¿Tienes tiempo?
—Voy un poco retrasado, para ser honesto —Confesó viendo la hora.
—Entonces no —Escuchó que Henry reía y lo hizo sentir mejor.
—Voy a extrañarte.
—Yo ya te extraño.

—No me hagas tumbar esta puerta.
—¡No lo hago! —Henry respondió y esta vez su risa resonó más alta.
—Esto es horrible. No vamos a tener un beso de despedida —Sonó más a pregunta, y entonces, la puerta se abrió de golpe, él tuvo sólo un par de segundos para deleitarse con la imagen de Henry mojado de pies a cabeza, con una toalla en la cintura, lo cual agradeció pues no iba a salir de allí si Henry estaba descubierto, su cabello estaba goteando y fue una imagen tan perfecta que se iba a quedar con él todo el día. Henry lo besó rápido, sonrió y volvió al baño.

Era algo increíble tener una verdadera relación.

Una de las cosas que Lucas agradecía dentro de todo lo que tenía que manejar con la fama eran las obras solidarias, como visitar a niños con problemas de salud y hacer una donación anónima para sus tratamientos.

Antes de entrar a las habitaciones James se acercó a él guardando su móvil en el bolsillo.

—Hey, Luke.
—JP —Cuando James se quedó callado, Lucas supo que quería hablar de algo serio—. ¿Qué pasa?
—Soph acaba de llamarme para que hablara con Víctor, para conseguirle un jet para ir a Londres... con Henry.
—¿Con Henry? —James asintió.
—Ellos son como "mejores amigos"
—¿En serio?
—*Sip* —James acentuó el final de su afirmación con una innecesaria *p*.
—Y... ¿cómo te sientes al respecto? —Preguntó.
—Bien, yo... —James sonrió casi de forma nerviosa—. No estoy preocupado, en absoluto. Creo que Henry es un tipo legal ¿me entiendes? —Lucas asintió—. Pero... él realmente luce

malditamente increíble —Lucas se tuvo que tragar la risa, James tenía razón. Henry era... perfecto.
—No tienes que preocuparte, JP.
—¿Estás seguro?
—Sí, 100% —Respondió y otra vez, tuvo que reprimir su sonrisa.
—Bien, espero que disfruten el viaje, entonces.

Lucas le sonrió a James y ambos entraron a la habitación de los niños, y su último pensamiento fue que se alegraba de que *su novio* tuviera una amiga.

# Capítulo 34

*Kisses that queen, her walk is so mean
and every jaw drops
when she's in those jeans*

*Besa esa reina, su andar es malicioso
y todas las bocas se abren
cuando lleva esos pantalones,*

Elena Klark era... elegante. Esa era la palabra que bombardeaba la cabeza de Henry tras ver una serie de fotos de la chica en internet, que era lo que había estado haciendo casi desde que despertara. No es que estuviese buscando fotos de ella para igualarla, por el contrario, él quería su propio estilo, ella lucía bien al lado de Lucas y eso le correspondía a él.

—Henry —Sophia se bajó de un auto que estaba al lado del suyo, llevaba un bolso de mano y lentes oscuros, corrió hasta él sonriéndole—. Lo siento, encontré algo de tráfico.
—Está bien —Dijo abrazándola.
—¿Así que vamos a Londres?
—Sí. Así parece —Sophia le sonrió como si guardara el más preciado de los secretos.
—¡Esto es tan emocionante!

Llevaban más de dos horas caminando por las calles de Londres. Henry no había encontrado nada aún que le gustara, no encontraba ninguna ropa que gritara "Esto es tuyo. Este eres tú", él justo ahora llevaba puesto otro de los conjuntos deportivos de Lucas, uno azul marino que, bien, podía servir para el campo pero no para salir, no estaba cómodo.

—No te preocupes, Henry. Estoy segura que aquí encontraremos algo —Señaló Sophia cuando llegaron a *Old Bond Street*. Y fue como si ella supiera de lo que estaba hablando. Henry se detuvo frente a unas puertas de cristal, donde a través de ellas sólo pudo ver una estantería y unas botas de gamuza beige que atrajeron su mirada como un imán—. Te lo dije —Escuchó que decía Sophia, pero no podía apartar los ojos—. Vamos.

Cuando se acercaron más a la tienda, un anfitrión abrió las puertas para darle acceso, lo último que vio Henry antes de entrar fue el cartel que rezaba "SAINT LAURENT PARIS"

—Oh, esto es hermoso —Comentó Sophia yendo a un aparador con bolsos de mano. Henry fue directamente hacia las botas, no se atrevió a tocarlas, simplemente las admiró—. ¿Te gustan? —Sophia estaba tras él.
—¿Esto no es muy costoso? —Preguntó después de asentir.
—¿Qué tarjeta te dio Lucas?

Henry buscó en el bolsillo de su pantalón la cartera y sacó las dos tarjetas negras que Lucas le había dejado. Sophia sonrió.

—¿Qué?
—No te preocupes por los precios, sólo elige lo que te guste.
—Eso fue lo mismo que me dijo Lucas —Replicó, porque eso era exactamente lo que le había respondido Lucas a su mensaje, cuando le avisó que iba a ir a Londres con Sophia.
—Dile que estamos la *YSL* de *Old Bond Street*, y que estaremos caminando hasta *New Bond Street* porque allí hay un *Burberry*. Oh, y un *Louis Vuitton*.

Henry le escribió a Lucas y de inmediato recibió respuesta.

> Peter está llamando ahora. Disfruta las compras, bebé.
> XX

—¿Y?
—Él dice que: Disfrutemos las compras.
—Es increíble.
—¿Qué cosa?

—Su amistad.
—Oh, sí. Somos buenos amigos.
—Me lo imaginé —Ambos se vieron, ella con una sonrisa en el rostro, él trató de hacer su mejor cara de póker.
—Tal vez debamos ir a una tienda menos costosa —Comentó, no estaba del todo de acuerdo con gastar el dinero de Lucas, incluso cuando él le había dicho que podía hacerlo. ¿Qué iba a pensar Sophia? De hecho ¿Qué estaba pensando Sophia ahora mismo? El teléfono de la chica sonó, revisó y sonrió.
—Estoy oficialmente encargada de no dejarte ir sin comprar lo que quieres —Sophia alzó la pantalla hasta dejarla frente a los ojos de Henry.

> Mi bebé:
> Soph, Luke me pide encarecidamente que no dejes que Henry se salga con la suya y compre sólo una camisa, si algo le gusta que lo compre, por favor. Te amo!!!

Henry frunció el ceño. ¿Cómo es que Lucas lo conocía tanto?

—Bienvenidos a *Yves Saint Laurent* ¿En qué puedo ayudarlos?
—Dijo una mujer que se acercó a ellos.
—Queremos darle estilo a este chico —Respondió Sophia y las verdaderas compras empezaron.

—Henry claro que quieres —Eran pasada las cuatro de la tarde, y a Henry le faltaban manos para cargar las bolsas, incluso cuando ya Nathan había hecho dos viajes hasta el auto. Sophia volvió a llamarlo y lo esperaban en un café—. Ni siquiera van a ser dos dedos, Henry, sólo las puntas.
—Pero...
—Mira, yo también necesito una hidratación, serán un par de horas solamente —Henry se tocó el cabello, Sophia quería que lo cortara un poco—. Te verás genial, Lo prometo.
—Bien.

—Genial —Sonrió, Nathan llegó a tiempo cuando ambos se pusieron de pie y fueron a un salón de belleza—. Esto va por mi cuenta.

Su cabello estaba envuelto en una toalla negra, al igual que el de Sophia, mientras ambos tenían los pies sumergidos en agua caliente con espuma, en ese momento estaban recibiendo un masaje en sus manos.

—Así que, ¿Hace cuánto se conocieron Lucas y tú?
—Mmm... Hace poco.
—Me lo supuse —Añadió Sophia—. Él nunca había hablado de ti. Aunque, en realidad él no habla mucho de sus amigos de antes.
—¿De antes?
—Sí. Antes del *Manchester* —Sophia gesticuló lo último, Henry supuso que era para que las mujeres no supieran de quién estaba hablando.
—¿James y él se conocieron en el equipo? —Sophia asintió.
—Entraron con poco tiempo de diferencia. El *Man U* estaba buscando caras nuevas y frescas.
—Me parece que James es bastante importante para él.
—Lo sé. Es gracioso porque no se llevaron muy bien al principio, y no entiendo por qué razón, ellos encajan, se complementan —Algo vio Sophia en su expresión que sonrió—. Como amigos —Añadió.
—¿Y Nate?
—Él fue el puente entre ambos. James y Lucas se llevaron muy bien con él individualmente, pero Nate quería compartir con los dos, así en su primer cumpleaños dentro del equipo, los hizo ir con él a celebrar. No sé lo que pasó allí porque no estaba para entonces con James, pero él dice que después de ese día se hicieron muy amigos. Mi hipótesis es que se emborracharon tanto hasta ponerse sentimentales y se dieron cuenta que tenían que ser amigos.
—Suena... bonito.

—Sí —Sophia lo miró—. No es fácil entrar en el círculo de Lucas, y por eso es que se me hace increíble cuán importante eres para él.
—Yo no...
—*Tú eres* importante para Lucas, Henry. Soy muy observadora —Las mejillas de Henry se encendieron—. No me malinterpretes. Me alegra mucho que estés en la vida de Lucas.
—No sé...
—No tienes que decir nada. Pero, cuentas conmigo, ¿lo sabes? Ahora somos amigos y me alegra que estemos aquí.
—Gracias.
—No es nada.
—Es hora de quitar esa hidratación —Dijo una de las chicas.
—Gracias, Sophia —Añadió mientras se recostaba en el lava cabezas—. Gracias por todo.

# Capítulo 35

*If only you saw what I can see*
*You'll understand why I want you so desperately*

*Si tan sólo vieras lo que yo veo*
*Tú entenderías por qué te quiero tan desesperadamente*

Lucas llegó cerca de las dos de la mañana a su casa y sabía que no iba a encontrar a Henry. Le había escrito cerca de las diez de la noche para avisarle que el jet que habían conseguido no había obtenido permiso sino para volar al día siguiente, por lo cual él y Sophia llegarían directamente al stadium en Liverpool. Lo cual era horrible. Él necesitaba oírlo.

Buscó su móvil y marcó el número de Henry, tras cuatro repiques oyó la voz rasposa de su novio.

—¿*Lu?*
—Hola, amor. ¿Estabas durmiendo? —¡Por supuesto que estaba durmiendo! Se dijo a sí mismo.
—*Yo...* —Bostezó.
—Lo siento. Yo sólo quería...
—*Está bien. Me alegra escuchar tu voz. Te he extrañado todo el día.*
—Yo también. Qué mal que no pudieron volar esta misma noche.
—*Creo que fue por el clima.*
—Odio el clima —Bromeó. Escuchó la risa baja de Henry y sonrió también—. ¿Cómo fueron las compras?
—*Um... Bien, honestamente muy bien, pero Lucas...*
—No se te ocurra decir que no estás cómodo con esto...
—*Pero... Son como cinco maletas de ropa.*
—Sé cuanto compraste, Henry. Está totalmente bien. No quiero que estés preocupado por eso.
—*Es raro...*
—¿Te gustó lo que compraste?
—*Sí.*

—Eso es lo que importa —Y era verdad lo que decía. Él solo quería que Henry tuviese todo lo que quería. Sonrió. Cuando tuviesen hijos los iba a consentir tanto que Henry... *Espera ¿qué?*
—*¿Qué es tan gracioso?* —Preguntó Henry cuando él soltó una risa estruendosa, porque nunca, nunca antes había pensando en hijos. No con lo joven que era. Eventualmente sí, él quería tener hijos, pero no a los veintitrés o al menos hasta ese momento nunca había tenido un pensamiento como ese...
—¿Qué me estás haciendo, Henry?
—*¿Sobre qué?*
—Olvídalo. Realmente te extraño.
—*¿Todo está bien, Lu?*
—Me gusta cuando me llamas Lu.
—*Y a mí me gusta llamarte así.*
—¿A qué hora salen para Liverpool?
—*Debemos estar en el aeropuerto a las 9.*
—Mierda —Soltó—. Te extraño demasiado, Henry. En serio es como si...
—*Una parte de ti faltara* —Completó Henry al otro lado
—Exacto.
—*Te extraño de la misma forma, pero mañana está cerca, ¿no?*
—Bueno, son las dos y media de la mañana, así que prácticamente ya es hoy.
—*Eso quiere decir que estamos aún más cerca.*
—Sí —Lucas hundió el rostro en la almohada, porque estaba fascinado con la forma en la que se sentía, como... un adolescente—. Voy a dejarte dormir ahora, amor.
—*Tú también debes descansar, pe...*
—¿Pero qué? —Instó cuando Henry se quedó callado.
—*Nada.*
—Henry, dime, ¿pero qué?
—*Es sólo... Me siento solo sin ti.*
—Bebé... —Su corazón cayó a su estómago—. Tengo una idea —Dijo—. Puedes poner el altavoz, y acostarte, yo pondré el mío y podemos pretender que estamos juntos... ¿Sí?

—*Sí* —Contestó. Lucas oyó a Henry moverse en la cama al otro lado de la línea, él dejó su teléfono sobre la almohada—. *Buenas noches, Lu.*
—Buenas noches, bebé.


—¿Dónde están? —Era como la millonésima vez que le preguntaba a James por dónde venían Sophia y Henry, pues el teléfono de su novio estaba muerto después de haberlo mantenido encendido mientras dormían. Cuando Lucas se había despertado y la línea al otro lado estaba muerta, llamó al hotel y se comunicó con Henry, él le explicó que ya estaba por salir y que no había podido recargar el teléfono, lo cual era el motivo de que le pidiera a James que lo mantuviera al tanto de cada mensaje con información que le enviara Sophia.
—Ellos aún siguen atascados en el tráfico, Lucas —James lo miró con ceño—. Como te dije hace dos minutos.

Lucas se ajustó los zapatos nuevamente y buscó la banda para su cabello, él usaría una verde.

—Luke, ¿qué está pasando? —James se había acercado a él y colocó una mano en su hombro, este gesto era indicativo inequívoco de que su amigo estaba preocupado.
—Todo está bien, JP —Le dijo sonriéndole—. Es sólo… Nada. Sólo quiero saber si están cerca.
—Tal vez lleguen para el segundo tiempo.
—¡Chicos al campo! —Van los hizo salir de los vestidores y Lucas no estaba feliz, para nada.


Que el marcador estuviese 0-0 para el segundo tiempo no era algo que esperases cuando James y Lucas estaban en el campo, pero Lucas no podía concentrarse, estaba mal, él lo sabía, pero su mente estaba con Henry, donde quiera que estuviera atascado en el jodido tráfico. No ayudaba que su cuello girara automáticamente hacia las gradas VIP con la esperanza de verlo, pero no, Elena era quien estaba allí, con algunas amigas de Liverpool, ella, de hecho, pasaría esa semana allí, con ellas. Adicionalmente, Peter no estaba allí. Era por eso que Lucas había pedido llevar uno de sus autos, él quería hacer el camino de regreso con Henry hasta Manchester.

Cuando regresó al campo para el segundo tiempo lo primero que hizo fue mirar a las gradas VIP, estaban igual de llenas que durante el primer tiempo, a excepción de unos cuantos asientos, de los cuales dos estaban destinados a Sophia y Henry, que seguían sin llegar.

Corrió un poco por la cancha, las instrucciones de Van eran ir a la ofensiva esta vez, amedrentar al otro equipo y desaparecer ese horrible cero de su marcador. Bien, él sabía hacer eso, era su trabajo, ¿no? Hizo contacto visual con James, quien asintió, su amigo fue por el balón, corrió hasta el número 3 y robó la pelota, un montón de jugadores fueron por él, pero James era bueno en eso, era su talento innato... Lucas se acercó a la arquería y por un segundo sus ojos volvieron a la barra y fue todo, él lo vio. Henry estaba caminando entre las filas para tomar asiento, pero él estaba... brillando. No encontraba otra palabra, llevaba pantalones negros, no podía ver sino hasta sus muslos ya que la fila delante de él le impedía mirarlo por completo, pero Lucas pudo ver su camisa color crema, la llevaba desabotonada hasta la mitad de su pecho, tenía puestos lentes oscuros... Se veía como un modelo y...

La pelota le dio justo en el estómago.

—¿¡Qué mierda... —Exclamó cayendo sobre el campo, no podía respirar, la fuerza del golpe le había sacado el aire. Inmediatamente se vio rodeado de mucha gente, pero él sólo necesitaba un poco de aire.
—¡Lo siento, Luke! —Escuchó la voz de James, supuso que los paramédicos lo estaban haciendo poner de pie, lo sostuvieron y comenzaron a levantarle los brazos para que respirara, la primera

bocanada fue como nacer de nuevo—. ¿Qué pasó? —Preguntó James casi por lo bajo. Más aire entró.
—No te preocupes —Dijo apenas susurrando—. Fue mi culpa.

Cuando el aire empezó a circular con normalidad el árbitro los hizo reanudar el juego, los paramédicos salieron del campo y su vista volvió a las gradas, la expresión de Henry reflejaba mucha preocupación, Lucas alzó la vista hasta las pantallas gigantes, donde estaba su imagen, levantó los pulgares y sonrió, Henry sabría que estaba bien.

El resultado final fue 2-0 y todo el equipo estaba lleno de adrenalina en los vestuarios. Lucas tuvo que esperar, ya que al ser visitantes tenían más restricciones para desplazarse por el stadium, así que no pudo ir a las gradas VIP a pedirle a Henry que lo esperara, pero James le dijo que Sophia lo esperaría en el bus del equipo, así que probablemente estarían todos allí.

Lucas era el último en los vestuarios, agarró su bolso y caminó hacia las puertas, pero estas se abrieron de golpe y Henry corrió hasta él.

—¿Cómo estás? ¿Te duele algo? ¿Puedes respirar? Deberíamos llevarte a un doctor…
—Henry estoy bien —Logró decir Lucas después de que Henry terminara su ráfaga de preguntas.
—¿Estás seguro?
—Sí —Respondió y sonrió—. Hola, te extrañé.
—Dios, yo también —Soltó Henry con un suspiro y lo abrazó muy fuerte.
—¿Cómo estuvo el viaje, amor?
—Bien. El tráfico hasta acá estuvo horrible.
—¿Crees que tengo que hacer alguna otra pregunta? —Henry lo miró confundido y negó con la cabeza—. Bien —Lucas se alzó en puntas de pie y fue por la boca de Henry, besándolo con la desesperación propia de tener más de 24 horas sin hacerlo, más

de 24 horas extrañando su presencia, su olor, sus rizos, su toque... Sus manos bajaron por la espalda de Henry hasta llenarse con sus glúteos, apretó y Henry gimió en su boca—. Tenemos que irnos ahora. Como ahora o...
—¿O qué...? —Preguntó Henry apoyando la frente en la suya y sin abrir los ojos, le faltaba el aliento.
—O voy a tumbarte en el piso ahora mismo.
—No me importaría —Contestó Henry sonriendo y ese jodido hoyuelo en su mejilla causó un tirón en los testículos de Lucas.
—No me tientes, Henry Hart. Ahora sal de aquí y mantente un poco lejos de mí o en serio voy a saltar sobre ti.

Henry se apartó y bajó la mirada a la vez que colocaba un rizo detrás de su oreja.

—Hey —Exclamó Lucas tocándole la punta del cabello—. Lo cortaste.
—Sí. Un poco —Admitió sonrojándose, como si no estuviera seguro.
—Me gusta. Mucho.
—Gracias —Se miraron unos segundos, entonces Lucas lo tomó de las manos—. Déjame verte —Henry definitivamente llevaba jeans negros, tan ajustados que se adherían a sus piernas como otra piel, y de cerca pudo advertir el patrón de puntos en la camisa.
—Pareces una estrella de rock... aunque más un modelo. Harías estallar las pasarelas, Henry Hart —Henry se sonrojó—. Oh, vamos. Tienes que saber que eres.... Hermoso.
—No lo sé —Henry bajó la mirada.
—Dios. Bien, si no sabes que eres hermoso, entonces, eso es lo que te hace hermoso. Hermoso como un ángel —Cuando Henry alzó la mirada sus ojos brillaron con intensidad. Lucas no pudo resistirse, lo besó salvajemente, con ansiedad, sus labios eran adictivos como heroína, la más potente de las drogas. Un éxtasis.

Sus manos recorrieron desde la base de la espalda hasta la nuca de Henry, él gimió cuando Lucas hizo una profunda succión en su lengua, Lucas estaba perdiendo el control, pero... ¿Realmente tenía alguno? No. Definitivamente no, cuando se trataba de Henry él sólo quería quitarle la ropa y tomar su cuerpo una y otra vez. Henry lo hacía insaciable...

Cuando Henry apretó los dedos en su espalda, se arqueó como un acordeón.

—Lucas —Gimió y él le mordió el labio inferior.
—Voy a... —Comenzó a decir buscando el primer botón de la camisa de Henry.
—¡Luke! —Él y Henry se separaron lo que más que pudieron al oír la voz de Nate, la puerta de los vestuarios se abrió al tiempo en que Lucas recogía su bolso. Los ojos azules de Nate pasaron de él a Henry un par de veces—. Em... Luke, el bus va a arrancar en diez minutos y sólo faltas tú. Y Henry, por supuesto.

Lucas se aclaró la garganta.

—Yo traje mi auto —Lucas salió del vestuario, seguido de Henry y Nate, este último pasó el brazo sobre un hombro.
—Eso significa que tendremos un viaje de carretera.

# Capítulo 36

*Shut the door, turn the light off*
*I wanna be with you*
*I wanna feel your love*
*I wanna lay beside you*
*I cannot hide this even though I try*

*Cierra la puerta, apaga la luz*
*Quiero estar contigo*
*Quiero sentir tu amor*
*Quiero acostarme a tu lado*
*No puedo ocultar esto aunque lo intento*

Henry no pudo evitar sonreír cuando vio a Nate entrar al bus del equipo en busca de James y Sophia, Lucas estaba a su lado y estaba quejándose.

—Yo quería irme sólo contigo.
—Está bien, ellos me agradan mucho.
—Sí, a mi también pero…
—¿Pero qué? —Preguntó cuando Lucas no continuó.
—Henry, tú no me entiendes. Tengo necesidades —Henry rió por el tono de excedida desesperación de Lucas.

Cuando Nate bajó del bus tras él estaban James y Sophia.

—¡Viaje de carretera! —Exclamó Nate con emoción exagerada.
—Es sólo una hora, Nathaniel —Lucas emprendió el camino al auto y todos lo siguieron.
—Pero ha pasado mucho desde que no lo hacíamos, Lu —Acotó Nate.
—Es verdad —Dijo James—. La última vez fue hace casi dos años. Para Londres y fue…
—Horrible —Lo interrumpió Sophia—. Lucas es el peor conductor de todos los tiempos, tuve problemas de tensión por dos semanas.

—¡Estás mintiendo! —Lucas fingió indignación.
—Claro que no. Eres un maniaco.
—¿Qué quieres decir? —Preguntó Lucas.
—Quiero decir que va a manejar Nate.
—¡SÍ! —Nate corrió en dirección al auto para llegar a la puerta del conductor.

De alguna forma, Nate terminó conduciendo, Sophia fue de copiloto y Henry quedó entre James y Lucas, James iba inclinado hacia adelante para apoyar la barbilla en el respaldo del asiento donde estaba Sophia, no llevaban ni cinco minutos cuando Henry se tensó, los nudillos de Lucas rozaron el costado de su brazo, seguramente por accidente, porque Lucas no podía estarlo acariciando en el auto con tres de sus amigos allí, pero cuando el pulgar comenzó a hacer círculos en su piel Henry estuvo seguro que todo era intencional, sus vellos se erizaron y de pronto el espacio del auto se redujo al máximo, miró a Lucas por un segundo, él no lo veía pero tenía una sonrisa traviesa en el rostro. ¿Qué estaba haciendo?

El viaje a casa... fue un infierno.


—¿Qué demonios te pasa, Henry? —Le preguntó Lucas una vez que cerró la puerta de la habitación.
—¿Qué me pasa a mí? La pregunta correcta es ¿Qué te pasa a ti, Lucas? ¿Qué fue todo ese toqueteo en el auto, con tus amigos allí? ¿Qué habría pasado si nos descubren, si uno de ellos te hubiese visto? ¿Qué habría pasado, Lucas?
—Henry, no tienes que molestarte por eso. Yo sólo...
—¿No tengo que molestarme? ¡Lucas, escuché todo lo que dijo Peter que no podíamos hacer! ¡Mantener esto en secreto es importante para ti! —Henry estaba descontrolado—. Yo creo que Sophia sospecha algo, ¿qué si te veía, Lucas?
—Henry, cálmate, por favor —Le pidió Lucas, pero él no podía.
—¿Tú crees que yo no quiero tomarte la mano o besarte cuando acaba un partido? Y no escondidos en los vestuarios. Y si Peter

se entera y... —Henry empezó a tener dificultad para respirar—. Y decide separarme de ti, yo...
—Hey, no, no —Lucas acortó la distancia y lo abrazó justo a tiempo para colapsar—. Bebé, ni Peter ni nadie va a separarnos —Henry hacía su mayor esfuerzo para respirar con normalidad—. Amor, mírame —Henry lo hizo—. Sí, yo acepté todo este estúpido plan de Peter de dos años, pero no significa que voy a hacer que su trabajo sea fácil. Yo acepté quien soy y voy a pelear con todo lo que tengo contra este closet de hierro.
—No quiero que te metas en problemas por mí, Lucas.
—Es algo tarde para eso, Henry. Yo estoy en un grave problema desde que estoy enamorado de ti.
—Lucas... —Henry lo abrazó por el cuello, y Lucas lo apretó muy fuerte—. Te amo —Dijo.
—¿Qué dijiste?
—Dije... Te amo —Repitió, entonces Lucas lo besó tan de repente que no reaccionó de inmediato. Su lengua le acarició la boca de forma tan suave que casi era imperceptible, aún así la sensación era arrolladora. Lucas se separó de él unos centímetros.
—También te amo, Henry. Te amo tanto —El tono de voz suave y rasposo hizo que Henry sintiera un arrebato en su interior, atrapó a Lucas y lo besó como si su vida se fuera en ello—. Espera —Dijo Lucas separándose de nuevo—. Hemos estado siempre de esta misma forma, como si no hay mañana. Acabamos de decir que nos amamos, entonces, hagámoslo realmente —Lucas inclinó la cabeza y lo besó en la curva del cuello hasta llegar al lóbulo—. Vamos a amarnos, tenemos toda la noche por delante, tenemos tiempo...

Lucas le sonrió y desabotonó la camisa, separó las solapas y deslizó las manos entre sus brazos y la tela hasta hacerla caer al suelo, luego dejó un rastro de besos leves de hombro a hombro.

—Eres perfecto, Henry.
—Lucas... —Suspiró, y le acarició las mejillas—. Te amo... mucho.
—Yo también.

—¿Puedo? —Preguntó buscando el dobladillo de la camisa de Lucas.
—Sí. Puedes —Respondió Lucas y alzó los brazos para que Henry pudiera quitarle la camisa. La piel dorada apareció y Henry tuvo que tomar una gran bocanada de aire. Lucas le quitaba el aliento. Con manos temblorosas acarició el pecho y bajó hasta la cinturilla del pantalón deportivo, Lucas lo detuvo, lo tomó de las muñecas y llevó sus manos a los labios donde depositó suaves besos, entonces, se arrodilló, nunca perdió el contacto con sus ojos y Henry podía sentirse ya desnudo, porque con esos ojos, Lucas podía ver todos los secretos de su alma...

Lucas le quitó las botas y las medias, sus dedos jugaron con la alfombra y luego, las manos expertas de Lucas procedieron a quitarle el pantalón. Henry se apoyó en los hombros de Lucas para hacerlos salir.

—Son algo apretados —Dijo Lucas sonriendo, cuando finalmente la pieza terminó junto a la camisa.
—¿No te gustan?
—Me encantan —Respondió y procedió a dejar varios besos en sus muslos, Henry se mordió el labio inferior y sintió como su corazón se aceleraba a medida que los besos se acercaban más y más al centro de su cuerpo—, me encanta como te quedan —Los dientes de Lucas se arrastraron un poco por su piel—. Pero tengo que confesar, que me gusta más cuando no los llevas puestos —Henry le sonrió. Lucas detuvo los besos, se enderezó un poco y enganchó los pulgares en la cinturilla de los bóxer, no es que no lo hubiese hecho antes, lo que hizo a Henry sentirse nervioso, era que estaba siendo la primera vez que era tan consciente de ello, del roce de los dedos con su piel, de la cercanía del rostro de Lucas en su entrepierna... Lucas fue lento, poco a poco comenzó a bajarlos, Henry cerró los ojos por un momento, porque se sintió mareado, agobiado por las sensaciones...

De repente un calor ardiente lo golpeó en la piel desnuda, los ojos de Lucas, de azul intenso, estaban fijos en los suyos, pero Henry pudo también ver sus labios, apenas abiertos, tan cerca de su sexo que empezó a temblar de anticipación.

—Cama —Susurró Lucas. Henry se sentó sobre el colchón. Lucas fue hasta él y se inclinó lentamente, empujándolo por los hombros. Sin romper el contacto visual, Lucas se puso de pie y se quitó el resto de la ropa para luego pasar una pierna por sobre el cuerpo de Henry y quedar a horcajadas sobre su abdomen, los dedos de Lucas se enredaron en su cabello en cuanto se inclinó y lo besó lentamente, saboreándolo, explorando el interior de su boca con una lengua sabia y experta... seductora. Abajo, sus cuerpos se restregaban uno contra el otro, tocándose con ardor, Henry se estremeció al contacto de sus sexos—. Repite ese sonido —Pidió Lucas en cuanto él gimió—. Me encanta —Dijo cuando Henry lo repitió, no porque él se lo hubiese pedido, sino porque su cuerpo reaccionaba así a las manos de Lucas apretando sus glúteos—. Eres tan bueno, Henry —Le susurró Lucas besándolo tras la oreja—. Tan bueno —Repitió.
—Tú me haces bueno —Dijo arqueándose un poco cuando uno de los dedos de Lucas acarició su entrada—. Dios... —Exclamó y escuchó sonreír a Lucas. Y esa risa lo hizo comprender que, todo lo que quería en su existencia era a Lucas.

Lucas comenzó a dejar un rastro de besos por su pecho, bajó por su estómago y jugó con su lengua cuando llegó al ombligo.

—Lucas —Gimió.
—Shh... Voy a cuidar de ti —Aseguró Lucas y dejó más besos mientras seguía bajando lentamente—. Te deseo tanto... —Murmuró y Henry abrió los ojos para encontrar que Lucas estaba otra vez cerca de su erección, sus ojos como zafiros fijos en él, sacó la lengua y apenas rozó la piel, Lucas sonrió con un poco de malicia y comenzó a dejar besos sobre la cara interna de sus muslos—. Amo tus piernas. Tan largas... tan estrechas... perfectas —Dijo y volvió a impulsarse y a soltar su aliento ardiente sobre toda la erección de Henry.
—Me estás enloqueciendo.

—Disfruta la locura, amor —Le aconsejó Lucas rozando la punta de su sexo con la lengua una vez más.

Lucas procedió a besar casi toda la piel de sus piernas hasta llegar a sus pies.

—Me haces cosquillas —Soltó Henry riendo cuando Lucas besó la planta de sus pies.
—Es bueno saber que eres sensible en los pies —Comentó Lucas y dejó otro beso, pero entonces, comenzó a subir. Cuando llegó a las rodillas se inclinó sobre la mesa de noche y sacó el lubricante y una tira de preservativos. Henry ya estaba familiarizado con el concepto.
—Te quiero, Lu... Te quiero dentro de mí —Confesó mordiéndose el labio.
—Lo sé, Henrique —Le dijo Lucas besándolo—. Pero vas a tener que ser paciente esta noche.

Lucas igualmente llenó dos de sus dedos con el gel y volvió a estar entre las piernas de Henry.

—Muero por conocer tu sabor —Confesó Lucas y abrió la boca, la sensación alrededor de su sexo fue como si estuviese ardiendo en lo más profundo del infierno, lo dejó sin sentidos, sin pensamientos...—. Delicioso —Oyó que dijo Lucas antes de volver a tomar su sexo en la boca caliente y lubricada. Henry movió las caderas por instinto, por placer o por supervivencia... Tal vez por un poco de todo, porque sentía que su vida se estaba yendo en cuanto Lucas comenzó a jugar con la lengua alrededor de la punta.
—Dios, Lucas... me estás matando.
—Espero que de placer...
—¡Sí! —Exclamó y enterró los dedos en el cabello de Lucas, mientras que inconscientemente empujaba la cabeza de Lucas más hacia abajo, pero Lucas lo tomó todo, sintió el fondo de la garganta en su sensible piel... Y entonces Lucas procedió a lamer cada centímetro de su longitud con lentitud... saboreándolo...

acariciándolo con la lengua... Su mente se nubló por completo, y las sensaciones que Lucas le producía lo abrumaron tanto que sintió arder lágrimas en sus ojos.

Lucas volvió a tomarlo por completo, absorbiendo cuando iba de regreso, cuando liberó su boca hizo un sonido divertido.

—¿Crees que es divertido?
—Un poquito —Respondió él riendo. Lucas repitió el sonido, jugando con la boca sobre la punta de su sexo.
—Estoy aquí por escucharte reír durante el sexo —Y como Henry esperaba, Lucas repitió el sonido pero entonces, sintió como la punta de los dedos de Lucas buscaban su entrada—. ¿Dónde está su risa ahora, Señor Hart? —Preguntó Lucas cuando Henry empezó a gemir otra vez.
—No puedo reír cuando haces eso...
—Veremos... —Dijo Lucas y con su boca comenzó a dar mordiscos pequeños en la piel de Henry que fueron subiendo hasta el costado donde le causaron cosquillas—. ¿Ves? Tú puedes... —Lucas siguió mordiendo.
—¡Para! —Pidió pero estaba riendo, no quería que Lucas parara en absoluto, le encantaba la sensación de los dedos en su interior y el roce suave de los dientes en su piel—. ¡Lu, por favor!
—No es el momento de pedir, Henry, *luego*...
—¿Lo prometes?
—Lo juro por mi vida —Respondió Lucas y hundió los dientes en su piel otra vez...

Entonces, las cosas se tornaron serias de nuevo, Lucas volvió a bajar, la mano libre la envolvió en la base de la erección de Henry y volvió a atraparlo entre sus labios, Henry se mordió el labio inferior y se arqueó un poco, disfrutando de la sensibilidad de su cuerpo al aliento, dientes y lengua de Lucas, como un placer prohibido...

—Lucas —Logró decir entre gemidos. Lucas en silenciosa respuesta dio un tirón a su sexo entre los labios y en ese momento encontró un lugar en su interior que proyectó a Henry a la estratosfera—. ¡Dios, Lucas, ahí… ahí! —Gritó. Los labios de Lucas temblaron alrededor de su sexo por la risa de triunfo—. ¡OH, DIOS, OH DIOS, OH DIOS! —No podía parar de gritar y moverse en contra de los dedos que lo estaban volviendo loco—. Lucas no puedo… *Por favor*…

—¿Tan rápido, Henrique? —Preguntó Lucas sin separarse mucho de su sexo—. Creí que ibas a esperar un poquito más —Lucas pasó la lengua alrededor de la punta del sexo de Henry.

—¡No me gusta esperar… no me gusta esperar… —Lloriqueó.

—Y yo no puedo negarte nada —Oyó a Lucas que se puso de rodillas, separó un poco más las piernas de Henry y sin esperar entró en él.

Sí, definitivamente Lucas era todo lo que Henry quería, y lo hacía creer que podía ser todo también para él.

# Capítulo 37

*You make me strong*

*Tú me haces fuerte*

—Tú debes parar de mirarme dormir, Henrique —Dijo Lucas aún con los ojos cerrados.
—Lo siento —La voz de Henry sonó grave y adormilada.
—Está bien. Yo hice lo mismo anoche —Confesó sonriendo y hundiendo el rostro en la almohada—. Eres tan lindo cuando duermes. Como un bebé... Pero, ahora, deja de verme dormir —Repitió.
—No tienes los ojos abiertos, ¿cómo sabes que sigo mirándote?
—Porque puedo sentirlo —Henry hundió el rostro en su costado.
—Eso fue lindo.
—Tú eres lindo.
—Tú también —Ambos rompieron en risas.
—Buenos días, amor —Dijo finalmente estirándose, abriendo los ojos y dejando un beso sobre la frente de Henry.
—Buenos días —Respondió Henry apretándose contra él.

Lucas sonrió, habría sido romántico decir que los rayos del sol se filtraban por la ventana y el cantar de los pájaros levantaba la mañana, como en las películas de Disney, pero, la realidad era que Lucas tuvo que echar el cobertor sobre sus cuerpos porque el frío era horrible y afuera la lluvia golpeaba el vidrio de las ventanas hasta el punto en que parecía que iba a romper los cristales. *¡Qué romántico era Manchester!* —Lucas se dijo a sí mismo riendo y hundiendo la nariz en el cabello de Henry.

—¿Lucas? —Preguntó Henry.
—¿Sí, amor?
—Háblame de ti...
—¿Sobre qué?
—No sé... De cuando eras niño... tu familia... tus amigos... tus expectativas sobre la vida.

—¿Una charla profunda?
—Si quieres llamarla así, está bien...
—Bien... No sé por dónde empezar... Supongo... Nací y fui criado en Doncaster. Tuve una infancia... lo suficientemente buena.
—¿Cómo es que supones?
—Bien, mi padre biológico nos dejó a mi mamá y a mí cuando apenas tenía unos días de nacido, así que, no puedo imaginar cuán difícil fue para ella atravesar por eso, con su primer hijo. Estuvimos solos por un tiempo, hasta que conoció a Alan Hamilton, mi padrastro, y las hermanitas comenzaron a llegar —Bromeó—: Beth... Elizabeth, Alyssa y las gemelas: Rachel y Hannah.
—Creciste rodeado de mujeres...
—Un poco, sí.
—Luego ellos se separaron, y mi mamá volvió a casarse, y llegó otro par de gemelos: Cristhian y Verónica.
—¿Ellos son... bebés?
—Sí. Acaban de cumplir un año en febrero —Henry hizo un "Aw"—. ¿Te gustan los bebés?
—Sí —Contestó Henry—. Muchísimo.
—¿Quieres tener hijos?
—Bueno, un día... sí.
—¿Cuántos? —Preguntó viendo a Henry, que se sonrojó.
—¿Todos?

Lucas soltó una carcajada.

—Eso es mucho, Henrique. Dame un número.
—Cuatro... Cinco. No. No. Seis.
—¿Quieres tener seis hijos?
—No. Yo quiero tenerlos *todos,* pero tú me pediste un número —Lucas rió—. Sé que no puedo tenerlos todos —Apuntó Henry sonriendo avergonzado—, pero quiero tener algunos, sabes, en mi antiguo... trabajo —Lucas dejó de respirar por un momento, era la primera vez que Henry le decía algo sobre su pasado—. Yo cuidaba de los bebés. Y me encantaba.

*Alas de Ángel*

—¿Eres niñero?
—No. Más como un cuidador —La nostalgia se apoderó de la voz de Henry—. Yo cuidaba de ellos hasta que podía ir... con sus madres.
—Eras como un... enfermero.
—Algo como eso, pero no. Sólo los cuidaba, en general.
—¿Extrañas tu trabajo? —Henry asintió—. ¿Por qué lo dejaste?
—Supongo que... la vida tenía un plan más grande para mí —Y Lucas supuso que salió mal dado a como lo había encontrado la noche que lo atropelló.
—¿Qué plan? —Preguntó. Henry apoyó el mentón sobre la mano que reposaba en el pecho de Lucas y lo miró con esos ojos verdes que mostraban lo pureza y belleza del alma que habitaba en su cuerpo.
—Tú.
—Henry... No soy la gran cosa. Yo sólo... yo sólo se patear bien una pelota.
—¿Estás diciendo que estoy enamorado de ti porque eres un buen jugador de fútbol?
—No es eso... Pero... —Lucas no sabía qué decir.
—Mírame, y más importante, escúchame, Lucas Hamilton —Henry tomó su rostro entre las manos y lo miró fijamente, con una seriedad que hasta ahora Lucas desconocía—. No fue por patear pelotas que me enamoré de ti. Tú eres mucho más que un jugador de fútbol. Tú eres dulce, encantador, inteligente, divertido... ¿Ya dije dulce? —Lucas asintió aunque supuso que Henry estaba haciendo una pregunta retórica—. Aún así, dulce... Lucas, tú eres un príncipe. Un príncipe encantador. Y no hablo sólo de la belleza física, sino de la interior, y esa belleza es la que amo —Henry terminó su declaración y lo besó—. ¿Estamos de acuerdo? —Lucas asintió—. Bien, ¿En dónde estábamos?
—Creo... Creo que es tu turno... —Henry se separó de él y volvió a apoyar la cabeza sobre su pecho, como si no quisiera ser visto mientras hablaba.
—Yo... No tengo mucho que decir, Lu. Es como... Creo, que no tengo recuerdos conmigo.

O tal vez no eran la clase de recuerdos que se querían compartir, pensó Lucas. Pero a él no le importaba. Acarició la mejilla de Henry con la punta de sus dedos y lo hizo mirarlo de nuevo.

—Entonces, parece que tú y yo… estamos a punto de crear algunos recuerdos esta noche.
—Pero ya amaneció —Dijo Henry con su típica inocencia. Lucas rió.
—Está oscuro afuera, el sol no ha salido. Es de noche todavía.
—Tú eres mi sol…
—Henry… —Lucas se derritió ante el cumplido, y sí, definitivamente, iba a darle unos recuerdos a Henry por ese momento.

El siguiente par de días, fueron… perfectos, al parecer de Lucas, con dos días libres de entrenamiento y de "sociales", la vida era… muy buena, porque él y Henry habían pasado 48 horas increíbles, probablemente Lucas jamás podría ver la piscina de la misma forma, pero lo superaría. Y la semana sólo se pondría mejor, o al menos eso era lo que pensaba Lucas cuando llegó del entrenamiento, un poco más tarde de lo pensado.

Cuando entró a su habitación, dejó el bolso en el piso, se quitó la chaqueta y la banda para el cabello, y fue de inmediato hasta la cama, hundió la nariz en la espalda de Henry e inhaló profundamente.

—Me haces cosquillas.
—Lo sé —Dijo Lucas sonriendo, se notaba en su voz—. Creí que estabas dormido, bebé.
—Lo estaba.
—Oops. Lo siento —Se disculpó.
—Está bien, me encanta saber que estás en casa —Henry se giró y quedó sobre su espalda. Lucas lo besó brevemente.

—Y a mí me encanta estar en casa. Ahora —Henry sonrió—. ¿Adivina quién viene mañana? —Preguntó. Lucas de inmediato comenzó a besarle el pecho y subió por su cuello.
—No tengo idea —La voz sonó estrangulada y rasposa, causando en Lucas un estremecimiento evidente.
—Ishmael. Tiene un concierto el sábado, pero se viene mañana porque tiene su agenda libre. Así que le dije que puede quedarse aquí, ¿no es un problema o sí?
—Lu, esta es tu casa —Respondió Henry sonriendo.
—Es *nuestra* casa —Aclaró. Henry sonrió de nuevo.
—Bien, es nuestra casa, y si tú quieres que Ishmael venga a quedarse aquí no es ningún problema para mí.
—Sólo son un par de días de todos modos.
—Perfecto. Quiero conocer a Ishmael.
—No. Henry, escucha. La cosa es que... —Lucas se sentó apartándose de Henry—. Ishmael no sabe...
—¿Sobre nosotros? —Completó.
—Exacto.
—Oh —Soltó—. Bien. Supongo que...
—Henry es sólo...
—No. Está bien. Supongo... —Henry sacó los pies de la cama— que debo volver a mi habitación.
—¡No! —Lucas lo detuvo—. Bebé, puedo hablar con Ishmael... Conozco un buen hotel donde…
—No —Henry negó—. Quiero que Ishmael se quede aquí... con nosotros... contigo.
—Henry, es obvio que no estás bien con esto, en absoluto...

Henry trató de sonreír.

—No es eso. Estoy bien. Es sólo… Me sentía seguro aquí, como el único lugar donde podíamos ser... ya sabes... nosotros
—Henrique...
—Está bien.
—No te vayas —Pidió— Quédate conmigo.
—No estoy seguro de querer hacer eso ahora, Lucas.
—Por favor...

—No me lo pidas así. Es injusto que uses ese tono y pongas tus labios así…

Lucas se puso de pie y fue hasta él, pasó sus manos por la cintura de Henry y depositó besos en sus hombros.

—Incluso si estuviésemos en esta misma habitación, con un montón de personas, tú y yo sabríamos lo que sentimos. Lo que somos...
—Ahora estás tratando de ser romántico y seducirme —Soltó Henry echando la cabeza hacia atrás para darle más acceso a su cuello.
—¿Está funcionando? —Henry bajó el rostro y lo besó con fuerza, apretándolo entre sus brazos, acribillando su boca con la lengua y separándose repentinamente.
—No.

Henry volvió a la cama y se cubrió con el cobertor hasta el cuello.

—Henry...
—Buenas noches, Lucas —Dijo y cerró los ojos. Lucas se fue a su lado de la cama.
—¿Puedo abrazarte? —Preguntó.
—Sí —Lucas lo abrazó y no dijo nada más.

# Capítulo 38

*We can live love in slow motion…*

*Podemos vivir el amor en cámara lenta…*

Henry no despertó con el sonido de la puerta, pero fue el llamado a salir de la habitación, en todo caso, no sabía cuan profunda era la relación de Lucas e Ishmael como para compartir algún momento en la habitación. Lucas se había despertado un poco más temprano y había ido a buscar a Ishmael al aeropuerto, así que Henry se tomó ese tiempo para sacar sus cosas del cuarto de Lucas y llevarlas a la que supuestamente era su habitación. Era injusto, para él y para Lucas no poder ser ellos mismos en su propia casa. Mucho más, después del par de días que habían pasado.

Era un secreto a voces en la casa que ellos estaban juntos. Lucas le había explicado que todos sus empleados habían firmado acuerdos de confidencialidad y por eso, no había problema con que se tomaran de la mano mientras caminaban por el jardín, o que Lucas besara su cuello cuando le estaba enseñando a manejar o que gritaran sus nombres en medio de orgasmos en la piscina.

Henry bajó hasta la sala principal, y literalmente se quedó sin aliento. Ishmael era hermoso, como un caído. Henry nunca había visto a un caído pero Ishmael probablemente lo era, esa cara sólo podía ser la de un ángel caído. Hasta donde él sabía, los caídos eran ángeles que tenían un propósito más grande para la Tierra, y por eso, ellos "caían", eran enteramente humanos pero hermosos de forma inhumana. Sí, Ishmael era un caído, grandes ojos oscuros, rostro perfecto, labios aún más perfectos… Lucas, tras Ishmael carraspeó y miró a Henry con una ceja alzada, Henry sonrió.

Lucas caminó hasta llegar donde estaba Henry, con una mano sobre el hombro de Ishmael.

—Ishmael, él es Henry Hart —Dijo Lucas, Ishmael estiró la mano y Henry correspondió—. Mi novio —Añadió Lucas y muchas cosas ocurrieron en los siguientes tres segundos, como las cincuenta y ocho diferentes expresiones que pasaron por el rostro de Ishmael mientras el corazón de Henry se detenía por el mismo período de tiempo y Lucas trataba de ocultar una sonrisa divertida.
—Un placer conocerte, Henry —Dijo Ishmael tras recuperar el habla.
—El placer es mío —Logró articular Henry. Sutilmente Lucas tomó el brazo de Ishmael para terminar el apretón de manos.
—¿Cómo ha ido el día, amor? —Preguntó Lucas en tono casual.
—Bien —Literalmente el cerebro de Henry estaba funcionando muy lentamente ¿Lucas simplemente lo había presentado como su novio a Ishmael? Como... ellos habían discutido la noche anterior porque se suponía que Ishmael no debía saberlo, ¿qué había cambiado desde entonces?
—Mierda —Exclamó Lucas sacando su móvil del bolsillo—. Tengo una clase de reunión, ¿ustedes pueden...
—Sí —Asintió Henry, él podía ser un anfitrión. Como siempre, Greg llegó en el momento justo para tomar la pequeña maleta de Ishmael y llevarla a uno de los cuartos de arriba. Lucas se fue a la biblioteca para tomar la llamada y Henry se quedó por unos segundos en blanco—. ¿Quieres algo de beber?
—Sí. Necesito algo de tomar ahora.
—Vamos —Henry caminó hasta el bar, él había estado allí la noche anterior, no bebiendo, sólo pasando el rato, leyendo un poco en su móvil y escribiendo mucho—. Mierda —Dijo por lo bajo cuando estaba frente a la nevera sacando un par de cervezas, él había dejado su cuaderno en algún sitio allí, tenía que encontrarlo...—. Mierda —Repitió. Ishmael estaba parado junto a una de las mesas que decoraban el espacio, sus manos estaban sosteniendo las hojas y sus ojos estaban fijos en las palabras. Era su culpa, había dejado el cuaderno allí, abierto, como si quisiera que alguien lo leyera. Henry tomó aire, abrió las cervezas y fue hasta Ishmael.

*Alas de Angel*

—Hombre, esto es bueno... Gracias —Añadió tomando la bebida y llevándosela a los labios, sin apartar la vista de las hojas—. ¿Es tuyo? —Preguntó. Henry asintió—. Es bueno... Es oro.

Henry bajó la mirada hasta el cuaderno.

—Son sólo pensamientos aleatorios.
—Yo diría que es poesía, pero suenan más como letras.
—¿Letras?
—Sí. Escucha —Ishmael se aclaró la garganta y cantó:—. *You don't understand what you do to me when you...* No. Suena mejor si se repite la primera parte, así: *You don't understand, you don't understand what you do to me when you hold her hand. We were meant to be but a twist of fate made it so you had to walk away*[9]*...*
—Wow. Cuando lo cantas suena... genial. Tú eres un genio.
—No. No, escucha, tú hiciste esto. Son tus letras yo sólo estoy improvisando un ritmo, escucha esto: —. *I don't care what people say when we're together. You know I wanna be the one to hold you when you sleep. I just want it to be you and I forever I know you wanna leave so c'mon, baby, be with me so happily*[10]*.*
Henry, esto es bueno. Muy bueno.
—Gracias —Dijo sonrojándose.
—¿Puedo leer más? —Preguntó.
—Sí. Supongo...
—Si te sientes incómodo, no lo haré.
—No, es sólo... No creí que lo que escribía podía tener algún tipo de sentido o... ser algo, más que pensamientos...
—No, hombre. Es bueno. Brillante —Ishmael tomó el cuaderno y se fue hasta uno de los muebles— Oye esto: *It's four a.m. and I know that you're with her. I wonder if she knows that I touched your skin and if she feels my traces in your hair sorry, love, but I*

---

[9] *Tú no entiendes, tú no entiendes/Lo que me haces cuando sostienes su mano/Estábamos destinados a ser, pero un giro del destino hizo que te marcharas.*
[10] *No me importa lo que dice la gente cuando estamos juntos/Sabes que quiero ser el que te sostenga cuando duermes/Sólo quiero que seamos 'tú y yo por siempre'/Así que vamos, bebé, sé que quieres estar conmigo tan felizmente/Tan felizmente*

*don't really care*[11]. Es bueno, Henry. Con un cambio de pronombres para algo más neutral y un buen coro, podría salir algo realmente bueno.
—Si te gusta…

Ishmael comenzó a leer desde el principio del cuaderno.

—Henry, escucha esto: *Just one touch and I was a believer. Every day it gets a little sweeter, It's getting better keeps getting better all the time*[12]… ¿Tú nunca escribiste antes?
—No —Admitió—… Sólo puse mis pensamientos allí, desde que conocí a Lucas —Se interrumpió. Ishmael le sonrió.
—Así que esto sobre *Lu-Lu* —Henry asumió que era una especie de sobrenombre para Lucas y asintió—. ¡Oh, Handry eres un romántico!
—¿Handry?
—Me gusta Handry —Henry rió, ¿cuál era el tema de cambiarle el nombre?—. Mira, me gustaría hablar con mi productor sobre tus letras, sabes. Si quieres puedes hablar con Lu sobre esto, pero me gustaría trabajar con tu material. Es bueno —Repitió, mirando aún lo que él había escrito.
—¿Cómo un trabajo?
—Sí. Estamos trabajando en mi siguiente álbum, hemos estado hablando sobre la posibilidad de agregar un par de canciones más y, esto me gusta. Podemos tener una reunión, un almuerzo y hablar un poco. Mis músicos están en Londres, aunque debo ir a grabar a Los Ángeles, pero, H, tienes talento, y no me importaría tener que cambiar algunos planes.
—Me gustaría hablar con Lucas sobre esto.
—Por supuesto. Hazlo y déjame saber.

Pasaron un par de horas hasta que Lucas salió de la biblioteca, no se veía molesto, pero tampoco feliz, los encontró en el bar,

---

[11] Son las 4 a.m, y sé que estás con él/Me pregunto si él sabe que yo toqué tu piel /Y si siente mi rastro en tu pelo/Lo siento, amor, pero realmente no me importa
[12] Sólo un toque y empecé a creer/Cada día se pone un poco más dulce/Se pone mejor/Se pone mejor todo el tiempo.

Ishmael aún tarareaba algunas de sus letras, pero cuando Lucas llegó empezaron a hablar de su gira, y Henry estaba fascinado sobre lo abrumadora y loca que parecía ser la vida de Ishmael.

Almorzaron en el comedor, y luego fueron a la piscina, Ishmael quedó dormido sobre una de las sillas de la piscina y a Lucas le pareció divertido dibujar y escribir cosas obscenas en la piel de Ishmael, que ya estaba bastante llena de tatuajes asombrosos.

—¡Eres un idiota! —Exclamó Ishmael cuando despertó cerca de la hora de la cena, y empujó a Lucas al agua.
—¡Ishmael, estaba tratando de secarme! —Exclamó Lucas cuando salió de la piscina, y entonces empujó a Ishmael al agua también. Cuando estuvieron en el agua empezaron a jugar como niños, tratando de ahogarse.
—La cena está lista —Anunció Greg. Ishmael fue el primero en salir de la piscina, tomó la toalla y se la enrolló alrededor de la cintura, temblando como una hoja, Lucas se impulsó en el borde de la piscina para salir.
—¡Muero de hambre! —Dijo Ishmael y con un pie empujó a Lucas de nuevo al agua y tomó camino a la casa.
—Voy a necesitar un poco de ayuda aquí, Henrique —Dijo Lucas, Henry, quien ya estaba seco, tomó la mano de Lucas, y en el mismo segundo en que sus pieles se tocaron él supo que había cometido un error. Cayó al agua como una bomba, y cuando cortó la superficie escuchó la risa de Lucas.
—¡Yo estaba seco, Lucas! —Exclamó quitando el agua de sus ojos, y apartándose el cabello del rostro.
—Pero me gustas mojado y sudado —Dijo Lucas buscando su mano, lo empujó contra las paredes de la piscina y enredó sus piernas alrededor de la cintura—. Además, conservo buenos momentos sobre esta piscina —Henry también.
—Tenemos visitas —Gimió en cuanto los labios de Lucas se hundieron en su cuello, sintió los dientes haciendo presión en su piel—. Lu… —Trató de advertir.
—Ishmael puede comer solo —Dijo moviendo las caderas hacia atrás y hacia adelante—. A él le gusta comer solo. Él me lo dijo.

—Sí, pero sería rudo…
—Excusas, Henrique. Tú estás poniendo excusas.
—Es… no…—Henry estaba perdiendo de nuevo, porque los dedos de Lucas estaban entrando entre la tela de short—. Por favor… detente, por favor —Lucas le mordió el labio inferior.
—Ya que lo pides tan amablemente. Voy a dejarte ir ahora, pero no prometo nada para la noche.
—Estoy de acuerdo con eso —Acordó y salió de la piscina antes de que dejaran a Ishmael comiendo solo.

Lucas lo tomó de la mano camino a la casa.

—Lucas, Ishmael me preguntó si quería trabajar con él —Lucas se detuvo en seco.
—¿Haciendo qué?
—Escribiendo canciones para él.
—¿Y tú escribes, Henrique?
—Aparentemente, lo hago.
—¿Cómo es eso? —Preguntó Lucas sonriéndole.
—Bien, Ishmael leyó un poco de lo que he estado escribiendo y…
—¿Me estás diciendo que dejaste que Ishmael, una persona que conociste hace unas pocas horas, leyera ese cuaderno que llevas a todas partes y, que adicionalmente no me dejaste leer?

Henry se sonrojó.

—Supongo.
—Henrique, acabas de romper mi corazón.
—Yo sólo… —Lucas se detuvo y lo abrazó.
—Amor, no te preocupes. Lo importante es: ¿quieres escribir para él?
—Me gustaría intentarlo —Dijo—. No sabía que algo que escribí, sólo para nosotros, podía sonar tan bien cuando Ishmael lo cantó.

—¿Cosas que escribiste para nosotros? —Preguntó. Henry asintió—. ¿Estás diciendo que Ishmael Greekgod va a cantar sobre nosotros en su próximo álbum?
—Sí —Contestó.
—Ven aquí, Henrique —Dijo Lucas y lo besó—. ¿Cómo se llamara la canción?
—Bueno, no es como si fuese una sola canción, pero Ishmael dijo que llamaría a una "Amo todo sobre Lu-Lu" —Henry tuvo que reír con la expresión de Lucas.
—¿Acabas de llamarme Lu-Lu?
—Sí, Creo que sí.
—Voy a matar a Ishmael —Lucas hizo un amago de entrar en la casa. Henry lo tomó por la cintura y le susurró al oído.
—No puedes matar a nuestro invitado, Lu-Lu.
—¡Henrique, no me llames Lu-Lu! —Dijo Lucas arrugando el ceño, pero una pequeña sonrisa se dibujó en su cara.
—Te amo, Lu-Lu—Dijo y corrió hasta la casa a tomar a una ducha rápida antes de la cena.

# Capítulo 39

*A long way from the playground*

*Un largo camino desde el patio de recreo.*

En horas de la mañana, después del desayuno, Lucas seguía riéndose sobre el mensaje que recibió a las dos de la mañana.

> Ishmael:
> Lu-Lu, tus paredes no son a prueba de sonidos... o.O

Aparentemente Henry tenía razón cuando le dijo que no fuera tan ruidoso la noche anterior, pero él no podía hacer nada cuando esos labios rosados y carnosos estaban alrededor de su sexo y lo absorbían como si quisieran dejarlo seco...

Henry estaba pasando las letras a un cuaderno más limpio. Y Lucas sabía que estaba dándole espacio para estar con Ishmael, porque ellos aún no habían podido hablar después de que él le soltara la bomba a Ishmael sin preparación alguna cuando le presentó a Henry, sólo salió de sus labios, como vómito, pero uno bueno, si es que el vómito podía ser bueno. Dios, Lucas estaba solo diciéndose estupideces para evitar lo inevitable. Tomó las botellas de cerveza y bajó al sótano.

Como siempre que Ishmael estaba allí, lucía totalmente diferente, las ventanas proyectantes estaban todas abiertas y las luces encendidas incluso cuando era de día. Ishmael era un alma libre, no podías encerrarlo.

Lucas vio como Ishmael terminaba su último *graffiti,* una increíble combinación de colores y arte abstracto impresionante. Su amigo dejó la lata de *spray* en el suelo y admiró su trabajo.

—¿Qué piensas? —Le preguntó Ishmael señalando la pared.

—Asombroso, *bro*[13] —Dijo con sinceridad. Ishmael era increíblemente talentoso.

En el par de minutos que pasaron en silencio, Ishmael fue hasta el envase de *tupperware* que siempre estaba a mano cuando él estaba en casa, era cosa de ellos, algo que no compartían con nadie más, le pasó el cigarro liado y ya encendido. Lucas le dio una calada profunda y casi de inmediato sintió el efecto relajante. Ambos tomaron un trago de cervezas.

Ishmael se sentó a su lado en el piso.

—Así que tú y Henry... —No fue una pregunta, pero él asintió—. ¿Desde cuándo?
—Sabes, es gracioso. Extraoficialmente, desde el momento en que lo vi, oficialmente, casi un mes —Comentó. Ishmael le sonrió y soltó una bocanada de humo.

Era gracioso también como se entendían él e Ishmael sin ponerlo todo en palabras, el tono de voz, la mirada y el lenguaje corporal de ambos decían mucho.

—Sabes, *bro*, en el fondo siempre supe que esto iba a pasar. Uno simplemente no puede engañarse a sí mismo. Cuando era más joven. Te estoy hablando de cuando tenía unos catorce años más o menos, estaba este chico, en sus dieciséis años, era... el chico "más lindo" de la escuela, y yo realmente lo encontraba... encantador. Pero tenía catorce años y era un varón, los varones no pueden encontrar encantadores a otros varones —Dijo—, es lo que te enseñan ¿no? "varón y hembra los creó Dios" o algo así dicen... Así que empecé a mirar a las chicas. Me gustaban. Eran bonitas, ¿sabes, *bro*? —Ishmael asintió—. Conocí a Karla y sí, tuvimos sexo. Estándar, éramos primerizos, pero terminamos —Trató de bromear—. Cuando entré en los *Donnies*, estaba tan centrado en ser el mejor que olvidé por completo el sexo. No

---

[13] Bro: Abrev. "Brother". Hermano

*Alas de Angel*

había nada que no pudiera resolver yo mismo —Lucas levantó su mano e Ishmael sonrió—. Llegó el *Man U* y todo fue un espiral de locura, pero de cierta forma estaba bien. Entonces vino todo el asunto de Elena —Él estaba seguro de no haber hablado con Ishmael sobre su escasa vida sexual con Elena—. Un intento. No funcionó. Para nada. Estaba tan borracho y realmente no quería hacerlo. Pero ya sabes, teníamos esta fabulosa habitación, toda elegante y llena de cuadros eróticos. Lucas Hamilton y Elena Klark tenían que tener sexo en esa habitación. Pero no. Todo estaba mal esa noche —Ishmael le dio una palmadita en la espalda—. Estuve con un par de modelos. Experimentando cosas. Nunca fue lo suficientemente bueno. ¿Recuerdas a la diseñadora de esta casa?
—Sí —Ishmael y ella tuvieron una fogosa aventura después de que terminara su trabajo en casa de Lucas—. Era una come hombres, *bro*.
—Exacto, pero para mí fue horrible. Estaba casi aterrado con ella.
—¿En serio?
—Sí —Contestó.
—Lo siento —Dijo.
—No importa ya —Se encogió de hombros y prosiguió—. Durante estos años, he sentido que a veces soy más un actor que un jugador de fútbol. Saliendo y aparentando que tengo una vida perfecta. Con una novia perfecta, que va a mis partidos para apoyarme, y que me ama tanto, que incluso con los rumores de infidelidad, sigue conmigo. Soy un actor. Uno malo, eso seguro, pero tengo que estar en personaje... y sólo lo dejo cuando llego a casa y...y veo a Henry —Y no dijo más nada porque eso era lo que pasaba con él cuando se trataba de Henry. Se quedaba sin palabras. No eran suficientes. Ishmael se rió—. ¿Qué? —Preguntó. Cuando se fijó en la sonrisa de Ishmael, que era de las verdaderas.
—Toda tu expresión acaba de cambiar, *bro* —Lucas se sonrojó.
—Me siento como un pervertido cuando se trata de él... —Confesó.
—¿Por qué?

Lucas habló en susurros.

—Quiero estar con él todo el tiempo, Ishmael. Tengo una erección permanente cuando él está cerca —Ishmael se rió con ganas.
—¿En serio? —Lucas asintió—. Eso es tierno.
—¿Tierno? Querrás decir horrible...
—¿Por qué horrible, Lucas? Es tu novio y quieres follar con él todo el día. Para mí suena bastante normal. Estándar.
—¿Lo crees?
—Claro. Es lo que hacen las parejas. Están en la fase de luna de miel —Lucas sonrió.
—Cuando estoy con él, se siente... correcto —Añadió con seriedad.
—Porque es correcto.
—No es lo que dicen algunas personas —Soltó casi en un susurro.
—¿Y quién da una mierda por eso, Lu? Que se joda el que te diga que no, haz lo que te dé la gana con quien te dé la gana.

Ambos terminaros los cigarros y volvió a imperar el silencio. Lucas no sabía preguntar lo que quería preguntar.

Él e Ishmael se habían conocido poco después de que él entrara al *Manchester*. Ishmael estaba iniciando su exitosa carrera musical, había sido el invitado especial para una premiación deportiva. Ellos simplemente hicieron *clic* y desde entonces fueron inseparables. Los mejores amigos. *Hermanos*. Ambos habían atravesado diferentes experiencias en el mundo de la vida pública, se habían apoyado. Eran un equipo. ¿Podría esta nueva situación cambiar las cosas entre ellos? Tal vez Ishmael ya no se sintiera cómodo a su alrededor y...

—¿Sabes que eres mi hermano, no? —Preguntó Ishmael de pronto y Lucas se tuvo que cuestionar si había hablado en voz alta—. Mi hermano de otra madre —Ishmael le colocó una mano en el hombro y apretó—. *Nada* va a cambiar eso, Lucas. No temas ser tú mismo conmigo. Te voy apoyar en *todo* lo que hagas y decidas. Nada ha cambiado —Lucas sintió un nudo formándose en su garganta—. Te gusta lo que te gusta, *bro*. No me importa una mierda con quien estés durmiendo siempre y cuando te haga feliz. Tienes que vivir tu vida como quieras, es la única que tienes.

Sí, este era Ishmael, la vida era una montaña rusa y debías disfrutar el viaje, de lo contrario ¿Qué sentido tenía vivir? Ishmael amaba los placeres de la vida y si él quería hacer algo iba por ello, de allí, que Lucas recordó la "noche infame" en la que él junto Nate y James habían tenido una noche de chicos, traducción: una noche para emborracharse hasta perder el conocimiento.

Ishmael estaba en una presentación en Rochdale, y después del concierto logró llegar a la casa de Lucas, ellos literalmente acabaron con todo el alcohol que había, y era mucho. Nate llegó a correr por toda la casa, completamente desnudo, cantando canciones tradicionales irlandesas y proclamando amor por sus hermanos, incluido Ishmael a quien acababa de conocer esa noche. Y luego, Lucas se encontró solo con una botella de tequila o los dos dedos que quedaban de ella, Nate fue encontrado a la mañana siguiente durmiendo sobre la encimera de la cocina, donde todos se negaron a comer, pero lo que realmente golpeó a Lucas fue recordar claramente a Ishmael y James llegando a media mañana de la piscina, ambos, medio vestidos y con un secreto que, Lucas supuso, se quedaría siempre entre las paredes de madera del búngalo.

—Te gusta lo que te gusta —Repitió—. Disfruta el viaje. Para mí, eres el mismo bastardo que conocí un par de años atrás. Y te quiero de la misma manera —Lucas trató de sonreír—. Estás haciendo puchero, *bro* —Bromeó Ishmael y sus ojos brillaron—. No vamos a llorar —Exigió.

—No, por supuesto que no —Trató de apoyarlo pero su voz se quebró.
—Ven aquí, bastardo —Ishmael pasó sus brazos alrededor de él y ambos se fundieron en un abrazo—. Tú eres mi hermano, por siempre.
—Por siempre —Afirmó.

# Capítulo 40

*And your eyes: Irresistible*

*Y tus ojos: Irresistibles*

Henry puso su cabello nuevamente dentro de un moño en lo alto de su cabeza, optó por ir todo de negro, porque irían al concierto de Ishmael esa noche. Ishmael, su socio, con quien en el lapso de dos días habían escrito más de seis canciones.

Henry había estado escribiendo en las noches, con la luz de la lámpara de la mesa de noche, mientras Lucas dormía a su lado como una roca, porque los entrenamientos estaban requiriendo cada vez más de su parte. El día anterior había salido a almorzar con Ishmael y parte de su equipo y todos parecían estar contentos con las letras. De hecho Henry había recibido su primer cheque por "You and I forever[14]" incluso antes de Ishmael empezar a grabarla, lo que haría una vez que volase a Los Ángeles.

Frente al espejo del vestidor, Henry se revisó una última vez, Ishmael iba a acompañarlo a ver el partido de Lucas y de allí se irían a su presentación, tenía que lucir bien, no quería pensar en eso, pero todas las fotos que había de Lucas y Elena en Internet le vinieron a la cabeza, y no quería ver una más. Lucas era *su* novio. Suyo. Él quería verse bien a su lado, elegante y correcto, porque ese era su sitio: al lado de Lucas.

—¿Puedes explicarme cómo vamos a salir de aquí? —Henry se giró sorprendido cuando Lucas entró al vestidor, ya listo en su ropa para ir al stadium.
—No sé... ¿Qué hora es?

---

[14] *Tú y yo por siempre*

—Es hora de probar a Henrique —Lucas cayó sobre sus rodilla delante de Henry y sus dedos, veloces como flechas, fueron al botón de sus pantalones.
—Lu, tenemos que irnos —A esta altura de su estadía con Lucas, Henry estaba bastante familiarizado con las consecuencias de la boca de Lucas sobre él. Él quedaba mareado y desorientado, no era así como quería lucir afuera—. No lo hagas... Ishmael está a dos habitaciones de aquí, puede escucharnos.
—No importa —Expresó Lucas bajando el zipper—. Ya debe estar acostumbrado.
—Sí, lo estoy —Ambos, Lucas y Henry miraron hacia la puerta del vestidor, Ishmael estaba todo de negro también, después de cambiarse de su prueba de sonido, miró a Lucas y alzó una ceja—. *Bro,* ten un poco de dignidad. Henry va a saber que estás loco por él...

Lucas se puso de pie y Henry se dio la vuelta para arreglar su pantalón.

—Eres un idiota, *bro* —Escuchó decir a Lucas antes de darse la vuelta—. Henrique, de hecho sabe, que estoy loco por él —Dijo y se acercó para darle un beso en la mejilla.
—¡Tú eres peor que Lucas, H! Tú incluso te sonrojaste —Ishmael rodó los ojos y con una sonrisa salió del vestidor. Lucas abrazó a Henry por la cintura y lo besó en los labios—. Oh, no, *bro.* Voy a tener que echarles agua fría como si fuesen perros —Ishmael agarró a Lucas por la cintura y lo sacó del vestidor—. Nunca nos vamos a ir si no ejerzo mi autoridad.

El camino al stadium fue divertido, porque Lucas estaba manejando, Henry iba de copiloto, pero Ishmael se la pasó todo el camino golpeándolos cuando trataban de tomarse las manos, incluso Lucas intentó besar a Henry una vez logrando que Ishmael, literalmente, se lanzara al asiento delantero y creara una barrera entre ellos.

*Alas de Ángel*

—Ahora conduce, *bro*, y nadie saldrá herido —Amenazó Ishmael y explotaron en risas hasta que llegaron a la cuadra del stadium.

Como Ishmael había dicho su propio grupo de *paps* se unirían al de Lucas y sería un pandemónium.

Lucas fue el primero en bajar del auto, sacó su bolso del asiento trasero y caminó directo hasta las puertas del stadium, como habían acordado. Ishmael y Henry bajaron cuando Lucas se perdió de vista y los flashes lo golpearon, aunque era de día, porque el cielo estaba encapotado, Henry trató de evitar los flashes con una mano como parasol.

—Vamos, H —Le dijo Ishmael y Henry lo siguió en medio de preguntas gritadas al cantante.

Una vez dentro del stadium. Henry e Ishmael encontraron sus asientos junto a Sophia.

—¡Luces increíble, Henry! —Le dijo ella abrazándolo.
—Tú también. Soph, no sé si se conocen pero él es Ishmael Greekgod —Sophia y Ishmael se conocían, intercambiaron saludos demasiado formales para el gusto de Henry, pero después de eso empezó el partido, y nada, nada en el mundo pudo bajar de la nube a Henry cuando su novio pisó el campo, ni siquiera la presencia de Elena dos asientos separada de Sophia.

Con la adrenalina de la victoria, Henry pasó por alto el hecho de que Lucas había sido interceptado por Peter en los vestidores y en cinco minutos el plan de Lucas y Henry para ir a ver Ishmael se había convertido en: James, Sophia, Nate y una chica llamada Melissa junto a Elena. Fue algo divertido porque Peter quería enviarlo a casa e Ishmael había cortado toda posibilidad, asegurando que él necesitaba a su escritor estrella en su jodido concierto.

Así que Henry iba en el auto con Ishmael, y Lucas iba en el de Elena.

—Lamento haberme comportado como un idiota de camino al stadium —Dijo Ishmael una vez que iban rumbo a su presentación—. Sólo estaba bromeando y ahora me doy cuenta que ustedes no tienen suficiente libertad como para estar juntos...
—Está bien, Ishmael —Dijo—. Pasamos suficiente tiempo solos en casa, está bien. Creo que fue gracioso.
—Sí, Henry, pero míranos ahora, ni siquiera pueden ir en el mismo auto. Tuve que ir sobre Peter porque él realmente no quería dejarte ir al concierto. ¿Cuántas cosas más no les permiten hacer?
—Él nos dio una lista —Admitió encogiéndose de hombros.
—Mierda —Ishmael maldijo—. Es una situación de mierda, ¿no?
—Sí, pero la carrera de Lucas es importante y su imagen también lo es...
—Henry, esto no es sobre su imagen. Esto es sobre dinero —Ishmael no quitaba la vista de la carretera pero estaba hablando con determinación—. A ellos no les importa la imagen de Lucas, porque si les importara entonces no harían circular esos rumores de que es mujeriego. Su relación con Elena es porque su agencia no quiere perder a *Adidas*, no es sobre Lucas, porque si *Adidas* deja a Lucas otras mil marcas van a querer firmarlo porque es una maldita estrella en el campo. ¿Lo viste jugando hoy? —No era una pregunta que realmente requiriera una respuesta después de que Henry casi perdiera la voz gritando de emoción sobre los dos goles que hizo Lucas—. Y Peter es un sádico codicioso que sólo le interesa ganar más del 10% que le corresponde. Él es quien ha vendido la imagen de Lucas y Elena como la pareja perfecta y a su vez es el que va de tabloide en tabloide vendiendo cuentos chinos de Lucas engañándola. Es una plasta. Si Lucas y Elena están en los titulares, muchas marcas se interesan en hacer negocios con ellos, eso es todo. Dinero.

Henry no sabía nada sobre los negocios, pero si Ishmael estaba en lo cierto toda la situación lo quería hacer vomitar.

—Lo siento, H. Prometo que los dejaré estar de luna de miel hasta que me vaya. Mañana.
—Gracias —Sonrió.
—¿Sabes que es lo genial sobre mis conciertos? —Henry negó—. Son oscuros como la mierda. Sólo hay iluminación en el escenario, creo que pueden besuquearse, si quieren —Ambos rieron sonoramente y de pronto habían llegado al local.

Ishmael no mentía, antes del concierto las luces iluminaban escasamente, de hecho, fue difícil encontrar sus asientos en un palco especial en el segundo piso, justo en frente del pequeño escenario con un par de músicos. Incluso antes de empezar ya se sentía íntimo, pero cuando las luces se apagaron y sólo una gran luz blanca estaba sobre el escenario iluminando un micrófono, Henry se sintió como si sólo él estuviese allí, hasta que una mano, que conocía perfectamente tomó la suya. Lucas entrelazó sus dedos e Ishmael apareció en el escenario. Su voz, como ya había escuchado, era un regalo, él podía ir de algo suave a una nota tan aguda que erizaba los vellos del cuerpo y luego iba con una canción tan rápida que era difícil saber qué estaba diciendo.

Toda la noche estaba yendo increíble. Entonces Ishmael tomó su botella de agua y se aclaró la garganta.

—¿Lo están pasando bien hasta ahora? —Dijo al micrófono, no gritando, más como si estuviese hablando con cada uno de los presentes individualmente, y por supuesto un "Sí" no se hizo esperar acompañado de una voz femenina venida desde abajo "¡Te amo, Ishmael!" el cantante sonrió—. También te amo, nena —Comentó y todos rieron—. Así que, esta noche es muy especial. Sé que siempre digo eso en mis presentaciones, pero es verdad, y esta noche es más especial porque un buen grupo de amigos está aquí conmigo, en uno de los palcos de allá arriba —Todo el palco donde estaban Henry rompió en vítores y aplausos.
—¡Eres una leyenda, Ishmael! —Henry reconoció la voz de Nate.

—Gracias, *bro* —Fue la respuesta de Ishmael—. Está bien, está bien, hablemos de asuntos serios. Como saben estamos trabajando en mi siguiente álbum —El local se llenó de gritos de aprobación, incluso Henry vitoreó—. Gracias. Gracias. Bien, entonces ocurre que hace unos días conocí al más talentoso escritor de todo el planeta —Henry sintió el apretón de manos de Lucas—. En serio, es un genio. Así que esta noche, por ser tan especial, quiero regalarles un poquito de una de las canciones en la que hemos trabajado estos últimos días —Otra vez la gente gritó como loca—. Es tan nueva que no tenemos todavía la música, pero un poco *a capella* no le hace mal a nadie...— Ishmael hizo un par de "mmm" y cantó, lo que él había escrito.

| | |
|---|---|
| Don't try to make me stay | No trates de hacer que me quede |
| Or ask if I'm okay | O me preguntes si estoy bien |
| I don't have the answer | No tengo la respuesta |
| Don't make me stay the night | No hagas que me quede esta noche |
| Or ask if I'm alright | O me preguntes si estoy bien |
| I don't have the answer | No tengo la respuesta |
| | |
| Heartache doesn't last forever | El dolor no dura para siempre |
| I'll say I'm fine | Voy a decir que estoy bien |
| Midnight ain't no time for laughing | Es medianoche y no hay tiempo para risas |
| When you say goodbye | Cuando me dices adiós |
| | |
| It makes your lips so kissable | Encuentro tus labios tan besables |
| And your kiss | Y tus besos |
| Unmissable | Imperdibles |
| Your fingertips | Las puntas de tus dedos |
| So touchable | Tan tocables |
| And your eyes: Irresistible | Y tus ojos irresistibles |
| | |
| I've tried to ask myself | He intentado preguntarme a mí mismo |
| Should I see someone else? | ¿Debería ver a alguien más? |
| I wish I knew the answer | Desearía saber la respuesta |
| | |
| But I know | Pero sé, |
| If I go now | que si me voy ahora, |
| If I leave | Si me voy |
| Then I'm on my own tonight | Entonces estaré solo esta noche |
| I'll never know the answer | Y nunca sabré la respuesta |

*Alas de Angel*

| | |
|---|---|
| Midnight doesn't last forever | La medianoche no durará para siempre |
| Dark turns to light | La oscuridad se torna en luz |
| Heartache flips my world around | El dolor se sacude alrededor de mi mundo |
| I'm falling | Estoy enamorándome |
| Down, down, down, thats why | Cayendo, cayendo, Es por eso que |
| | |
| I find your lips so kissable | Encuentro tus labios tan besables |
| And your kiss | Y tus besos |
| Unmissable | imperdibles |
| Your fingertips | Las puntas de tus dedos |
| So touchable | tan tocables |
| And your eyes: Irresistible | Y tus ojos irresistibles |
| | |
| Irresistible (Irresistible) | Irresistible (Irresistible) |
| Irresistible (Irresistible) | Irresistible(Irresistible) |
| Irresistible (Irresistible) | Irresistible (Irresistible) |
| Irresistible | Irresistible |
| | |
| Its in your lips and in your kiss | Es en tus labios y en tu beso |
| Its in your touch and your fingertips | Es en tu toque y en las puntas de tus dedos |
| And its in all the things and other things | Y es en todas esas cosas y otras cosas |
| That make you who you are | Que te hacen ser quien eres |
| And your eyes: Irresistible | y en tus ojos irresistibles |
| | |
| It makes your lips | Encuentro tus labios |
| So kissable | tan besables |
| And your kiss | Y tus besos |
| Unmissable | imperdibles |
| Your fingertips | Las puntas de tus dedos |
| So touchable | tan tocables |
| | |
| And your eyes, your eyes, | Y tus ojos, tus ojos, |
| your eyes, your eyes, | tus ojos, tus ojos, |
| your eyes, your eyes... | tus ojos, tus ojos |
| Irresistible | Irresistibles |

El corazón de Henry se le subió a la garganta cuando el local quedó en absoluto silencio. Absoluto. Que aporreaba los oídos. Él no supo de donde empezaron los aplausos pero de pronto, eran ensordecedores, sólo una voz se filtró en su cerebro, y sintió labios rozando su oído.

—¿Tú escribiste para mí? —Le preguntó Lucas en susurro. Henry no podía hablar, era abrumador escuchar sus pensamientos sobre Lucas en una canción, y aún más que otras personas lo escucharan también, así que sólo pudo asentir—. Te espero en el baño —Fueron las últimas palabras que escuchó antes de que Ishmael hablara de nuevo.
—Hagan un poco de ruido para el señor Henry Hart.

Le llevó diez minutos dejar de recibir felicitaciones en la oscuridad del palco para ir al baño. Lucas lo esperaba en uno de los cubículos... Y fue increíble.

# Capítulo 41

*Everyone else in the room can see it*

*Todos en la habitación pueden verlo*

Había pasado una semana desde del concierto de Ishmael y ellos todavía hablaban de esa noche, todos ellos, incluso Elena, porque Ishmael había estado increíble, y la canción que había escrito Henry era... perfecta, en algún punto dolorosa pero aún así perfecta, y Lucas se lo repetía cada momento que podía, porque después de todo, era su canción. Ishmael, que había volado a Los Ángeles el día después del concierto, les había enviado un video muy corto de él en el estudio, cantando acompañado con música, es decir, con la melodía, y Lucas no podía sacarla de su cabeza, había transformado el video en audio y era su tono para mensajes, llamadas y notificaciones en general, y si pudiera la pondría en el timbre de su casa y el tono del teléfono fijo, pero no podía.

Pero no todo era un lecho de rosas, o sí lo era, pero cada rosa tenía espinas. Peter había puesto a circular rumores de Elena mudándose a su mansión, pero eran sólo rumores, sin embargo, Lucas tuvo que hacer muchos sociales esa semana, muchos. Incluso hubo besos, porque repentinamente, Henry Hart tenía sus propios titulares, como "el nuevo escritor de Ishmael Greekgod, quien también, al parecer es un íntimo amigo del jugador estrella del *Manchester United*: Lucas Hamilton". Lucas repitió algunas de las líneas que se habían grabado en su cerebro o las que Peter le resaltó tanto que Lucas gritó "Ok, ok, voy a besar a Elena" Y con todos esos rumores, Lucas sintió la necesidad de decirle a sus amigos, a sus mejores amigos, la verdad sobre Henry y él.

Así que después de un partido bastante mediocre para Van, porque un 1-1 no era un empate sino una derrota, Lucas y Nate estaban en el bar, brindando con Henry, porque ¿Por qué no? De alguna forma Ishmael estaba con ellos, porque era el CD que estaba sonando en el equipo de sonido con grandes altavoces.

Greg dejó unas bandejas con cosas para picar, como Henry le había pedido, porque Henry era el perfecto... "amo de casa"

—¡Esto está delicioso! —Exclamó Nate sobre unos canapés.
—¿Tú crees? —Preguntó Henry.
—Sí. Delicioso —Repitió Nate tomando el segundo—. Gerllet es asombrosa. Quiero robársela a Lucas.
—Yo los hice —Aclaró Henry sonrojándose. Y Lucas pensó que era la cosa más linda del Universo.
—¿Estás hablando en serio? —Henry asintió a Nate—. Ok, chicos, esto puedo ponerse un poco vergonzoso, pero ustedes saben que a un hombre se le conquista por el estómago —James asintió comiendo su segundo canapé. Nate fue hasta Henry, se inclinó en una de sus rodillas y tomó una de las manos de Henry entre las suyas. Lucas sintió como si un hielo se deslizara por su espalda—. Henry Hart, luz de mis ojos, latido de mi corazón, *maple* de mis *hotcakes*.

Lucas intercambió una mirada con James, alzando las cejas.
—Espuma de mi cerveza —Prosiguió Nate.
—Wallace, ¿tienes un punto o... —Interrumpió. Nate sonrió.
—Sé que no nos hemos conocido lo suficiente —Continuó—. Pero soy Irlandés, me gusta tomar con frecuencia, ganó bien al año y amo la comida, y creo que me acabo de enamorar de ti a través de un canapé, y es lo más romántico que me ha pasado en la vida, así que ¿Te casarías conmigo? —Lucas se tomó su trago de una sola vez. Era una broma, pero Nate tocando la mano de Henry y haciéndolo reír de esa forma no era una imagen divertida en absoluto.
—Me siento halagado —Dijo Henry con sus mejillas encendidas y Lucas tuvo que sonreír—, pero ya tengo a alguien.
—¿Qué... qué... —Nate se puso de pie casi de un salto y fingió estar ofendido—. ¡Ni siquiera lo pensaste! Tú simplemente rompiste mi corazón.
—Creo que Nate está borracho —Le susurró James—. Pero ni siquiera ha empezado a tomar propiamente.

—Lo siento —Se disculpó Henry que estaba riendo de lo lindo—. Pero soy fiel.
—No me hables más, Henry. Y vas a tener que hacerme cien de estos cada semana si quieres que te perdone algún día —Nate tomó otro canapé y se tiró en el mueble.

Lucas pensó que era ahora o nunca...

—Hey, chicos —Con el control bajó el volumen de la música—, quiero hablar con ustedes —Dijo y la expresión de Nate y James fue la misma, repentinamente sorprendidos y serios. Henry tomó las bandejas del bar y las colocó en la mesa de centro entre los sofás, James se sentó al lado de Nate y Henry y él en el sofá de enfrente, casi igual que cuando Peter y Elena estuvieron allí.
—¿Algo va mal, Luke? —Preguntó James, dejando su vaso en la mesa, y mirándolo directamente. Sabiendo que algo serio estaba por pasar.
—No. Bien, espero que no sea nada malo.
—¿Vas a dejar el equipo? —Preguntó Nate repentinamente pálido.
—No —Negó de inmediato—. Amo al *Manchester* —Confesó—. Estamos en el *Man U* hasta que nos echen, ¿no? —Los tres asintieron, ellos no querían estar en distintos equipos. Nunca.
—Estoy aterrado —Confesó Nate terminando su trago.
—No tienes por qué estarlo, Nathaniel —Dijo Lucas—. Está bien —Tomó una bocanada de aire, y sintió a Henry moverse un poco más cerca de él, Lucas le regaló una sonrisa breve.
—Puedes hacerlo —Le susurró el chico. James y Nate los miraban alternativamente, como si estuviesen presenciando un juego de *ping pong*.
—Está bien —Repitió—. Así que, chicos, hemos sido buenos amigos por unos cuantos años hasta ahora, y ustedes son realmente importantes para mí, sé que no soy el mejor de los amigos, o la persona más fácil de tratar... —Y eso era cierto.
—Lu —Le advirtió Henry, porque aparentemente él no podía soportar que hablara de sí mismo de esa forma.

—Vale, lo que quiero decir es que, a parte de mi familia, muy poca gente me importa en realidad, he conocido lo peor de algunas personas y siempre es bueno tener amigos como ustedes —James y Nate le sonrieron genuinamente—. Dios, no quiero ponerme sentimental aquí —Confesó, y sintió un nudo en la garganta, porque no quería perder a sus amigos por estar enamorado de Henry.
—Lucas, estoy seguro que hablo por mí y por Nate, y corrígeme si estoy equivocado —Dijo James mirando a Nate—. Pero siempre podrás contar con nosotros —Nate asintió de inmediato—. Somos compañeros dentro y fuera de la cancha.
—Gracias, JP, y a ti Nate. Gracias —Tomó otro aliento—. Tengo que decirle algo importante, para mí, para mi vida, para nuestra amistad —James y Nate estaban 100% en la conversación. Seriamente comprometidos—. Dios, espero esto no cambie nada —Susurró más para sí que para ellos—. Chicos... —Dijo y buscó la mano de Henry casi a ciegas porque algunas lágrimas estaban luchando por salir temiendo una pérdida irreparable, cuando sus dedos estuvieron entrelazados a los de su novio, captó que la mirada oscura de James y la clara de Nate iban a la unión—. Henry y yo... tenemos una relación, como, una pareja. Somos una pareja. Así que... soy gay —Soltó de pronto y el aire se escapó de sus pulmones.

Tras lo que pareció una eternidad. Nate y James intercambiaron una mirada y de pronto, toda la tensión desapareció de los hombros de sus amigos, no así la de él, porque estaba a punto de acalambrarse por la tensión.

—¿Eso es todo? —Preguntó Nate y literalmente se comió dos canapés de una sola mordida.
—¿Qué? —Exclamó Lucas totalmente desorientado.
—Nosotros ya sabíamos que eras gay, Luke, o al menos no hetero. Es decir, es un poquito obvio... Ahora.
—Pero... He estado durmiendo con algunas mujeres durante estos años, ¿cómo es que es obvio?

—Eso era algo que no quería saber —Dijo Henry de pronto, y Lucas lo miró con expresión de disculpa.
—Lo siento, amor.
—Luke, no tienes química con ninguna mujer en este Universo —Dijo Nate. Lucas no estaba ofendido, para nada, pero sorprendido, eso seguro.
—¿Cómo es que... nunca me dijeron nada?
—Bueno, nosotros sabemos que los jugadores de fútbol tienen un estereotipo bastante fuerte, así que...
—¿Así que todo el mundo puede verlo? —Preguntó. Nate asintió, pero James sonrió y acotó:
—Para ser honesto, Sophia fue quien me lo dijo. Dos semanas después de haberte conocido ella me dijo que tú no eras "completamente" hetero.
—¿Y qué le dijiste?
—Nada —James se encogió de hombros—. Es decir, tenía todo el sentido del mundo. Te había visto con Elena y nunca había podido entender su relación, así que cuando Soph me lo dijo todo tenía sentido. Y está bien ser gay, ya sabes, a cada cual lo suyo, hermano. Soph tiene un buen *gaydar* —James sonrió orgulloso—. Ella me dijo que Henry era gay después de conocerlo en el entrenamiento. Pero yo solo hice las matemáticas.
—Eres un idiota —Bromeó Lucas empezando a relajarse.
—Pero tú me quieres.
—Pero sólo un poquito —Dijo sonriendo.
—Es todo lo que necesito —Apuntó tomando su trago y recostándose en el sofá.
—Así que, ¿sólo nos invitaste para esto? —Preguntó Nate. Lucas no lo podía creer.
—Sí, sólo para esto —Comentó con sarcasmo.
—No te molestes —Pidió Nate riendo—. Eres muy obvio alrededor de Henry, quiero decir, tú lo miras con una clase de ojos con corazones, como en las caricaturas, es horrible —Nate rió muy alto.
—¿Horrible? —Preguntó Henry finalmente.
—Oh, Henry, no. En una buena forma como, ya sabes "aw, qué tiernos, son horribles" —Todos ellos rieron, pero de pronto Nate

se detuvo—. Ahora tienes a Henry y a Gerllet. Eso me molesta — Hubo otro round de risas y eso era todo. Lucas era libre para ser él mismo frente a sus amigos.

La vida iba bien, muy bien.

# Capítulo 42

*And nobody loves you, baby, the way I do*

*Y nadie te ama, bebé, de la forma en que yo lo hago*

Tal vez cualquier otra persona podría pensar que lo que había pasado en el último par de semanas en la vida de Henry y Lucas era una tontería, es decir, Lucas todavía tenía que seguir saliendo con Elena, Henry no podía abandonar o llegar al stadium con él, pero había aprendido a manejar y era increíble la libertad que eso representaba, además, Nate, James, Sophia e Ishmael habían hecho una especie de club de admiradores en sus teléfonos y animaban a Henry cuando los titulares sobre Lucas y Elena abarrotaban los periódicos, revistas y programas de chismes en la TV. Henry no lo necesitaba, porque cuando Lucas estaba en casa, lo hacía olvidar cualquier titular en la prensa, y para asegurar que todo quedara claro, decirse "Te amo", era un requisito cada par de horas.

Ese fin de semana ellos irían a Londres, todos ellos, porque repentinamente la gente parecía estar fascinada por el grupo de amigos que formaban las tres estrellas del *Manchester United*, y el nuevo escritor de canciones Henry Hart. Incluso, Henry había quedado sorprendido, unos días atrás cuando un grupo de tres fotógrafos lo siguió hasta la tienda donde compró frutas, y en la tarde las fotos estaban por todo el internet. Era simplemente extraño, pero Lucas parecía feliz con eso, de hecho, se había bajado todas las fotos en su móvil.

Cuando llegaron al hotel en Londres, Lucas entró en la habitación tras Henry, después de hacer la parodia de entrar en la misma habitación con Elena.

—Te extraño —Dijo Lucas abrazándolo por la espalda mientras Henry desempacaba su ropa.

—Lu, han pasado sólo diez minutos desde que hicimos el *check in*, y parece que ni esperaste a que el botones saliera de la habitación para venir aquí.
—De hecho, esperé treinta segundos desde que se fue, así que, soy un buen chico, ¿o tú eres el único que puede ser un buen chico? —Henry literalmente se puso duro en un segundo, últimamente habían descubierto que un poco de poder por parte de Lucas lograba poner a Henry en un estado... indecoroso—. ¿Eres un buen chico, H? —Preguntó Lucas mordiéndole el lóbulo de la oreja.
—¿Lo soy?
—Sí, lo eres. Sobre tus rodilla, Henry.

Sus ojos aún no se acostumbraban a la luz de los flashes, esta vez lo guió Nate, él había llevado a un grupo bastante grande de amigos. Una vez adentro Henry quedó en la mesa del irlandés, quien ya había llegado bastante "feliz" al local, su risa se escuchaba incluso por sobre la música

Ellos tenían una zona exclusiva, con diferentes mesas, en la opuesta estaban James y Sophia, en su propia burbuja, como era usual, ellos ni siquiera se tocaban, pero se podía percibir cuanto se querían el uno al otro, y no hablando en el término romántico. Y luego estaba Elena, hermosa como de costumbre, y elegante. Henry estaba deslumbrado con su elegancia. Peter y Katie estaban con ellos también, y en la esquina más alejada de la mesa, estaba Lucas, impresionante, hermoso... perfecto. El sol en la oscuridad, como solía llamarlo Henry en su cabeza. Toda su ropa era negra, y resaltaba sus ojos, aunque Henry no podía verlos ahora, pero cuando Lucas salió del baño listo para irse, Henry se quedó sin aliento. Lucas era perfecto, en serio. Y cuando Lucas notó su mirada sobre él, sonrió. Henry le sonrió de vuelta pero no se atrevió a mirarlo de nuevo.

Nate empezó a bailar desde su asiento, con su trago en la mano y alentando al DJ.

—¡Es una leyenda, amigo, una leyenda! —Gritó sobre el bullicio.

La música cambió y las luces se tornaron intermitentes, y de colores, la mayoría de la gente se puso de pie y empezó a bailar al ritmo del *trance*.

Henry esperó hasta que Peter también se puso de pie para unirse a la masa de bailarines, tomó su móvil y escribió:

> Estoy sentado frente a ti y te ves sexy.

Lucas sacó su móvil del bolsillo y sonrió de inmediato, luego abrió sus ojos como pelotas de golf haciendo reír a Henry muy alto. Henry pasó sus dedos por el cabello, el cual había decido llevar suelto esa noche, repitió el gesto y recibió su respuesta.

> Lu <3:
> Y tú me estás seduciendo lenta y dolorosamente con tus rizos.

Rió otra vez, y no se percató de la mirada de Elena sobre ellos.

> Lo sé, vine aquí con un plan.

Esa fue su respuesta. No era su plan en absoluto, sólo estaba bromeando un poco, con el juego de luces ellos perdieron la oportunidad de verse directamente, estaban bajo el amparo de luz-oscuridad hasta el punto en el que Henry comenzó a sentirse mareado. Tomó un trago de agua antes de encaminarse directamente al baño del área VIP.

Henry lavó sus manos y tomó una de las servilletas del contenedor, no se secó las manos en absoluto. El baño estaba vacío y él fue empujado a uno de los cubículos. No vio a "su agresor", pero lo adivinó.

Sólo una mano se ajustaba tan bien a su pecho, sólo una piel causaba escalofríos en la suya, sólo ese olor lo hacía sentir débil en las rodillas.

—Caí con tu plan, Henrique. Ahora no puedo contenerme —La voz de Lucas en su oído lo hizo morderse el labio. Lucas lo empujó de nuevo y él se apoyó de la pared para evitar tropezar con el retrete. Oyó como Lucas aseguraba el cubículo—. Ese idiota no salía del baño y casi me explotaron las pelotas —Exclamó. Henry trató de girarse, pero Lucas lo detuvo—. No, Henrique. Esto va a ser rudo y rápido, porque tú mereces ser castigado.
—¿Por qué? —Preguntó en cuanto Lucas bajó sus pantalones de un tirón.
—Primero, porque eres jodidamente sexy y no puedo aguantarme más.
—¿Y?
—¿Y? —Repitió Lucas deteniéndose.
—Tú dijiste "Primero" ¿Qué es lo segundo?
—Nada. Sólo lo primero, es suficiente para mí —Henry rió y Lucas buscó con desesperación el frente de sus pantalones—. Dios, Henry ¿Qué clase de poder tienes sobre mí? —Lucas apoyó la frente en su espalda.
—Lucas... yo...
—No, bebé, está bien. Quiero decir... Es como un viaje salvaje —Completó Lucas al desabrochar sus pantalones—. ¡Mierda! —Exclamó—. No tengo lubricante. ¡Mierda! —Exclamó.
—Podemos esper...
—Yo no puedo... —Lo interrumpió—. Déjame... —Lucas se arrodilló tras él, le bajó los pantalones hasta los tobillos, con sutileza puso la mano en la base de la espalda de Henry y lo hizo inclinarse, la mano bajó lentamente hasta colocarla en uno de sus glúteos, hizo lo mismo con la otra mano y la suave y húmeda caricia lo hizo casi perder el equilibrio, por lo que Henry se aferró con fuerza con una mano a la pared y la otra sobre el tanque del retrete, o literalmente caería al suelo.

La lengua de Lucas pasó de ser sutil a salvaje... agresiva... Lo estaba devorando y por todo lo que era sagrado, sus rodillas no iban a aguantar. Henry mordió su labio para intentar acallar los inevitables gemidos, pero cuando sintió la punta de dedo de Lucas tanteando su entrada no pudo retenerlo más, un gemido estruendoso rebotó en su garganta.

—Bebé, sé silencioso... Pueden descubrirnos —Aunque no lo veía sabía que Lucas estaba sonriendo.
—Lucas no pue... —Ni siquiera pudo terminar el pensamiento, porque Lucas escogió ese preciso momento para introducir añadir otro dedo, y como Henry estaba esperando, Lucas encontró ese lugar que... lo hacía perder su cabeza... Lo convertía en un desastre...—. Dios, Lucas —Sabía que estaba casi gritando. Y la risita de Lucas lo confirmó.
—H, sé silencioso —Repitió, pero entonces, empezó a mover los dedos y todo alrededor de Henry se volvió brumoso, sólo podía sentir los dedos de Lucas en él, moviéndose al ritmo perfecto y en el lugar perfecto... Iba a gritar.
—Dios —Dijo tratando de mantener su voz baja, pero el grito estaba subiendo por su cuello, arrastrándose y dejando marcas en las paredes de su garganta—. Lucas, por favor... entra —Suplicó, sintiendo lágrimas en sus ojos—. No voy a durar mucho —Logró decir,.. Tras él escuchó a Lucas bajando su *zipper*, los dedos abandonaron su interior y de inmediato sintió a Lucas en su entrada.
—¿Seguro que estás preparado? No quiero lastimarte...
—Por favor... —Pidió de nuevo, y Lucas entró, con fuerza, de una sola estocada... Tan abrumadora—. Lucas... —Henry estaba llorando, literalmente, no por dolor, ni siquiera por el placer, que era mucho cuando Lucas empezó a mover sus caderas a un ritmo frenético, era la sensación en su corazón... Él se sentía amado, deseado... importante. Incluso en medio de toda esa ridícula situación, él sintió en ese momento que Lucas lo amaba y de pronto, eso era todo lo que él quería, todo lo que le importaba.
—Bebé... estoy cerca —Escuchó que Lucas decía y aceleraba el ritmo, sintió un peso adicional en su espalda, como si Lucas

estuviese en puntillas—. ¡Henry... Henry, amor...Yo...—Henry si inclinó un poco más y fue todo para él. El orgasmo lo sorprendió desde la base de la espalda y se expandió por su cuerpo como una explosión en reversa, ¿tenía eso sentido? Desde la punta de su cabeza hasta la planta de sus pies fue deslizándose y aumentando su intensidad y fuerza a medida que volvía al centro de su cuerpo, para llegar a hacer la erupción más impactante hasta ese momento—. ¡Henry! —Lucas susurró sin aliento, sus muslos, sus manos y su abdomen estaban llenos de lava hirviendo y su interior también.

Le tomó algunos minutos recuperarse, ubicarse en el lugar en el que estaban, respirar con normalidad y dejar de temblar lo suficiente para poder recolocarse la ropa. Cuando Henry se dio la vuelta. Encontró a Lucas también vestido, pero aún recostado en la pared del cubículo, respirando por la boca.

—H, ven aquí —Dijo y extendió una mano, Henry la tomó y fue envuelto en los brazos de Lucas—. ¿Sabes que te amo? —Le preguntó.
—Sí —Respondió—. Y yo también, Lu. Con todo mi corazón —Lucas lo miró y su sonrisa fue como la luz para el mundo, para su mundo.
—Henry, ¿qué voy a hacer contigo? —Preguntó.
—No entiendo...
—Yo sólo... No sé que voy a hacer contigo para que no me dejes.
—No voy a dejarte, Lucas. Nunca.
—¿Me lo prometes?
—La única manera de dejarte es que tú no me quieras a tu lado.
—Lo cual no va a pasar nunca —Añadió Lucas, y Henry sintió un intenso dolor en su corazón, porque ¿Qué iba a pasar cuando él cumpliera, o no, su misión? Él no iba a poder quedarse con Lucas, él tendría que volver—. ¿En qué estás pensando? —Preguntó Lucas acariciándole la mejilla y mirándolo a los ojos.
—Te amo, Lucas —Repitió, pero esta vez con desesperación—. Como nunca creí que se pudiera amar a alguien. Te amo con todo

lo que soy y todo lo que tengo, no sé cuanto sentido tiene eso pero... Es la manera en la que lo siento. Te amo con todo lo que conozco, con la esencia de la vida y el miedo a la muerte. Te amo con cada gota de sangre que corre por mis venas. Te amo con cada latido de mi corazón... Te amo.
—Henry... Eso fue hermoso... Yo no... —Lucas no dejaba de acariciarlo y hundir los dedos en sus rizos—. Yo no tengo el don de la palabra, pero estoy seguro de algo, y es que... en toda mi vida, no sabía lo que necesitaba o quería, y cuando apareciste, como caído del cielo en el medio de la noche, de pronto todo lo que quería y necesitaba era a ti. ¿Cuán loco suena eso?
—No tan loco —Respondió sonrojándose y sonriéndole al mismo tiempo. Lucas rió—. ¿Qué es gracioso?
—Acabamos de confesar nuestros sentimientos, nuestro profundo amor... en un baño, Henrique. No es el lugar más romántico del mundo...
—No importa —Negó con la cabeza y se aferró a Lucas.
—Mereces algo más elegante que esto, H.
—Todo lo quiero es a ti. No importa donde —Lucas le dio un beso en la mejilla.
—Te amo, Henry Hart.
—Te amo, Lucas Hamilton —Aseguró, y por el tiempo que lo tuviera, se lo iba a demostrar—. Siempre —Añadió.

Henry salió del baño después de Lucas, era increíble que nadie los hubiese interrumpido, o tal vez, ellos habían simplemente ignorado los golpes en la puerta. Henry fue hasta su mesa, cuando intentó sentarse, sintió una molestia, por supuesto, Lucas acababa de... Nate se rió tan fuerte que Henry se asustó.

—Cállate —Dijo Henry al darse cuenta de que Nate lo había visto. Tomó, esta vez, una cerveza.
—No he dicho nada —Nate sonrió—. Pero te vi —Y Henry no pudo negarlo, era como si él supiera que todo su cuerpo estaba gritando "Acabamos de tener sexo. PS: Fue genial"—. Luke no lo está haciendo mucho mejor —Nate apuntó con un dedo hacia el frente, y por supuesto, Lucas estaba allí sentado, con un trago en

sus manos, pero con la mirada fija en Henry, su mirada de depredador. Henry apartó la mirada—. Eres ridículo, te estás sonrojando —Apuntó Nate.
—No puedo...
—Es bastante tierno, H, lo sabes. Creo que ustedes son mi modelo a seguir como pareja. Bien yo no... no iría por otro hombre...
—Hey, no digas que no hasta que lo intentes, Nate —Ambos rieron.
—En serio, me gustan. Es como... cualquiera puede ver su amor, y eso, amigo, es increíble.
—Gracias.
—¿Están divirtiéndose? —Nate y Henry levantaron la mirada. Lucas estaba allí, frente a ellos—. Muévete, Nathaniel —Dijo. Nate sonrió y le hizo espacio a Lucas, Henry se tensó, no porque no quisiera a Lucas a su lado, sino porque estaban en público y Peter estaba por ahí en algún lado y no quería ser enviado a su hotel, porque eso era lo que Peter quería, "sacarlo de la foto"—. Hablé con él—Le dijo Lucas—. Peter dijo que podía estar un rato aquí, siempre y cuando haga la caminata de la vergüenza mañana con Elena.
—Oh, eso es...
—Horrible —Dijo—, pero quería estar contigo.
—Lucas, estuvimos juntos hace diez minutos.
—Sí, pero ya sabes, estoy un poco obsesionado contigo, y quiero estar 24/7.
—Lu —Henry dijo con una sonrisa.
—Me encantan tus hoyuelos —Lucas le tocó un hoyuelo con la punta del dedo por un breve segundo.
—Es demasiado, Lucas —Ambos, Lucas y Henry miraron la mano que había detenido el toque. Salido de la nada. Peter lucía furioso.
—No me toques —Soltó Lucas mirando a Peter con ira.
—Lucas —Henry trató de calmarlo.
—Mira hacia el fondo, Lucas —Pidió Peter. Henry vio hacia donde Peter indicó—. ¿Ves a ese grupo de chicas? Son fans. Y han estado toda la noche haciendo videos y tomando fotos. En

unos minutos va estar circulando tu foto tocándole la cara a Henry.
—Sólo fue un toque.
—La gente está empezando a hablar, Lucas. Después del concierto de Ishmael, mucha gente ha empezado a hablar en las redes sociales sobre ustedes dos. Deja de darles material.
—¿Y no crees que es más fácil si vamos introduciendo la idea en el público de la posibilidad de que Henry y yo estamos, de hecho, juntos? —Peter miró a Lucas una eternidad.
—Volvamos a tu mesa, Lucas —Terminó diciendo y Lucas se fue.

Bien, si eso no había sido la forma de arruinar la noche, Henry no sabía qué más podía ser.

Casi una hora más tarde, Henry caminó en dirección a los baños nuevamente, esta vez con la intención de darle el uso "políticamente" correcto, sonrió mirando al piso y estaba seguro que se había sonrojado al recordar su última incursión. Su mano se quedó en el pomo de la puerta en cuanto vio a Elena en el sofá de espera del pasillo de damas, ella tenía el trago en sus manos, y miraba el líquido como si algo muy importante ocurriera en él y por primera vez, Henry no vio la seguridad típica en su expresión, ella estaba... ¿triste?

—Hey —Dijo acercándose. Elena salió de su trance y lo miró confundida.
—Hey —Respondió.
—¿Qué va mal? —Preguntó.
—Muchas chicas en el baño, así que tengo que esperar —Respondió encogiéndose de hombros y bebiendo un poco. Justo en ese momento entró un grupo de tres chicas al baño—. Tal vez debo entrar ahora —Trató de pararse pero Henry la detuvo.
—¿Qué va mal? —Repitió.
—El baño...

—No te estoy preguntando por el baño, Elena —Ambos se mantuvieron la mirada, ella a la defensiva, él con real curiosidad y preocupación.

—¿Cómo es... —Elena finalmente habló tras casi un minuto en silencio—. ¿Cómo es que Lucas está tan enamorado de ti? Quiero decir, tú estás aquí como desde hace un mes y...

—¿Y...?

—Y parece que él daría su vida por ti —Terminó de decir y en su voz había rabia contenida y frustración—. ¿Cómo es que tú llegas y él decide que no dará una mierda por todo lo que hemos trabajado?

—Elena ¿tú estás ena...

—¡No! —Exclamó antes de que él hiciera la pregunta—. Lo que no entiendo es, ¿Cuánto puede amarte, para sacrificar... todo? ¿Cómo?

—No lo sé —Respondió.

—Tú no tienes idea de las cosas que hemos tenido que hacer para estar donde estamos ahora, teníamos un plan, teníamos fechas... Y de repente, tú llegaste y Lucas... —Elena negó con la cabeza—. Y Lucas decide que tú eres más importante que su carrera y que su futuro.

—No sé qué decir...

—¿De dónde sacó las agallas, Henry? Yo no pude...

—¿Tú no pudiste qué?

—Yo no pude hacerlo —Elena volvió a sentarse dejó el vaso en el suelo y se cubrió el rostro con las manos. Ella no estaba llorando pero sólo porque estaba luchando contra ello. Henry se sentó a su lado y con temor le dio unas palmadas torpes en el hombro—. Yo sacrifiqué... yo no pude hacer eso cuando quería estar con alguien... Estaba aterrada y...

—Respira —Le pidió.

—Es que no... No lo entiendo. Henry, yo estaba enamorada de este chico, todavía lo estoy y cuando las cosas se pusieron serias yo sólo... yo sólo le dije espérame por 8 años. Yo sabía que él no iba a hacerlo, no se lo dije en serio, yo sólo... sólo lo aparté de mi vida como si él fuese... una piedra en mi camino... Y Lucas... Él simplemente... decidió. Él te eligió a ti por sobre todas las cosas... ¿Por qué? ¿Cuánto te ama? ¿Siquiera se lo pediste?

Henry no supo qué decir.

—No le pedí nada —Dijo—. Yo sólo...
—Yo no pude. Y yo amaba a Max con todo mi corazón. Él me hacía reír, me hacía sentir hermosa, incluso en las mañanas, cuando yo sabía que era un desastre, pero dejé todo eso por...
—Escucha —Dijo Henry—. Estás a tiempo, si Lucas y yo podemos hacerlo, tú también, podemos hablar con Peter y decirle que tú vas a tener tu relación con Max y...
—Espera, ¿qué?
—Tú. Tú y Max, quien quiera que sea —Le dijo sonriéndole—. Lucas y tú han pensado tanto en su futuro que han ido sacrificando su presente. El futuro es *ahora*, Elena. No dejes que otros manejen tu vida. Toma fuerzas de lo que hizo Lucas y has que funcione para ti también.
—Yo no sé si...
—Inténtalo, entonces. Y si no funciona, al menos, lo intentaste y no te quedaste con el dolor —Henry tomó aire—. Elena, lo que ustedes han hecho es una locura, no sólo han perdido oportunidades de vivir su vida, ustedes pudieron haber perdido su alma en esto.

Elena se limpió los ojos, incluso cuando no había llorado con sollozos algunas lágrimas se habían logrado filtrar.

—Yo puedo... —Henry asintió—. Bien, estoy un poco tomada ahorita y tal vez no sea la mejor idea hablar con Peter o con Max —sonrió—. Pero lo haré.
—Y si tú nos necesitas, vamos a estar contigo.
—Gracias, Henry —Ella le sonrió por primera vez, directamente a él—. Comienzo a entender porque Lucas está tan, tan enamorado de ti —Henry bajó la mirada—. No. Escucha, es en serio. Él cree que no me doy cuenta, pero siempre te está escribiendo cuando estamos juntos, y cuando no te está

escribiendo él pasa horas viendo tus fotos en su teléfono. Pero no le digas esto, porque se supone que yo no miro por sobre su hombro cuando está revisando su móvil.
—Está bien —Prometió Henry.
—Ok, escucha esta y prometo no exponerlo más delante de ti. Hace unas noches, ya sabes que teníamos que ir al hotel, hacer la caminata frente a los *paps* y todo el espectáculo. Así que esa noche llegamos al *lobby* y todos los ascensores estaban en el *penthouse,* eran como diez pisos solamente y Lucas llegó vio las pantallas y dijo "Jódanse" y salió corriendo por las escaleras hasta el sótano para irse a tu hotel. No quiero ni imaginarme como se puso si el auto no estaba listo para arrancar. Lo que quiero decir es... Lucas está loco por ti —Henry sonrió—. Sé que tú también lo estás por él. Ustedes deben ser... fuego en la cama —Dijo riendo.
—Hey —Soltó, pero no pudo evitar sonreír.
—¿Qué? ¿No viste su cara en la última caminata de la vergüenza, al día siguiente? Él tenía esa expresión de... ya sabes, haber tenido el mejor polvo de su vida. Es molesto —Rió—. ¿Estás sonrojándote, Henry?
—¡Claro que lo estoy haciendo! —Aceptó, pero seguía sonriendo—. Tú estás hablando de cosas... privadas.

Elena abrió la boca fingiendo sorpresa.

—¡No puedes hablar en serio! —Dijo, se acercó—. Tú no eres nada tímido sobre el sexo.
—Hey —Repitió.
—Vamos, Henry. Acabas de echar un polvo en el baño hace unos minutos —Elena le dijo esto en tono bajo pero luego rió mucho, no en forma de burla, Henry estaba seguro que su expresión era épica—. Lo siento, pero era obvio. Bien, tal vez yo estaba muy pendiente de ustedes en ese momento.

Se hizo un silencio incómodo.

—Mira, realmente necesito ir al baño. Así que...

—Está bien —Dijo y le sonrió.
—Gracias por no odiarme.
—No podría, no tenemos que ser enemigos. Estamos en el mismo barco, ¿no? —Elena asintió y entró al baño de damas. Repentinamente él recordó que también tenía que ir.

# Capítulo 43

*You can always find your way back home*
*Where you're loved*
*ynd you're felt*
*Where you're kissed*
*and you're held*
*Never again will we grow apart.*
*Sincerely, you'll always be in my heart*

*Tú siempre puedes encontrar el camino de regreso a casa*
*Donde eres amado*
*y eres sentido*
*Donde eres besado*
*y eres sostenido*
*Nunca volveremos a estar separados*
*Sinceramente, tú siempre estarás en mi corazón*

Lucas odiaba admitirlo, pero Peter tenía razón, en los días siguientes a la fiesta en Londres, Lucas se encontró con más de cincuenta artículos hablando de él y Henry Hart, donde, como era de esperarse la foto de él tocándole la mejilla estaba en todos ellos, la foto en general no decía nada, más allá de un toque casual, pero de alguna manera, no era nada casual. El lunes siguiente, lograron capturar a Henry en el entrenamiento, incluso cuando llegaron y se fueron separados. De momento, tampoco sabían dónde estaba quedándose Henry Hart, pero Lucas sospechaba que no iban a tardar mucho en averiguarlo y entonces Peter iba a querer encontrarle un lugar a Henry, y todo sería más difícil para ellos con todos los medios intentado atraparlos.

El martes Henry voló a Londres para encontrarse con Ishmael para una nueva canción y Lucas el jueves estaba que caminaba por las paredes porque Henry no había vuelto aún.

—¡*Hola,* bro! —Escuchó la voz de Ishmael al otro lado de la línea.

—Tú tienes algo que es mío y lo quiero de vuelta, inmediatamente, Ishmael Greekgod —Lucas intentó ocultar la risa, pero cuando Ishmael soltó una carcajada no pudo más que unirse.
—*Pero, sólo me traje una camisa, prometo devolvértela pronto...*
—Te puedes quedar con todas mis camisas, Greekgod, pero devuélveme a mi novio —Ishmael volvió a reír.
—*Él sólo llegó hace un par de días, ¿Cuánto tiempo crees que lleva escribir una canción?*
—Quince minutos. Devuélveme a mi novio —Insistió—. Además, no creo que hayamos acordado que está bien que lo lleves a cenar —Otra vez Ishmael rió con ganas.
—*Tú no estás haciendo esto, Lucas.*
—De hecho, sí. Te estoy llamando porque estoy viendo las fotos de ustedes ayer.
—*Habían otras cuatro personas con nosotros, Hamilton. No seas un novio celoso* —Lucas se dio por vencido.
—Vale. ¿Cómo le está yendo? —Preguntó riendo abiertamente.
—*En realidad, muy bien. Henry es simplemente... un genio. Esas letras*, bro. *No puedo creer que tú hayas inspirado esas letras.*
—Gracias —Dijo con sarcasmo.
—*Estaba bromeando. Lo que Henry hace es hermoso. Honestamente, Lu. Él pone su corazón en esas letras y no es difícil de saber que se tratan de ti* —Lucas sonrió, pero no supo qué decir—. *En fin, ¿Has hablado con Henry?*
—Temprano. Dijo que tenía que ir al estudio y que en la tarde haría algunas cosas, que me llamaría de vuelta al hotel. No creí que se quedaría más de un día.
—*Estamos haciendo grandes cosas. Como te dije, tu hombre es un genio.*
—Lo sé. Tú tienes que darme las canciones antes de que las lances, ¿sabes eso?
—*Hey, este es mi trabajo, vas a tener que comprarlas en* iTunes, bro.
—No seas idiota, voy a comprarte cien copias, pero necesito oír lo que escribe mi novio —Lucas amaba llamar a Henry "novio".

De pronto, la puerta de su habitación se abrió, Henry entró, dejó su bolso en el suelo y Lucas salió disparado de la cama hacia sus brazos.

—¡H! —Exclamó repartiendo besos por toda la cara, la risa de Ishmael se escuchó en el auricular de su móvil.
—*No es como si él pudiera estar lejos de ti por más 48 horas, Lu.*
—Tú sabías que él ya estaba en camino.
—*Obviamente. Salió del estudio directo al aeropuerto, casi corriendo* —Lucas sonrió a Henry—. *Hey, Handry, no me dejes mal con* One day, *es increíble.*
—Haré mi mayor esfuerzo, Ish —Dijo Henry.
—*Ok. Voy a dejarlos.*
—Adiós, Ishmael —Dijo Lucas y no esperó respuesta, cortó la llamada y dejó que el móvil cayera en algún lado—. Te extrañé —Dijo sonriendo y dejando un beso corto en los labios de Henry.
—Yo también, Lu —Henry lo abrazó. Lucas sintió como Henry aspiraba en su cuello a la vez que él mismo lo hacía con los rizos de Henry.
—¿Cómo estuvo la composición?
—Estuvo bien. Ishmael dice que más que bien.
—¿Y tú no piensas igual?
—Sí, pero… No pude terminar una canción.
—¿La que mencionó, Ishmael? —Henry asintió—. ¿Por qué?
—Es cómo, si algo faltara. Ishmael cree que está perfecta ahora, pero, yo no lo siento así, creo que falta algo.
—¿Pero eso no es problema, quiero decir, ellos pueden esperar?
—Sí. Claro. Ishmael fue muy comprensivo. Él quiere que todo el mundo esté satisfecho con su trabajo. Además, no es como que todas las canciones van a ir para este álbum, él necesita dos o tres para este, pero dice que las que no estén incluidas aquí, estarán en su próxima producción. Oh, y llamó a una chica, porque hay una canción que puede funcionar para ella.
—¿En serio? —Henry asintió—. ¡Henry, estoy muy orgulloso de ti!
—¿De verdad?

—100% verdad. ¿De qué se trata la canción? —Preguntó y de pronto la expresión de Henry se tornó algo... ¿incómoda?—. Henrique, ¿De qué se trata la canción?
—Fue de las primeras cosas que escribí, así que...
—¿Es una canción triste?
—Un poco.
—Vamos a la cama —Señaló Lucas—. Y me dices de qué se trata.

Lucas tomó la mano de Henry y fueron ambos a la cama, Henry se quitó las botas y la chaqueta, quedando en sus ajustados jeans negros y la camisa blanca de cuello V, que lo hacía ver más perfecto, si eso era posible. De inmediato, ambos se acurrucaron.

—Te escucho, Henrique —Dijo abrazando más a Henry.
—Bueno... Es sobre una persona, que está enamorada de otra persona, pero esta persona tiene a otra persona...

Lucas soltó una carcajada.

—¿Así que la canción es sobre personas? —Bromeó. Henry sonrió.
—Básicamente.
—Muy específico, Henrique. Pero, ¿qué pasa con estas personas?
—Henry suspiró.
—Tenemos a esta primera persona que está enamorada de la otra persona, pero sabe que esta persona tiene a la otra, y no tiene derecho a reclamarlo, porque... La primera persona sabe que no puede hacer mucho —Lucas sintió un nudo en el estómago, por supuesto que era sobre ellos, incluida Elena—, así que, un pedacito del corazón basta para esta primera persona.

Ambos cayeron en silencio, Lucas sintió el nudo subir a su garganta.

—¿Quieres cantarla para mí? —Preguntó. Henry no contestó de inmediato, lo abrazó más fuerte...

*Alas de Angel*

| | |
|---|---|
| *I don't ever ask you* | *Nunca te pregunto* |
| *Where you've been* | *dónde has estado* |
| *and I don't feel the need to* | *Y no siento la necesidad de* |
| *know who you're with* | *saber con quién estás* |
| | |
| *I can't even think straight* | *Ni siquiera puedo pensar con claridad,* |
| *but I can tell* | *pero te puedo decir* |
| *That you were just with her* | *Que estabas con ella* |
| *And I'll still be a fool* | *Y yo seguiré siendo a tonta* |
| *I'm a fool for you* | *Soy una tonta por ti* |
| | |
| *Just a little bit of your heart* | *Sólo un poquito de tu corazón* |
| *Just a little bit of your heart* | *Sólo un poquito de tu corazón* |
| *Just a little bit of your heart is all I want* | *Sólo un poquito de tu corazón es todo lo que quiero* |
| *Just a little bit of your heart* | *Sólo un poquito de tu corazón* |
| *Just a little bit of your heart* | *Sólo un poquito de tu corazón* |
| *Just a little bit is all I'm asking for* | *Sólo un poquito es todo lo que estoy pidiendo* |
| | |
| *I don't ever tell you* | *Nunca te he dicho* |
| *how I really feel* | *Como me siento realmente* |
| *Cause I can't find the words to* | *Porque no puedo encontrar las palabras para* |
| *say what I mean* | *decir lo que quiero decir* |

Cuando Henry terminó, Lucas sintió las lágrimas correr por sus propias mejillas, era sobre ellos, por supuesto que lo era. Henry se aclaró la garganta.

—…No está lista aún, tengo que integrar otro estribillo, tal vez dos —Por supuesto que Henry sólo quería llenar el pesado silencio.
—Henry, por favor, mírame —Lucas tanteó el rostro de Henry y lo hizo mirarlo.
—Estás llorando.
—Tú también —Dijo al ver los ojos verdes llenos de lágrimas—. Amor, ¿tú sabes que tú eres el único que está en mi corazón? Siempre en mi corazón, Henry Hart. Tú no tienes que compartirlo

con nadie, no tienes sólo un poco de él... Tú lo tienes todo. ¿Sabes eso, Henry? ¿Sabes que mi corazón es sólo tuyo? —Preguntó, porque él necesitaba que Henry lo supiera.
—Sí.
—Me alegro que lo sepas.
—Es sólo una canción.
—H, no es sólo una canción, es lo que tú sientes... Y no quiero que tengas una idea equivocada de nuestra situación. Sí, para el público Elena y yo estamos enamorados, pero... es parte de mi trabajo. Siento que era tan joven e inocente cuando firmé con *MegaStar*, e incluso cuando Peter vino con la idea, no sabía realmente cómo funcionaba la industria como... Nadie en mi familia tampoco... Creímos que ellos iban a querer lo mejor para mí, sabes, como... ellos querían que yo fuera exitoso.
—Tú lo eres, Lu.
—Sí, ¿pero a qué precio, H?
—Lucas, no importa, es sólo una canción, me sentí así en algún momento, pero ahora, en tus brazos —Henry se inclinó y le dio un beso corto—. No necesito nada más que esto.
—H...
—Te compré algo —Dijo de pronto separándose y poniéndose de pie para ir hasta su bolso.
—¿En serio?
—Sí. Ellos me pagaron, y sé que tenemos gustos diferentes para la ropa, pero... —Henry revolvió en su bolso y sacó un empaque—. Creo que puede gustarte. Si no te gusta puedo cambiarla —Henry volvió y le entregó el paquete. Por supuesto era algo *YSL*.
—No voy a cambiarlo —Dijo Lucas aceptando el paquete.
—Hey, si no te gusta no tienes que quedártelo.
—Cálmate, ricitos.

Lucas abrió el paquete y encontró una camisa, no una elegante o extravagante, una camisa blanca con un estampado genial.

—¡Me encanta, H! —Dijo abrazando a Henry—. Realmente me gusta —La sonrisa de Henry fue radiante.

*Alas de Ángel*

—Me alegro.
—Dame un beso —Pidió. Henry se acercó y lo besó. Ambos volvieron a acostarse.

Pasaron un rato simplemente uno al lado del otro, compartiendo caricias y sonrisas sin motivo.

—¿Lo extrañas, Lu? —Preguntó Henry de pronto.
—¿Qué cosa?
—Tu vida, como era antes... tu familia...—Lucas miró hacia el techo y sus dedos jugaron distraídamente con los rizos de Henry.
—Supongo —Respondió—. Tengo una buena familia, sabes. Con todas mis hermanitas y Cristhian —Sonrió, él ya no era el único hermano ahora—. Mi mamá era... es... mi mamá es una persona increíble, y una madre increíble, mis hermanas son adorables y todas ellas están un poco locas —Bromeó—, pero son adorables. Y sí, las extraño.
—Entonces, ¿por qué no hablas de ellas, por qué no son parte de tu vida ahora? He estado aquí un par de meses y ellos nunca...
—No quería que se vieran involucrados en todo esto —Lucas lo interrumpió—. Cuando empecé, mi mamá no se perdió un solo partido de la temporada, todas mis hermanas iban a los juegos que eran en fin de semana —Sonrió al recordarlas en las gradas con sus camisas del Manchester—, pero entonces, Peter trajo a Elena a mi vida pública y... mi mamá estaba rehaciendo su vida privada. No creí que eso funcionara, además, si te soy honesto, desde el principio de Elena, no quise a mi familia involucrada en todo esto, como... *paps* persiguiendo a mis hermanas al salir del colegio para preguntarle por Elena y yo, o mi mamá que estaba pensando en casarse otra vez teniendo que pasar por momentos incómodos por mí. No. No quería eso, así que, fui a Doncaster y hablé con mi mamá y... —Recordó esa conversación en particular. Su mamá no lloró delante de él, pero él sabía que lo había hecho después, no todos los días perdías a tu mejor amigo, y Lucas era eso para su madre, pero... ¿Cómo podía él hacerla pasar por toda la tormenta que se vendría encima cuando su relación se hiciera pública? ¿Y con los escándalos? Porque Peter

había sido enfático en que para tenerlos en los encabezados tendrían que tener escándalos de vez en cuando...
—¿Y...? —Insistió Henry.
—Y ella no estuvo feliz, H. No es como que no tenemos contacto. Ella me llama de vez en cuando y me mantiene al tanto de las cosas importantes. Cuando quedó embarazada, cuando nacieron Verónica y Cristhian... Sé que debí estar ahí, pero... Sabía que la prensa estaría ahí también y... Ni siquiera es la prensa, sé que podríamos lidiar con ellos, pero... No puedo hacer que toda mi familia mienta, porque el hecho de que ahora esté contigo no cambia que desde antes, desde siempre, mi relación con Elena fue una mentira. Imagina que es el cumpleaños de una de mis hermanas, y tengo que llevar a Elena conmigo ¿Cómo les explico a mis hermanas que ella no es mi novia, cuando toda la prensa dice que lo es? ¿Debía mentirles a mis hermanas? —Lucas negó—. Ellas son pequeñas, tal vez Beth y Lizzy puedan entenderlo ahora, pero hace tres años, eran aún muy pequeñas... No podía.

Henry le acarició el pecho.

—Tú las amas, ese es el problema, no, problema no es la palabra correcta, esa es la razón.
—Sí. El amor puede doler a veces.
—Sí. Pero, Lucas ¿y tú? ¿Y tus sentimientos? ¿Tus necesidades? Tú necesitas a tu familia... Y estoy seguro de que ellos también te necesitan.
—Sí, pero... —Lucas sabía que era verdad, quería abrazar a su mamá, y a sus hermanos. Sólo había visto a Cristhian y Verónica una vez. Una sola vez—. Es mejor así. Al menos hasta que...
—¿Vas a esperar dos años también para recuperar a tu familia, Lucas? —Henry se sentó en la cama abandonado sus brazos, y el vacío se sintió horrible—. ¿Cuánto más vas a sacrificar por esto?
—Henry, no lo entiendes.
—No. Al contrario entiendo perfectamente lo que pasa. Tienes miedo, y está bien, pero, Lucas, tú sólo tienes una familia, y

nadie podrá sustituirlos. No los chicos o yo... Ellos son tu sangre, tu gente, Lu. Ellos son parte de ti...
—Pero yo no quiero que sean parte de esto.

Henry lo abrazó y volvieron a acostarse.

—Yo seré tu familia hasta que puedas recuperarlos.
—E incluso entonces, tú seguirás siendo parte de mi familia.
—Sí, lo seré.

# Capítulo 44

*I've been away for ages*
*but I've got everything I need.*
*I'm flicking through the pages.*
*I've written in my memory.*

*He estado lejos por años*
*pero tengo todo lo que necesito*
*Estoy hojeando las páginas*
*que he escrito en mi memoria*

—Está bien, H. Tómate tu tiempo. Confío en ti —La voz de Ishmael al otro lado de la línea sonó honesta—. *Con lo que tenemos hasta ahora está bien. Sabes que me gusta la letra, pero si no podemos incluirla ahora, tenemos otro álbum, así que no te preocupes.*
—Gracias —Contestó.
—*No hay problema.*
—Y gracias por el número. Espero estar haciendo lo correcto.
—*Lo estás haciendo, Henry. Si yo no supiera que Lucas me patearía el culo por dos semanas lo habría hecho yo mismo, pero tú, tú estás a salvo.*
—¿Tú crees? —Henry se mordió el labio inferior. Tal vez estaba cruzando una línea.
—*Estoy seguro. Tal vez se moleste, pero si le explicas tus razones, será suficiente.*
—Eso espero —Dijo.
—*Relájate, H. Todo va a estar bien.*
—Gracias. Estamos hablando.
—*Adiós.*

Henry cortó la llamada, y se concentró en las letras en su cuaderno.

—¿Todo está bien, amor? —Lucas lo abrazó por detrás apoyando el mentón en su hombro.

—Sí... es sólo, esta canción. Realmente quiero que Ishmael la tenga, pero...
—¿Es la que no has podido terminar? —Asintió—. ¿Qué tienes? —Lucas leyó en silencio—. Es bueno, H... Espera, ¿tú no me dijiste esto —Apuntó a una de las líneas—, alguna vez?
—Sí, lo hice.
—Te pregunté si era una canción, y dijiste que no.
—Porque no era una canción en ese momento —Señaló Henry. Lucas le dio un beso en la mejilla.
—Haces arte en tus letras.
—Tú haces que escriba esto, así que, tú eres arte.
—Gracias, señor Hart. Eso fue un cumplido maravilloso —Henry sonrió—. ¿Estás listo? El partido es temprano y es una hora hasta Liverpool, así que deberíamos ir saliendo —Henry asintió—. Lamento no haber podido hacer nada para venirnos juntos.
—Está bien, Lu —Se dieron un beso corto, Lucas agarró su bolso y Henry lanzó una petición silenciosa para que todo saliera bien.

Henry estaba en la entrada del stadium, sus manos estaban sudando y su corazón parecía querer salirse de su pecho.

—¡Beth, por favor, no dejes correr a Verónica, se puede caer! —Henry levantó la vista, a unos metros venía la familia de Lucas, respiró profundo y dio un paso en frente. Una chica rubia cargó a la bebé.

La mujer de cabello castaño oscuro hizo contacto visual con él y sonrió.

—Tú debes ser Henry —Dijo sonriéndole.
—S... —Se aclaró la garganta—. Sí, soy Henry Hart, mucho gusto.
—Annabelle Gruen, pero puedes llamarme Ann —La madre de Lucas repitió las palabras que le había dicho por teléfono cuando la había llamado el día anterior.
—Es un gusto, Ann —Dijo. Annabelle sonrió.

*Alas de Ángel*

—Este es mi esposo, Daniel... Dan —Henry estrechó las manos de Dan.
—Mucho gusto, Henry.
—El gusto es mío.
—Y estos son los niños: Beth, Lizzy, Rachel y Hannah. Y este hombrecito de aquí es Cristhian, creo que le afectó el *jet lag* —Bromeó ya que el bebé dormía en los brazos de Lizzy—. Esta princesa es Verónica —La bebé en los brazos de Beth lo miró.
—Hola —Le dijo y Verónica sonrió—. Es hermosa. De hecho, todas ustedes lo son —Las gemelas se sonrojaron y sonrieron. Lizzy y Beth le sonrieron.
—Gracias, Henry.
—¿Entramos? —Preguntó, el grupo entró y fue genial para Henry ver que todos llevaban su camisa del *Manchester* con el número 28 en ellas.
—Espero que Lucas me perdone —Murmuró entre dientes antes de entrar tras la familia.

En las gradas, Henry presentó a Sophia, y entonces estaba Elena, mirándolos a través de sus gafas oscuras. Henry se cuestionó si debía hacer las presentaciones pero Elena negó disimuladamente con la mirada antes de que él hiciera algún movimiento.

Así que se sentó entre Ann y Sophia.

—Lo estás haciendo bien, Henry —Le susurró Sophia apretando su muñeca. Henry asintió y respiró profundo.

La voz amplificada se sobrepuso a la excitada multitud, Henry sintió sus piernas temblar y su corazón acelerarse.

—Mira, son ellos —Sophia señaló hacia el campo. Los jugadores estaban de espaldas a sus gradas, Henry no oía nada, ni siquiera estaba capacitado para ver u oír a la familia de Lucas.
—Él va a odiarme —Murmuró bajando la mirada.
—No lo hará, Henry —Insistió Sophia—. Lo que estás haciendo es hermoso.

—¿Tú crees? —Sophia asintió sonriendo, a la vez que sonaba el silbato de inicio, entonces Henry fue consciente de la algarabía que reinó en la familia de Lucas, las chicas gritaron y aplaudieron a toda capacidad, Ann estaba casi llorando mientras aplaudía por su hijo, Dan ahora cargaba a Cristhian, que estaba despierto, y Verónica estaba en los brazos de Beth. Henry sonrió y su mirada se dirigió al campo.
—¿Él está sonriendo? —Le preguntó a Sophia, cuando vio a Lucas mirando hacia las gradas. Estaba sorprendido, obviamente, pero su sonrisa…
—¡Sí, lo está haciendo! —Sophia lo abrazó—. ¡Te lo dije! Míralo —Lucas levantó la mano y saludó hacia las gradas, no a él, sino a su familia. Las chicas comenzaron a saltar en sus puestos.
—¿Ann, estás bien? —Le preguntó Henry al ver que corrían lágrimas por sus mejillas. Ann asintió.
—Estoy tan orgullosa de él, Henry. De todo lo que ha conseguido —Ann le colocó la mano en el hombro—. Gracias. No sé qué te llevó a llamarme, pero gracias.
—Gracias por venir —Fue lo que pudo decir. Ambos sonrieron.

El partido fue excepcional, Henry no entendía todavía mucho lo de los puntos en la tabla de posiciones, pero había algo que sí sabía, el *Manchester* estaba muy cerca de llegar a la final después de un 3-0.

Era la primera la vez que estaba en el stadium de Liverpool, Henry había hablado con James para que lo ayudara con el transporte de la familia de Lucas, así que había conseguido un micro de lujo que los buscó en Doncaster y que los llevaría de vuelta cuando Ann lo decidiera.

Antes de que decidieran esperar afuera del stadium, Henry vio a Peter y Katie yendo hacia ellos, tenía una sonrisa radiante, y eso asustó a Henry, rara vez lo había visto sonreír, y cuando lo hacía, siempre había algo de superioridad en su expresión.

*Alas de Ángel*

—Señora Gruen —Saludó, tomando de la mano a Ann—. ¡Qué gusto verla aquí!
—Peter, es un placer verte después de tanto tiempo —Ann sonrió—. Déjame presentarte a mi esposo, Dan.

En el siguiente minuto hubo un intercambio de presentaciones y saludos, y entonces, Peter habló de nuevo.

—Ann, me encantaría que pasaran a los vestuarios, ya todos están cambiados y Van está dando una rueda de prensa, así que tienen unos minutos para ver a Lu, ¿te parece?
—¿En serio? —La voz de Ann sonó emocionada.
—Por supuesto.
—Vamos, niñas —Apremió Ann.
—Por favor, sigan a Katie —Indicó Peter. Henry y Sophia se pusieron de pie—. Elena, ve con ellos —Dijo, impidiéndole a él y Sophia seguir adelante, cuando Elena llegó hasta el grupo Peter lo miró directamente a los ojos—. Es un asunto familiar.
—¿Disculpa? —Preguntó atónito.
—Asunto familiar. Lo siento pero no puedes ir.
—¿Estás bromeando? —Soltó Sophia entre dientes—. Fue Henry el que trajo a la familia de Lucas aquí —Mientras Sophia hablaba Henry vio como Katie hacía que Elena y Ann fueran una al lado de la otra mientras varios fotógrafos capturaban la imagen de ellas a través del campo hasta los vestuarios—. ¡Él es el primero que debe ir con ellos!
—Mira, Sophia, Henry conoce las reglas.
—Te puedes meter las reglas por el...
—Soph —Henry la interrumpió en cuanto vio que Sophia estaba enojándose demasiado—. Conozco las reglas.
—¡Que se jodan las reglas, Henry! —Exclamó—. Esto es horrible. Tú tienes todo el derecho de estar con ellos —Señaló el campo donde ya no había nadie.
—Vamos a calmarnos —Pidió Peter haciendo gestos con las manos—. Henry sabe que esto es por el bien de Lucas, ¿cierto?
—Henry asintió, sintiendo las lágrimas arder en sus ojos, daría

todo por ver la expresión de Lucas al ver a su familia de nuevo, cuando los abrazara.

—Henry, basta —Sophia lo tomó de la muñeca—. ¡Te está manipulando! —Señaló a Peter—. Lucas debería contratar a Troy, él es una mejor persona que tú —Dijo refiriéndose al publicista de James.

—Tal vez es una mejor persona, pero no un mejor publicista —Se regodeó Peter—. La estrella del *Manchester* no es James Primme, ¿o sí?

—¿¡Cómo te atreves!? —Soltó Sophia y Henry también sintió rabia brotar por sus venas al oír el tono despectivo de Peter al referirse a James.

—Vamos, Sophia. Tú debes leer la prensa. Rara vez mencionan a James individualmente. No es como si Troy se esforzara mucho.

—Tal vez Troy no se las "ingenia" para poner el nombre de James en los titulares, pero al menos, su cliente es feliz.

—Sí, tal vez... Pero, como también debes estar al tanto, con la mitad de dinero que tiene el mío.

—¡Eres asqueroso! —Soltó Sophia—. Vamos, Henry —Dijo dando dos pasos al frente. Y Peter se atrevió a agarrarla del brazo —¿A dónde?

A la vez que Sophia dijo entre dientes —No me toques —Henry apartó la mano de Peter de la chica—. Suéltala.

—Está bien... Está bien —Peter alzó las manos—. Lo siento —Ni Sophia ni Henry aceptaron su disculpa—. ¿A dónde van?

—No es tu jodido problema —Soltó Sophia—. Pero si no te has dado cuenta, tengo un pase VIP, y ¿ves esto? —Señaló el de Henry—. Él también tiene uno —Sophia no dejó que Peter volviera a hablar, arrastró a Henry escaleras abajo y por el campo, mascullando insultos en contra de Peter y Henry no podía estar más de acuerdo—. Henry, no puedes dejar que Peter te siga haciendo esto —Le dijo Sophia cuando estaban en el pasillo—. ¡Es casi diabólico! —Dijo—. Ahora —Sophia se detuvo frente a la puerta de los vestuarios y lo encaró—. Vas a entrar en ese vestuario y vas a tomar tu puesto al lado de Lucas, que es donde perteneces.

*Alas de Ángel*

—Soph...
—No, Henry —Lo interrumpió—. Escúchame. Aquí no hay cámaras, es la familia de Lucas, la que él no había visto en casi 3 años y que tú, en dos días, le devolviste. ¿Cómo es que no vas a estar ahí? Peter te quitó la oportunidad de ver la sonrisa de Lucas cuando volvió a abrazar a su mamá y a sus hermanos y ahora yo estoy tratando de convencerte de que *mereces* estar allí.
—No es tan fácil, Soph. Ellos no saben sobre nosotros.
—Lo sé, pero estar allí no significa que vas a decirle. "Hola, soy el novio de Lucas", pero puedes entrar allí y disfrutar el momento.

Henry la miró. Sophia le sonrió.

—Ve, Henry. Te vas a arrepentir si no lo haces.
—Gracias —Dijo y la abrazó.
—Ve —Lo apremió.

Cuando Henry entró al vestuario, su corazón vibró en su caja torácica como un trueno, Ann y Dan estaban sentados en uno de los bancos frente a Lucas, que estaba rodeado de sus hermanas mientras Cristhian estaba en su regazo, jugando con la banda para el cabello de su hermano mayor. Lucas levantó la vista y lo miró para luego regalarle una sonrisa antes de volver su atención a Lizzy. No oyó lo que dijo la chica pero todos rieron, y Henry sintió alegría en su corazón, incluso Elena, que estaba al lado de Dan sonreía.

—¡Henry, ven aquí! —Ann lo llamó repentinamente. Henry dio unos pasos hacia el grupo y miró a Lucas que asintió casi imperceptiblemente, cuando llegó hasta ellos, Ann palmeó el espacio a su lado—. Henry se ha portado increíble, osito —Henry miró que Lucas se sonrojaba con el apodo—. No hemos tenido más que empacar, de resto él se ha encargado de todo.
—Él es bastante increíble —Asumió Lucas.
—No fue nada —Comentó.

—Lu, ¿podemos quedarnos en tu casa? —Preguntó Hannah—. No la conocemos aún.
—Por supuesto —Dijo Lucas—. ¿Trajeron trajes de baño?
—¡Claro! —Exclamaron Hannah y Rachel.
—Creo que podemos irnos, entonces —Señaló Lucas.
—Ya escucharon a Lu, chicas. Vamos —Dijo Ann. La familia de Lucas salió de los vestuarios a la vez que Peter entraba.

Los arreglos para la vuelta a Manchester no fueron distintos a los planes que previamente tenía Henry. Lucas se iría con Elena y él con la familia en el micro.

De camino a Manchester Henry fue presa de las hermanas de Lucas, le preguntaron toda clase de cosas y las gemelas estaban fascinadas con su cabello, por lo que se la pasaron la mayor parte del tiempo trenzándolo y destrenzándolo. Cuando llegaron a casa su cabello estaba mitad trenzado y la otra lacio debido a que Rachel había estado cepillándolo por los últimos quince minutos.

—Lo siento mucho, Henry. Las niñas a veces son tan... —Ann estaba bajándose del micro mientras se disculpaba—. Invasivas.
—No hay problema. Fue divertido —Dijo. Dan ya se había bajado y llevaba un par de bolsos con él. Lizzy y Beth llevaban a los bebés y las gemelas estaban tocando el timbre repetidas veces. Henry se rió con la expresión de sorpresa de Greg, incluso cuando estaba al tanto de los planes de la visita de la familia de Lucas.
—Bienvenidos —Dijo con su típica formalidad y las gemelas entraron riéndose.
—¡Niñas! —Exclamó Ann, pero las niñas ya estaban dentro de la casa. Beth y Lizzy entraron tras ellas y luego Dan. Henry tomó la maleta de Ann mientras subían los escalones—. Gracias, cariño —Le sonrió mientras entraba y al igual que el resto se quedó en silencio admirando la casa.
—¿Dónde quieren dormir? —Preguntó Henry—. Abajo las habitaciones son espaciosas, pero arriba tienen un pequeño balcón, así que donde prefieran.

*Alas de Ángel*

—¡Arriba! —Las gemelas subieron las escaleras corriendo.
—Greg, por favor.
—Síganme, por favor —Indicó a Beth y Lizzy. Dan también subió.
—Te alcanzo luego, amor —Dijo Ann a Dan.

Henry y Ann observaron como desaparecían por las escaleras

—Este lugar es enorme —Comentó Ann—. Había leído en la prensa sobre la casa, pero no me la imaginaba tan grande, creí que exageraban —Henry no supo que decir—. Parece muy grande para una sola persona, ¿no?
—Le dije lo mismo a Lu cuando vine por primera vez.
—¿Y eso fue hace cuánto?

Henry se sonrojó.

—Un par de meses.
—¿Y estás aquí desde entonces? —Asintió y Ann le sonrió—. Vi —Se aclaró la garganta—. Vi a Lucas feliz hoy, Henry. La última vez que lo vi, no se veía feliz... para nada. Fue doloroso, pero hoy, él estaba feliz.
—Él los extrañaba.
—Lucas siempre ha sido esperado en casa, y extrañado.
—Él... para él no ha sido fácil.
—Ni para nosotros.
—¿Estás dolida con él?
—¿Dolida? —Preguntó—. Es mi hijo, y lo he visto cinco veces en los últimos tres años, la última vez fue un juego de caridad que hizo en Doncaster y ni siquiera pudimos hablar con él. Así que sí, puedo estar un poco dolida. Los bebés cumplieron en febrero y Lucas no fue, incluso cuando hicimos la fiesta en domingo porque él tenía un partido el sábado anterior.
—¿Pero tú sabes por qué él se alejó?
—Sí. Él me lo dijo, pero, Henry, él es mi hijo, sus hermanas lo extrañan y me preguntan por qué no va a más casa.
—Él no quería...

—Sí. Sé lo que él no quería, pero eso no cambia el hecho de que todos nosotros estamos heridos.
—Lo siento mucho, Ann.
—No es tu culpa, cariño —Ann negó con una sonrisa triste—. Es sólo, creo que necesitaba sacarlo.
—Y eso significa que no se lo dirás a Lucas, ¿verdad?
—¿No debería?
—Eso lo lastimaría.
—No se lo diré.
—Gracias.
—Gracias a ti —Ann se acercó y lo abrazó—. Gracias por invitarnos.

# Capítulo 45

*All my life you stood by me*
*when no one else was ever behind me*
*All these lights they can't blind me*
*with your love nobody can drag me down*

*Toda mi vida has estado a mi lado*
*cuando los demás me dieron la espalda*
*Todas estas luces no pueden cegarme*
*Con tu amor, nadie puede derrumbarme*

Lucas llegó a la casa cerca de las tres de la tarde, dejó el bolso en el *living* y se sorprendió de no encontrar a su familia allí, tal vez estaban cansados por el viaje y estaban durmiendo. Greg tampoco estaba cerca, Lucas subió y recorrió las habitaciones, evidentemente ya se habían instalado, pero no estaban allí tampoco, cuando entró en la habitación que seguramente estaban compartiendo las gemelas oyó risas desde el balcón. Lucas llegó hasta allí y por supuesto, sólo vio el techo del búngalo, pero las risas venían de la piscina. Sonrió y se dirigió allí.

Parecía como si estuviese viviendo una vida que no era de él, su casa siempre estaba silenciosa, a excepción de cuando invitaba a los chicos, o hacía alguna fiesta sin ningún motivo en particular, pero mientras iba de camino a la piscina y las risas se escuchaban, sintió como si la felicidad recorriera sus venas, como si se calentara su corazón… Una sonrisa se apoderó de su rostro cuando finalmente llegó al área de la piscina, todos sus hermanos y Dan estaban en el agua, Beth con Cristhian y Dan con Verónica. Las gemelas salían de la piscina y se lanzaban al estilo bomba salpicando agua por todas partes.

—¡Oh, por Dios Greg! —Exclamó cuando encontró a su mayordomo, en la orilla de la piscina aceptando un vaso vacío por parte de Lizzy, pero sobre su uniforme llevaba un sobretodo de plástico, con capucha y botas de hule, justo cuando Rachel se

lanzó al agua, Lucas entendió el por qué, ya que Greg quedó empapado.
—¡Rachel! —Su madre, desde una de las sillas plegables, la reprimió.
—No se preocupe, Señora Gruen. Todavía estoy seco —Dijo Greg yendo hacia ella—. ¿Desea algo más?
—Estamos muy bien, Greg. Gracias —El mayordomo se alejó unos pasos y se quedó de pie a un lado—. Señor Hamilton — Saludó.
—Lindo traje —Bromeó Lucas.
—Gracias —Greg intentó no reír.
—Ve adentro, Greg —Le dijo sonriendo—. Si necesitamos algo te aviso —Greg asintió.
—Señor Hart, ¿Quiere que le pida a Gerllet que prepare la cena?
—Preguntó. Henry estaba en la silla contigua a su madre, hermoso como siempre.
—Sí, por favor.

Greg caminó hacia la casa.

—¡Lucas! —Lizzy fue la primera en saludarlo.
—¿Se están divirtiendo? —Preguntó acercándose a la orilla de la piscina.
—¡Sí! —Dijeron las gemelas.
—Los bebés lo están disfrutando mucho —Comentó Dan mientras Verónica hacía salpicar agua con sus pequeñas manos.
—Entra, Lu —Pidió Beth. Lucas miró a su hermana, era una señorita ya, iba a cumplir diecisiete años y él todavía la veía, o mejor dicho, la recordaba de catorce años, cuando lloró despidiéndolo de Doncaster.
—Beth, Lucas debe estar cansado —Dijo Ann desde la silla.
—Está bien, mamá —Se quitó los zapatos—. Abran espacio — Pidió, sus hermanas se desplazaron por la piscina tan pronto como vieron que él tomaba impulso y se lanzaba al agua con toda su ropa aún puesta.

Cuando rompió la superficie para tomar aire todas ellas estaban a su alrededor y a la vez lo intentaron hundir.

¿Quién lo diría? La felicidad era que sus hermanas intentaran ahogarlo.

Cerca de las seis de la tarde, todos habían vuelto a casa a tomar duchas y cambiarse para la cena que, fuera lo que fuese, olía delicioso. Lucas entró a su habitación y de inmediato se percató que algo estaba mal. Miró alrededor y no encontró nada fuera de lugar, pero algo estaba fuera de lugar, caminó hasta la cama que estaba hecha, bien eso podía ser, ellos se habían ido temprano y la habían dejado sin hacer, lo que estaba bien porque tenía empleados para que hicieran eso, pero no, algo pasaba. Lucas entró en el vestidor y su corazón se detuvo, toda la ropa de Henry se había ido.

—¡Qué demonios... —Soltó, sus botas no estaban, sólo su ropa. ¿Dónde estaba...

Lucas abrió la puerta de la habitación contigua sin tocar. Henry estaba en el vestidor sólo en pantalones y un par de botas grises.

—¿Qué haces aquí? —Preguntó, tratando de ignorar el hecho de que Henry estaba sin camisa y su cabello seguía húmedo por la ducha.
—¿Tratando de vestirme? —Dijo con expresión confusa.
—Sí, ¿pero por qué?
—Porque no quiero ir a la cena desnudo.
—Sí, pero, ¿Por qué te fuiste de *nuestro* cuarto?
—Lu, ¿estás bien?
—Por supuesto que no. ¡Te fuiste del cuarto! —Soltó.
—Lu —Henry caminó hasta él y le dio un beso breve—. Tu familia está aquí. No creo que sea apropiado que durmamos en la misma habitación, si ellos creen que tú y yo sólo somos amigos.
—Oh —Lucas no había pensado en ellos.

—Oh —Repitió Henry sonriéndole—. Ahora, ¿podrías dejar que me vista? —Henry volvió su atención a sus camisas. Lucas enganchó los dedos a la cinturilla del pantalón y lo arrastró hasta la cama—. ¡Lu! —Soltó Henry al caer de espaldas sobre el colchón.
—¿Qué?
—¿Qué crees que estás haciendo? —Preguntó Henry cuando Lucas se montó a horcajadas sobre él y lo agarró por las muñecas.
—Tengo algunos planes con tu boca ahora mismo.
—Lu, tu familia está aquí —Repitió.
—Lo sé. Acabas de decirlo —Dijo hundiendo sus labios en el cuello de Henry.
—Lu —La voz de Henry se quebró—. Lu, detente.
—¿Por qué? —Henry se apartó un poco haciendo que Lucas levantara el rostro.
—Amor, ¿estás borracho? —Lucas rió.
—No.
—¿Entonces?
—¿Entonces qué?
—¿Estás tratando de tener un rapidito cuando tenemos que bajar a cenar en menos de diez minutos y toda tu familia está aquí?

Lucas tuvo que soltar una carcajada.

—¿Quieres un rapidito? —Preguntó deslizando su mano por encima del pantalón. Henry no estaba de "ánimos", pero eso se podía solucionar.
—¡No! —Exclamó apartándole la mano—. ¿Qué pasa? —Preguntó. Entonces Lucas sintió un nudo en su garganta, ardor en su nariz y en sus ojos. Iba a llorar—. Lu, ¿Qué pasa? —Preguntó Henry. Lucas no podía hablar porque se iba a quebrar su voz—. Lucas... —Henry apretó su rostro entre las fuertes manos y cuando Lucas se vio reflejado en los ojos verdes se quebró, se hundió en el cuello de Henry y comenzó a llorar como un niño—. Amor... —Henry no le preguntó más, simplemente hundió los

dedos en su cabello y con la otra mano le acarició la espalda, consolándolo.

Lucas no supo cuanto tiempo pasó hasta las lágrimas no salieron más, soltó un montón de sollozos secos, antes de recuperar su voz.

—Gracias —Dijo pegado a la piel de Henry, este no dijo nada, lo siguió consolando—. Los extrañaba… Los extrañaba tanto, H.
—Lu… —Henry lo había comprendido—. Ellos también te extrañaron.
—Pero tú me los trajiste de vuelta, H. Tú… —Lucas se secó las mejillas—. Gracias —Repitió.
—Te amo, Lucas. Atravesaría fuego y agua por hacerte feliz —Lucas sonrió.
—También te amo —Hundió los dientes en la piel de cuello de Henry a la vez que succionaba su piel, lo oyó gemir y se sintió triunfador.

La cena podía esperar otros cinco minutos

Todas sus hermanas se quejaron un poco cuando tuvieron que subir a dormir pasada media noche. Dan y Henry subieron con los bebés mientras Ann se quedó con él en la sala. Ann lo tomó de la mano y lo guió hacia uno de los muebles.

Estuvieron sentados un rato sin hablar, sólo con sus manos unidas sobre el regazo de su madre, Lucas miró la unión y recordó que siempre hacían eso, incluso, cuando era más pequeño, Lucas reposaba la cabeza en el regazo de Ann y ella jugaba con su cabello, mientras compartían sus miedos, alegrías o cosas cotidianas.

—Oh, por cierto —Dijo su madre—. ¿Adivina quién volvió a Doncaster?
—No tengo idea.

—El Señor Bergson.
—¿Mi profesor de geografía? —Ann sonrió y asintió—. Ese bastardo.
—Lo sé. Me lo he encontrado un par de veces y siempre me evita. Debe estar muriéndose de rabia.
—Tal vez se envenene si se muerde la lengua. Todavía no creo que ese imbécil me dijera que no iba a lograr nada en la vida.
—Pero le demostraste que estaba equivocado, osito. Y creo que arruinaste un poco más su vida, porque es seguidor del *Manchester*.
—Tal vez dejó de serlo desde que entré.
—No —Dijo Ann—. Hace un par de semanas lo vi, llevaba su camiseta del equipo, por supuesto no era una Hamilton, pero...

Ambos rieron por un buen rato.

—Te encuentro más feliz que la última vez que hablamos —Acotó Ann sonriéndole y por instinto o guiado por los recuerdos su cuerpo se inclinó y su cabeza cayó en el regazo de Ann, de inmediato dedos delicados se enredaron en su cabello.
—Me encuentro en un mejor lugar ahora.
—Eso me alegra mucho—Lucas sonrió con el apodo—. No sólo brillas en la cancha, sino fuera de ella. Y es increíble. He seguido tus pasos desde que te fuiste de Doncaster y siempre verte en esas fotos o videos, con una sonrisa triste... a veces falsa, me dolía. Y tú no me decías nada cuando hablábamos. No te estoy acusando de nada, amor, sólo te estoy contando porque... Me sentí tan feliz cuando te vi hoy, como si tu felicidad fuese contagiosa. Y me alegra tanto... Estoy tan agradecida con... Quiero decir, no podría estar más feliz.
—¿Qué carajo? Parece que hoy tengo una fuga —Exclamó cuando sintió las lágrimas desplazarse por sus mejillas.
—Osito, ¿estás llorando? —Preguntó Ann haciendo que la viera—. Son lágrimas de felicidad, ¿verdad?
—Sí —Contestó sonriendo mientras se secaba los ojos—. Te he extrañado tanto, mamá.

—Yo también, bebé —Lucas se sentó para abrazarla. Cuando se separaron él volvió a recostar la cabeza en las piernas de Ann y ella volvió a enredar los dedos en su cabello.

Hablaron y hablaron, sobre todo de sus hermanos, Ann lo puso al día con todo, y probablemente eran las tres de la mañana cuando Lucas estuvo al tanto de lo que había pasado hasta que se habían reencontrado el día anterior.

—Así, ya que te he puesto al día, creo que es prudente que me cuentes sobre... Henry.

Lucas miró a su madre.

—¿Sobre Henry? —Preguntó. Ann sonrió.
—Osito, te parí. Te crié y te vi crecer. Si hay una persona en este mundo que te conoce, esa soy yo.
—Mamá yo... —Lucas se sentó sobre su trasero de nuevo.
—Lu —Ann lo agarró del rostro—. No tienes que esconder nada de mí. Te lo dije cuando fuiste a casa a decirme que todo estaba saliéndose de control y querías que estuviéramos fuera de toda la tormenta, lo que sea que estés atravesando puedes contármelo. Tú decidiste no hacerlo y respeté tu decisión, pero eso no me impidió seguir tus pasos, cada uno de ellos. Sigo más de cien blogs en *tumblr* sobre ti, no hay nada que no sepa. Y cuando Henry me llamó hace un par de días, sabía exactamente quién era, ni siquiera tuve que llamarlo cuando llegué al stadium porque lo reconocí de inmediato. Él ha estado orbitando a tu alrededor por los pasados dos meses. Algunas personas no son tan ciegas como para no darse cuenta. Y déjame decirte que si crees que eres sutil cuando lo miras, estás equivocado, incluso tu tono de voz cambia cuando te diriges a él. Y después de pasar estas últimas horas con ambos bajo el mismo techo, no me sorprende que la gente sepa que ustedes están juntos.
—Mamá.
—¿Vas a intentar negármelo? —Ann sonrió.
—No. Yo...

—Lucas, te amo. Tú sigues siendo mi mejor amigo, nunca vas a dejar de serlo, pero sobre todo tú eres mi hijo, y no hay nada que no haría por verte feliz, y tu felicidad tiene piernas largas, un cabello increíble y los ojos verdes más deslumbrantes que he visto en años.

Lucas sonrió, su madre había hecho una descripción bastante precisa de Henry.

—¿Entonces...
—Entonces. Sí. Henry es mi... mi novio —Ann sonrió y lo abrazó.
—Tienes un gusto implacable, bebé.
—Mamá, acabas de darte cuenta que soy gay y sólo me dices que tengo buen gusto —Ann se separó de él y lo miró con expresión de aburrimiento.
—Lucas Hamilton ¿has escuchado alguna mierda de la que he dicho en los últimos diez minutos? —Lucas rió tapándose la boca, su madre nunca decía malas palabras delante de sus hijos—. Osito, el hecho de que te diga que es evidente que estás enamorado de Henry no significa que "acabo de enterarme" de que eres gay, te parí. Te crié y te vi crecer. Si hay una persona en este mundo que te conoce, esa soy yo —Repitió—. ¿Te lo repito otra vez o te lo envió por un mensaje de texto?
—¡Mamá! —Exclamó con una sonrisa—. ¿Cómo es que... ¿Por qué no me dijiste nada...
—No era mi deber decírtelo. Tú debías descubrirlo por ti mismo.
—Pero...
—¿Alguna vez me escuchaste decir que estaba mal que dos personas del mismo sexo estuviesen juntas? —Lucas recapituló y no le llevó más que un par de segundos para negar con la cabeza.
—Pero la gente...
—¿Qué gente? —Lo interrumpió—. Lucas, no doy una mierda por lo que diga o piense la gente. Y tú tampoco deberías hacerlo.
—Mamá yo estoy en una situación más complicada.
—Lo sé, es por eso que Elena es parte de la ecuación, ¿no? —Lucas asintió—. Oh, amor —Lo abrazó de nuevo—. Eres tan

fuerte y valiente —Le dijo—. Estoy tan orgullosa de quien eres —Lucas la abrazó más fuerte.
—¿De verdad?
—Por supuesto, Lu —Ann apretó su rostro entre las manos—. No hay madre más orgullosa de sus hijos que yo —Lo besó en la frente.
—¿Y las niñas? ¿Qué puedo decirles?
—Lu, tus hermanas ya están medio enamoradas de Henry, cuando les digas que es tu novio, van a intentar matarte para poder sorteárselo —Bromeó—, pero van a estar felices con la idea. Conozco a mis niñas, y ellas, al igual que yo quieren tu felicidad —Lucas abrazó a su madre—. Mierda, es tan tarde —Dijo un par de minutos después mirando su reloj de pulsera—. Vamos a la cama —Lo tomó de la mano—. Mañana voy a hacer mi papel de madre sobreprotectora con Henry, sólo te lo advierto.
—¡Mamá! —Se quejó.
—¿Qué? Necesito saber cuáles son sus intenciones con mi bebé.
—¡Tengo veintitrés! —Repitió.
—Y sigues siendo mi bebé. Ahora, a la cama —Ordenó Ann en la puerta de su habitación.

Lucas negó con la cabeza sonriendo y ella entró a su cuarto. Cuando llegó a su puerta se detuvo, fue a la puerta contigua, entró en puntas de pie y se metió en la cama con Henry.

—¿Lu? —Preguntó Henry con voz somnolienta.
—*Shhh*, sigue durmiendo, amor —Lucas lo abrazó por la espalda.
—¿Todo está bien?
—Sí. Mientras estés a mi lado, todo estará bien.

# Capítulo 46

*Still a tray of innocence on the pillow case*

*Todavía hay un rastro de inocencia en la almohada*

Henry se estiró en la cama y tanteó con el brazo a su espalda para encontrar que Lucas no estaba con él, no le sorprendió. Así que tomó una ducha y se cambió con ropa de casa, no sabía qué podían hacer hoy, le preguntaría a las hermanas de Lucas y así tendrían planes. Cuando bajó, el desayuno estaba por servirse, se unió a la mesa y de pronto, tenía a Verónica en su regazo y la estaba alimentando. Los ojos de Lucas estaban sobre él y lo hacían sonrojarse. Tendría que pedirle a Lucas que no lo mirara tanto.

—Así que, ¿estamos pensado en ir a *Alderley Park*? —Dijo Ann cuando Greg comenzó a recoger la mesa.
—Genial.
—¿Tenemos el micro? Somos muchos —Preguntó ella.
—Puedo llamarlos —Dijo.
—Tal vez es mejor si vamos en dos autos —Sugirió Lucas—. Yo puedo irme con las chicas y ustedes —Señaló a su madre y Dan— pueden ir con Henry.
—Perfecto —Dijo Ann—. A cepillarse, niñas y nos vemos en la entrada en quince minutos. Ni un minuto más ni uno menos.

Media hora más tarde, Henry estacionó el auto tras Lucas en *Alderley Park*. Sacó el coche para los bebés de la maleta y pidió a Ann llevarlos. Dan se adelantó unos pasos para fumar lejos del grupo.

Ann caminó a su lado.

—Son adorables, ¿verdad? —Preguntó Ann cuando Henry se quedó mirando a Lucas con sus hermanas, tenía a Hannah sobre su espalda y corría en círculos alrededor de las otras.
—Sí —Respondió sin pensarlo, y sonrió porque ¿Cómo no hacerlo? Lucas era adorable alrededor de sus hermanas.
—¿Lo amas, Henry? —Preguntó y Henry se detuvo en seco.
—¿Qué?
—A Lucas, ¿Amas a Lucas?
—Yo... —Balbuceó.
—Cariño, si la madre de tu novio te pregunta si amas a su hijo, deberías responder sin dudarlo.
—No lo estoy dudando. Lo amo —Respondió—. Es sólo...
—Es sólo que ustedes creen que son tan discretos que nadie se va a dar cuenta, ¿no?
—Ann, yo...
—Está bien, Henry. Conozco a mi hijo. Está enamorado.
—Yo...
—¿Lo amas?
—Lo amo —Respondió casi sin respirar—. Con todo mi corazón
—Ann sonrió.
—Así lo espero, Henry, porque si le rompes el corazón, yo tendré que romperte algo también, como una pierna, un brazo o tu cuello.

Henry no sabía si Ann estaba bromeando, pero ninguno de los dos rió. Hasta que Cristhian comenzó a llorar.

—Mami está aquí, amor —Dijo sacándolo del coche. Se giró hacia Henry—. Hazlo feliz, Henry, y tú y yo estaremos bien —Henry asintió, Ann se dio vuelta y dejó que Cristhian caminara tomado de su mano hasta donde sus hermanos.

Después de pasar toda la mañana y parte de las primeras horas de la tarde en el parque llegaron a la casa, las niñas subieron a ducharse. Dan y Ann subieron con los bebés.

*Alas de Angel*

—Señor Hamilton —Greg llegó hasta ellos después de esperar a que Ann y Dan llegaran al segundo piso—. El Señor Jenkins lo ha estado llamando desde hace dos horas, incesantemente —Recalcó el mayordomo.
—Gracias, Greg —Dijo Lucas que había dejado su móvil en la casa porque quería compartir con su familia sin interrupciones. Y por lo visto quería seguir así porque no se preocupó en buscarlo.
—Señor Hamilton, no quiero ser impertinente, pero el Señor Jenkins fue enfático en que le devolviera la llamada en cuanto llegara a casa.
—Está bien —Respondió Lucas—. Voy a llamarlo desde la oficina —Lucas caminó—. Ven, H —Pidió. Henry llegó a su lado y entraron a la oficina, en cuanto terminara la llamada hablaría con Lucas sobre el status de su relación en su familia—. Hola, Peter, es Lucas. Hey, cálmate —Pidió separándose el auricular del oído—. ¿Qué? —Exclamó Lucas y comenzó a buscar algo en las gavetas—. ¿Qué canal? —Encontró el control remoto del televisor y lo encendió, estaba en un canal deportivo pero Lucas digitó unos números y apareció una pareja hablando mientras en una pantalla en el fondo se reproducían fotos de él, de Henry con Ann y los bebés.

—*Es complicado* —Dijo la mujer—, *porque el domingo, en el partido tuvimos unas fotos de Elena con la familia, pero eso era un evento público.*
—*Lo sé* —Replicó el hombre, las imágenes pasaban a Lucas con sus hermanas en el mismo parque y él y Ann estaban sentados en un banco con los bebés—. *Lucas no ha sido visto con su familia públicamente desde 2012, y de pronto, no sólo tenemos a todos sus hermanos, su madre y su nuevo esposo, sino que Henry Hart está con ellos ¿Qué es lo que está pasando?*
—*Exacto. Lo más lógico es que Elena estuviese con ellos. Elena Klark es la novia de Lucas Hamilton, y en tres años nunca se había visto a Klark con la familia de Lucas, ¿pero, de pronto, tenemos a Henry Hart, un compositor salido de la nada, en un paseo familiar? Quiero decir...* —La mujer sonrió con ironía.
—*Tú sabes lo que dicen...*

—*Por supuesto* —Continuó la mujer—. *Y ustedes* —Dijo mirando directamente a la pantalla—, *pueden enviarnos sus opiniones y comentar al respecto con la tendencia mundial en* twitter #LucasyHenry, *porque quieran o no esto es tópico caliente.*

La pantalla quedó en negro cuando Lucas apagó el televisor, ya no estaba el teléfono pero había encendido la computadora.

—*TMZ* va a transmitir el vídeo esta noche, son diez minutos —Dijo Lucas—. Y *Just Jared* publicó cerca de treinta fotos hace un par de horas —Henry caminó hasta él y miró la pantalla, fotos en HQ se mostraban una tras otra.
—No hicimos nada. Quiero decir. No nos tomamos de la mano o nos besamos, creo que ni siquiera estuvimos uno al lado del otro.
—Lo sé, H, pero eso es irrelevante.
—Lo siento —Se disculpó—. No debí ir.
—No. Henry —Lucas se puso de pie y le acarició la mejilla—. Ellos no debían estar siguiéndonos. Ni siquiera sé cómo llegaron allí. Pero, amor, esto *no* es tu culpa... Tú trajiste a mi familia, y ellos te adoran y querían pasar un rato con nosotros.
—Tu mamá sabe...
—Sí. Aparentemente no somos muy sutiles.
—O discretos. Esa es la palabra que usó conmigo —Lucas le sonrió y lo besó brevemente—. Esto es un desastre, Lu. Peter debe estar como loco.
—Sí, lo está —Admitió—. Pero como tú dijiste, no nos tomamos de las manos o nos besamos, así que él va a tener que trabajar en esto. No voy a tenerte preso en esta casa, Henry.
—Pero, Lu, sabes que esto lo único que va a provocar es que hagas más "sociales" con Elena —Lucas sonrió tristemente.
—Sí. Lo siento.
—No. No es tu culpa tampoco —Dijo y acarició la mejilla de Lucas.
—Le dije que hoy no iba a ver a Elena, pero mañana...

—Está bien —Dijo, si Henry había tenido una mañana en el parque con la familia de Lucas, probablemente Elena tendría un día completo.
—Mamá dijo que se irían el miércoles a Doncaster, podemos tener una cena de despedida aquí.
—¿En serio?
—Sí —Asintió Lucas—. Algo íntimo. Sólo la familia —Henry sonrió y lo abrazó.
—Quisiera que no tuvieras que pasar por esto, Lu —Dijo hundiendo su rostro en el cuello de Lucas.
—Ni tú.
—Te amo.
—Te amo —Lucas le dio un beso en el hombro—. Sólo quedan veintitrés meses.

Ambos sonrieron tristemente, pero al menos se tenían el uno al otro.

# Capítulo 47

*If I didn't have you there would be nothing left*

*Si no te tengo no quedaría nada*

Cuando Peter le había dicho que iba a tener que pagar con creces su pequeña excursión familiar al parque, Lucas pensó que exageraba, pero no, de hecho, los siguientes tres días fueron un infierno, había visto a Henry dos veces, porque lo encontraba dormido en las noches y lo tenía que dejar dormido en las mañanas, igual que cuando lo evitaba, pero esta vez él no lo estaba evitando, sino que estaba con Elena todo su jodido tiempo libre.

Los rumores seguían aumentando, no importaba cuantos titulares hiciera con Elena, en cada artículo o segmento lo vinculaban con Henry, no es que a él le molestara, pero cada vez que mencionaban a Henry entre él y Elena en alguna noticia, Peter agregaba una salida más a la agenda. Fue horrible, pero Lucas tuvo que pedirle a Henry que no fuera al partido del domingo en Tottenham, porque todos los *paps* estarían esperando que fuera.

—Está bien —Dijo Henry con una sonrisa triste—. Aquí hay como veinte televisores donde puedo verte.
—Amor, sé que quieres ir.
—Está bien —Repitió—. No quiero más problemas, Lu. Estoy cansado —Murmuró lo último—. Si no puedo ir más a los partidos yo… En todo caso, tengo un par de letras para trabajar, Ishmael quiere tener la mayor cantidad de opciones para el álbum, así que…
—Tú eres un ángel, Henry —Dijo, se puso en punta de pies y lo besó—. Te dedico la victoria de hoy.
—Pero no sabes si vas a ganar.
—Bebé, te tengo a ti. Soy un ganador —Henry sonrió y lo abrazó. Al menos, antes de irse, pudo grabar esa sonrisa en su memoria.

El *Manchester* volvió a ganar. Estaban un paso más cerca de la final y Lucas podía ver al equipo ganando la Liga esa temporada. Definitivamente el viaje de regreso de Londres fue más feliz que el de ida. Pero ¿Cuánto dura la felicidad?

—¡Felicitaciones!

La mayoría de los *paps* le gritaron eso a medida que iba caminando hacia el auto en el aeropuerto. Él tomó la mano de Elena y la dejó entrar primero al auto, antes de cerrar la puerta escuchó la pregunta que lo heló.

—¿Tienen fecha para la boda?
—¿Qué dijo? — Preguntó a Elena cuando el auto arrancó.
—No lo escuché —Respondió ella jugando con su móvil, y en la oscuridad del auto, un destello lo hizo dejar de respirar.
—¿Qué es esto? —Lucas le agarró la muñeca para mirar el anillo con un diamante que reposaba en el dedo de Elena.
—Un anillo —Respondió.
—¡Elena, esto es un puto anillo de compromiso!
—Quién diría que sabías algo de joyería.
—¿Me estás jodiendo? —Preguntó soltándola—. ¿Por qué mierda llevas un anillo de compromiso?

Elena lo ignoró mirando su teléfono.

—Estoy hablando con...
—¿Ves esto? —Era un correo electrónico de Peter, con unas gráficas de estadísticas, Lucas agarró el móvil y miró la imagen, la gráfica mostraba tres colores: azul para "Elena y Lucas", roja, para "Henry Hart" y verde para "Lucas y Henry", las dos últimas iban casi al tope de la imagen—. Ese pico que ves ahí —Señaló Elena—. Se produjo el lunes, cuando decidiste salir con tu familia y Henry. Mi puto nombre junto al tuyo es una maldita

línea recta al final de la estadística —Señaló la línea azul—. Peter espera que mañana la línea azul sea el pico.

El aire se hizo denso dentro del auto, sintió su corazón latir más rápido pero de manera dolorosa.

—¿Estás jodiendo? —Volvió a preguntar—. ¿Estás diciendo que tú y yo estamos comprometidos? —Elena se encogió de hombros—. ¡Maldita sea, Elena, están malditamente locos! —Explotó—. ¡Están haciendo un escándalo sin mi consentimiento! —Gritó.
—Relájate Lucas, hay gente que pasa años comprometida —Dijo.

No podía creerlo, se dejó caer en el asiento, buscó su móvil, tenía que llamar a Henry y explicarle antes de.

—¡Maldición! —Soltó, su móvil estaba muerto—. Maldita sea... Elena, necesito... —Comenzó a decir, pero habían llegado al estacionamiento donde estaba el auto de Elena, que se bajó del carro y cerró la puerta antes de que él pudiera terminar—. Vamos rápido, por favor —Pidió casi llorando de desesperación.

Cuando llegó a la casa, casi se bajó del auto aún en movimiento, dejó el bolso tirado a medio camino de la entrada cuando Greg apareció.

—¿Dónde está Henry? —Preguntó.
—El Señor Hart está en su habitación —Respondió el mayordomo, pero Lucas aunque quería subir, de pronto sintió miedo de hacerlo.
—¿Cómo está... cómo... cómo está él?
—El Señor Hart ha estado bebiendo. No quiso cenar y creo que tiene algunas botellas de licor con él.

Lucas trató de calmarse, él podía lidiar con un Henry tomado.

—¿Y las... Cómo han ido las cosas aquí? —No tenía que especificar. Greg ya debía saberlo. Igual que Henry.
—Tuve que desconectar la línea fija, Señor Hamilton —Dijo apenado—. El teléfono no dejaba de sonar y el Señor Hart... Bien, no estaba muy contento con eso —Lucas tomó una bocanada de aire.
—Está bien. Creo que.... Debo subir —Greg asintió.

Cada vez que subía un escalón, sus piernas se sentían más pesadas, llegó a la puerta de la habitación y respiró profundamente de nuevo. El cuarto estaba a oscuras, sólo el reflejo de la laptop en las piernas de Henry eran la fuente de luz. Lucas cerró la puerta a su espalda y miró hacia la cama, en la mesa de noche había dos botellas de vino y una copa a medio acabar.

—¿Quién es Vera Wang? —Lucas se sorprendió por la pregunta de Henry, estaba definitivamente borracho.
—¿Qué?
—¿Quién es Vera Wang? —Henry volvió a preguntar sin mirarlo.
—Es una... —Lucas casi sonrió... Casi—. Es una diseñadora.
—Ah —Dijo Henry y vació la copa en un segundo—. Ella quiere hacer el vestido de Elena.
—H... —Dijo Lucas dejando caer la cabeza hacia atrás apoyándose en las puertas corredizas.
—Tú mamá llamó, pero no pude hablar con ella... También llamaron Nate y James... Sophia me dejó un mensaje de voz. E Ishmael trató de atraparme por *Skype*. Por cierto, felicitaciones por tu compromiso, Lucas —Finalmente Henry lo miró, bajo el reflejo de la pantalla el hermoso color verde de sus ojos se perdía, pero podían verse las consecuencias de haber llorado y haber tomado—. Así que creo que encontraron la forma de desasociar mi nombre del tuyo, ¿no? —Soltó una risa triste.
—Amor... —Lucas dio un paso hacia la cama.

*Alas de Angel*

—¡No te atrevas a llamarme así! —Henry lanzó la laptop al piso y se puso de pie. Bien, no estaba tan borracho, después de todo—. ¡No te atrevas a llamarme amor!
—H, no...
—¿No qué? —Exclamó—. ¿No qué, Lucas? —Preguntó, pero no esperó respuesta—. ¿¡No siento que me sacan el corazón y lo pisotean delante de mis ojos!? —Dijo—. ¿¡No siento que me clavan un puñal en el pecho porque no me dijiste que esto iba a pasar!? Es decir, pudiste decírmelo. Por supuesto que no iba a aceptar llegar a este punto —Henry comenzó a caminar de un lado a otro.
—¡No lo sabía! —Soltó, pero Henry no lo escuchaba.
—¿Cómo va a seguir esto? ¿Con una boda falsa? ¿Y después qué? —Henry se apartó el cabello de la cara, no lo veía, sólo iba de aquí para allá—. ¿Un bebé falso? Porque si esto es un compromiso falso, todo lo demás también, pero después tú y Elena van a tener que vivir juntos. Y créeme, Lucas. No voy a llegar hasta allí.
—Henry escúchame, por favor.
—¡No!¡Tú escúchame! —Exigió Henry—. No puedo ni siquiera escribir como me siento, porque estoy destrozado... —Lucas vio como Henry se cubría el rostro—. No se supone que amar duela de esta forma —Sollozó. Lucas llegó hasta él y lo abrazó, incluso cuando Henry no correspondió, sino que siguió cubriéndose el rostro.
—H, te amo. Tú sabes eso. Todo esto fue una idea estúpida de Peter, voy a hablar con él mañana y que haga desaparecer esta historia, él no puede seguir adelante sin mi consentimiento —Henry seguía temblando en sus brazos—. Henry, por favor, mírame —Lucas tuvo que apartar las manos de la cara de Henry—. Tú eres el único para mí. Más nadie.
—Lucas, esto es...
—Déjame terminar, por favor —Pidió colocando sus dedos sobre los labios de Henry—. Tú me has dado todo, sin esperar más de lo que está en mis manos darte. Tú me das todo y yo... —Lucas sonrió de forma nerviosa—. Probablemente no quieras, y lo voy a respetar si es así, pero la única forma que tengo para demostrarte

que soy tuyo, es... *Ser* tuyo —Sonrió de nuevo—. No es mucho, pero es lo que soy —Dijo y se quitó la ropa sin ningún tipo de ceremonia.

Lucas tomó las manos de Henry y lo guió hasta la cama, se dejó caer de espaldas.

—Tómame, Henry. Toma todo lo que soy y lo que tengo.
—Lucas, yo...
—¿No quieres? Porque entendería que no quisieras...
—No, por supuesto que quiero, pero... —Lucas jaló a Henry por la muñeca y lo hizo caer sobre él, le susurró al oído.
—Toma lo que es tuyo. Tómalo. Márcalo... Reclámalo, porque te pertenece —Pasó un segundo en el que Henry pareció no respirar, pero de un latido de corazón a otro, esa boca de labios rosados estuvo sobre la suya, devorándolo y poseyéndolo, la lengua con sabor a vino tinto lo golpeó en el gusto...

Con manos ansiosas Lucas buscó la cinturilla del pantalón de pijama de Henry y agradeció de forma silenciosa que Henry no llevara la camisa, porque cuando arrastró los pantalones hasta los muslos sus manos acariciaron pecho y espalda por igual. Henry se las ingenió para sacarse los pantalones y hacerlos caer al suelo. Lucas abrió las piernas para darle espacio a Henry, y cuando sus sexos, erectos como monumentos se tocaron, una descarga eléctrica lo hizo estremecer.

—Henry, fóllame, fóllame rápido....y duro...
—Tengo que...—Henry volvió a besarlo, pero Lucas oyó como una de esas manos grandes se arrastraba por la mesa de noche y abría la gaveta—. Necesitamos cosas...
—Pero rápido, por favor...
—Lu, suena como si quisieras acabar con esto.
—No. Sueno como alguien que está desesperado porque lo folles, Henry Hart —Confesó, porque era verdad, de pronto todo lo que quería era a Henry dentro de él, moviéndose en su interior, sus

caderas lo apoyaron empujando hacia arriba—. Completamente desesperado —Dijo. Henry le dio besos por el cuello.
—Voy a ser cuidadoso.
—¿Pero qué pasa si te quiero descuidado? ¿Si te quiero rápido y furioso?
—No creo que sea lo más recomendable...
—Estás hablando como si fueras un doctor "No creo que sea lo más recomendable" —Bromeó, sus manos buscaron el cuello de Henry para hacer que lo mirara—. Conozco tu cuerpo y tus necesidades, y *créeme*, conozco tu mente y tus deseos —Lamió los labios de Henry de lado a lado—. Y sé que también lo quieres así.

La respiración de Henry se hizo más rápida y Lucas sonrió.

—Soy todo tuyo —Dijo dejando caer los brazos sobre la cama... entregándose. Henry empapó sus dedos con lubricante desde la punta hasta los nudillos. Soltó el tubo el plástico y buscó una almohada para ponerla bajo sus caderas, Lucas lo ayudó apoyándose en la punta de sus pies y alzando las caderas, cuando su trasero aterrizó en la almohada la punta de los dedos de Henry ya estaban en su entrada, lo recorrió un escalofrío y mordió su labio interior. Antes de que los dedos se hundieran Henry lo miró directo a los ojos.

—Prométeme que si algo te parece incorrecto o incómodo, vas a decírmelo —Lucas rió, Henry usó las mismas palabras que él, la primera vez que estuvieron juntos.
—Lo prometo —Henry sonrió como un ángel, y entonces, la punta de uno de sus dedos se hundió en Lucas haciéndolo gemir. El dedo entró más profundo.

Se sentía invadido, el ardor hizo que gimiera y sus ojos lagrimearan, pero no quería detenerlo, el dedo se hundió más allá de la coyuntura media y Lucas volvió a gemir.

—¿Estás bien?

—Perfectamente… Trata con otro más —Sugirió, y se sintió vacío cuando Henry retiró el dedo, pero de inmediato añadió el otro—. Dios —Soltó Lucas cuando ambos dedos estuvieron dentro. Henry empujó hasta los nudillos—. ¡Mierda! —Exclamó impulsándose hacia arriba cuando Henry encontró el sitio justo con esos dedos largos, movió la punta de los dedos hacia adelante y hacia atrás—. Henry, *por favor*… —Sollozó y ni siquiera sabía qué era exactamente lo que estaba pidiendo. Su erección, curvada sobre su vientre estaba temblando, temía tocarla y que explotara.
—¿Me quieres, Lucas? —Preguntó Henry moviendo sus dedos más rápido—. ¿Quieres que te folle ahora?
—¡SÍ! —Gritó—. ¡Sí, por favor! —Oyó la risa de Henry mientras que él se retorcía sobre la cama.

Caliente, como hierro para forjar, la punta del sexo de Henry rozó su entrada, Lucas tomó una bocanada de aire antes de separar un poco más las piernas.

—Deja que vea tus ojos —Pidió Henry con la voz ronca. Lucas lo miró y le sonrió. Incluso en la oscuridad podía ver fuego en la mirada de Henry, fuego infernal y delicioso. Una tentación irresistible…

De pronto, el intento tímido de entrar se convirtió en un empuje agresivo y efectivo. Henry se apoyó en una mano, mientras con la otra ayudaba a su sexo a entrar en Lucas. Henry empujaba sin recular en ningún momento.

—Lu, trata de relajarte… Estás muy tenso… Te sientes muy apretado —Le susurró Henry. Lucas rió—. ¿Qué es gracioso? —Preguntó con una sonrisa.
—Creo que esto es jodidamente romántico, H. Tú brillas bajo los rayos de luna que están entrando por la ventana—Henry soltó una carcajada.
—Eso fue lindo.
—Sí. Pero fue un momento de debilidad —Bromeó—. Ahora fóllame, no me hago más joven —Ambos rieron, pero Henry

empujó un poco más fuerte—. ¡Sagrada mierda! —Escupió Lucas impulsándose en sus pies.
—¿Te duele? —Preguntó Henry.
—No —Lucas dijo una pequeña mentira blanca, sí, le dolía, pero por nada del mundo quería que Henry saliera de él.
—Vi una película —Comentó Henry.
—¿Estás bromeando, Henrique?
—Se llamaba *Pinocho*. Y le crecía la nariz cuando mentía —Comentó Henry inclinándose y besando la punta de su nariz. Lucas no pudo hacer más que sonreír.
—Creo que estás hablando cualquier mierda para no follarme.
—No. Voy a follarte —Dijo Henry, se apoyó en las manos, el cabello colgaba como cortinas de seda y Lucas enredó sus dedos en él, y de pronto, Henry empujó sus caderas y todo su sexo entró en Lucas, que gritó, no podía recrear el sonido, no parecía humano.
—¡Por Dios Santo, Henry, por favor, muévete! —Pidió, y Henry lo hizo, primero movió sus caderas en círculos, haciendo fricción, después se movió de atrás hacia adelante. Quemándolo, empujándolo hacia el respaldo de la cama, Lucas tuvo que aferrarse a los bíceps de Henry para mantenerse en su lugar—. No te pares —Dijo aunque Henry no parecía tener intenciones de hacerlo—. *Wow* —Soltó cuando su mundo giró, bien, no exactamente, pero en un segundo estaba acostado y al siguiente estaba sobre el regazo de Henry, que estaba sentado y Lucas, por instinto, enrolló sus piernas y brazos alrededor de la cintura y cuello de Henry respectivamente—. ¿Qué es... —Comenzó a preguntar, pero cuando Henry se movió un poco, su pregunta no formulada fue contestada, en esa posición Lucas se sintió lleno hasta en lo más recóndito de su cuerpo, lleno por completo—. *Oh...* —Soltó cuando Henry golpeó el lugar exacto, y la columna larga y erecta de su sexo lo masajeaba con cada estocada...

Dios, estaba flotando. No existía la gravedad, en absoluto, Lucas cerró los ojos y hundió la cabeza en la caída que iba desde el cuello hasta el hombro de Henry, tenía que estar en el espacio, porque las sensaciones eran tan abrumadoras, que estaban fueran de este mundo.

Lucas experimentó un silencio lleno de gritos, una oscuridad llena de luz... Una felicidad de pura melancolía...y eso no era todo.

Las manos de Henry atraparon su cintura y lo guiaron a ritmo acompasado con el de las estocadas.

—¡Mierda! —Soltó entre dientes aferrándose más a Henry para no perderse.
—Lucas, por favor... quiero... *necesito* que te corras —Henry le mordió el lóbulo de la oreja, y su voz hizo eco dentro de su cuerpo como un comando, en ese preciso instante algo dentro de él explotó... Como una supernova... La creación de las estrellas...—. Te tengo, Lu. Te tengo —Le dijo Henry justo en el momento en que iba a pedirle que no lo soltara. Justo en el momento en el que chorros calientes bañaron su vientre.
—H... eso fue... —No podía respirar, su cuerpo estaba temblando, su corazón golpeaba su pecho como... un choque de trenes.

Henry lo acostó de nuevo en la cama, Lucas abrió los ojos y él rió, porque Henry estaba esperando el contacto visual para bajar la cabeza, sacó esa maravillosa y rosada lengua, y limpió los remanentes de su orgasmo, cuando ya no quedaba una gota más en su pecho, Henry se lamió el pulgar después de frotar los bordes de su boca.

—Eres la persona más jodidamente sexy de este planeta, y de los otros —Dijo. Entonces Henry sonrió—. ¿Cómo haces eso?
—¿Qué? —Preguntó Henry acomodándose entre sus brazos.
—Pasar de un segundo a otro, de un arma letalmente sexy a un querubín —Henry hundió el rostro en su costado con una risa inocente.
—Estás loco.

*Alas de Ángel*

—Por supuesto, por ti —Apretó más a Henry. Pasó un rato en silencio, pero ninguno de los dos se durmió—. ¿H?
—¿Sí?
—Voy... Voy a terminar todo esto. Ha llegado muy lejos —Dijo—. Esto es demasiado y no voy a arriesgar lo que tenemos —Henry alzó la cabeza para mirarlo.
—Lu...
—No. Tengo que poner límites, y para mí, el límite es cuando tú sales herido. No hay nada, absolutamente nada que sea más importante para mí, que tú. ¿Me crees? —Henry asintió—. Así que... No sé si piensas lo mismo, pero... Estoy listo para otro *round* —Henry soltó una carcajada y se puso a horcajadas sobre él.
—Yo también.

Y hubo un tercer *round*, que los sorprendió con la salida del sol, entre las nubes grises, pero qué importaba el exterior, Lucas tenía a Henry que era en sí mismo un Universo desconocido. Y era todo suyo...

# Capítulo 48

*This time I'm ready to run*
*Escape from this city and follow the sun*
*'Cause I wanna be yours, don't you wanna be mine?*
*I don't wanna get lost in the dark of the night*
*This time I'm ready to run*

*Esta vez estoy listo para correr*
*Escapar de la ciudad y seguir el sol*
*Porque quiero ser tuyo, ¿no quieres ser mío?*
*No quiero perderme en la oscuridad de la noche*
*Esta vez estoy listo para correr*

Los siguientes días, fueron locos y salvajes, y no en la mejor forma posible. Lucas recibió no menos de diez visitas por parte de sus abogados personales, externos a *MegaStar*, la oficina estaba llena de papeles y Lucas tuvo que salir de casa un montón de veces. De lo que Henry había podido escuchar, Lucas tendría que pagar cantidades enormes de dinero para indemnizar los contratos que se romperían una vez que la relación con Elena terminara para el público. Divertido. Aún ni Peter ni Elena sabían de las intenciones de Lucas, pero al menos las noticias hacían la salvedad que ninguno de los representantes habían confirmado la noticia del compromiso, sin embargo, las fotos de Elena con el anillo seguían llenando los portales de internet y las redes sociales.

Henry estaba en el jardín, Lucas había salido temprano para otra reunión.

—Hola —Henry sonrió y sintió a Lucas sentarse a su lado.
—Hola —Dijo. Lucas buscó su mano y entrelazaron sus dedos—. ¿Cómo estuvo la reunión de hoy?
—Mis abogados van camino a MG. Así que, sólo tenemos que esperar.
—¿Por qué es tan complicado, Lucas?

—¿Qué cosa, amor? —Preguntó Lucas recostando la cabeza en su hombro.
—Todo —Respondió Henry—. He estado pensando que, no hemos dormido casi nada en los últimos días —Soltó una risa triste—. En los últimos dos días, hemos estado más estresados que en los últimos dos meses, la cantidad de dinero que has tenido que gastar es grosera, estamos tensos... ¿Y por qué? ¿Sólo porque quieres mostrarle al mundo quien realmente eres? ¿Por qué es que... —Henry no podía creerlo—. ¿Cómo es que por el simple hecho de que quieras ser tú mismo, tengas que perder tanto?
—H, este mundo es...
—¡Está mal, Lucas! —Lo interrumpió—. Nosotros no estamos haciéndole daño a nadie. De hecho, estamos contribuyendo con un poquito más de amor, cuando eso es mucho de lo que falta.
—Lo sé —Dijo Lucas y le dio un beso en la mejilla—. Pero... Algunas personas no lo ven así.
—¿Pero por qué? Yo te amo y tú me amas, ¿qué está mal con eso? ¿Por qué es tan difícil que el mundo pueda ver esto? Lucas, esto está mal. Quiero decir, tú has trabajado tan duro por tener lo que tienes y ahora tienes que sacrificar...
—Amor —Esta vez fue Lucas quien lo interrumpió—. Está bien, no es como si fuese a quedar en la ruina, si pierdo el contrato con *Adidas*, probablemente tengamos que mudarnos, pero no es como si no tuviera los recursos para encontrar una casa más...
—No me malinterpretes, Lu, pero no me importa una mierda si tenemos que vivir debajo de un puente, mientras esté contigo —Lucas sonrió—. Me perturba... me molesta el hecho de que tengas que perder lo que tanto te ha costado ganar.
—Sacrificios, Henry. De eso se trata.
—Tu sociedad está mal —Dijo.
—Nuestra sociedad, amor. Tú no eres un extraterrestre.

Ambos guardaron silencio, Lucas comenzó a hacer círculos con el pulgar sobre su piel.

—De donde yo vengo... —Comenzó a decir

—¿Cheshire? —Preguntó Lucas. Henry sonrió.
—Algo así. No importa a quien ames, mientras lo ames. Es como... como si lo que importara realmente es que encuentres a quien está destinado para ti —Sí, así funcionaban las cosas arriba—. Y, creo que eso es lo correcto.
—Eso tiene sentido, quiero decir, que siempre fuiste bastante abierto con tus sentimientos hacia mí, mientras que yo, peleé contra ellos hasta que me estaba matando por dentro.
—Lu...
—Creo que me enamoré de ti cuando te vi por primera vez, pero cuando te vi realmente, ¿recuerdas? No en el accidente, estaba muy borracho y asustado porque te había atropellado, no fue hasta que te vi a la mañana siguiente, cuando te vi, todas las piezas de un rompecabezas, que no sabía que estaba armando, encajaron y me asusté, porque llevaba toda mi vida peleando contra lo que sabía que era... Sí, definitivamente la sociedad está mal. Tal vez debamos mudarnos a Cheshire.
—Sí, como si vas a salirte del *Manchester*.
—Tal vez es lo mejor. Y no está lejos. Nos mudamos a Cheshire, compramos una casa de suburbios, sólo cuatro cuartos, puedo ser entrenador de algún equipo local o en alguna escuela y pasamos el resto de nuestros días allí. Escapar de la ciudad y seguir el sol...
—Lu, tú amas lo que haces. Tú amas ser una estrella de fútbol.
—Eventualmente, mi momento pasará.
—Pero no ahora, sólo tienes veintitrés años, Lu. Ahora es que queda cancha para que brilles...
—¿Y si no me dejan jugar más, después que sepan que soy gay?
—Entonces todos estarían demostrando que son unos completos idiotas, porque tú seguirás siendo el mejor jugador de fútbol, que ames a otro hombre no cambia eso —Henry oyó que Lucas reía.
—¿Desde hace cuánto eres tan inteligente, Henry Hart?
—¿Eso es un cumplido? —Ambos rieron.
—Por supuesto que es un cumplido.

Henry acarició la mejilla de Lucas y dejó besos en lo alto de su cabeza. Casi alcanzaron un nivel de paz.

—Es Peter —Dijo Henry al mirar la pantalla del móvil de Lucas.
—¿Debería... —Henry asintió. Lucas activó el altavoz—. Te escucho, Peter.
—¿¡Qué mierda crees que estás haciendo, Lucas Hamilton!? ¿¡Qué mierda estás haciendo!? —Gritó.
—Baja la voz, Peter, no estoy sordo y no quiero estarlo.
—*No me jodas en este momento, Lucas. No te atrevas.*
—Peter, no estoy tratando de joderte, estoy tratando de tener una conversación civilizada.
—¿¡*Una conversación civilizada!? ¿Qué tan civilizados crees que están los socios de MS ahorita, después de la cordial visita de tus abogados!? ¿¡Qué tan civilizados crees que están cuando quieres romper un contrato por millones de libras esterlinas con Adidas!?*
—Lo lamento —Dijo Lucas, aunque realmente no parecía lamentarlo—. No puedo seguir haciendo esto —Al otro lado de la línea Peter trató de calmarse, pero su voz seguía sonando llena de rabia.
—*Lucas, piénsalo. Has estado trabajando con ellos por casi cuatro años, tienes un contrato por diez años. Nadie ha tenido esa oportunidad... Lo estás arruinando.*
—Lo siento, Peter, pero cuando decidiste que era una buena idea hacer que Elena llevara un anillo de compromiso, *tú* lo arruinaste.
—¿¡*Estás diciendo...*
—Sí, lo estoy diciendo.
—¡*Debes estar bromeando!*
—No. Tú pasaste el límite.
—*Lucas, es un anillo de una diseñadora, podemos decir que Elena tiene un contrato para llevar sus joyas y...*
—¿Y después qué? ¿Vuelven a seguirme al parque cuando quiera salir con Henry y tú vas a tener la brillante idea de que Elena salga embarazada? No, Peter. Lo que hiciste fue sucio y bajo, y tocó lo intocable...
—*Lucas, vas a perder todo.*

—¡Qué se joda todo, Peter, si ustedes no quieren a un jugador gay, entonces, yo no quiero que una empresa jodidamente homofóbica me represente!

Peter al otro lado de la línea suspiró. Henry estaba tan tenso que casi no respiraba.

—*Nosotros no somos homofóbicos, Lucas, y lo sabes* —Lucas negó con la cabeza—, *pero la industria y la gran mayoría del público tiene estereotipos, y lo sabes* —Repitió—. *Lucas, yo he ido a más de diez convenciones en donde te enseñan a ocultar la sexualidad de las personas públicas a favor de sus carreras...*
—¿Sabes qué es lo que hacen entonces?
—*Ayudar.*
—Sí, ayudar pero a la gente equivocada. Peter, las personas públicas tenemos el poder de llegar a las masas, de hacer cosas grandiosas por la sociedad, pero empresas como *MG* y agentes como tú, sólo piensan en el dinero y en la forma fácil de ganarlo. ¿Por qué nunca te planteaste ser el agente del primer jugador abiertamente gay de la Liga? No. En vez de eso, lo que hiciste fue encerrarme en el closet, contra el que no opuse resistencia hasta que encontré alguien que tiró todas las puertas. Peter, tienes el potencial para hacer cosas increíbles con tus clientes, pero prefieres aferrarte a los patrones retrógrados de una sociedad ignorante. ¡Por Dios Santo, estamos en el 2015! Ser homosexual no debería ser un problema, ser bisexual no debería ser un problema... La sexualidad de las personas no debe ser un problema para nadie.
»Estoy cansado de fingir, Peter. Lo siento, pero estoy enamorado, y no hay nada que quiera más en el mundo, que todos lo sepan. Si tú no puedes manejarlo, entonces gracias por estos años, eres un profesional entregado a lo que haces, y te lo agradezco, pero en este momento, estamos en diferentes páginas —Lucas no esperó respuesta y cortó la llamada. Se volvió a mirarlo—. Amor, estás llorando.

Sí, Henry estaba llorando.

—Estoy tan orgulloso de ti, Lucas —Lo abrazó—. Muy orgulloso —Lucas sonrió devolviéndole el abrazo.
—No sabía que necesitaba escuchar eso hasta ahora. Gracias.

Sí, Henry estaba muy orgulloso de Lucas.

# Capítulo 49

*Is that so wrong?*
*Is it so wrong*
*that you make me strong?*

*¿Es tan malo?*
*¿Es tan malo*
*que tú me hagas fuerte?*

Lucas no podía creer que Peter lo hubiera llamado al día siguiente para reunirse como personas civilizadas en representación de *MS*. Fue un almuerzo tenso al principio, pero lo que Lucas no imaginó jamás fue que Peter le pidiera seguir siendo su agente.

—¿Estás hablando en serio? —Preguntó.
—Totalmente.
—Peter, si, y presta atención al condicional, *si*... si llego a aceptar que sigas siendo mi publicista las cosas tienen que cambiar.
—Lo sé, Lucas.
—No voy a trabajar con ningún abogado de MS.
—Perfecto.
—Vamos a establecer horarios para tus llamadas.
—Estoy de acuerdo —Lucas se reclinó en su asiento y miró a Peter con ceño.
—¿Estás drogado? —Preguntó en un susurro. Peter sonrió.
—No —Dijo—. Tú eres un gran cliente, Lucas. Tenemos nuestras diferencias, pero eso no quita el hecho de que hacemos un buen equipo.
—¿Qué pasaría con Elena?
—Hablé con ella y Katie ayer. Ambas están de acuerdo en terminar la relación laboral y "romántica", siempre y cuando, se haga con el mayor detalle y que la imagen de Elena no quede comprometida.
—¿*Adidas*?

—Es un tema más delicado, Elena habló con su papá, y ellos van a seguir patrocinándote hasta el final de la temporada, y luego vas a tener que reunirte con ellos.
—¿Me van a patrocinar hasta el final de la temporada, incluso si yo decido salir de closet en digamos... dos horas? —Peter abrió los ojos como platos.
—Tú no puedes salir del closet en dos horas...
—Lo sé, pero si decidiera hacerlo...
—Sin importar lo que ocurra, ellos se van a quedar hasta el final de la temporada.
—Interesante.
—Fue por Elena. Ella fue insistente con su papá.
—Puedo llamarla luego para agradecerle personalmente.
—Entonces, ¿Sigo siendo tu agente? —Preguntó.
—Déjame hablar con mis abogados, y con Henry, él no está feliz contigo, para nada. Pero te dejaré saber en cuanto tomemos una decisión.
—Me parece justo —Peter levantó su vaso de whiskey, en un brindis silencioso.
—Es justo.

Ese fin de semana, el *Manchester* jugó y ganó en Croydon, la victoria no se vio empañada por el comunicado oficial que saliera el jueves anterior en la prensa, donde se confirmaba la ruptura de Elena Klark y Lucas Hamilton. Peter y Katie habían acordado que la ruptura tenía que ser amistosa y eso implicaba que Elena iría a la final si el *Manchester* llegaba allí.

Por su parte, esa noche, se estaban celebrando los *Music Brit Awards*. Ishmael estaba nominado en tres categorías e iba a presentarse, su nuevo álbum ya estaba listo y esa noche se estrenaría el nuevo *single*, según Ishmael era una de las primeras canciones que se habían elegido, una de las canciones de Henry sería el tercer o cuarto *single*, eso seguro.

De acuerdo al plan de Peter para ir introduciendo la idea de Lucas y Henry tenía que ser progresivo, esta noche, por ejemplo, Lucas caminaría la alfombra roja de los *Brit* solo, Henry llegaría con el equipo de Ishmael y luego arribaría el cantante, sin embargo en un punto los tres estarían en la alfombra roja.

Lucas se bajó de la limosina, y de inmediato los gritos del público y la prensa llenaron el ambiente.

—Bienvenido, Señor Hamilton —Le dijo una de las anfitrionas. Como en cada alfombra roja Peter estaba a escasos pasos de él.
—Vas a hablar con *Vanity, Glamour* y *People*, primero —Peter señaló tres distintas tarimas donde había cámaras—. Si te preguntan por Elena y la ruptura, vas a dar las gracias y te vas —Lucas asintió—. Para toda esa línea —Señaló un espacio de unos tres metros abarrotada de fotógrafos— sólo vas a posar.
—Bien.
—Y al final, vas a hablar con *E!, TMZ* y *TNT*. Lo mismo, Elena no está en las preguntas permitidas.
—Está bien.
—Puedes hablar de Henry —Dijo Peter—. No lo hagas de forma directa. Lanza respuestas ambiguas o simplemente... algo para que descifren.

Lucas siguió las instrucciones de Peter, en *Vanity, Glamour* y *People* no mencionaron a Elena, le preguntaron sobre la Liga y quien lo vestía esa noche, con una sonrisa amplia contestó: *YSL*.

Posó para las cámara y como siempre después de un par de minutos se cansó de la cara "sexy" e hizo sus muecas características, con ojos bizcos y los labios apretados en una sonrisa de niño travieso, los pulgares señalando hacia los lados y los fotógrafos riendo con él y no de él.

Cuando llegó a la tarima de *E!,* después de pasar por *TNT* y *TMZ*, Lucas saludó a Kelly Osbourne.

—Lucas, bienvenido a la alfombra roja de *E!* en los *Music Brit Awards*.
—Muchas gracias —Dijo.
—Primero, ¿quién te viste está noche? —De pronto el público gritó tan fuerte que perdió un poco la pregunta.
—No creo que pueda contestar eso.
—¿Por qué?
—No sé quién va a desvestirme esta noche —Kelly rió.
—No es eso lo que pregunté, pero ahora nos encantaría saberlo.
—Me viste *YSL* —Contestó sonriendo.
—Gracias, Lucas. Ahora, me imagino que viniste a apoyar a Ishmael, está nominado en tres categorías y lanzará el primer *single* de su siguiente álbum.
—Sí. Ishmael es un artista increíble y uno de mis mejores amigos, cuando me avisó que estaba nominado… Quise estar con él esta noche. Es una gran noche para él.
—Por supuesto, ¿ya has oído el *single*?

Lucas sonrió y con su visión periférica logró captar los flashes de los fotógrafos y su rostro se volvió, como otra estrella, Henry estaba con parte del equipo de Ishmael posando para las cámaras. ¿Henry estaba posando en la alfombra roja? ¡Estaba brillando! Se notaba que estaba intimidado bajo los flashes, pero aún así era hermoso… perfecto.

—Es increíble, ¿no? —Preguntó a Kelly que miró en dirección hacia donde veía Lucas.
—Oh, Ishmael, sí, increíble —Ishmael estaba en la alfombra ahora.
—Sí él también, pero yo estaba hablando de Henry Hart —Lo señaló, Kelly abrió la boca en forma de "O"—. Muchas gracias, Kelly —Lucas se bajó de la tarima de *E!* con una sonrisa enorme.
—Eres una pequeña mierda —Le dijo Peter riéndose con él—. Estuvo muy bien, no fue sutil, pero estuvo bien.
—¿Puedo entrar? —Preguntó.
—No. Ahora vamos a esperar a Ishmael y Henry.

Diez minutos después Henry e Ishmael llegaron hasta la entrada.

—No pueden estar uno al lado del otro en esta parte, Ishmael debe ir en medio —Les indicó Peter. Los tres caminaron por otra alfombra que ya estaba dentro del recinto, Ishmael en medio como habían indicado, posaron mientras se divertían, Henry seguía algo tenso, pero al final les regaló una sonrisa a los fotógrafos.

Una vez dentro, la mesa de ellos estaba inmediata al escenario, Ishmael ganó las dos primeras categorías que fueron presentadas antes de que tuviera que ir a camerinos para subir a cantar.

—¿Sabes que va a cantar? —Preguntó Lucas a Henry, que estaba a su lado, mientras aplaudían a la presentadora.
—Y ahora, por favor, reciban con un fuerte aplauso a Ishmael Greekgod en el estreno mundial de su primer single promocional *You and I forever.*

Henry dejó de aplaudir y se quedó mirando al escenario.

—¿Es tu canción? —Preguntó sonriendo cuando oyó las primeras notas. Henry asintió.

Ishmael comenzó a cantar, y Lucas simplemente se dejó atrapar por las letras.

No iba a llorar. No iba a llorar —Se repitió, pero la letra era hermosa... Era sobre ellos, sobre lo feliz que era Henry cuando estaban justos, y lo feliz que quería seguir siendo.

Lucas movió su silla más hacia Henry, apretó el muslo de su novio por debajo del mantel.

—Gracias —Gesticuló sin emitir sonido. Henry lo miró y le sonrió, desde entonces, sus manos estuvieron entrelazadas bajo la mesa y sólo se separaron para aplaudir de pie la actuación de Ishmael.

Después de que los medios supieran que *You and I forever* había sido escrita por Henry Hart, las especulaciones llegaron a su punto más álgido, y ¿por qué no? Ellos le dieron un poco de material saliendo de la gala juntos y yéndose en el mismo auto, luego se dejaron ver en público durante el resto de la semana siguiente.

Finalmente, se jugó el partido previo a la final y antes de que se enfrentaran contra el Chelsea por el título de la Liga, Lucas necesitaba estar en paz consigo mismo. Ya lo había hablado con Peter, y en su nuevo comienzo, como lo llamaban, sólo quedaba dar el salto al vacío.

—¿Estás seguro que quieres hacer esto? —Henry y él estaban en el vestidor del stadium el lunes en la mañana, ese día tenían práctica a las dos de la tarde, y estaría abierta para los medios, después de la rueda de prensa se ofrecería un almuerzo.
—Bebé, no es como si cinco minutos antes de la rueda de prensa les fuese a decir, ¿saben qué? cambié de opinión, nos vemos en la final.
—Lu...—Dijo Henry riendo mientras sus largos dedos jugaban en la parte trasera de su cuello.
—H, quiero hacer esto. *Necesito* hacer esto. Estoy cansado de jugar al gato y al ratón con la prensa. Nuestra vida no es un juego.
—Lucas, todo está listo —Peter se asomó por la puerta.
—Voy —Dijo—. Es el momento, H —Henry le sonrió.
—Estaré a tu lado.
—En frente de mí, quiero verte a los ojos cuando diga la verdad —Su novio asintió, le dio un corto beso y salió de los vestuarios. Lucas lanzó una mirada al par de hojas entre sus manos—. Vamos —Se dijo a sí mismo. Se arregló la chaqueta de su traje, respiró profundo y salió de los vestuarios.

Incluso cuando sabía que Peter había hecho el despliegue de prensa más grande su carrera, parecía que ningún medio deportivo había faltado, había otro montón de prensa de entretenimiento, y los grandes: TIME y BBC.

En la primera fila estaba su mamá, Dan y Beth. Lizzy y los gemelas y los bebés estaban en casa, y al lado de Ann estaba Henry, nervioso, casi pálido. Lucas le guiñó el ojo rápidamente. En la segunda fila estaban Van y el resto del equipo, ellos sabían lo que iba a pasar y Van como un padre, lo había abrazado y no dijo más. Elena no estaba pero Peter le había comunicado que en cuanto saliera la noticia, iban a lanzar un comunicado de apoyo e Ishmael, estaba esperando lo mismo para escribir su apoyo por *twitter*, ya que estaba de nuevo en Los Ángeles.

La voz de Peter ampliada por los altavoces lo sacó de su observación.

—Bienvenidos. Después del comunicado, los invitamos a pasar al salón contiguo para el almuerzo donde podrán conversar individualmente con el Señor Hamilton.

Las cámaras se encendieron y los flashes se dispararon cuando Lucas dio un paso al frente, y luego otro y otro, hasta llegar al podio, preparado por él.

—Bienvenidos y gracias por venir a todos los medios de comunicación, mi familia, mis amigos y mis compañeros de equipo —Dijo—. Quiero empezar diciendo, que hoy no quiero ser visto como Lucas Hamilton, el jugador del *Manchester United*, no me malinterpreten, amo ser parte del *Manchester*, pero en este momento, sólo soy una persona, con algo para decir.
»Estuve buscando frases en internet que sonaran lo suficientemente profundas e intelectuales para crear impacto, pero no lo encontré, es decir, sí, encontré muchas frases, pero no

me veía diciéndolas, no soy así de intelectual o profundo —Bromeó—. Entonces encontré a Morgan Freeman, que es bastante inteligente y profundo, pero también, algo irreverente, como yo, y su frase estaba llena de verdad, que es el fin de esta rueda prensa.
»El Señor Freeman dijo: "Odio la palabra homofobia. No es una fobia. Usted no tiene miedo. Usted es un imbécil"

Lucas pudo escuchar el grito ahogado del colectivo, los flashes se volvieron locos y los murmullos se dispararon, se aclaró la garganta y prosiguió.

—Los estigmas de nuestra sociedad están destruyéndonos. Estamos en 2015 y todavía la homofobia y transfobia siguen siendo un problema en nuestra "moderna" sociedad. Encuentre el error en la oración —Pidió con media sonrisa—. Hoy sólo quiero decirles que: Sigo siendo un jugador de fútbol, sigo dejando mi sudor y corazón en la cancha cuando juego para el *Manchester*, mis preferencias personales no cambian eso.

A esa altura Lucas no vio la necesidad de decir, textualmente "Soy gay", lo había dicho mucho y aparentemente todos lo sabían, él sólo quería dejarlo claro.

—En el trascurso de mi vida he contado con personas excepcionales, que me han apoyado y han estado a mi lado por quien soy, no Lucas Hamilton, el jugador del fútbol, sino por ser Lucas, el chico de Doncaster con sueños tan grandes como los océanos y con temores aún más grandes. Temores que me llevaron a ocultar parte esencial de quien soy. El closet es un lugar oscuro y solitario, donde tú puedes oír todo lo que pasa afuera, pero nadie puede escucharte a ti.
»Hoy, estoy afuera —Sonrió y varias personas también lo hicieron—. Hoy puedo decir, lleno de orgullo y con el corazón latiendo fuerte de tanto amor —Alzó la mirada directamente en dirección a Henry que estaba sonriendo, pero lloraba—, estoy

enamorado, de un hombre maravilloso, que tomó mi mano y me dijo: ¿Puedes ver?
»Ahora puedo ver los colores, respirar aire fresco y ser yo mismo.

Su madre agarró la mano de Henry entre las suyas y también estaba llorando.

—Después de esto, sólo tengo la esperanza, de que el día de mañana, "salir del closet" no sea la gran cosa y que poco a poco, nuestra mentalidad sea tan abierta y educada que nadie tenga que salir del closet, porque, en principio, el closet no debería existir.

Hizo una breve pausa, y el silencio fue tan denso que podía oírse el caer de un alfiler.

—Un gran hombre dijo esto: "Que tus decisiones sean el reflejo de tus esperanzas, no de tus miedos[15]" —Se permitió otra breve pausa y luego, sonrió: —Gracias por venir, y por favor, pasemos al salón contiguo.

No lo esperaba, pero empezaron a aplaudir y al segundo siguiente, estaba envuelto en los brazos de Henry.

Las cámaras los rodearon y estuvieron bajo una lluvia de flashes.

—Estoy tan orgulloso de ti, Lu. Tan orgulloso —Dijo Henry, Lucas sonrió y le secó las lágrimas con el pulgar.
—Por primera vez, tengo que decir, que yo también —Ambos rieron.
—Vamos —Oyó decir a Peter—, pasemos a almorzar, Lucas estará pasando por cada una de sus mesas.

---

[15] Nelson Mandela

Ellos esperaron a que todos pasaran al salón de al lado. Enredó los dedos con los de Henry.

—¿Eres feliz, H?
—Sí —Respondió con una sonrisa.
—Cuando ganemos el domingo, vamos a empacar y nos iremos a una isla, en el Caribe, sin teléfonos, laptop, nada… Tú y yo solamente, ¿te parece?
—Sí —Repitió. Lucas se impulsó y besó a Henry, como si hubiese mañana.

# Capítulo 50

*Look inside you and be strong
and you'll finally see the truth
that a hero lies in you*

*Mira dentro de ti y sé fuerte
y finalmente verás la verdad
que hay un héroe dentro de ti*

Por supuesto que entrar en el stadium en Chelsea fue más como una alfombra roja, Henry ya estaba acostumbrando a los *paps* que lo habían perseguido a él y Lucas la última semana, aún sentía un ligero vacío en el estómago cuando encontraba fotos de ellos en la prensa o en internet, tomados de manos, hasta el momento no los habían "atrapado" besándose.

—¡Buena suerte, Lucas! —Gritó uno de los *paps*.
—Gracias —Respondió Lucas, saludó con su mano libre, ya que la otra estaba enredada con la suya.
—¿Estás emocionado, Henry? —Le preguntaron.
—Sí —Respondió sonriendo—. Muy emocionado por la final.

Una vez dentro del stadium se separó de Lucas para ir a las gradas, pero Peter lo detuvo.

—Henry, es la final, tienes que estar en la banca.
—¿Qué? —Preguntó.
—Vamos, todos esperan verte allí. Disfrútalo.
—Gracias —Henry sonrió y caminó por el túnel hasta el campo.
—¡Henry! —Sophia lo saludó también desde la banca.
—Soph, ¿Cómo estás?
—Súper emocionada —Ambos rieron—. Mira te están saludando. Señaló hacia las gradas VIP que estaban tras ellos, Henry caminó hasta la valla, las hermanas de Lucas, Ann, Cristhian y Dan estaban ahí.

—¿Qué hacen aquí? —Preguntó a Ann cuando se acercó—. ¿Por qué no están en la banca?
—Somos muchos —Contestó Ann sonriendo—. Además, es tu momento, Tú eres la persona que Lu necesita a tu lado, ahora mismo.
—¿Estás segura? Puedo hablar con…
—Estamos bien. No te preocupes, cariño. Ahora ve y anima a Lucas como si te fuera la vida en ello.
—Lo haré —Dijo asintiendo.

Henry no podía explicar cómo es que su corazón seguía latiendo después de ver desfilar a Lucas por el campo, alinearse con su equipo, intercambiar banderas y ganar la pelota al silbato inicial.

—¡Vamos, Lu! —Gritó, Sophia estaba junto a él animándolos al límite del campo—. ¡Vamos! —Exclamó girándose hacia las gradas pidiendo que gritaran.
—¡Henry mira! —Habían pasado quince minutos y James había robado la pelota, Lucas aceleró la velocidad, corrió hasta llegar al área—. ¡Vamos, James! —Sophia saltó en su sitio a la vez que James pasaba la pelota. Lucas la recibió sin problemas y corrió, apuntó y…
—¡NO! —Todos los aficionados del *Manchester* gritaron a la vez, el portero la detuvo en el último segundo. Lucas se pasó las manos por la cara, decepcionado.
—¡Vamos, Lucas! ¡Eres el mejor! —Gritó Henry, Sophia sonrió.

La pelota volvió a la cancha del Chelsea, eran buenos. Henry estaba preocupado. Era posible que perdiera, por supuesto que era posible, pero no era algo en lo que realmente hubiese pensado. En los siguientes veinte minutos hubo cerca de una docena de amagos de gol, tanto por el Chelsea como por el *Manchester*, Henry podía percibir como Lucas se tensaba a medida que fallaba los goles, Nate tenía una expresión tan fiera que no quedaba rastro del lindo duendecillo irlandés que lo caracterizaba. James quitaba la pelota pero tenía dificultades.

—¡Tú puedes, James! —Gritó Sophia cuando James robó de nuevo, Lucas ya estaba en posición, recibió la pelota, corrió hacia la arquería, tomó impulso y ¡anotó!
—¡SÍ! —Henry saltó en su sitio y se deslizó sobre sus botas animando a las barras que desgarraban sus gargantas al grito de "GOL"
—¡Eso fue por ti! ¡Fue por ti! —Gritó Lucas desde el campo mientras el resto del equipo se iba sobre él para celebrarlo.
—¡Lo sabía! Sabía que Luke iba a dedicarte su primer gol.
—¡Eres el mejor, Lu! —Gritó de nuevo, aunque probablemente Lucas no lo estaba escuchando cuando tenía al resto del equipo sobre él.

El juego se reanudó y fue como ver una guerra civil, de alguna manera dos jugadores colisionaron en medio del campo y terminaron sangrando, el equipo médico los socorrió de inmediato. Faltaba un minuto para terminar el primer tiempo, lo que era bueno, porque según lo que había aprendido Henry, era algo bueno para ellos que el equipo contrario se fuera a los vestuarios en desventaja.

La pelota estaba en poder del Chelsea, Henry miró el reloj en la pantalla gigante, si sus cálculos eran correctos el jugador que tenía la pelota no llegaría al área de tiro antes del silbato final. Cuando su mirada volvió a la cancha supo que estaba equivocado, el jugador pateó el balón como una bala y la pelota se escurrió entre las manos de Nate y rebotó en la maya.

El primer tiempo se acabó con el marcador 1-1.

—Mierda —Dijeron Sophia y él a la vez. No tenían permitido ir a los vestuarios en el medio tiempo. Definitivamente no esperaba que el equipo se fuera con esos ánimos a los vestuarios.

Henry y Sophia fueron hasta la valla y charlaron con Ann y Dan. Las niñas estaban tratando de animar a las gradas. Cada minuto pasaba como una hora.

—¡Handry! —En la entrada del túnel, estaba Ishmael que corrió hasta ellos—. Lo siento, se me hizo tarde —Dijo después de saludar.
—Está bien, puedes ver el segundo tiempo —Indicó.
—¿Cómo están los resultados?
—1 a 1, gol del Chelsea al último minuto.
—Mierda —Dijo Ishmael—. Pero tranquilo, seguro vienen repotenciados. Esta Liga es de ellos, han sido invencibles.
—Sí —Estuvo de acuerdo, y anunciaron la reanudación del juego. Fueron hacia la barra y aplaudieron al equipo cuando volvió al campo. Nate estaba furioso.

Y si el final del primer tiempo era una guerra civil, el segundo tiempo era la guerra mundial. Antes de la primera media hora, se sacaron 6 tarjetas amarillas. 3 jugadores tuvieron que ser atendidos y ningún balón entró en las arquerías.

—Esto es horrible, H —Dijo Ishmael a su lado, Sophia estaba al otro, pero casi no hablaban, había demasiada tensión.
—Necesito que se acabe. Creo que voy a vomitar —Dijo, riendo, pero no era divertido.
—Nate es una muralla —Añadió Ishmael.
—Gracias a Dios —Comentó, porque el Chelsea había estado demasiado tiempo en el área.

Henry miró la pantalla, faltaban tres minutos para el silbato final. No querían ir a la ronda de penaltis, así no se ganaba un partido, según ellos, Henry tuvo dificultades para respirar cuando todos los jugadores bajaron al área de anotación del Chelsea, uno de sus jugadores iba rápidamente hacia la arquería, Henry pudo ver la breve seña que se hicieron Lucas y James, Lucas corrió de regreso hacia la cancha casi vacía, sólo había un jugador del Chelsea aparte del arquero. La pelota cayó volando a los pies de Lucas, en la cancha parecía haber confusión con el robo, no por ser irregular, sino por lo sorpresivo y exitoso, James salió de la multitud en dirección a Lucas que iba hacia la arquería a toda marcha.

Dos minutos.

—¡Vamos! —Soltó con los puños apretados, por más que los jugadores restantes corrían no podían alcanzar a Lucas y de pronto ¡BAM! El jugador que había permanecido atrás se deslizó en la cancha e hizo caer a Lucas. Todo el stadium escuchó la maldición de Lucas, Henry no oyó ningún silbato de sanción. James era el único jugador del *Manchester* que estaba cerca, la pelota estaba a la deriva porque el jugador del *Chelsea* también estaba en el piso—. ¡Vamos, James! —Gritaron él e Ishmael. Sophia tenía los puños apretados sobre su boca.

Un minuto…

James alcanzó la pelota, estaba habilitado… impulsó la pierna y…

—¡SÍ! ¡Soph abre los ojos! —Gritó Henry.

El stadium se vino abajo. James anotó. James Primme hizo el gol de la victoria del *Manchester United*.

Fue un pandemónium cuando sonó el silbato final, todos, jugadores, entrenadores, familiares corrieron hacia la cancha. Henry corrió hasta Lucas que ya se había parado e iba hacia James

—¡Eres un jodido héroe, JP! —Lo escuchó decir cuando abrazó a James que estaba rojo como tomate y estaba llorando. Sophia corrió hasta él y James la hizo girar en sus brazos mientras la besaba.

Nate llegó desde el otro lado de la cancha dando saltos como un canguro.

—¡Eres una leyenda, James! ¡Una leyenda! —Gritó una y otra vez, hasta que James soltó a Sophia y se abrazaron. La prensa comenzó a rodearlo. James era la estrella de la final.

Henry llegó hasta Lucas y le tocó en el hombro.

—Hola —Saludó Lucas con una sonrisa.
—Felicidades —Dijo Henry—. ¿Cómo está tu pierna?
—Bien —Respondió.
—Pareció como si te hubiesen golpeado muy fuerte.
—No tanto —Admitió encogiéndose de hombros.
—¿O sea que pudiste pararte y anotar el gol? —Lucas no respondió, no era necesario—. Pudieron ir a penaltis y perder.
—Pero no lo hicimos —Lucas sonrió y miró a James orgulloso—. Te lo dije, él tiene el potencial, pero necesitaba un empujón.
—Fue un riesgo, pero eres asombroso, ¿lo sabes?
—Oh, Henrique, vas a hacer que me sonroje delante de toda esta gente —Lucas bajó la mirada.
—Ven aquí —Dijo y lo abrazó por la cintura, Lucas enganchó los brazos alrededor de su cuello—. Eres mi héroe.
—Normalmente, cuando el héroe hace algo bueno siempre recibe una recompensa —Henry sonrió y sin pensarlo unió sus labios a los de Lucas, su héroe, su sol... su amor... su *todo*.

# Capítulo 51

*I promised that one day I'd bring you back a star.*

*Te prometí que un día te traería nuevamente una estrella*

Después de ganar la liga, todos los jugadores y sus invitados celebraron hasta pasada la medianoche, y después la mayoría tuvo que salir corriendo al aeropuerto para no perder su vuelo.

Lucas y Henry no fueron la excepción. Abordaron el avión y se acurrucaron el uno con el otro. Era un vuelo corto, pero cualquier tiempo era bueno en los brazos de Henry. Para Lucas era así. Los brazos de Henry a su alrededor eran su cable a tierra a la par que eran su motivo para planear sobre las nubes.

Un año atrás… No, un año no, seis meses atrás si alguien le hubiese dicho que estaría experimentando la verdadera felicidad por primera vez hoy, no lo habría creído por nada del mundo, no cuando hacía seis meses pensó por primera vez en apretar el botón de *Game over* de su vida, no cuando pensó en mezclar píldoras con alcohol y esperar un resultado letal… No cuando pensó en usar una cuerda en la viga del techo de su casa…Sí, eran pensamientos que ahora parecían irracionales, pero seis meses atrás parecían ser la única salida. La única forma de acabar con una pesadilla constante.

—H…—Susurró. Henry se movió un poco, pero no abrió los ojos.
—*yosoliayoerapanadero…*—Masculló y Lucas se tapó la boca para evitar que saliera la risa.
—¿De qué estás hablando? —Se volvió a mover un poco y un mechón de cabello cayó sobre su rostro, Lucas lo apartó hasta dejarlo tras su oreja.
—*No… élmideunosetenta…*

Lucas le acarició la mejilla y no le habló más, pero lo contempló.

Amaba su piel blanca como porcelana, suave como la de un bebé, amaba la línea marcada de su mandíbula que lo hacía ver tan masculino, amaba su nariz y sus cejas rectas y largas, amaba sus pestañas más claras que su cabello y amaba esos labios rosados que usaba a la perfección.

Lucas Hamilton amaba a Henry Hart, tanto que no alcanzaban las palabras. Y eso lo hacía feliz.

No se atrevió a preguntarle a Henry qué estaba soñando en el avión, guardaría esa conversación sin sentido como el más precioso de los secretos.

Llegaron a la casa y subieron a la habitación tomados de la mano, Lucas dejó el bolso en el piso y Henry encendió la luz, toda la habitación estaba llena de globos con los colores del *Manchester United*, en la pared tras la cama había un cartel enorme donde se podía leer "Felicidades" y del techo colgaban cintas de colores y pelotas de fútbol de cartón.

Lucas sonrió.

—¿Sabías que íbamos a ganar? —Preguntó abrazando a Henry por la cintura.
—No, pero lo esperaba.
—Henrique, ¿por qué eres tan perfecto? —Preguntó besándolo en el cuello. Henry rió. Y caminaron hasta pasar las puertas corredizas, en el la esquina había una mesa ratona con una botella de champagne y dos copas—, es una celebración a toda regla.
—La celebración que te mereces —Henry destapó la botella y llenó ambas copas.
—¿Brindamos?
—Seguro —Unieron sus copas.
—Por ti, Henry Hart.

—Por ti, mi Lu —Lucas sonrió y bebió. Ambos terminaron sus bebidas y Lucas retiró la copa de las manos de Henry, las dejó sobre la mesita y nuevamente lo abrazó por la cintura.
—Henry —Dijo con seriedad, su corazón estaba gritando que le hiciera caso, que se olvidara de la lógica y de los pasos que normalmente dictaban las reglas de una relación—. Yo... —Sonrió nervioso—. Yo no estoy haciendo esto propiamente, prometo que lo haré en un futuro, pero esta noche, tengo que hacerlo así, espontáneamente, porque necesito sacarlo de mí y que lo sepas —Henry lo miró extrañado—. Yo nunca supe cómo es que las personas sabían cuando llegaba el momento, cuando descubrían que era el momento correcto. Hoy, cuando viniste a mí en el campo para felicitarme, lo supe.
—¿Qué supiste? —Preguntó Henry pasando los brazos por el cuello de Lucas.
—Que quiero estar contigo para siempre. Tú y yo por siempre.
—¿Qué? —Preguntó con una sonrisa.
—Quiero todo contigo, compromiso, matrimonio e hijos... *todos* ellos, sea cual sea ese número para ti. Te daré todo lo que quieras, hasta que se acabe la vida.
—Lu, ¿me estás preguntando si quiero casarme contigo?
—Más que preguntártelo, te lo estoy pidiendo... Suplicándotelo.

Hubo un momento de silencio, los ojos verdes de Henry brillaban intensamente y sonrió.

—¡Sí! —Lucas lo apretó contra su pecho.
—¿Sí? —Dijo sonriendo
—Sí.
—Repítelo.
—Sí. Sí. Sí. Sí... Una y mil veces, sí —Henry se inclinó y lo besó.

Cuando se separaron, Lucas ya estaba caminando hacia la cama.

—Te amo tanto. Y voy casarme contigo, Henry —Dijo sonriendo—. Eres todo lo que necesito. Tú eres todo lo que quiero, tanto que duele.

Henry iba a sonreír pero en vez de eso, se separó y dio un paso atrás, Lucas pensó que el champagne podía estar adulterado, Henry no podía estar... ¿resplandeciendo?

—Lu... —Dijo y se tocó el pecho como si le doliera—. Eres feliz ahora —Su voz y su expresión fueron tristes con esa afirmación.
—Por supuesto que soy feliz, tú estás conmigo —dio un paso hacia él para abrazarlo de nuevo, pero Henry retrocedió.
—Yo... —Lágrimas espesas comenzaron a formarse en sus ojos verdes—. Yo cumplí la misión.
—¿Qué? —Preguntó. No tenía idea de...
—Me tengo que ir.
—¡No! —Soltó, estaba costándole respirar, ¿Qué estaba pasando? —Henry, ¿qué está... —Lucas abrió la boca ahogando un grito. Henry se estaba...—. Henry ¿por qué... por qué tienes... alas?

Henry se secó las lágrimas.

—Lo siento tanto, Lu. Me tengo que ir.
—¡No! —Gritó pero no podía moverse—. No quiero dejarte.
—No lo hagas —Dijo Henry con desesperación en su voz—. No me dejes ir.

Lucas se abalanzó sobre él y se aferró del cuello como si de ellos dependiera su vida. Pero, un minuto, era verdad, de ello dependía su vida.

# Capítulo 52

*I'm feeling something deep inside*
*Hotter than a dead stream burning up*
*I got a feeling deep inside*
*It's taking, it's taking, all I've got*

*Estoy sintiendo algo dentro de mí*
*más caliente que la muerte en llamas*
*Lo estoy sintiendo muy dentro de mí*
*Está tomando está tomando todo lo que tengo*

Sabía dónde estaban sin siquiera abrir los ojos, no quería ver, no quería soltar a Lucas, pero eventualmente tendría que hacerlo.

—Henry —La voz la reconoció de inmediato, tendría que estar feliz, pero que su madre estuviera recibiéndolo, era algo serio—. Necesito que lo sueltes —Dijo Jade con voz suave, Henry sintió la mano de su madre en una de sus muñecas apremiándolo para que soltara a Lucas—. Él va a estar bien.
—¿Él no está muerto, verdad?
—No, hijo —Dijo Jade. Henry abrió los ojos y lenta, muy lentamente se desprendió de los brazos de Lucas. Cuando estuvieron separados se fijó en que Lucas estaba en un estado suspendido—. Él va estar bien —Repitió su madre. Henry se volvió para mirarla—. Bienvenido a casa —Le dijo sonriéndole, pero la felicidad de la sonrisa no se reflejaba en sus ojos azules—. Y felicidades, Henry. Lo hiciste —Sí, él logró la misión y ahora su corazón estaba destrozado porque estaba a punto de perder a Lucas, pero…
—¿Qué hace él aquí? —Preguntó, dándose cuenta que eso no era normal. De hecho, su madre no era quien tenía que darle la bienvenida, era Abigail—. ¿Qué está pasando? Mamá me dijiste que Lucas no está muerto…
—Por supuesto que no está.
—¿Dónde está Abigail?

—Tras el desarrollo de las cosas, hubo un pequeño cambio de planes —Su madre y él intercambiaron miradas, pero Henry seguía sin comprender, ¿por qué un arcángel iba a recibirlo? Al menos que...
—¿Tengo la opción, mamá... yo puedo...
—Sí, hijo. Tú tienes la opción.
—¿Pero por qué?
—Porque tú lo amas.
—Sí. Lo amo —Aceptó.
—Sabía que esto ocurriría...
—¿Tú sabías que yo me iba enamorar de Lucas?
—Sí —Contestó su madre—. Pero quién era yo para decírtelo.
—Mamá...
—No quería perderte —Dijo ella acariciándole la mejilla primero y luego sus alas—. Mi bebé ya creció y...
—¿Puedo quedarme con él? ¿Puedo quedarme en la Tierra con Lucas? —Preguntó renovando sus esperanzas.
—Si es lo que quieres...
—¡Sí! —Dijo sin pensarlo, no tenía nada que pensar. Jade sonrió—. Mamá... voy a extrañarte, pero...
—Lo sé, Henry. Es tu momento —Jade le dio un beso en la frente y luego apoyó la suya en la de él—. Pero no es así de fácil —Jade tomó la mano de Lucas y la puso en la de Henry—. Sé fuerte, hijo. Sé fuerte...

No estaban en el cielo, tampoco en la Tierra, eso seguro.

Henry había oído hablar de ese lugar "La tierra de los sacrificios", un desierto donde hacía frío, donde llovía, pero las gotas no mojaban y el cielo era una gama de naranjas y amarillos aunque el sol y la luna no llegaban allí.

Ellos no estaban solos, había no cientos sino miles de ángeles con alas azules, brillantes como zafiros, sólo uno era la excepción, el ángel de los juicios tenía grandes y poderosas alas negras y una mirada despiadada. Como el zumbido de un enjambre de abejas se escucharon los murmullos de los demás ángeles cuando se fijaron en Lucas, Henry, por instinto de supervivencia, puso su cuerpo entre los ángeles y Lucas como un escudo protector, pero ellos eran muchos... miles, y casi de inmediato, a sus espaldas se acercaron dos de ellos, Henry se volvió y abrazó a Lucas a la vez que lo cubría con sus alas, pero su protección no funcionó.

—¿Henry, dónde estamos? ¿Estamos muertos? ¿Por qué tienes alas? —Lucas estaba consciente y asustado—. ¿Estoy drogado?
—No voy a dejar que nada te pase, Lu, lo prometo.
—Pero, Henry... —Comenzó a decir cuando uno de los ángeles que se aproximaba lo agarró del brazo, Henry lo aferró con fuerza.
—¡No lo toquen! —Gritó.
—Nadie va a hacerle nada al humano —Henry miró por sobre su hombro, el ángel de los juicios fue quien habló—. Así que déjalo ir, porque tenemos que resolver tu situación.
—Si algo le pasa a Lucas —Dijo aún sin soltarlo—, no me importará una mierda no tener la fuerza de ángel, pero los mataré a todos con mis propias manos —El ángel lo miró con una sonrisa despectiva.
—Tan poco tiempo en la Tierra y ya hablas como uno de ellos, lleno de violencia y agresividad.
—Quiero tu palabra.
—Nada le va a pasar —Henry lo miró intensamente, podía estar mintiéndole, pero iba a confiar, necesitaba confiar.
—Henry... —Susurró Lucas cuando él empezó a soltarlo.
—Todo va estar bien, Lu. Te lo juro, amor. *Todo* estará bien —Le acarició la mejilla y le dio un beso en la frente, los dos ángeles simplemente se pararon a los lados de Lucas—. Confía en mí —Le sonrió y no queriendo, pero teniendo que hacerlo, le dio la espalda y caminó hasta quedar frente al ángel de los juicios.
—Henry, nacido de Jade y Matt, te encuentras ante nosotros, para ser juzgado por romper las reglas. Tú, te involucraste emocional y físicamente con este humano.
—Sí. Lo hice —Admitió, no era una pregunta, pero él tenía que admitirlo.

—¿Es tu deseo regresar a la Tierra con el humano?
—Sí, lo es —Lentamente, el ángel de los juicios levantó la mano hasta colocarla en la barbilla de Henry y miró en sus ojos. Henry no parpadeó y sintió que parte de su ser era absorbida por los oscuros ojos del otro ángel.
—¿Renuncias voluntariamente a tu vida celestial?
—Sí, renuncio.
—¿Volverás a la Tierra, para pasar el resto de tus días como humanos y entre ellos, con todas sus consecuencias?
—Sí, lo haré.

Todo se quedó en silencio, él ángel le acarició la mejilla.

—Date la vuelta y colócate sobre tus rodillas.

Sin vacilación Henry se dio la vuelta, quedando frente a Lucas, que estaba en shock, por supuesto, tenía sus razones, Henry le guiñó un ojo antes de caer sobre sus rodillas, con las manos en sus muslos, como lo exigía el protocolo, recordó que cuando los ángeles eran niños les enseñaban como debían actuar si alguna vez les llegaban a quitar las alas, en esos tiempos parecían mitos, pero ahora, era su realidad, él iba a cambiar su vida para estar junto a Lucas, porque él lo amaba con cada fibra de su ser.

Una mano pesada cayó sobre su hombro y sintió unos labios demasiado cerca de su oído. La voz del ángel lo hizo estremecer, y aunque era un susurró, todos los podían escuchar.

—Renuncias a tu vida celestial, para descender a la Tierra. Renuncias a tu vida celestial para nunca más volver. ¿Estás listo para el sacrificio? —Henry vio como los ojos de Lucas se abrían como platos al oír la última palabra.
—Sí. Estoy listo para el sacrificio —Dijo, apretó los puños sobre sus muslos. Lucas, frente a él, miró algo a su espalda—. Lu, cierra los ojos —Pidió, oyendo movimiento tras el—. ¡Cierra los oj... —Un silbido cortó el aire.

—¡Henry! —Lucas gritó y trató de correr hacia él, pero los dos ángeles lo retuvieron.

Henry gritó cuando se escuchó el sonido metálico de la guadaña contra sus alas, el dolor era indescriptible, mil agujas hirviendo entrando por su espalda y recorriendo sus huesos y articulaciones, quemándolo y pinchándolo a la vez, ardiendo y doliendo... Era un dolor en su cuerpo, en su alma y en su corazón.

—¡Deténganse! —Escuchó a Lucas gritar cuando volvieron a golpear sus alas, no había palabras para describir el dolor... Quería morir, quería dejar de sentir... Henry cayó hacia delante, medio inconsciente, su nombre en los labios de Lucas se oía lejano, estiró su mano como si pudiera alcanzarlo, su propia voz no salía, tenía la boca seca, la garganta adolorida por los gritos.
—Las raíces —Escuchó. Cerró los ojos, el dolor previo era sólo el comienzo, sintió un pie en la base de su espalda, unas manos agarrándolo de las muñecas y de golpe las raíces de sus alas fueron arrancadas de su piel, el líquido caliente se deslizó por su espalda, los gritos de Lucas se oían cada vez más cerca, las lágrimas caían por sus propias mejillas. Quería morir, o tal vez ya estaba muriendo—Este ya no es tu mundo —Oyó, a la vez que era liberado, pero no podía moverse.
—Henry... Henry ¿puedes escucharme? —*Sí* —pensó, pero su voz no salió—. H, di algo... —Henry movió su mano siguiendo la dirección de donde provenía la voz de Lucas—. Henry —Lucas estaba llorando, pero logró percibir el movimiento, cuando sus manos se tocaron... descendieron.

Henry ya no era un ángel.

—¡GREG! —Henry sabía que estaban en la Tierra otra vez—. ¡GREG! —Lucas gritó mientras trataba de moverlo, Henry sintió el colchón bajo su cuerpo, el dolor no había pasado, pero se sentía un poco menos intenso—. Henry...

—Yo... —Logró decir, trató de mojar sus labios que estaban secos, abrió los ojos para encontrar el rostro de Lucas a escasos centímetros de él, las lágrimas no cesaban de caer por sus ojos. Trató de sonreírle para hacerle saber que estaría bien, pero no pudo.
—Gracias a Dios me oíste —Dijo Lucas—. Voy a necesitar...
—Tengo todo lo que necesita —Henry oyó la voz de Greg a su espalda—. Tal vez quiera lavarse las manos primero, Señor Hamilton.
—Sí. Eso estaría bien —Dijo Lucas—. Amor, voy a... —Henry asintió un poco y Lucas se puso de pie para entrar al baño.
—Todo va estar bien, Señor Hart —Oyó que decía Greg entrando en su campo de visión poniendo cosas sobre la mesa de noche.
—¿Cómo es que...
—Tomé esto —Greg acercó una píldora a Henry.
—¿Cómo... Quién eres... —Susurró.
—Alguien que sabe cómo duele el sacrificio y lo que significa —Ambos se miraron—. Ahora, tome esto. Lo que viene no es fácil.

Y no lo fue, Lucas limpió sus heridas, Greg sugirió como hacerlo, y dejó caer que los puntos no iban a funcionar, las heridas sanarían en el transcurso del siguiente mes pero el dolor se iría en un par de días. No hubo preguntas. No eran necesarias, pero un día Henry le preguntaría a Greg su historia, por quién había hecho el sacrificio.

Henry tenía la cabeza apoyada en la almohada y vio como Lucas se quitaba los zapatos, la camisa llena de sangre y se acostaba a su lado. Lo miró y comenzó a llorar, Henry sentía cada miembro de su cuerpo pesado, como si pesaran toneladas, pero aún así logró llevar su mano al pecho de Lucas donde este, de inmediato, la apretó con la suya. Lo miró.

—H... ¿por qué... por qué lo hiciste?
—Porque, tú eres todo lo que quiero, tanto que duele.

# *Epílogo*

*One day I'll come into your world and get it right*
*I'll say we're better off together here tonight*

*Un día entraré en tu mundo y haré las cosas bien*
*Diré que estamos mejor juntos aquí esta noche*

*2 años después...*

Lucas, entró nuevamente al área del bar, donde estaban todos, sonrió con su vaso en la mano, la música era opacada por las conversaciones y risas de sus invitados, un grupo selecto para una celebración tan especial. Su madre estaba hablando con Greg, y señalaba algunas bandejas vacías a fin de que se buscaran más, Greg asintió y se dirigió a uno de los meseros que habían contratado.

Greg, quien más que un empleado, ahora se sentía como parte de la familia, ¿Cómo no hacerlo después de lo mucho que los ayudó durante la recuperación de Henry? Greg era como Henry, y aún cuando su historia no había tenido un final feliz, Greg aseguraba que nunca se había arrepentido de hacer su sacrificio.

—¡Amo esa canción! —Oyó decir a Nate, que estaba bailando con Rachel—. Lo siento —Se disculpó con Lizzy que estaba tratando de pasar detrás de ellos, porque justo en ese momento había levantado una de sus muletas animado por la música.
—Wallace, ¿estás tratando de matar a mi hermanita con eso? —Lucas señaló la muleta.
—No, Luke, no a tus hermanas. Sabes que las adoro a todas, tú... eres otra historia —Bromeó. Lucas sonrió.
—¿No quieres sentarte? Has estado bailando con las gemelas toda la noche.
—Compañero —Dijo Nate en tono de queja—. Pasé dos semanas en el hospital, acostado en una cama con mi pierna colgando de

techo, necesito traerla a la normalidad —Hizo un paso extraño con las muletas y Rachel rió.

Lucas le dio una palmada en el hombro y no pudo dejar de admirar el optimismo de su amigo irlandés. Era casi seguro que Nate no volvería jugar fútbol, un mes atrás, en un partido contra el Chelsea, Nate defendió la arquería con garra, hasta el punto de saltar para atajar un balón que marcaría la victoria para el Chelsea, él lo evitó, pero el costo de esa magistral jugada había sido... terrible. Lucas aún recordaba con total claridad el sonido de la rodilla partiéndose, y el dolor de Nate al caer en el campo. Y sin embargo, cuando Nate estaba a punto de perder su carrera como futbolista, ya estaba pensando en jugar golf cuando le dieran permiso en la rehabilitación.

—Eres una leyenda, Nathaniel —Le dijo sonriendo y Nate le dio *LA* sonrisa, la verdadera sonrisa. Nate estaría bien, y decidiera lo que decidiera hacer después, Lucas lo apoyaría, nadie lo merecía más que Nate Wallace.

Saludó a varias personas más, compañeros del *Man U* y gente de la industria. Ishmael estaba en un grupo hablando muy entusiasmado, probablemente de su nuevo álbum, o sobre arte, o de política... Con Ishmael todo era posible. Intercambiaron una mirada, e Ishmael le sonrió, Lucas le devolvió el gesto, no es como si no se hubiesen visto en mucho tiempo. Ishmael había pasado un mes entero el año anterior escribiendo con Henry, no sólo para él, muchos artistas suplicaban por las canciones de Henry Hart.

En uno de los sofás que estaba en la esquina del bar, Lucas miró a James y Sophia, ella estaba en su regazo, con los brazos alrededor del cuello de su esposo.

—¡Por Dios Santo, busquen un cuarto! —Bromeó Lucas al pasar frente a ellos, los recién casados lo miraron con sonrisas en sus

rostros—. JP, acaban de llegar de luna de miel como... Doce horas atrás, deténganse o... les echaré agua fría.
—Estás celoso —Dijo James arrastrando la nariz por el cuello de Sophia, que se sonrojó como una colegiala.
—Oh, ustedes dos... —Hizo un gesto con la mano, como espantando una mosca.
—Eres tan hipócrita —Bromeó James—. Tú eres el maestro de las DPA.
—Tienes un punto ahí, JP —Dijo, los tres rieron—. ¿Todo está bien?
—Perfecto —Dijo Sophia a la vez que un mesero les ofrecía bebidas, ella la rechazó.

Lucas sonrió y siguió caminando, buscando una mata de rizos entre los invitados, o un moño perfectamente recogido en lo alto de la cabeza.

—¿Dónde te metiste, Handry? —Murmuró pasando por detrás de un grupo de personas, finalmente lo ubicó, Henry estaba hablando con Beth, su hermana rió y recibió un beso en la frente, antes de que alguien más robara su atención, Lucas atrapó a Henry abrazándolo por la cintura—. ¿Cómo está el cumpleañero más sexy de toda la galaxia? —Henry sonrió y se volvió hacia él.
—Bien —Respondió.
—Te extrañaba.
—No es como si tuviésemos días sin vernos, es decir, hablamos hace 15 minutos.
—De hecho, fue hace una hora, Henrique.
—¿En serio? —Lucas asintió.
—Así que, necesito que vengas conmigo, justo ahora.
—¿Para qué? —Lucas lo miró alzando una ceja.
—¿Necesito un motivo para querer tenerte solo para mí por unos pocos minutos? —Henry rió y hundió la cabeza en su cuello.
—Por supuesto que no, estaba provocándote —Lucas besó el hombro de Henry.

—Ven, amor —Agarró a Henry de la mano y comenzó a caminar hacia una de las salidas que daba al jardín—. Tengo un regalo para ti.
—¿Otro regalo, Lucas? —Henry se detuvo, pero Lucas siguió arrastrándolo con él.
—No te preocupes, H. No gasté un centavo en este.
—Eso espero, porque todavía quiero que hablemos lo del auto. No necesito otro.
—H, normalmente, cuando las personas reciben regalos, dan las gracias y se callan —Bromeó.
—Te di las gracias y, con mucha educación, te dije, que íbamos a devolverlo.
—Estás arruinando el ambiente, H —Dijo cuando llegaron a una parte del jardín donde la música de dentro de la casa no se oía.
—Está bien, pero discutiremos esto mañana.
—Sí. Sí —Le restó importancia—. Ven aquí.

Henry lo abrazó y Lucas pasó sus manos por debajo de la camisa de patrones extraños que había decidido llevar ese día, las yemas de sus dedos recorrieron las marcas que estaban en la espalda de Henry, como un recordatorio permanente de lo que un ángel había hecho por él, Lucas nunca se cansaría de acariciar y besar esas cicatrices el resto de su vida.

—Lu, ¿quieres un rapidito en el jardín? —Preguntó Henry.
—¿Por qué siempre me preguntas si quiero un rapidito? ¡Me gustan los largos! —Henry rió como un niño—. Amo tu sonrisa estúpida, Henry —Dijo sonriendo también. Henry lo miró.
—Y yo amo que te gusten los largos más que los rapiditos.
—¿Desde cuándo eres tan pervertido?
—Desde que estoy contigo.
—Tienes un punto ahí, H —Henry lo besó—. Así que, tengo este regalo... —Henry miró alrededor como si esperara que algo apareciera mágicamente en el jardín, pero eso no iba a pasar.
—¿Me estás regalando la noche? —Preguntó mirando al cielo.
—Te regalaría el cielo, la luna y las estrellas si pudiera —Henry bajó la mirada y apoyó la frente en la suya.

—No lo necesito. Sólo te necesito a ti, Lu.
—Te amo —Dijo Lucas sonriendo.
—Yo también te amo.

Lucas sacó su *iPhone* del bolsillo, conectó los audífonos y puso uno en el oído de Henry y el otro en el suyo e hizo que comenzara la canción.

—Es *One day* —Dijo Henry, reconociendo de inmediato su propia canción, de hecho, el primer *single* del nuevo disco de Ishmael.
—Sí, pero esto es… digamos, una versión alternativa.
—¿En serio? —Preguntó Henry.
—Suena casi igual a la versión oficial, pero esta es como… una versión secreta.
—Está bien —Dijo Henry y ambos escucharon la canción, Lucas apreciando la letra y mirando a Henry sonreír, orgulloso de su canción, porque Lucas recordaba como después de un par de días en cama, después de que volvieran de donde sea que hubiesen estado, Henry le pidió el cuaderno con sus letras y agregara el verso final de la canción que tanto le había costado terminar, cuando leyó como terminaba su corazón latió muy fuerte y lloró un poquito, aunque estaba sonriendo, porque como era usual, Henry era un genio con las letras.

Lucas oyó el último verso cantado por Ishmael, y miró a Henry directamente a los ojos.

*I want you here with me*[16]
*Like how I pictured it*
*Is it too much to ask for something great?*

Sintió sus mejillas arder, aquí venía, la adición, lo que hacía diferente esta versión a la oficial.

---

[16] *Te quiero aquí conmigo //Como me lo imaginaba //¿Es mucho pedir algo grande?*

*You're all I want, so much it's hurting*[17]...

Henry cubrió su boca con una mano y sus ojos brillaron con lágrimas.

—Eres tú, Lu —Dijo, Lucas asintió, y se repitió la frase en la canción:

*You're all I want, so much it's hurting.*

—Fue lo más embarazoso que he hecho en mi vida —Rió, sonrojándose.
—Fue hermoso, Lu... Yo... la quiero, la necesito en mi teléfono, en mi laptop... en la radio —Henry estaba tan emocionado—. ¡Me la voy a tatuar!
—No exageres, Henrique —Dijo secando las lágrimas que corrían por las mejillas pálidas de Henry.
—Lucas, ¿no te escuchaste? Tu voz es hermosa... Quiero escucharlo de nuevo —Lucas sonrió.
—Tienes una fiesta que atender ahora, H.
—¿No puedo encerrarme en la habitación para oírte cantar una y otra vez?
—No —Respondió divertido.
—Bien. Pero no estoy de acuerdo.
—Vamos, H —Lo tomó de la mano para volver a la fiesta, pero Henry lo detuvo.
—Yo... —Henry sonrió y miró al suelo—. Cuando era un ángel, lo más importante que tenía y, de hecho, lo que te hacía un ángel, era cuando obtenías tus alas. Y créeme, cuando yo obtuve las mías, creí que no podía ser más feliz...
—H, lo sien...
—No —Lo interrumpió—. Escucha. No te disculpes —Henry le acarició la mejilla—. Lo que quiero decir es que... No necesito esas alas ¿Para qué? Te tengo y tú me haces volar... tú me haces feliz... Lu, *tú* eres mis alas.

---

[17] *Eres todo lo que quiero//Tanto que duele*

—Henry...
—Sé que suena ridículo.
—No, amor, es... suena perfecto para mí, Es decir —Sonrió para evitar llorar de felicidad—. Soy las alas de un ángel.
—Ya no soy un ángel.
—Para mí, siempre lo fuiste, incluso cuando no sabía que eras uno real... Tú fuiste, eres y siempre serás *mi* ángel.
—Y tú siempre serás mis alas —Lucas lo besó con todo el amor que tenía en su corazón.
—Sabes —Dijo cuando retomaron el camino a la casa—. Suena interesante para una canción.
—¿Qué cosa?
—Algo como: alas de ángel, ¿no te parece? —Henry rió.
—Sí, ¿por qué no?
—Sí, ¿por qué no, H? —Repitió, y tomados de las manos volvieron a entrar.
—Lucas —Henry se detuvo un paso dentro de la casa.
—¿Sí, amor?
—No más regalos de cumpleaños... No podría soportarlo, estoy abrumado. En la mejor manera posible —Agregó—. Es demasiado.

Lucas sonrió.

—Pero, H...
—No, más, por favor. Voy a explotar y voy a llorar... Y la gente no llora en sus cumpleaños.
—Estás siendo infantil.
—Tú estás siendo abrumador. Y me estás convirtiendo en una clase de... hombre extremadamente consentido —Lucas volvió a reír.
—Yo sólo quiero hacerte feliz —Dijo. Henry sonrió de nuevo y le dio beso en la mejilla.
—Todo lo que necesito para ser feliz eres tú.
—Henry...
—Es la verdad, Lu. ¿Así que... —Henry lo instó a terminar la frase.

—No más regalos de *cumpleaños* —Completó—. ¿Pero sólo por este cumpleaños? Quiero decir, ¿vas a dejar que te regale algo en tu próximo cumpleaños? —Henry rodó los ojos.
—Sí.
—Bien.
—Bien —Con una sonrisa Henry volvió a su fiesta.
—Bien —Repitió Lucas.

Cuando se quedó solo. Pensando que ya eran cerca de las doce, así que técnicamente el día del cumpleaños de Henry estaba por terminar, la fiesta acabaría en torno a las tres, y cuando subieran a la habitación y estuviesen listos para dormir ya no sería el "cumpleaños de Henry" Lucas le iba a preguntar a su novio si estaba muy cansado y Henry, sí, iba a estar cansado por la fiesta, pero diría que no.

Entonces Lucas abriría la última gaveta de su mesa de noche, esa donde estaban un montón de facturas que nunca revisaba, encontraría la caja debajo de un sobre amarillo, tomaría una bocanada de aire profunda, porque probablemente estaría asustado hasta en la médula de sus huesos, se voltearía hacia Henry que estaría mirándolo expectante, y entonces, Lucas tendría que abrir su corazón y entregárselo a Henry, a la vez que abriría la cajita forrada en terciopelo negro y descubriría los dos anillos de plata, sin adornos, sólo dos alianzas de plata con las iniciales de sus nombres en la parte interna, y entonces...

—Tendré que cruzar ese puente para saberlo —En todo caso, el punto de dejar volar su imaginación hacia un futuro bastante próximos (4 horas más o menos) era dejar claro, que los anillos y la propuesta no sería un regalo de cumpleaños—. No, no lo es —Lucas sonrió y finalmente se reintegró a la fiesta.

*Fin*

# Sobre la Autora

Daphne Ars, nació en Caracas – Venezuela, en el año 1985. Desde pequeña estuvo en contacto con la literatura, pero es en su adolescencia cuando da los primeros pasos escribiendo *Fanfictions*. Profesional de la Informática, divide su tiempo entre el trabajo afín a su carrera y su pasión y vocación: la escritura.

Sus historias son un extraño cóctel de amor, drama y erotismo, que sólo tienen un fin: llegar al corazón de sus lectores.

Sus trabajos:

–El Manual de la mala escritora (2011)
–Sálvame (2012/ Segundo libro de la Saga: Ángel Prohibido)
–Los días que sabíamos amar (2012/ Relato corto, perteneciente a la Antología: Amor en Latinoamérica)
–Rescátame (2013/ Quinto libro de la Saga: Ángel Prohibido)
–Compendio: Ángel Prohibido (2014 – Junto a Barb Capisce)
–Culpable (2014)
–Quisiera (2015/ Relato corto, perteneciente a la Antología: Pasión y Lujuria)
–Alas de Ángel (2015/ Colección *Little Things*)

Actualmente continúa escribiendo, esperando dar a conocer más de su trabajo.

Para mayor información puedes encontrar a Daphne Ars en:

Blog: http://daphnears.blogspot.com
Facebook: https://www.facebook.com/ars.daphne
Skype: DaphneArs
Twitter: @DaphneArs
Instagram: @DaphneArs
E-mail: daphnears@gmail.com

Made in the USA
Lexington, KY
21 November 2015